ハヤカワ文庫 SF
〈SF2270〉

書架の探偵

ジーン・ウルフ
酒井昭伸訳

早川書房

8470

A BORROWED MAN

by

Gene Wolfe

Translated by
Akinobu Sakai
Published 2020 in Japan by
HAYAKAWA PUBLISHING, INC.
This book is published in Japan by
arrangement with
VIRGINIA KIDD AGENCY, INC.
through TUTTLE-MORI AGENCY, INC., TOKYO.

英国のわが友、ナイジェル・プライスに

書架の探偵

1　スパイス・グローヴ公共図書館を出て

殺人事件がつねにおぞましいものとはかぎらない。たしかに、ときにはひどく――それはもう、とんでもなく陰惨なこともある。だが、あくまでも〝ときには〟だ。わたしはここに――書架にある自分の棚に――横たわり、自分がなぜこの文章を連綿と書き連ねてきたのか、その理由を推し量ろうとしている。たぶん理由は、法律が完璧ではないこと、これに尽きる。

ああ、まだ読んでくれているね！　オーケー、では始めよう。

わたしはとても若い。中年の顔をつけてはいるが、非常に若い。そこのところを理解してもらわないことには、これから話す内容の半分も理解してもらえないだろう。わたしは推理作家だった。それも、なかなかに売れっ子の。そのわたしから脳スキャンで回収され、このわたしの頭に収まっている膨大な記憶のことは、当然、あなたも知っているにちがいない。ともあれ、これは常時、念頭に置いていてほしい。いつもそうしていざるをえないわたしと同じように。

わたしはこの街――香料樹園（スパイス・グローヴ）にある公共図書館の、四段構造になった書架のうち、上から三段めの棚に住んでいる。この手のスペースに一度も住んだことがない人のために説明しておくと、われわれが住む書架の棚は家具つきの部屋のようなものだ。ただし、この家具つき部屋は、壁が四面ではなく三面しかない。室内に置いてあるのは、巻き上げ式マットレスが一枚に、椅子が数脚、小さなテーブルが一脚。これを書くのに使っている借り物の画面（スクリーン）は、その小さなテーブルにのせてある。ほんとうは、スクリーンを独占してはいけないのだが、ひとたび図書館が閉まったあとは、われわれ蔵書ならぬ蔵者のやりたいほうだい。たしかに、見まわりボットたちはいる。だが、連中はよく、蔵者と純正な人間との区別がつかなくなる。ときどき、ボットの頭の中を覗いて、なにを考えているか見られたらいいのにと思うこともある。もちろん、そんなことができると本心から思っているわけじゃない。それが不可能なことくらい、百も承知だ。

この棚にカーテンで仕切られたトイレと洗面所があることは話したろうか？　いや、まだだったね。とにかく、あるんだ。しかし、シャワーを浴びたくなったときには、棚を降りてシャワールームにいかねばならないし、午後六時まで使ってはいけないことになっている。

館外に貸し出されるか、そこまではいかなくとも、閲覧テーブルで客から指名がかかるかしないかぎり、われわれは――閉館時間になるまで――自分の棚を出ることが許されない。われわれ蔵者は書架の棚で眠り、排泄し、洗顔する。たぶん、そういったことについては、先刻ご承知だろう。最初のうちは、こうした生活も、一見して思えるほど悪くはないように感じられる。あるとき、胸にこんなロゴ入りのTシャツを着た娘を見た。〈安楽な暮らしの／すべてがここに〉。たしかにここでは、安らかな暮らしを送れる。それに加えて、安楽死まで用意されている。文字どおり焼却されて、ふたたび死へ還るのだ。とはいえ、しばらくここで暮らしているうちに、どうにも物足りなくなってくるし、一度も貸し出されたことがない者には、死はあまりにも早く——思いがけないほど早くに——訪れる。同様に……いや、いわずもがなか。わが読者よ、こうしてあなたに心の内を見せているかと思うと、いろいろ気をつかってしまう。

コレット、鍵のかかったドア、わたしがむかし書いた本。この三つのおかげで、これまでわたしが貸し出された回数は二回。コレットは来年も訪ねてきて、また借りてくれるはずだ。そのように手を打っておいたからである。

わたしの名前はE・A・スミス。わたしが——つまり、最初のわたしが——そうであったように、わたしはまさしく、あなたと同じ人間にほかならない。もっと叙述を進める前に、そのことはいっておくべきだろう。われわれ複生体（リクローン）は人間である。あなたがた純正な人間とくらべてまともにあつかわれないとはいえ、それでもやはり人間なのだ。コレットもそれを知っていた。

コレットが足をとめて、三番棚のわたしを見あげたのは、わたしの腕時計が二時を告げたときのことだった。わたしは棚にすわったまま、相好を崩さないよう努めつつ、コレットを愛（め）でた。コレットの背丈は、すくなくともわたしと同じくらいはある。髪は烏の濡れ羽色、目は夢見るような深いブルーで、肌の色はおそろしく白い。五分から十分ほど素肌を陽光にさらしていれば、早くも陽に灼けてしまいそうなくらい白い。たっぷりとその姿を愛でて、いくつもの白日夢を見おえたころ、コレットは小さな声でこういった。

「あなたがあの本の鍵をあけてくれる切札かもしれないわね」

わたしはうなずいた。

「それを見いだすすべは、たったひとつしかありませんよ、マダム」

わたしは彼と同じ外見をしているばかりではない。同じ話しかたをする。そう、そっくり同じ話しかたをだ！　正確には、彼の作品中の主人公たちに特徴的な、少々しかつめらしい話しかたをというべきか。そうせざるをえない理由があるのだが、それはいずれまた話そう。いっぽうで、文章を書く段になると、いまいった口調と同じしかつめらしい叙述は、いくら望んでもできない。そもそも図書館では、文章を書くという行為そのものが許されないのである——管理者たちの目を盗むのでないかぎり。いつの日か、こんな事業を考案したやつを蹴っ飛ばしてやれればと思う。物書きを蘇らせておきながら、書くことを許さないシステムなんて、あんまりじゃないか。

コレットがわたしの手を取った。わたしは自分の棚から下へ飛び降りた。コレットに手を引かれ、そのまま閲覧テーブルへ向かう。わたしが心中で欣喜雀躍したことは容易に想像がつくだろう。閲覧されることは、借り出されることほどではないにせよ、利用者に評価してもらえたことを意味するからだ。この三年間で閲覧された回数が三、四回しかないわたしとしては、ありがたさもひとしおだった。いまは七月。今年になって閲覧された回数は一回にすぎず、しかも閲覧時間は十五分から二十分程度だった。まさに、自分が焼却処分に処され、その炎の熱を実感できる夢を見るほどの、はなはだきわどい段階にあったのである。

「あなた、書物にはくわしくていらっしゃる？」

そうたずねながら、コレットは椅子に腰をかけた。必然的に、わたしも席につく。

ここはクールにいこう。かぶりをふりふり、わたしは答えた。

「くわしくはありません。もしやあなたは、閲覧する相手をおまちがえになったのではありませんか」

「いいえ、くわしいはずだわ」

「それが、それほどでもないのですよ。男のことであれば多少は知っています。女のことであれば、たいていの男よりくわしいかもしれません。しかしながら、よく知っているというほどではありません。子供たちのことも多少は知っています。犬のことはもっとくわしくて、猫についてはほとんど知りません。残念ながら、わたしの知識はその程度のもの——書物についてはもちろんのこと、音楽、料理、そのほか一万のことがらについても、語れるほどの知識は持ち合わせていないのです」

「あなたのことはちゃんと調べてきたの、ミスター・スミス。『図書館のランタン』という本を書いてらっしゃるわね。あの本を書いたからには、書物についてとてもくわしいということでしょう」

もったいぶっているだけと見てくれればいいんだがな、と思いながら、わたしはかぶりをふった。

コレットはつづけた。

「じつはね――とてつもない秘密を収めた本があるの」

「無慮数百万の秘密を収めた本でしたら、マダム、この世にごまんとあります。その秘密のうちの数百程度は、とてつもないものかもしれません。それは否めないところです」

「とてつもないといっても、この秘密ほどじゃないはずだわ」

「ほほう」わたしはその続きを待った。が、コレットが黙っているので、先をうながした。

「では、その本の秘密というのは、どのようなものなのでしょう」

「わからないのよ」

いまみたいに単刀直入なききかたをされたら、むっとしてもおかしくないところなのに、コレットはそんなそぶりを見せなかった。ただほほえんだだけだった。どうやら、どういう性質の秘密なのかは、しっかりわかっているようだ。

そういうことなら、切り口を変えるまで。

「では、その謎めいた本の題名は？」

依然としてほほえんだまま、コレットは答えた。

「それが、題名もわからないの」

「なかなかに口の固い方だ。口が固いのには、それなりの理由があるとよろしいのですがね。

もしや、これまで口にされた情報だけで、その本の題名を当てることを期待しておられるのでしょうか」

「いえ、そんなことは。わたしが期待しているのは、その秘密を探りだす力になってもらうことなんです」

「お力になりますとも――それが可能なことであればですが。とはいえ、しょせんわたしは図書館の一蔵者にすぎぬ身……」さてさて、わたしを借り出すようにと説得できるだろうか。まだなんともいえない。「それに、これまでに話していただいたこと以上の情報なくして、どうやってお力になれるというのでしょう」

「ある人物が、ある本の一ページを改竄（かいざん）したがっているとしたら？――そのページに情報を隠すために？　どう、これで話が見えてきました？」

そうすると、スパイ小説だろうか？　まじめくさった顔で、わたしはこくりとうなずいてみせた。

「完璧に」

「よかった。では、どうすればページに情報を隠すことができます？」

「方法はよりどりみどり――十通り以上もあります。たとえば、いまどきの紙の本はすべて購買要求方式（オンデマンド）で印刷するでしょう？　ほしい本を販売している会社からダウンロード販売で買って、それを自分用に印刷させる。この方式はごぞんじですね？」

「具体的な例で教えてくださる？」

話に集中しだしたと見えて、コレットの顔からは微笑が消えていた。

「紙の本の作製には印刷機械と製本機械を用います。機械は買ってもいいし、レンタルでもいい。つぎに、文章のデータを出版社からダウンロードします。表紙はご自分でもデザインできますが、めんどうなら機械がデザインしてくれますよ。ほとんどの部分は、ごく簡単な工程ですね。使うインクを四色ではなく、二色に絞れば、多少は費用が安くなります」

コレットは感心したようすでうなずいた。じつはこれは、八週間から十週間前、聞くとはなしに耳に入ってきた情報——ふたりの図書館員が話していた内容の受け売りだ。心の中で、わたしはそのふたりに感謝した。

「たとえば、『われらがニュー・アメリカの普遍的落葉樹』のような、標準的な参考図書に独自の情報を隠すとしましょう。その場合、まず出版社から版下データをダウンロードしたのち、入念にテキストと画像をスキャンしたうえで、適切な位置に自分の情報を挿入します。そして、プリンターと製本機とを時間貸しでレンタルするのです」

口を閉じ、質問なり反応なりを待ったが、コレットはなにもいわなかった。

「ご承知と思いますが、機械があるところまで出向く必要はありません。必要な時間だけ、業者の機械を借りる契約を結べばよろしい。こちらからは、用意した版下データを送信して、一冊ぶんの出力を依頼する。一分とたたないうちに、先方の機械は本を印刷・製本します。じっさいの所要時間は、テキストの長さ、挿絵の数と複雑さなどによってまちまちですが。できあがった本は、その機械を所有する会社から送られてきます——機械の時間レンタル料、および送料の請求書同封で」

コレットの質問を待った。あいかわらず無反応なので、わたしはつけくわえた。

「このとき、追加製作を勧められることが多いですね。〝品質にはご満足いただけましたでしょうか。もっと部数がお入用でしたら、次回からお得な価格で増刷できます〟などという案内がついてきます」

「やりかたは十通り以上ある、とおっしゃったように思うけれど」

「ありますとも。ごくごくシンプルなやりかたをお教えしましょうか。書物というものには──とりわけ、文字主体の書物というものには──ミスや誤植がつきものです。誤植が発見された場合、出版社が正誤表をつけることもあります。たとえば、［221頁　ストレンジ→ストレージ］といったぐあいです。この図書館では、そういった正誤表を裏表紙裏に貼りつけていましてね」

コレットはうなずいた。わたしはつづけた。

「隠したい情報が単純なものならば、この正誤表に追加しておく手があります。たとえば、［221頁　これこれの文章を追加］。これでいかがでしょう？」

コレットはほほえんだ。

「あなたこそ、わたしに必要な人物だわ。われながら、よく探しあてたものだと思います」

これはいい反応だ。この感じだと、ほんとうにわたしを借り出してくれるかもしれない。わたしも思わずほほえんだ。つぎの質問にも、どんぴしゃりの答えを返せるといいんだが。

コレットがいった。

「ほかのやりかたを教えてください。十通り以上あるとおっしゃったわね」

「いちばん簡単な方法は、あなたもすでにもう思いつかれたのではないでしょうか。本には遊び紙がありますね。見返しの白いページのことです。そこにメモを書きつければよろしい。あるいは、特定のページの余白に」

「そこまでわかりやすい隠し方はしてないと思うんだけど……」

「ほかに、特殊な化学組成のインクを使う手もあります。このインクで書いた文字は乾くと消えてしまいます。紙を温めると見えるようになり、冷やすとまた消えてしまうのですよ。このインクを使って、遊び紙に秘密を書いたと想定してはいかがでしょう。なにかの拍子に温まって、その秘密が無関係の読者の目に触れてしまう恐れもあるかもしれません。しかし、その可能性はきわめて低いはずです」

「そういう化学物質のこと、知りませんでした」

「あとは、隠す情報の質にも大きく依存しますね。情報のサイズが大きくなればなるほど、隠すことが困難になるのです。プレーン・テキストだけの情報ならまだしも、式や図式まで含むとなると……」

わたしは両肩を軽く持ちあげ、落としてみせた。

コレットが重ねてたずねた。

「隠すものが形あるものだったら？　実体のあるものだったら？」

そういう可能性は予期していなかった。物体を隠すとなると、制約が大きいし、洗練とはほど遠い。

「これはしたり！」

「そういいたくなる気持ち、よくわかります。でも、どうやら実体があるものらしいの」

頭を絞って、わたしはいった。

「物体となると……よほど小さなものでしょうね」

「それに、薄いもの？」

「いやいや、薄いとはかぎりません。布装(クロス)の本でしたら、表装のどこかにピンを刺すこともできます。うまくやれば気づかれることもありません。革装の本となると、これはやっかいですが」

「ほとんどの本は合成樹脂装なんでしょう？　この本みたいに？」

コレットはそういって、形状記憶ハンドバッグから一冊の本を取りだしてみせた。

「もちろんですとも。しかし、この時代においても、たいていの綴(と)じ方は可能ですからね。物体中に収めてあるのは情報ですか？　基本的に？」

「ええ、たぶん」

「すると、情報を記録したマイクロチップである可能性もありますね。この種のチップは、サイズは微小でも、記録できるデータ量はきわめて膨大――ネズミの耳に挿入できるほどの小ささでありながら、位置把握や個体識別も可能なチップまであるんです。しかし、本気でわたしのお手伝いをお求めでしたら、これまでに提供していただいた手がかりよりもずっと多くの情報を話していただかなくてはなりません」

「それは、ここではちょっと……」

「では、どこでなら？」

この図書館の別の場所でといいだしはしないかと、はらはらした。ここはなんとか理由をつけて、借り出してもらわなくてはならない。

コレットは左右に首をふった。

「いまここで盗聴されているとは思わないけれど、可能性はあるわ。もし盗聴されていたら――どんなことを口にしても、この身に危険がおよぶかもしれない、とだけはいっておきましょう」

ずいぶん偏執的なことをいうものだ。しかし、当面はそれにつきあうことにした。

「どこそこへといえないのは、具体的な行き先を口にすれば、何者かがそこに先まわりして、盗聴器を仕掛けているかもしれないからですか？」

「そういうようなことね。そうだ。いっしょにきてくださいな」コレットは急に腹を決めたようすで、すっと立ちあがった。「あなたを借り出します」

まさしく、期待どおりの流れになったわけである。顔がゆるみそうになるのをこらえつつ、受付カウンターへ赴く。コレットが受付ボットに利用者カードを差しだした。このボットは〝電気仕掛けのビル〟と呼ばれているしろものだ。カードを確認したボットは純正な人間の図書館員を呼んできた。コレットに向かって、その女性図書館員はいった。

「申しわけありません、このカードでは複生体（リクローン）の貸し出しができないんです」

コレットはうなずいた。

「だったら、このひとを借り出せる状態に設定しなおしてくださる？」

「リクローンは保証金（デポジット）制になっておりまして。かなりの額になりますが」

その口調は、あなたに払える額じゃないんですよ、と思っていることをほのめかしていた。

コレットはふたたびうなずいた。

「高額なのは当然ね。かならず返却はするけれど」

「返却時には保証金をお返しします。毀損（きそん）がなかったら、ですが。貸出期間はどのくらいになさいます？」

コレットは唇をすぼめて考えた。

「十日間、お借りするわ」

図書館員はいぶかしげな顔になった。

「一週間を超える期間の場合、割安の特別レートが適用されますが、それでもかなりの額になりますよ」

電気仕掛けのビルが図書館員にたずねた。

「こちらに長期貸出割引を適用しますか、マム？」

「とりあえず」

電気仕掛けのビルがウィーンとうなりを発した。

「計算では、十日間で四千七百になります」

コレットは平然としていたが、わたしのほうは大きなショックを受けていた。この図書館、わたしをもっと高く評価してくれていると思っていたからである。

図書館員は、コレットの利用者カードに加えて、別のカード——貸出カードを取りだし、ビルに差しだした。ビルはすぐさま、咳ばらいのような音を二回連続で発した。図書館員はカードを二枚とも受けとって、一枚をわたしに渡しながら、こういった。

「貸出期限は七月三十日の二十四時まで」

「憶えておきましょう」

図書館員は、こんどはコレットに顔を向け、微笑を浮かべて利用者カードを返した。

「保証金、ぶじお返しできるよう祈っておりますよ、ミズ・コールドブルック」

ここで一時、叙述を中断し、補足しておいたほうがいいだろう。この時点まで、わたしはコレットの名を知らなかった。ファーストネームはもとより、コールドブルックという姓のほうもだ。

図書館の外に出ながら、わたしはコレットに礼をいった。

「十日間もおそばに置いていただけるとは、光栄のいたりです、ミズ・コールドブルック」

それを受け、ここではじめて、自分のことはコレットと呼んでほしい、と当人がいったのである。

コレットが手をあげて、飛揚(ホバークラフト)タクシーを呼びとめた。ホバタクは以前にも見たことがあるが、乗るのははじめてだ。別に怖いことはなかった。コレットはいままで何度も乗っているようだから、恐れる理由がどこにあろう。もっとも、コレットが怖がっていないことは、おおいに助けになった。そうでなかったら、きっともっと恐ろしく感じていたにちがいない。

　ホバタクのスクリーンに現われた運転仮像(シム)に向かって、コレットは行き先をいった。

「タオス・タワーズへおねがい」

　運転シムが帽子に手をあてがってみせた。流れのない水中を浮かびあがる気泡のように、ホバタクが空中へ浮かびあがっていく。一定高度に達すると、ものすごい勢いで急発進した。背中がシートにぐっと押しつけられるほどの急加速ぶりだった。

「うーん、けっこう遠距離だなあ」運転シムがいった。「こりゃあエネルギーを食っちまいますよ、マム」

「それも料金のうちでしょう」

　シムは意味ありげにうなずいた。

「だけど、帰りは空車になるんでね」

「現地でほかのお客を拾えばすむことじゃない。きっと見つかるわ」

「いやいや、そいつはむりだ、あんな高級住宅街でタクシーを拾う客なんて……」

　それ以上はもう、コレットは運転シムの相手をするのをやめた――と思う。〝と思う〟と書いたのは、このときのわたしは、すっかり下方へ気をとられていたからである。眼下には地図上でしか見たことのなかったニュー・アメリカの地形の、本物の光景が広がっていた。見ているうちに薄暮の空が白みだし、あたりはすっかり明るくなった。山々は、いまはもうずっと近くなっている。

ここでコレットが前席に身を乗りだし、運転シムになにごとかをささやいた。ホバタクがコースを変更するのが感じられた。

「じつはね、あと三万四千で自分を買いとれるんですよ」

運転シムがいった。

コレットが相手にしないので、かわりにわたしが応じた。

「やはりヒューマノイドになるのでしょうか」

「そりゃあ、もちろん。お客さんだって、そのくちでしょ？」

コレットが笑った。

わたしはかぶりをふって、

「わたしは血肉を持つ身。おおむね本物の人間です」

「そいつは失礼。いや、悪気はなかったんだけど」

飛行中、わたしはたいてい空を見あげていた。ときおり地上や周囲にも目を向けた。あるとき、ふいにコレットがいった。

「あなた、すてきな顔をお持ちね」

空から目を離し、コレットを見る。呼吸をととのえねばならなかった。呼吸がととのうと、わたしはいった。

「いまだかつて、そのように思ってくれた方はいませんでした」

「いいえ、いるはずだわ！　口に出してそういわれたことがなかっただけ。人の考えまではわからないもの」

「人の考えを読む機械はあるはずでしょう？」

「あるにはあるわね。学生のころ、授業で長い芝地(ロングローン)病院に連れていかれたんだけど、患者の治療補助装置として、一台、置いてあったわ。学生のひとりが志願したので、みんなでその考えを覗かせてもらったの。たとえば、蟻塚を想像してみて。七種類のカーストどころか、蟻の一匹一匹が、すべて種類のちがう蟻塚をよ。それを確認したうえで、蟻たちのことばを聞かせてもらったわけ。まるで、ひとつの都市じゅうの人間が、いっせいにしゃべっているような感じだったわね」

「ともあれ、すてきな顔をお持ちなのはあなたのほうです。信じられないほどお美しい」とわたしはいった。「これまでにも、おおぜいの人からそういわれたことがおありでしょう。ああ、いや、ご謙遜はご無用に」

コレットは笑った。

「そういわれたことはあるわ——六人の男と、三、四人の女からね。女はみんな、服を売りつけようとした連中で、男はみんな、服を脱がせようとした連中だったけど」

「わたしはそのようなまねはしませんとも。どうか信じてください。自分がどういう存在であるかは心得ています」

「人間未満の人間でしょう？——無言で空に見ほれたままの」

やさしい微笑を浮かべてそういわれたので、とくに傷つきはしなかった。

「この空に見ほれずにいるほうがむりというものです。ここは美しい世界だ。世界がこうも美しくなっていると知ったのは、つい数分前のことです。この時代に生まれた人々はとても運がいい。わたしの記憶にあるのは、空が煙で灰色か、塵煙で真っ黒な世界ですので」

「そうだったわね、あなたは彼の記憶を持っているんだったわね。忘れていたわ」

わたしはうなずいた。

「どれもこれも、すばらしい記憶ばかりですよ。図書館で自分の棚に収蔵されたわたしは、おおむね記憶をあさって時間をつぶしていました。くる日もくる日も、本を読むかたわら、過去を思いだしていたのです」

「現在の世界人口は、十億にまで減少してしまったの。できることなら、もう半分にしたいくらい」コレットはことばを切り、すこし考えた。「図書館の中では、さぞ孤独だったのでしょうね。自分が書いた物語を、自分に語って聞かせたりしていたの？」

「ときどきですが。ときに物語は救いになりますから。物語に飽きたときには、アラベラの——アラベラ・リーの——白日夢を見たりします。彼女の作品はごぞんじですね？」

「残念ながら、知らないわ」

「詩人でした。とてもいい詩を書く詩人でした。作る詩も愛らしいが、本人はその倍、いや、もっともっと愛らしかった。彼女とは結婚していたのですが……」

「ですが？」

コレットは先をうながすような口調でいった。ほんとうに興味を持っているかに聞こえる声だった。

「……たった二年しかつづきませんでした。わたしは離婚をつきつけられてしまったのです。わたしというのは、ほんとうに生きていた時代のわたし、オリジナルのわたし――あれだけたくさんの本を書いたわたしのことですが」

「あなた、何歳？　オリジナルのあなたのことじゃない、いま生きているあなた、わたしのとなりの席ですわって息をしている、複生体（リクローン）であるところのあなたよ」

　わたしが黙っていると、コレットは言い換えた。

「あなたが発行されてから、どれくらいたつの？」

　わたしは肩をすくめた。

「教えられはしましたが、忘れてしまいました」

「うそ！」

「ええ、うそです。わたしはそんなにもわかりやすいでしょうか」

「透け通しといってもいいくらい。男というものは、みんなそうだけれど。女はうそばかりついているの。そのことは知っていた？」

「たったいま、知りました」

「それは男同士でいるとき、寄るとさわると話題になることのひとつでしょうに。じっさい、そのとおりだと思うわ。わたしたち女は、うそばかりついているの。なぜなら、うそが得意だから。男が総じてほんとうのことをいうのは、うそが得意ではないからなのよ」

「わたしには半世紀ぶんに近い記憶があるのですがね。それだけの記憶を持つ者の齢格好に見えますか？」

「いいえ、すこしも。わたし、見た目で年齢を判断するのが得意なの。あなたが何歳なのか、当ててみせましょうか」

わたしはうなずき、ほほえもうとした。だが、顔はすこしもほころばなかった。

「ぜひ。当ててみてください」

「実年齢は二十一歳か二十二歳。ただし、見た目は三十過ぎといっても充分に通用するわね。ほとんどの人間は、あなたが二十二歳だと聞いても信じないでしょう」

しかし、コレットにはそう信じられるらしい。精神年齢もそのくらいと思っているようだ。じつのところ、わたしは半世紀ぶんの中年男の記憶と若者の精神を持っているわけではない。これは少々事実とちがう。図書館からはそう信じるように教えこまれているが、実態はそれほど単純でもない。そもそも、わたしの分別は何歳くらいのものなのだろう？　人の分別は記憶と精神によって決まる。だが、わたしの分別を決定づけるものは、もっと別のなにか、自分では具体的に指摘できない別のなにか——洞察力と、その別のなにかだ。いずれにせよ、わたしはコレットが思っているより若い。ずっとずっと若い。

そこそこ近づいてきた山々を眺めているとき、ホバタクが思いがけなく降下し、着陸した。着陸した先は、廃棄された地の、荒廃した公園のような場所だった。周囲には鐘楼（しょうろう）のような樹々がそそりたち、地面のあちこちには金緑色の陽だまりを作っている。百歩先では、滝がごうごうと水音を轟かせていた。この場所がタオス・タワーズであるはずがない。

「ここの草は青々としていて、とてもやわらかですが……」浮かびあがっていくホバタクを見送って、わたしはいった。「……そのスカートのままで草地にすわりたいとは思われないでしょう」

コレットはうなずき、手招きをして、百歩ほど離れたところにある一対の自然石へ導いていった。わたしはハンカチを取りだすと、それぞれの石の表面に積もったほこりを払った。これにはコレットも笑顔を浮かべた。彼女がすわるのを待って、わたしも腰をおろす。おもむろに、コレットは形状記憶ハンドバッグを開いて、合成樹脂装の本を取りだした。図書館で見せられたあの本だ。

「こういう本は、もうすっかりすたれているんだけれど。そのことは知っていた?」

「図書館員たちから聞いてはいました。信じたくはありませんでしたが」

「信じてもらわないと困るわ。事実なんだから」

わたしは急に、そのへんを歩いてみたくなった。外を歩くというのは新鮮な感覚だった。もっとも、埋もれていた古い感覚、あまりに古くてすっかり忘れていた感覚がよみがえっただけかもしれないが。立ちあがり、自然石の周辺を歩きまわる。足早にではなく、といって、ゆっくりとでもなく。

本——紙に印刷された、オンデマンドとはちがう、本物の本。それはわたしが属していた文化全体の真髄であり、魂にほかならない。文化は人間と同じだ。文化は老いて死んでいく。ときどきは、たいして老いてもいないのに死んでしまうこともある。

「わかるわ——あなた、この時代と折り合いをつけようとしているのね」

コレットは必死に笑いをこらえているようだった。

なおも考えにふけりながら、心ここにあらずというていで、わたしはこくりとうなずいてみせた。

「いいのよ。しばらくそのへんを歩いてらっしゃいな。あなたがもどってきてすわるまで、わたしは口を閉じているわ」

自分がしていることをほとんど意識しないまま、わたしは滝のそばへ歩いていった。滝としては小さい部類だろう。まわりの鐘楼のような樹木のなかには、この滝よりも高いものがある。しかし、とても美しい滝だった。そのまま、十分から十五分ほど眺めていたろうか。もっとかもしれない。

やっとのことで、コレットのもとに引き返すと、わたしは切りだした。

「そのような本はもうすたれているとおっしゃいましたね。それなのに、その本を形状記憶バッグに入れて持ち歩いておられる。であるならば、あなたが求めている秘密は、その本の中にあるにちがいない。すくなくとも、そこにあるとあなたは考えている。それにあなたは、会話を聞かれはしないかと危ぶんでおられた――図書館の中に盗聴器が仕掛けてあるのではないかと」

表情を翳らせて、コレットはうなずいた。

わたしはつづけた。

「警察がわたしたちの会話を盗み聴きすると？　どうしてそう思われたのです？」

「警察は興味を持たないでしょう――わたしが知るかぎりでは。すくなくとも、真剣にとりあうつもりはないわね」コレットは口をつぐむと、長いあいだ、無言で本を見つめていた。

「あなたの疑問ももっともよ。でも……」

「でも？」

「すこし考えてみる。かなり時間がかかるかも」

わたしはふたたび腰をおろし、たずねた。

「あなたは科学者ですか？」

コレットは笑い、かぶりをふった。

「どうして科学者だなんて思うの？」

「これまでの会話に基づいた推測です。わたしは〝埋められたお宝の隠し場所を示す地図はあるのか？〟といったたぐいの質問をしませんでした。そのいっぽうで、式や図式に関する話をしましたが、そのどちらの話題についても、あなたは退けようとしなかった――。だとすれば、それは科学に関する秘密である可能性がある。すくなくとも、その可能性はある、とあなたは思っておられるはずですね」

「ええ、可能性はあるわ」

「ですが、あなた自身は科学者ではないとおっしゃる。では、どんなお仕事を？」

「わたし、どんなふうに見えて？」

わたしは肩をすくめた。

「裕福で高い教育を受けた、若いご婦人に見えます」

「いい線ね！ まあ、それ以上のことは、いまはいいでしょう」いましがた、わたしが引き返してくるまで、コレットは本に目を通していたようだった。「どうしてわたしがこの本に秘密が隠されていることを知っているのか、それはたずねないでちょうだい」

「たずねたところで、うそをつくのでしょう？」

そういって、わたしはほほえんでみせた。さっきコレットがいった、〝女はうそつき〟を思いだしたのだ。

コレットはうなずいた。

「そういうことなら、たずねずにおきましょうか。そのかわり、これには答えてください。ああ、どうぞ、うそはご無用に。その秘密とは、印刷された同じ本の一冊一冊に、かならず隠されているものでしょうか。それとも、あなたがお持ちの本、特定の一冊にだけ隠されているものでしょうか」

「それは……」コレットはためらった。「わからない。ほんとうに、わからないの。でも、そこになんの違いがあるの？」

「大きな違いがある——と思いますよ。特定の一冊にだけ秘密があるのならば、その一冊とほかの本との差異を調べるだけでよろしい。しかし、各冊すべてに同じ秘密が隠しこまれているのであれば、アプローチはまったくちがってきます」

「同じ本ぜんぶに同じ秘密が隠されているのなら、内容そのものに埋めこまれていることになるものね」

「そのとおり」

「いっぽうで、この特定の本にだけ隠されているのなら、この一冊だけ、内容が書き換えてあることになるわ。でなければ、なんらかの物理的な手段が講じてあるのかしら。たとえば、あなたがいっていた特殊な化学インクや、正誤表を使うなどして」

「まさしく。ときに、現代の画面のことはおくわしいですか？　なにしろわたしは、自分の時代のすばらしきコンピュータのことさえよく知らなかった人間でして。いま使われているスクリーンのことなど、とてもとても」

「いいえ、すこしもくわしくないのよ」コレットは間を置いた。「すっかりとりこになっている人たちはいるけれどね」

「あなたはそうではない、と」

「ええ」コレットは本を開き、また閉じた。「そうではないわ。スクリーンが好きなのは、たいていは男の子。男の子は数学にものめりこみやすいしね。人間より機械のほうがうんとうまく処理できる対象――そういうものが好きみたい」

「だとしたら、そういう男の子のひとりをブレインに加えねばならないでしょう。いままでは何百万冊もの本が電子書籍の形で入手できるのですから。すくなくとも、そのように聞いています」

「じっさいには、同じ電子書籍でも、いくつか版違いがあるのよ」コレットはほほえんだ。

「やっぱり、この時代に適応するために、ずいぶん無理をさせてしまったみたいね。ごめんなさい。ほんとうに申しわけないと思っているわ」

「あやまっていただくにはおよびません。それより、版違いがあるのはなぜです？」

「ときどき、著作者のオリジナル原稿を読みたがる人たちがいるのよ。校正前のものをね。そのほかにも、理由はあるけれど……。たとえば、中国語の本が英訳された場合とかがそう。翻訳が三つ四つあって、どの翻訳がいちばんいいかが議論になったりするの」

「あなたのその本は、翻訳書ですか？」

コレットはかぶりをふった。

「使われている言語は現代英語。つまり、いまわたしたちがしゃべっている言語で書かれているということよ」

「この時代の言語は、それひとつだけですか？」

コレットはふたたび、かぶりをふった。

「ほかに何十も使われているわ」

「しかし、いずれは――」

コレットはうなずいた。

「ええ。あなたがいおうとしている点はわかるわよ。わたしも同じ考え。いずれはひとつの惑星言語に収斂するかもしれない。でも、まだそうはなっていないし、そうはならないかもしれない」

「この場合、翻訳のことを考慮する必要がないのであれば、考慮しなければならない要素はなんです？　著者のオリジナル原稿ですか？」

コレットはほほえんだ。

「それはあなたにききたいくらい」

「どういう意味です？」

「この本、あなたの著書だもの」

そういって、コレットは本を差しだした。

ちらりと題扉を見て、わたしはかぶりをふった。

「著者名はわたしになっていますが、これはわたしの死後に書かれたものだと思われます。この本のことは、まったく記憶にありません」

「そんな――そんなことって！」

「死後といって語弊があるなら、〝最後の脳スキャンのあと〟といいかえましょうか。そのスキャン後、もういちどわたしのスキャンをする価値があるとは、だれも思わなかったのでしょう。以後はあまり、著書の売れ行きがかんばしくなかったのかもしれません。ともあれ、著者の——つまり、わたしの原稿自体については……」

「ついては？　どうなの？」

「考慮する必要はないと思いますよ。わたしはあまり校正で手を入れるほうではありませんでしたから。句読点の打ちなおしのたぐいの、ささやかな朱字(あかじ)には、それほど膨大な秘密を隠せるはずもありません。そもそも、朱字に情報を隠せるものかどうか」

「そしてその秘密は、あなたなら——つまり、著者であれば——識別できるものでなくてはならないしね」

「それゆえに、わたしが役にたつと思われたのですね？」

「そのとおり。暗号解読の専門家たちにはすでに相談したわ。いろいろ指南はされたけれど、どの方法を用いても秘密にはたどりつけなかったの。それで、あなたのことを思いついたというわけ。ほんとうに、この本を書いた憶えはない？　それはたしか？」

「たしかです」わたしは本を開き、何段落かに目を通した。「ふうむ、じっさい、わたしの文体のようだ……。すくなくとも、わたしの文体に非常にちかい。とすると、題扉の印字がまちがっているのでしょうか。この本を書いた憶えはありませんが、刊行年月日は——」

わたしは急にことばを切った。

「どうしたの？」

「あることに思いいたった——それだけのことです。あなたはすでに、この自然石の位置をごぞんじでしたね」

コレットはうなずいた。

「とすれば、以前にもここへきたことがあるはずです。あなたが気にしておられる何者かによって、ここもまた盗聴されている危惧はありませんか？　ここにも盗聴器が仕掛けられている可能性は考えられませんか？」

「それはないんじゃないかしら。最後にここへきたのは三年ちかく前だから」

「そのときあなたは、この石に腰かけた――？」

こくり。

「そして、彼もまた、この石に腰かけた。いまわたしがすわっているこの石に」

「よくわかったわね！　そこまで読めているのなら、これもききたいでしょう？　その彼がだれなのか、わたしがいまもその人物を気にかけているのか、そのときのわたしがどれほどその人物のことを気にかけていたのか、その人物とよくいっしょに眠ったのか、その人物とわたしが――」

さっと片手を突きだし、わたしはその先を制した。

「そこまで！」

「そんなにきつい声を出さなくてもいいじゃないの」

「いや、きつい声を出したつもりは……。しかし、そう聞こえたのでしたら、心からお詫びしましょう。とにかく、わたしがいいたいのはですね――この場所に盗聴器が仕掛けられているのではないかということです。可能性ははなはだ低い。とはいえ、なくはない」

「だったら、あっちのほうで話をつづけてはどう？」

コレットは小川の向こうを指さした。

それでいい、とわたしはうなずいてみせた。

小川は幅がせまくて深く、流れが速かった。向こう岸を見れば、崩れた建物の瓦礫で荒廃しきっている。わたしたちはゆっくりと歩いた。わたしが履いているのは自分が持つ唯一の靴、オックスフォード・シューズ。コレットが履いているのは、かかとの細いスクリュー・ヒールのブーツだ。それにしても、どこまで歩くつもりなんだろう？　あるいは向こうも、わたしがいつ足をとめるのかと待っているんだろうか。

ややあって、コレットがいった。

「ここにいる動物は、ぜんぶがぜんぶ、無害というわけではないの。知っているでしょう」

わたしはかぶりをふり、答えた。

「知りませんでした」

「危険な動物は、ある程度までは駆除されたけれど。駆除されてもまた流れこんでくるのよ。熊に狼に――シャム猫を大きくしたような豹とかが」

なおも歩きつづけながら、わたしはたずねた。

「滝のそばのほうが、危険は小さかったのでは？」

「ええ。肉食獣が臭跡をたどれなくなるものね。こうしているいまも、わたしたちは臭跡を残しているし」

わたしはうなずき、うながした。

「では、このへんで歩みをとめて、話をしませんか」

「話をすませたあと、あのホバタクを呼び寄せようと思っても、このあたりには着陸できる場所がないのよ」

「呼ぶ段になって、さっきの場所まで引き返せばいいでしょう」

「なにかが臭跡をたどってきていたなら、もうじき襲ってくるかもしれない。あなたにそのことがわかっていればいいんだけれど」

「その場合、話をすませるのが早ければ早いほど、安全な場所に引き返すのも早くなる道理ですね」

「盗聴されていたら、あそこだって安全じゃないわ」コレットはことばを切った。「でも、盗聴については、たしかにあなたのいうとおり。さっきの場所にも、盗聴器が仕掛けられていたかもしれないし」

「盗聴しているのは何者です？　それは見当がついていますか？」

「そのまえに、すわりたいのだけれど。そのくらい、いいでしょう？」

わたしはうなずいた。

「ずいぶんと歩きましたからね。あなたはスクリュー・ヒールを履いておられる。こんなに遠くまでこられるとは思ってもみませんでした」

わたしたちは水辺に歩み寄った。このあたりでは、川面（かわも）がけっこう低くなっていたので、土手に腰をおろす。すわってまもなく、コレットはブーツを脱ぎ、川に足をつけて、バシャバシャと水をはねさせはじめた。わたしも靴と靴下を脱いで、同じようにした。

2 コレットの物語

「わたしにはコンラッドという名の兄がいたの、ミスター・スミス。二歳年上でね。子供のころはよく兄にからかわれたりもしたけれど、兄妹としては、とても仲のいい部類だったわ。いつもやさしくて、自分を護ってくれる兄のことが、わたしは大好きだった。すこしばつの悪い思いはあったけどね」コレットはためいきをついた。「小さいうちは、よくいっしょに遊んだものよ。スクリーン・ゲームをしたり、かけっこをしたり——子供がしそうな遊びはたいていやったわ。長じて、兄は技術者になって、わたしは教師になって」

コレットはことばを切り、考えこんだ顔になった。

「わたし、教師のように見えなければいいんだけど、やはりそう見えてしまうんでしょうね。いまどきの学校の教育制度はごぞんじ？」

存在することは知っていますが、それ以上のことはわかりません、とわたしは答えた。

「とてもよくできた制度——すばらしい制度よ。ただし、ほんとうに学ぶ意欲がある生徒にとってはだけど。逆に、意欲がない生徒にはなんの価値もない制度。だから、教師の仕事は、生徒の学習意欲に火をつけて、燃えあがるまで煽ることにあると考えているの。おおげさな形容と思うかもしれないけど、これはけっしておおげさではなくて、実態はそういった感じなのよね。まさしく、いまいったとおりなのよ！　ときどき、生徒の顔を見ているだけで、意欲に燃えていることがわかるわ。どれほど熱く燃えているのかは、すこし火傷をするまで判別できないこともあるけれど。生徒にまる一ダースも鋭い質問をされて、そのほとんどに答えられないと認めざるをえないときもあって……そういう場合、その生徒は、あちこちのサイトやディスク読取機（ディスカー）へ調べものにいくし、ときどき、わたしたちが〝実体テキスト〟と呼ぶものを調べにいくこともあるわ。つまり紙の本をよ。通常、二十歳未満の人間が本物の本を開くことは、ほとんど不可能なのだけれどね」

　わかります、という意味で、わたしはうなずいてみせた。

「教育制度について、すこし長くしゃべりすぎたみたいだわ。なるべく手短にまとめるよう心掛けましょう。母が亡くなったのは、もう何年も前のことよ。そのときは忌暇を取って、実家に帰って、葬儀に出て――葬儀がすんだら、すぐに生徒たちのもとへ取って返したわ」

　さぞやおつらかったでしょう、とわたしはいった。じっさい、とてもつらかったのだろう。

「ほんとうなら、ここで、ありがとう、いまはもうだいじょうぶだからと答えるべきなんでしょうけれど。そうすれば、このやりとりはこれでおしまい」

　コレットの目に涙が光った。

「そう答えるのが礼儀だということは、ちゃんとわかっているのよ――でも、だいじょうぶじゃない！　ほんのこれっぱかりもだいじょうぶじゃないわ！　人が死ぬということはね、たいへんなこと、忌まわしいこと、不当なことなの。死というものをなくせるなら、死神を殺してもいいと思うくらい。葬儀のあと、仕事にもどりはしたけれど、わたしはいまだに、母に会いたくてしかたがない。だから、いまはそれなりにお金もあることだし、母の複生（リクローン）を依頼しようと思っているのよ」

　コレットは息をついだ。

「それから数年たって、こんどは父が亡くなってね。父については、わたしが話をおえたらいろいろと質問したくなるだろうから、いまのうちにいっておくわ。その質問にはほとんど答えられないでしょう。ただ、才能豊かな人であったことだけはたしか」

　コレットはことばを切り、よそに目を向けた。そのスミレ色の目には、どう表現するかを考えているようすがうかがえた。

「才能豊かではあったけれど、でもその才能は、たいていの人からは評価されないたぐいのものだったの。そのうえ——おそろしく秘密主義的で」

　わたしはうなずいた。コレットの口にするひとことひとことが、来四半期か来年あたり、ふたたびわたしを借りだしてくれそうな期待を高めていく。

「わたしがまだ小さいころ、父は何度も職を失ったわ。そのうち、わたしも実態に気づいて、すごく心配になってね。新しい仕事について、一年、うまくすると二年はつづくんだけれど、そこで失職してしまうのよ。わたしが十代はじめのころになると、父はもう新しい仕事先を探すのをやめて、自分でビジネスをはじめたの。財務相談に乗ったり、投資顧問をしたり、そういったたぐい——つまりコンサルタント業よ、いろいろな方面の。週に一スクリーンのページスで、ささやかなニューズレターも発行していてね。たいていのニューズレターよりもコストがかかっていたけれど、そのかいあって、じきに購読者が一千人を超えたそう。自分でも投資をやっていて、それでけっこう儲かったみたい。そういった仕事のことについては、わかるでしょう、父はわたしにいっさい話をしなかった。兄にもよ。母には話していたかもしれないけれど、その母も、わたしたちにはなにもいわなかったし。もっとも、母に話していたとも思えないわ。妻を信頼して、いろいろと打ち明けるタイプの人ではなかったから。そもそも、だれのことも信頼していなかったしね。父についてわたしが知っているわずかなことがらは、家族以外から聞かされたものばかり——のちに、ほかの教師たちや、わたしの生徒の親たちから聞かされたことがほとんどよ。当時のわたしにわかっていたのは、うちの一家が突然、郊外の大きな屋敷に引っ越して、羽振りがよくなったことだけ。コンラッドとわたしを大学へやるお金も、父にとってはすこしも負担ではなかったみたい。飛翔機(フリッター)も二機あったし。その二機に加えて、わたしにも一機買ってもらったほどよ。フリッターをひとり一機で持てる家なんて、そうそうあるものじゃないのに」

わたしはこんどもうなずいた。

「もちろん、父の葬儀のときにも屋敷へ帰ったわ。そのとき——スパイス・グローヴへ帰るまぎわになって——兄が父の実験室を見せてくれたの。実験室は屋敷の四階にある続き部屋でね。父が留守しているときには、かならずドアに鍵がかかっていたし、家にいるときにもたいてい鍵がかかっていたものだったわ。部屋の片方はオフィス兼用で、デスクが何脚かと、スクリーンに、キーボード、ディスク読取機（ディスカー）が数台ずつ、ファイル・キャビネットも何台かあったわね。オフィスにありそうなものはなんでもそろっていたと思う。続き部屋の片方の部屋だけでそれだもの。でも、その部屋の本質は化学実験室――あれを見た人は、たぶん、あそこのことをそう呼ぶんじゃないかしら。そこには千種類もの化学物質がそろっていたわ。バーナー、炉、分析機器、その他もろもろもよ。もうひとつの部屋には、作業台が一脚と、名前のわからない計測機器みたいなものが数台あって、その機器はスクリーンでプログラムして使うんだ、と兄がいっていたのを憶えてる。いちど動かしはじめたら、そこの機器は、トランス状態にでもあるみたいに、いつまでも処理をつづけるんですって。それにしても、ずいぶんいろんなものがあったわね。ほどなく兄は、オフィスの壁際にあったスクリーンを動かしたんだけれど――その奥から現われたのは、なんと壁に造りつけられた金庫だったの。そうとうに大きくて、銀行の金庫みたいに、すごくがっしりした造りだったわ。そうしたら、兄がきくのよ、専門家を呼んでこの金庫をあけるつもりだが、その場に立ち会いたいかって。まるで、わたしが兄を信用していないみたいな口ぶりで。それでわたしは、立ち会う必要はない、中身の確認はまかせるからと答えたの」コレットはことばを切った。

「そのあと、ずいぶん長く話をしたわ」

「なるほど。立ち会いを断わったのは、おにいさんを信用していないと思われたくなかったためですか？」

「ううん、そうじゃなくて。兄を信用していた、というのも理由のひとつではあるけれど、もうひとつは、金庫の中から、父の恐ろしい秘密の告白が出てくるのが怖かったから。父はいかにもそういう秘密を持っていそうな人間だったのよ。すくなくとも、わたしにはそんな人物に見えていたわ。だれかを脅迫していた証拠や、なにか恐ろしい犯罪の告白を録音したものが出てきたりしないかと、わたしは不安でしかたなかった。そんな告白があったなら、聞きたくないでしょう？　告白を聞いた兄は、わたしにその内容を伝えるかもしれないし、伝えないかもしれない。どちらにしても、父の声でそれを聞かされるよりはまし――うんとましだわ。告白する父の声には……きっと苦渋がにじんでいたはずよ。それを聞いたなら、そのことをわたしたちに打ち明ける父と同じくらい深く、わたしも傷ついたことでしょう。父のような孤独型の人間は、心になにもかもしまいこみがちだし――しばしばそれでひどく苦しむものなのよ」

コレットのやわらかな白い手が、ひざの上で不安そうにうごめいた。

「ただ……金庫の中身は、そういうものではまったくなかったことがわかったわ。わたしのほうは、金庫の存在をすっかり忘れていたんだけれど、つい二、三日前、兄がひょっこりと訪ねてきてね。その前日になって、ようやく金庫をあけさせたというの」

わたしを見つめたまま、コレットはやわらかな緑の草のあいだを手探りし、そばに置いてあった形状記憶バッグを手に取って、その中からふたたび例の本――『火星の殺人』を取りだした。

「兄はいったわ、なにが出てくるときみが期待していたのかはわかっていたぞって。無記名債券、黄金、エメラルド、その手のものが出てくると思っていたんだろうって。でも、そういうものではまったくなかった。この本だけが――金庫の中には、ただこの本だけが入っていたのだそう。そのとき、兄はうそをついていなかった。それだけはたしか。そのとき兄は、うそをついてはいなかったのよ」

「おにいさんのことをとても深く理解しておられるのですね」

「ええ、とっても。いっしょに育ったんだもの。母のことと同じくらいに深く、兄のことも理解しているわ。うそをつくとき、兄ならもっとまことしやかな作り話をでっちあげたはず。たとえば、〝あけたときは、何者かが中身を持ち去ったあとらしくて、金庫の中はからっぽだった〟とか、〝中身は個人的な文書ばかりだったので、みんな燃やしてしまった〟とかね。いくらでもでっちあげようはあるでしょう？　でも、兄はいうの、金庫の中にはこの本しか入っていなかったって。そういうそばから、わたしがその話を信じないだろうと、ずいぶん心配していたわ。でも、兄のことはよく知っている。あまりうそをつく人じゃないけれど、たいていの人間よりも巧妙にうそをつくの。兄のうそは、いつも破綻がなくて、もっともらしいの。けれど、この本については、そうじゃなかった」

わたしは手を差しだした。前のときと同じように、コレットはわたしの手に本を載せた。おもむろに、本を開く。

「おとうさんの名前もコンラッド・コールドブルックだったのですか？」

「ええ、そう。そこに書きこんであるのは父のサイン。手元にある父のサインをひととおり引っぱりだして見くらべてみたけれど、すべて一致したわ。そのサインが偽造だとしたら、専門家もだませる高度な偽サインということになるはず。コンラッドは兄の名前でもあるの。いまの質問からすると、さっき話したことを憶えていてくれたみたいね。父の存命中、兄はコンラッド・ジュニアを名乗っていたわ。父が亡くなってからはジュニアを使わなくなったけれど」

「ふつうはそうです」わたしは本をコレットに返した。

「この本を書いたこと、ほんとうに憶えてないの？　彼を形容できることばは、もっと悪いことばか、〝彼は天使でもなければ、悪魔でもない。若いと同時に甲羅を経て、善でもなく悪でもなく、そもそも存在しないかのどちらかである。遠くの星々へ通じる道を熟知する存在――〟

ほら、ね？　書き出しはこんなふう」

冒頭部分はわたしも読んだ。やはり書いた憶えはない――と答えかけたとたん、いま読みあげられた一節に、ほんのすこし馴じみがあることに気がついた。もういちど本を受けとり、しげしげと見る。オンデマンド印刷の本ながら、表紙絵がついている。いずれかの出版社が出した過去の本から借用したものだろう。描かれているのはふたつの惑星だ。大きいほうは青と白のまだら模様でおおわれており、小さいほうは暗赤色で条紋だらけで――しかも蛇に締めつけられている。

コレットがいった。

「蛇は悪魔の象徴ね」

いろいろなことに思いをめぐらせながら、わたしはうなずいた。

「この本、中をお読みになっていませんね？」

「ええ。そうよ、ミスター・スミス、読んではいないわ。でも、重要なのは、この本が父の金庫にあったということ——それも、金庫に入っていた唯一のものだったということ。そうでしょう。そして、その著者はあなた。題扉を見てごらんなさい」

自分の名が書いてあることはすでに確認ずみだったが、もういちど検めた。共作ではない。物故した作家の未完成原稿をそれなりの形にまとめたものでもない。題扉の裏に記してある刊行年月日は、わたしが死んだ年から数えて十三年前のものだった。

ためいきをつき、本をぱらぱらとめくる。

〝エリディアンはそこを下水溝と呼んでいた。だが、それは下水溝という語から想像されるものよりもはるかに大きく、形状もはるかに多様だった。トンネルもあれば地下室もあり、地下室の下の地下室もある。しかも、もっと悪いことに、都市のうんと地下深くにあった。彼は知っている——この〝下水溝〟の中に動物が棲んでいることを。動物のほかには、どんなけものよりも攻撃的で残忍な人間と、陽光がなくても育つ植物——生きものや死体に生えて茂る色の薄い植物なども存在する。しかし、アポリアンが最初に遭遇したのは、そのいずれでもなく、女だった〟

自分に語りかけるようにして、わたしはいった。

「思いだしました」

「よかった！」

刊行年のページにもどる。

「ここにオリジナルの出版社が書いてあります」コレットに見えるよう、本を大きく開き、かかげてみせた。「ピクシー・プレス。小さな出版社でしたよ。女性経営者とそのご主人、ふたりだけの。そのほかにパートタイムのボランティアがひとりいて、給料のかわりに本をもらっていたものです。ふだん、わたしの本を出してくれていた出版社は、この本に難色を示しましてね。エージェントがほかにも何社か当たってくれたのですが、どこも受けつけてくれないと泣きながら、原稿の束をかかえて帰ってきたものでした。ああ、これはもちろん、暗喩的な表現であって、ほんとうに泣いていたわけではありませんよ。ともあれ、そういういわくつきの本を、ピクシーが限定版の形式で出してくれたのです。部数は……」

ことばを切り、当時を思い返す。

「……三百五十部でした。この部数はまちがいありません。そのうちの百部はサイン入りの箱入り本――それ以外は中性紙を用いたふつうのハードカバーで、ジスタル素材のカバーがついていましたね。この本は後者のうちの一冊のようです」

コレットはほほえんだ。

「その会社のためにも、売れてくれたことを祈るわ」

「売れましたとも。全部数が、一年たらずではけてしまった、とジェンがいっていました。ジェンというのは、その女性経営者のことなのですが、とても喜んでいましたよ。刊行から一年以内に本が完売したのは、はじめての経験だったそうです」

「ともあれ、自分がこの本を書いたことを思いだしたのね？　そうなのね？」

「はい。この小説は、ときどき手がけていたサイドプロジェクトのひとつでした。当時は、『アイスブルーのキス』で行き詰まっていたので、しばらくのあいだ、この本に取り組んでいたのです。最初は短篇にするつもりだったのですが……」

コレットはほほえみ、足で川水を小さくはねさせた。わたしはつづけた。

「……構想がどんどん膨らんでしまいましてね。それはまあいいのですが、ときどき、この小説を書くことにやましさをおぼえたものですよ。なんといっても、お金にならないことがわかっていましたので」

「あなたが気にしていたことはそれだけ？　お金を儲けること？」

わたしは猛烈な勢いで脳を働かせながら、ぱらぱらと本をめくった。考えごとをしながら犬と遊ぶときのように。

「そうではないことは明白でしょう。売れないとわかっていながら、このような本を書いていたのですから」

「でも、この本の中にはまだお金が埋もれているわ。封じこめられているわ。お金と力は、本質的には同じものよ。お金があれば力を得られるし、力があればお金を得られる。物質はエネルギー、エネルギーは物質なのと同じこと。わたしはいつも、最終試験にひとつふたつ、その手の設問を出すことにしているの」

「物質とエネルギーの相互交換とは、ずいぶんと大きく話が飛躍するものだ。おとうさんが金庫にこの本を入れたというささやかな事実からは、かなり大きな飛躍ですよ」

「それだけじゃないわ。ほかの要素もあるのよ」

コレットはもうほほえんではいなかった。

「わたしもそれだけだとは思っていませんが。ほかの要素とはなんです？」

「気の毒な兄のことは、まだあまり話していなかったわね。つまりコンラッド・ジュニアのことは」

「あなたがおっしゃったのは、おにいさんがこの本をあなたにわたした、ということくらいです。それ以外は、ほとんどなにもうかがっていません」

「父の金庫をあけさせたのが兄であることも話したわね。兄はね、わたしが住むスパイス・グローヴへ、どこへも寄らずにやってきて、わたしにこの本を手わたすと、やはりどこへも寄らないで、またニュー・デルファイへ帰っていったの。その日のうちのことだったわ――いい、兄が殺されたのは」

人生のうちには、総毛立つことが二、三度はある。わたしにとっては、まさにこのときがそのうちの一回だった。わたしはたずねた。

「何者かがおにいさんを殺害した――？」

そう口にしたとたん、それがいかにばかげて聞こえるかに思いいたった。

コレットはうなずいた。

「警察の話では、兄が屋敷に入ったとたん、何者かに襲われたんですって。玄関の間の床でスーツケースをあけられて、中をあさられていたの。屋敷のほかの部屋も荒らされていたわ。寝室では、ドレッサーの引き出しをぜんぶ抜きだされて、中身をぶちまけられていたそう。担当の警官から状況をくわしく聞かされたけれど、その警官の名前を知りたい？　どこかに控えてあるはずよ」

「いまはけっこうです」

「その警官がいうには、犯人たちはなにかを探して、結局、見つけられなかったらしくてね。父の図書室にあった本は、すべて本棚から引きだされて、床に放りだされていたそうなの。本物の紙の本、二、三百冊がよ。それはもう、たいへんなちらかりようだったでしょう」

ここにおいて、総毛立つ思いは頂点に達した。

「あなたは現場をごらんになっていないのですか？」

「ええ。警官から話を聞いただけ。ほとんどはその警官から聞いたことよ。もちろん、いまあなたが持っているその本のことも、警察に話そうかとは思ったんだけれど――」

「それが賢明なこととは思えなかった、と。その判断、正しかったと思いますよ」

コレットはほっとした顔でうなずいた。

「そのあと、ベティーナ・ジョーンズにコールしたの。ベティーナは学校時代の古い友人で、実家の近くに住んでいるから。ベティーナはすぐ実家にいって、ようすを見てきてくれたわ。そのときの話によると、そうとう悲惨な状況だったみたい。それで、ベティーナが――」

わたしは話をさえぎった。

「そのベティーナ・ジョーンズは、どうやって屋敷に入ったのでしょう？」

「メイド・ボットが通したのよ。ボットはまだ屋敷にいるわ。台数はぜんぶで五台だと思う。そのあとでベティーナが教えてくれたんだけど、〈慈悲深きメイド〉という会社があってね。この会社、居住者が亡くなった家の片づけと清掃を専門にしているそうなの。そういう家はちらかっていて、汚れていることが多いんですって」

「なるほど」

「死を目前にした家主の女性が、何週間も何週間も、病床についているとするでしょう？必然的に、家は荒れてしまうわね。といって友人や親戚に管理をたのむと、女性が死ぬのを見越して、財産を勝手に持ちだしてしまう例があるそうなのよ。そこへいくと、〈慈悲深きメイド〉の被用者はみんな信用保証つきで、契約すると、いちどに六人ほどがきて片づけをしてくれるみたい。ひとりは床のワックスがけ、ひとりはキッチンの片づけ、もうふたりは全体の清掃。残るひとりないしふたりは――これは上級の被用者なんだけど――財産目録を作ってくれるそう。それで、屋敷の片づけはその会社に依頼したの」

「その会社、ボットは使うのでしょうか。ボットはいろいろと不備もあると聞いていますが、盗みは働かないでしょう」

「わからない」とコレットは答えた。「それはたずねていないから」

「財産目録は送ってきたのですか？」

　コレットはうなずいた。

「紛失しているものはなかったか、とききたいのね？　なかったわ。たとえあったとしても、わたしにはわからないもの。ところで、そろそろ教えてちょうだい。わたしたち、これからどうするべきだと思う？」

　この文章を読んでいる人には信じられないだろうが、自分が何者であるか、自分がなにをされたのか、そのすべてがいかに非現実的であるのか——それをほんとうに理解したのは、このときがはじめてだった。わたしは自分が想定していたような人間ではない。かつてこの名前を使っていた人間ではない。いまもその名を使っているわけではあるが、じっさいには、別人——その人物のＤＮＡから成長させられて、当人の記憶を詰めこまれた、一介の若僧でしかない。その記憶は、わたしにとっては紛い物であり、自分で経験したものではないし、経験できたはずもないものだ。それを指して、記憶の〝移植〟と関係者たちはいっていた。このことばが具体的に意味するものは、一種の昏睡状態で横たわるわたしの脳に、とっくに死んだ人間の、何年、何十年ぶんもの記憶をロードすることである。

　わたしは本物の記憶を持たない若僧にすぎない。自分固有の記憶はといえば、図書館での暮らしのこと——閉館するまで書架の棚ですわっていて、閉館後に館内をすこし動きまわり、階段を駆けあがっては駆け降り、腕立て伏せをし、腕ずもうをし、わたしと同じく紛い物の記憶しか持たない、二十一世紀からきた他の複生体（リクローン）たちと、夕食をともにしながら会話することだけだ。そんな暮らしの合間合間に、わたしは延々とアラベラのことを想いつづけた。図書館の者たちがアラベラを発見し、わたしのときと同じようにリクローンして、〈詩人〉コーナーの書架に収めてくれるのは、いつの日になるだろう……。

ひとり、またひとりと、砂漠を歩み
やがて進みは鈍る、ブーツに纏（まと）いつく
　時の砂の重みで。

わたしには大小一万もの決断を下した記憶がある。しかし、現実にこの身で決断を下したことは一度もない。こうして川岸にすわって、コレットの手に——たまに——触れることはあっても、肉体的接触がどういうものかを身をもって知っているわけではない。これまでに、何人かの女性の手に触れはした。だが、それだけだ！　コレットの香水はいまもなお鼻孔をくすぐっている。香水の芳香、そして足を洗う冷たい川水（かすい）のこの鮮烈さ。流れる水は美しい。澄みきった冷たい水には、川底の砂を押し流すことはできない。これまでも、これからも。

わたしに本物の経験の蓄積はない。時の砂も、そうすぐにはブーツに纏いつきそうにない。

われわれは、われわれ図書館の蔵者は、末長く存続する。これは仲間うちでよく口にされるジョークだ。これを聞いておおぜいが笑う理由が、わたしにはいまだに理解できた例（ためし）がない。

それにわたしは、ほんとうの子供時代を過ごしたこともない。

「わたしたち、どうするべき、ミスター・スミス？」

コレットがくりかえした。

わからない、と答えたかった。だが、そのことばはのどにつかえて、ほんのすこしも出てこなかった。

3　わたしたちのしたこと

「正直な話」コレットがいった。「どうしていいか、わたしにはまったくわからないのよ。あなたはどう思う？」

わたしはためいきをついた。小川と草むす土手を離れたくなかったからだ。それに、このひとときが終わるのが残念でしかたなくもあった。

「明白なことだと思いますが」

「だけど、わたしには明白じゃないのよ」真剣な口調だった。「よかったわ、あなたを借り出して！」

「まずは、おにいさんに依頼されて金庫をあけたという専門家の話を聞くことでしょうね。しかし、そのまえに――」

わたしは頭の中でしきりに考えをめぐらせた。

「――あなたが『火星の殺人』をそれほど重要だと思った理由はほかにもあるはずですよ。それを話してもらわなくてはなりません」

わたしは本をすぐそばの土手に置いた。コレットがじっとすわったまま、なにもいおうとしないので、わたしはふたたび本を手にとり、ぱらぱらとめくってから差しだした。

コレットは考えこんだ顔で本を受けとった。

「この本、この川に投げこんでもいいかしら。そうすれば、いろいろなやっかいごとを避けられるかもしれないから」

「たとえば、つかまって拷問されるといったようなやっかいごとですか？　殺人犯たちは、あなたがこの本を入手したことを知っているのでしょうか？　もし知っているのなら、川に捨てたといったところで、信じてはくれませんよ」

「きっとそうね。この本を手に入れたことを知っているかどうかについては……おそらく、知っていると思う。すくなくとも、手に入れただろうと見ているでしょう。兄が手に入れたことは、どうやってか嗅ぎつけたんだもの。けれど、何者かに殺害されたとき、兄はすでにこの本を持っていなかった。犯人たちは、兄がつねに本を持ち歩いていると想定していたにちがいないわ。ポケットかスーツケースに入れて。でも、もちろん、兄は持っていなかった。わたしに託していたからよ。この本が重要だと思う理由はそこなの。それで、金庫をあけた人物の話をなぜききたいの？」

わたしは深呼吸をし、深々と空気を吸いこんだ。ここから先は綱渡りだ。わかっている。

「第一に、金庫の中には、その本以外、なにも入っていなかったというおにいさんの主張をたしかめるため――そして、もしも本のほかに入っていたものがあったなら、それはなんであったのか、その手がかりをつかむためです。第二に、その本を追いかけている者たちは、なんらかの方法でその存在を知った。存在を見つける方法はというと、すくなくとも六通り――おそらくは、もっとあるでしょう。たとえば、あなた自身がその者たちに、自覚のないままに話した可能性もありますし、あなたがほかの人に話しているところを盗み聞きされた可能性もあります。しかし――」

コレットがさえぎった。

「それはないわよ、聞かれるはずなんてない！　あなた以外に、だれにも話していないんだもの」

「それは重畳（ちょうじょう）。あなたでないとしたら、おにいさんがだれかに話したのかもしれませんね。可能性はいろいろ考えられます。しかし、もっとも高い可能性は――すくなくともわたしの見るところ――犯人たちが錠前師から聞きだした可能性です。もしもそのとおりであれば、錠前師は犯人たちの顔を見たにちがいありません。わたしの時代には、電話という、相手に顔を見られずに通話できる道具がありましたが、いまどきはスクリーン通信と対面電話（eフォン）ですから、相手の顔が見えます。なんらかの形で画面に映す顔を偽装するくらいならできるかもしれませんが、そのためには、スクリーン技術に通暁している必要がある。すくなくとも、わたしはそう推測します」

コレットはうなずいた。

「小さいころからスクリーンを使ってきたわたしでも、通信時の顔を偽装できる方法は思いつかないわね。そもそも、どこから手をつけていいかもわからないくらい」

「偽装かどうかはさておき、知らない相手からかかってきた一本のスクリーンを、人はそう簡単には信用しないでしょう。あなたが問いあわせれば、錠前師はいろいろと教えてくれるかもしれません。あなたには、犯人から連絡があったかどうかを知らなければならないこと、おにいさんが亡くなったことなど、たずねる資格のある事情がいろいろとあり、その理由を説明できます。いっぽう、犯人たちにはそれができません。錠前師に〝なんで金庫の中身を知りたがるんだ〟ときかれたら、犯人は困るでしょう？　事実、錠前師は、そうたずねたと思いますよ」

「お金を握らされたかもしれないでしょ」

「おっしゃるとおり、たしかに金というものは、いつの世にも効果絶大ですが――ただし、それが充分な額であるのならです。もらった以上の金を積めば、犯人たちの容姿や犯人たちとの会話を聞きだせる可能性があります。その情報は、わたしたちにとって決定的なものになるかもしれません」

コレットはふたたびうなずいた。

「知識は力だものね、その知識が正しいのなら」

コレットがスクリーンで例のホバタクを呼ぶあいだ、わたしはハンカチで彼女の足を拭き――いや、これはなかなか衝撃的な行為だった――彼女がブーツを履くのを手伝い、自分のソックスと靴を履いた。この場所へきたときホバタクが降ろしていった空き地へと引き返すあいだ、わたしは動物を警戒してまわりに目を配っていたが、結局、一頭も見かけることはなかった。

　十五分ほどたって、ホバタクが迎えにやってきた。スクリーンには、さきほど飛びたったときよりずっと高い料金が表示されていた。コレットは、金額には目もくれずに運転シムを呼びだし、あらためてタオス・タワーズへ向かうよう指示してから、わたしに顔を向けた。

「こんどはタワーズへ直行してもいいわよね？　現地まで飛揚車（ホバークラフト）で二時間から三時間くらい。すでにこのへんは暗くなってきたから、着くころには真っ暗よ」

　わたしは肩をすくめた。

「あなたは十日間の期限でわたしを借り出されました。すくなくとも今夜はご自宅に泊めていただけると想定してよろしいですか？」

「アパートメントに腰を落ちつけて、ワインをすこし飲んで、映画をいっしょに見て、気のきいたせりふをいくつかささやいたら――寝てもけっこうよ。客用寝室でがまんしてもらうしかないけれど」

　笑みを浮かべるべき場面ではなかった。しかしわたしは、つい笑みを浮かべてしまったと思う。

「いまおっしゃったことは、すべて喜んで実行しましょう」

「よかった」コレットはほほえんだ。「うちには部屋が五室あるの。それと、バスルームね。ラウンジとダイニングルームは自由に使ってくださってけっこうよ。いちばん大きい部屋はラウンジ。カウチがあるのもそこ。バスルームも好きに使ってくださいな。わたしが使っていないときには、だけれど。ただし、キッチンとわたしの寝室は立入厳禁。なにか食べたいときや、ミルクなりなんなりを飲みたいときは、かならず声をかけてちょうだい。わたしが持っていくから。ワインにビール、ソフトドリンクにつまみのたぐいは、ラウンジ・バーの下の戸棚にあるわ。ジンジャーエール、ピーナッツ、クラッカー、その手のものよ。バーにあるものは、なんでもお好きにどうぞ。ただし、憶えておいて、キッチンとわたしの寝室にだけは入らないこと。あそこはわたしのアパートメントで、それがわたしのルールなの」

「もちろん、したがいますとも」

「キッチンには立ち入らないわね？　わたしの寝室にもね？」

「絶対に」

「このことは、かならず守ったほうがいいわよ。どちらかにいるのを見つけたら、あなたを借り出したときみたいに即決するから——図書館へつっかえしてしまおうって」

しばしのち、アパートメントに収まってまもなく、わたしはコレットにこうたずねられた。あなたとしては、できるだけ早く、ニュー・デルファイにある父の家を訪ねたいのだろうと思うけれど、どう？

わたしはかぶりをふった。

「理由はきかないでおくわ」

「そのほうがいいでしょう」

「ここに着くまで、ずっと黙りこくっていたわね」

ました」

「気のきいたせりふのひとつもひねりだせないものかと頭を絞っていたのです。何十も考え

コレットはほほえんだ。

「いいのが出た？」

「だめでした。あなたは信じられないほどに美しい。しかし、それは前にもいったことで、気のきいたせりふでもありません。あなたを目にした男は、例外なくそういうでしょうし。では、なんというべきか？　あなたは牝獅子のように勇敢ですとでも？　これは本音ですが、しかし女性というものは、勇敢さを讃えられることを好みません」

「それなら、なぜいま、そういったの？」

「わたしが外交辞令よりも正直さに重きを置く人間だからですよ」

そこでわたしは、自分の唇に人差し指を当て、そっとコレットの形状記憶ハンドバッグに手を伸ばし、中からあの本を抜き取って、別の場所に持っていった。ほどなく、ラウンジにもどってきたわたしを、コレットは両眉を吊りあげて見た。わたしはふたたび、自分の唇に人差し指を当ててみせた。

コレットはうなずき、スクリーンの前に歩みよって料理を注文した。食事をするあいだ、コレットが小声でいった。

「……もう説明してくれてもいいんじゃないの？」

わたしは指で〝そうかもしれない〟というしぐさをしてみせたが、それでも、このように

ささやきかえした。

「まだです」

「カメラが仕掛けられているとでも？」

　肩をすくめてみせる。

　夕食のあとは、いっしょに『四月と斑（ふ）入りの百合』を、つづいて『二度の恐怖』を見た。わたしも臨場映像のことを知ってはいたが、この方式によるドラマなり映画なりを見るのは、コレットにもいったように、このときが初めてだった。そして――『二度の恐怖』がまさに山場を迎えようとするころ、彼らはやってきた。わたしの腕時計が十一時を告げた時点で、コレットのスクリーンがこのような文字を発光させたのである。

〈訪問者・クラスA1〉

　それを見るなり、コレットは〝どういうこと？〟とつぶやいた。わたしはたずねた。この文字はどういう意味です？

「この建物がだれかを正面玄関の中へ通したということよ」コレットは立ちあがり、ドアへ大股に歩みよった。「人数はふたり。ほんとうなら、建物はふたりの姿をスクリーンに映しだして、わたしが通していいと許可しないかぎり、締めだすはずなのに」

　コレットが夜錠（ナイトボルト）のラッチをかける。これでもう、鍵がないと外からは開かないはずだ。

「建物があなたに問い合わせをしなかった理由は？」

「訪問者がクラスA1だから。つまり、自動的に通していい、とわたしが指定した訪問者ということよ。Ａ１指定の人間は、わたしが留守にしていても、ここへ入ってこられるの」

「それでは、そのとおりの相手なのでしょう。むしろ、うれしい訪問者なのではありませんか？」

わたしはそういってなだめようとしたが、コレットは怯えており、同時に、怒ってもいるようだった。

「わたしが指定したのは兄（コブ）ひとりだけ。そのコブはもう死んでしまったわ」

ドアにノックがあるかと思っていたが、その気配はなかった。と、なんの音もしないまま、いきなりドアが勢いよく開き、ふたりの男がどかどかと中に踏みこんできた。入ると同時に、ふたりめがうしろ手にドアを閉める。ひとりめの男——黒っぽい服装の、ずんぐりした男がいった。手には銃を持っている。

「おれたちが何者なのか、だれの意を受けて動いているか、話すつもりはない。知っていることがすくないほど、おまえたちの身のためだ」

わたしはうなずき、コレットの腰に腕をまわした。あえて彼女に密着するのはこのときがはじめてだ。

コレットは手にしたコントローラーを相手に突きつけた。

「これをひとなでしたら、警察が出現するわよ」

すぐさま、ふたりめの男が大股に二歩、あっと思う間に近づいてきて、コレットの手からコントローラーを取りあげた。

「すまんな、警官どの」男が話しかけた相手は、ラウンジに出現した制服警官仮像（シム）の電子的合成イメージだった。「うちの悪ガキがコントローラーをいじってしまってね。おもちゃにするなと、口をすっぱくしていっているのに」

それだけいうと、コントローラーのキーのひとつを押した。スパイス・グローヴ警察局（SGPD）の警官シムは消えた。制服も、バッジも、なにもかもだ。

「お金なら、あんまりないわよ」コレットがいった。声は平静を装っているものの、震えているのが手を通してわかる。「このまま引きあげてくれるなら、有り金をぜんぶ出すわ」

「本を手に入れたな？」ふたりめの男がいった。こちらはずんぐりした男よりも若く見える。帽子をかぶっていて、頭ひとつぶん、もうひとりより背が高い。「本を手に入れただろう。われわれの目的はその本だ。出せ」

「本なら何冊か持っているわ。わたしは教師だから。たぶん、もう知っているだろうけど」

ずんぐりした男が鼻を鳴らした。

「どの本のことか、わかっているはずだ」背の高い男がいった。「それをわたせ。わたせばすぐに引きあげる。二度とわれわれを見ることはない」

わたしが口をはさんだのはこのときだった。

「いったいなんの話をしておられるのやら、どちらの方でもけっこうです、教えていただけませんか」

「ミズ・コールドブルックには兄がいた」背の高いほうが答えた。その口調には、いまにも光刺激棒をふるわんとしている図書館のボットを思い起こさせるものがあった。「その兄がおれたちの本を盗んだんだ。そいつを出せ。いますぐに！」

しゃべりながら、男はコレットのコントローラーを上着のポケットにつっこんだ。

わたしは立ちあがった。

「あなたがおっしゃることは、わたしには関係のないことです。それに、コレットにも関係ないことのように思えるのですが？」

「関係あることはわかってる」

これはずんぐりとしたほうだ。時刻でも教えるような、淡々とした口ぶりだったが、その顔つきは、赤ん坊の腕も平気でもぎとる男であることを物語っていた。

背の高いほうがたずねた。

「そもそも、おまえ、何者だ？」

「たんなるミズ・コールドブルックの賛美者のひとりですよ。しかし、今回の椿事(ちんじ)は私的なことがらのようですから、わたしとしては、介入するつもりはありません」

コレットの手がわたしの手を探りあてた。

「だめよ、いかないで、アーン！　ここにいて！」

おわかりと思うが、アーンというのはわたしの名前、E・A・スミスのファーストネームである。

「そうおっしゃるなら、ここにいましょう」力づけるような響きを声に含ませて、わたしはコレットにいった。「わたしがこの場にいることで、なにかお力になれるのでしたら、どうすればいいかをいってください」

ずんぐりした男がいった。

「これが最後だ。本を持っているな？」

当然、わたしはこう答えた。

「それはどのような本でしょう」

「コンラッド・コールドブルックが、そこにいる女——妹に託した本だ」

知らないという意味で、わたしはかぶりをふった。

「その本のことは知っているはずだ」

「彼女の口から、ある本の名前は聞きました。『図書館のランタン』でしたか？　そうそう、それそれ。あれはすばらしい本です！　わたしも読みました」

ここで急に、コレットがだっとドアへ駆けだした。もうすこしでドアを開けられるところだったが、その寸前、背の高い男にうしろから腕をつかまれ、動きを封じられた。その瞬間、だれかが男の背中に飛びつき、背後からのどくびに腕をかけ、ぐいぐいと締めあげだした。わたしが憶えているのはそこまでだ。

ここで〝だれか〟といったのは、自分で飛びつこうと決めた記憶がないからである。飛びついた記憶もない。だが、だれかがそうしたことは憶えている。わたしではないだれかだ。わたしはいい子にして、おとなしくカウチの前に立ちつくしていたのだから。

　はっと気がついたときには、わたしは椅子にすわらされ、両手をうしろに縛られていた。側頭部を掻こうとがんばったものの、どうしても手を動かせない。コレットはわたしのやや左にいて、白い布で両手を縛られ、硬質ゴムでできたダイニングルーム用椅子の背もたれに縛りつけられている。それも、はだかで。わたしはやっとのことで目をそらした。わたしの目に映りこんだ自分の姿を見て、コレットが恥ずかしくなりはしないかと心配になったからである。そこでようやく、自分もはだかにされていることに気がついた。

　そのとき自分がなんといったのか、正確な表現は憶えていない。しかし、だいたい、このようなことをいったと思う。

「猿ぐつわをかまされていないのは幸いでしたね。口を封じられていたなら、大声で助けを呼ぶのにも難儀していたでしょう」

　コレットはなにもいわない。わたしにわかるかぎりでは、彼女はまっすぐに前を見すえていた——両の頬に涙の筋を引いたまま。

　わたしはいった。

「この部屋は防音なのですね？　さもなければ、あの男たち、わたしたちを殺していたはずですから」

「そのとおりよ。とても防音性能が高い造り」

　静かな声だったので、もうすこしで聞きそこねるところだった。

「連中、もういってしまいましたか？」

わたしはコレットを見ないように心がけていた。見つづけていたら、〝いまにもわたしの一部に起こりそうな反応〟を見られないかと心配だったのである。

「ええ。家じゅうをあさっていったわ。あなた、あの本をどこに隠したの？」

「どこにも隠してはいませんよ。あなたが処分したがっていると思いましたので」

コレットは懸命に椅子の向きを変え、つかのま、わたしを見つめて、気丈にもほほえみを浮かべた。

「処分したがっている……たぶん、そのとおりなんでしょう」

「どうやら、自力では手の縛めが解けないようですが、お許しをいただけるようでしたら、あなたの縛めを解くことはできそうです。しかし、そうするためには、この椅子を壊さねばなりません……」

コレットはまじまじとわたしを見つめた。

「許可をいただけますか？」わたしはたずねた。

「できるの？　だったら、壊して。もし壊せるものなら」

両脚は椅子に縛りつけられた状態だ。椅子の脚は横木で補強されてはいない。が、自分が縛りつけられている椅子のきゃしゃな脚のうち、前の二本をへし折るのに要した悪戦苦闘は、とてもことばでは形容しきれないものだった。ともあれ、とうとう脚の片方が折れた。五分たって、もう片方も。前生でも今生でも、もっと太っていたらよかったのにと思ったのは、唯一、このときだけである。

前の脚二本が折れたおかげで、どうにか縛めから自分の脚を抜くことができた。わたしはキッチンへ歩いていった。連中はキッチンも荒らしており、セラミック刃のステーキナイフ一式が床に散らばっていた。そのうち一本は刃が折れていなかったので、床に両ひざをつき、身を折ってナイフに顔を近づけ、天然木の柄を歯で咥えて拾いあげた。いったん、ナイフをテーブルに置いてから、背を向け、うしろ手に縛られた両手で柄を握る。コレットの両手を縛っていたのは丈夫な布で、そう簡単には切れそうにないなと思ったが、ステーキナイフは非常に鋭利で、布を切断するのは、覚悟していたほど困難ではなかった。

コレットは解放された両の手首をさすり、血のめぐりをよくするために、ぱんぱんと手をたたいてから、いくつか悪態をつぶやき（そのうちふたつは聞いたことがないものだった）、もういちど手首をさすって、ぱんぱんと手をたたいた。

「すこし皮膚が切れたわ。血が出てる」

コレットは両手をたたく動作をやめ、傷口のひとつを嘗めた。

「そこまで完璧にはいきません」

「まあ、しかたないわね。手元がまったく見えなかったんだから。そうでしょう？」

「はい。すこしも見えませんでした」

「あの男たち、いまも聞き耳を立てているはずだわ。カメラで見張ってもいるでしょうし。あのふたりがまたドアから押し入ってくるまで、どれくらい猶予があると思う？」

わたしは肩をすくめた。

「もうこないと思いますよ」

「もうこない？　だとしたら、あの連中、本を見つけたの？」

わたしはふたたび肩をすくめた。

「そういえば、あなた……キッチンに入ったでしょう」

わたしは入ったことを認め、例のルールを失念していましたと釈明した。

「こんどだけは不問に付してあげる。でも、つぎはないからね」コレットはそこでことばを切った。それから、語をついで、「ともあれ、あなたも解放してあげないと」

コレットはそのことばどおりにした。ふたりとも、それぞれの服を探しだし、身につける。

つづいてコレットは、バリケードを作るために家具をドアの前に動かすから、手伝って、とうながした。それに対してわたしは、ちょっと待ってくださいと答えた。

なかば自分につぶやきかけるような口調で、コレットはいった。

「ああ、先に警察へスクリーンするのね」

わたしはかぶりをふった。

「警察に通報すれば、あの本を出せというでしょう。出せなければ、逮捕されるのはこちらです」
二、三秒のあいだ、コレットはその意味を考えた。それから、
「あの連中、どうやってドアのセキュリティを突破したのかしら。ここのセキュリティにはとても高度な技術の裏づけがあるのに」

「われらが友人たちも、やはり高度な技術を持っていたということでしょう」

わたしはカウチに腰をおろし、頭をさすった。

「きっと、そうなんでしょうね」

「これが五百年前でしたら、ドアには受け壺に鉄の棒を落とす掛け金がついていたものです。むりやり侵入しようと思えば、斧で扉を壊さねばならなかった。今日、人類はずいぶん賢くなりましたが、とくに賢い者は、やすやすとドアのセキュリティを破って侵入できてしまうようですね」

「あなた、頭をさすっていて、つらそうだけど。なにかの病気？」

かぶりをふった。

「疲れているだけです。頭痛薬をいただけませんか。種類は問いません」

わたしの目と鼻の先に顔を近づけて、コレットはささやいた。

「ね、あれをどこに隠したの、アーン？」

わたしはふたたびかぶりをふった。コレットはささやきをつづけた。

「客用寝室とベッドを使ってもいいといったけれど、このラウンジに寝かせてもいいのよ？あの連中がまた押し入ってきて、あなたを相手にひと騒ぎを起こせば、わたしもそれで目が覚めるわ。だからあなたには、ここのカウチで寝てもらいましょう」

「あの連中なら、もうこないといったでしょう。しかし、ここで眠れとおっしゃるのなら、喜んでそうしましょう。ただ、ランドリー設備の場所を教えていただかなくてはなりません。

場所は地下ですか？」

「ええ、そう。あそこへ入るのにはカードがいるの。下まで連れていってほしい？」

「それにはおよびません。すくなくとも、およばなければいいと願っています。地下へいく前に、ローブを貸していただくことはできますか？」

「わたしのローブでいいの？　貸すのはかまわないわ。でも、わたしもいっしょにいくわよ。わたしのカードがないと入れないから。ランドリー・ルームに入ってしまったら、洗濯機の操作はごくふつうだけれど。そのスーツもクリーニングしたいの？」

「その必要ありとあなたが判断されるのでしたら」

「必要ないわ。そのワイシャツ、ノーアイロンね？」

わたしはうなずいた。

「だったら、洗濯と乾燥は十分ほどですむでしょう。服を脱ぐのは自分の部屋でおねがい。ちょっと待ってて。あなた用のローブを探してくる」

しばし待ったのち、コレットが持ってきてくれた女物のローブをかかえて――全体に白いバラと紫のアサガオをあしらった薄物だった――わたしは客用寝室へ向かった。寝室に入り、スーツと靴を脱いで、ワイシャツ、シャツ、ソックス、ブリーフも脱ぐ。それからズボンを穿（は）き、靴も履いて、女物のローブをはおり、準備ができたとコレットに告げた。

ランドリー・ルームには、予想したとおり、アパートメントの各室に直結する洗濯物入れボックスがならんでいた。各ボックスには鍵がかかっている。

「ここでカードをお借りしなければなりません」わたしはコレットにいった。「もしお宅のボックスを開けてもかまわないのでしたら」

「べつに、かまわないけど」そうする必要もないのに、コレットは自分の部屋番号がついたボックスを指し示した。「あなたの洗濯物が入っているのは、あそこよ」

「いいえ、あそこに入っているのはあなたのものです」

そういいながら、わたしはボックスを解錠した。

「わたしのものも、すこしは入っているけれどね。日ごろ、洗濯は週に一回しかしないの。いますぐ自分のものを洗う必要はないわ」

わたしはボックスに手をつっこんだ。そして、中の『火星の殺人』を探りあて、かかげてみせた。

コレットが目を見開いた。口が小さなOの字を形作る。

わたしは自分の唇に人差し指を押しあてた。コレットが口だけを動かし、〝シュート〟と声には出さずにいったので、わたしはうなずいてみせた。コレットに借りた女物のローブは、左右に大きなポケットがついており、それぞれにこの本を余裕で収められるだけの大きさがあったため、片方に本をつっこむ。

その晩、コレットが自室に引きとったとき、アパートメントの玄関ドアは家具で塞いだというのに、自室ではそうしなかった。なぜわかったかというと、家具を動かせば大きな音がするが、聞き耳を立てていたにもかかわらず、そういった音はいっさい聞こえてこなかったわたしはコレットがもうベッドに入ったと確信するや、床にならべてふたたび服を脱ぎ、シャワーを浴びると、カウチの薄いクッションをはずし、敷いた。このラウンジに望めるかぎり、これで図書館の書架で寝るのにもっとも近い環境がととのったことになる。われわれが書架で使うマットレスは、昼間は棚の奥に丸めて置いてあり、図書館が閉まったあとで、それを広げて眠る。このことは、おそらくもう、あなたもごぞんじだろう。

くたくたに疲れていたので、たちまち眠りに落ちた——といっておけば、万事丸く収まるところなのだろうが、じっさいには、そうではなかった。この〝マットレス〟は、こうして寝そべってみると、ふだん使っているものより柔らかく、いっこうに慣れなかったのである。慣れないといえば、長期貸出というものにも慣れてはいない。コレットはわたしを十日間も借り出してくれた。そんなに長く借り出されるとは、まったくもって予想外だった。いまだかつて、二日より長く借りられたことはない。仲間うちの何人かが、一週間、それどころか二週間も借りられた例があると話していたが、それは話半分に聞き流していた。あるとき、ロマンス作家のローズ・ロメインから、友人三人の貸出カードが手元に残っていると聞いたことがある。その三人のだれひとりとして、五日より長く貸し出された例はなかったそうだ。それも含めて考えると、コレットの見積もった期間は、不可解なほど長すぎるように思える。

わたしは起きあがり、クローゼットから上着を取りだして、ポケットにしまっておいた貸出カードをたしかめた。七月三十日。まちがいない。遅くともその日の深夜、早ければ六時を迎える前に、わたしはコレットにさよならをいうことになるだろう。もしもこの件を逃れて、図書館にもどれたならば。

だが、あすになれば、わたしたちはこのスパイス・グローヴをあとにし、飛翔機(フリッター)に乗って南東のニュー・デルファイへ飛び、コールドブルック家の屋敷を訪ねて、コレットの父親の金庫をあけた専門家へ質問しにいく。おそらく、早晩、ここへは帰ってくるはずだ。なにがどうなるのであれ、帰ってこられるに越したことはない。

その場合、またあの男たちにつかまったら、どうする？ つぎは見逃してもらえるのか？ ふたりともか？ 生きたままで？

そういったことをはじめとして、ほかに二ダースもの問題をあれこれと考えているうちに、一時間ほども経過したころ、わたしはふたたび起きあがって、コレットから借りたローブのポケットをあさり、例の本を取りだした。一面には人間の、一面には類人猿の顔がつき、無数の腕を生やした怪物と、必死になって格闘する夢だった。格闘の場所は墓穴の中だったが、これは形ばかりの見せかけで、そのじつ火星に通じるワームホールにほかならない。ワームホールからは水があふれている。おそらく、夢に見ていた火星にはたっぷりと水があったのだろう。

明け方ちかくになって目覚めたときには、汗びっしょりになっていた。

4　彼女の父親の屋敷

　漠然と、屋敷は街中にあるのだろうと思っていた。わたしの時代には――つまり、以前のわたし、最初のわたしが生きていた時代には、という意味だが――建物の新築許可を出せる土地の空きがなかったからである。いずれにせよ、コールドブルック家の屋敷は、ニュー・デルファイの都市部に近いところにすらなかった。コレットが目的の屋敷を指さしたとき、わたしは屋敷自体と周辺の田園的風景をよく見るため、周囲を二回、大きく旋回してくれるようにたのんだ。屋敷は新車の地上車のようにスーパーモダンでピカピカだったが、そんな外見ほど新しくないことはすぐわかった。コレットによると、母屋は四十三年前に建てられたものなのだそうだ。以来、しじゅう改築が行なわれてきたのよ、とも彼女はつけくわえた。場所によっては、建物は四階建て構造になっている。だが、増築部分の二カ所については、一階建てと二階建てだった。屋敷の周辺には、格納庫、納屋、車庫、そのほか、こういった屋敷につきものの付属建築物が散らばっている。塀で囲った庭園もあった。庭園はすこしも手入れがされていないことをあとで知るのだが、こうして空から見ているうちは、そうとはまったくわからない。

わたしはたずねた。

「あなたとおにいさんは、あのお屋敷で育ったのでしょうか？」

「あの屋敷だけじゃないわ」コレットは流線形の小型飛翔機（フリッター）をバンクさせながら降下させ、屋敷のそばに近づけた。「あそこに越してきたのは、わたしが十四のとき……だったと思う。コンラッド・ジュニアは――あのころはみんな、兄のことをコブとかコビーとか呼んでいたけれど――十六くらいだったわね。十六か十七」

「あの屋敷を気にいっておられた？」

「母ほどではなかったわ。父があの屋敷を買ったのは母のためだったの。母は……あんまり社交的ではないほうでね。悪い人ではなかったし、人ぎらいというほどでもなかったけれど、ほかの人たちといると――自分の知り合いで、好意を持っている人たちといっしょのときでさえ――気詰まりに感じてしまうたちだったのよ」コレットはことばを切った。「わかる？　わたしのいう意味、わかる？」

じつはあまり……と認めざるをえなかった。

「たとえば、ディナーのあとに、男たちはテーブルについたままで、ワインをもう一杯飲みながら、歓談するとするでしょう。女たちはあとかたづけで、お皿を食器洗い機に入れたりするわよね。ときどき、コブとわたしもお手伝いをしたものよ。それがすんだら、みんなで音楽室にいったり、天気がいい夜には庭園に出たり。ただ、母だけはそこに加わらないの。だれかが母がいないことに気づくのは、三十分ほどもたってから。いつ、どこへいったのか、だれにもわからない。とにかく、母はほかの人といっしょにいたがらなかったのよ」

「あなたはいかがでした？」状況を把握するために、わたしはたずねた。「あなたはほかの女の人たちといっしょだったのですか？」

ゆっくりと、コレットはうなずいた。

「たいていはいっしょだったわ。そうでないときは、自分の部屋にあがって、番組を見たり、宿題をしたりしていたけれど。わたしの部屋は二階にあったの。コブの部屋もそう。でも、もういちど兄の部屋を見ることに耐えられるものかどうか、ずっと考えていたんだけど……。もう着陸してもいい？」

機は着陸態勢をとった。赤い小型フリッターのキャビンが左右に割れはじめ、機体全体が左右に分かれて、あいだに小さな赤い翼が展開された。機体が風をつかみ、秋に舞い落ちるカエデの葉のように降下していく。わたしはこれまで、フリッターを飛ばしたことはおろか、フリッターに乗ったことすらない。しかしこのときは、遠からずこれを飛ばさねばならないだろうという予感めいたものを感じたため、コレットの一挙手一投足をじっと見まもって、飛ばしかたを憶えるように心がけた。ようやく機が着陸し、左右に分かれていた機体が合一したのち、機体が格納庫へ車輪で進みだすと、わたしはたずねた。

「オートパイロットに着陸させることはできないのですか？」

「スクリーンに？　もちろん、できるわ。でも、簡単な部分だけ操縦するのでは、せっかく空を飛ぶ醍醐味が失われてしまうでしょう。それに、スクリーンがハングした場合の用心に、なんでも自分でできるようにしておいたほうが安心じゃない？　じっさい、わたしはね――ときどきは――みずから教鞭をとって生徒たちに教えることもあるの。教師仮像（エドシム）はわたしのかわりにひととおり教育を行なえるけど、わたしの仕事は生徒たちに学ぶ意欲を起こさせることだから、ときどき自分でも教える姿を見せれば、いっそう効果があがるのよ。わたしが自分で教壇に立てば、教える内容をちゃんと理解しているんだって、生徒たちに伝わるはずでしょう。すくなくとも、わたしにはそう思えるわ。わたしが学べたからには生徒たちにも学べるはずだし、学んでくれる。わかるかしら？　すこしでもその意義がわかる？」

「わたしたちも同じようなものですよ。つまり、わたしのような人間――図書館や博物館の蔵者である人間は、あなたがたのように純正な人間に対して、同じような立ち位置にあるということですが……」そこでわたしは口をつぐみ、しばし、自分のぶしつけなことばをどうフォローしようかと考えた。「わたしはいま、自分たちのことを〝人間〟と呼びましたが、それでむっとなさいましたか？　もしそうならお詫びします」

「してないわ、これっぱかりも」コレットは格納庫の前でフリッターを停めた。エンジンの低いうなりが聞こえなくなった。「それより、いまいいかけていたことはなに？」

「あなたがた純正な人間は、すでにわたしたちの著書を持っています。そしてわたしたちが書いた本は、わたしたち蔵者よりもすぐれている。本以上のものには、わたしたちは決してなれません。しかし、本があなたがたに与えるものと、わたしたちが提供するもの――この両者は別物です。あなたがたには『クリスマス・キャロル』、『オリヴァー・トゥイスト』、

『骨董屋』ほか、たくさんの本がある。『デイヴィッド・コパフィールド』も『荒涼館』も、チャールズ・ディケンズがものした本はすべてそろっている。しかし、この世にチャールズ・ディケンズの複生体（リクローン）がいるわけではありません。いま彼のDNAと脳スキャン・データが手に入るなら、関係当局は大金を投じてでも実行するところでしょうが、たとえその百倍の額を投じたとしても、もはやどちらも手に入りはしません。ディケンズが妻の〝ケイト〟のことをどう思っていたのか、不倫相手の女優のことをどう思っていたのか、関係者はさぞ、ききたいでしょうね。『エドウィン・ドルードの謎』をどうおわらせるつもりだったのかについてもです。それはわたしもぜひ知りたい」

コレットはわたしにほほえみ、機を格納庫に寄せた。

「わたしのいう意味はわかるわよね。すくなくとも、わかっているように思えるんだけど。わたしは男娼ボットとでもセックスできるの。あれは温かいし、見目もいいし、してほしいことはなんでもしてくれるし、いかにわたしが美しいか、どれほどわたしを愛しているかを、何度でもささやいてくれる。でも本物の恋人とはちがうのよ」コレットは手慣れたようすで、ひらりと機を飛び降りた。わたしもそのあとにつづく。「あれは本物の恋人が手に入らない女のためのもの。すくなくとも、好みの恋人がね」

男娼ボットのことは聞いたことがある。わたしはうなずき、いった。

「そういうものは、さぞかしたくさん存在しているのでしょうね」

「ええ、存在しているわ」格納庫はすぐ目の前にそびえていた。「さあ、いきましょうか。

格納庫に鍵がかかっていなければ、フリッターを中に入れていくところだけれど、かかっていることはまちがいないもの。屋敷の中には格納庫のカードキーがあるかもしれないから、屋内に入ったら注意して見ていて」

「承知しました」わたしは約束し、とりあえず、格納庫の扉のとなりにあるボタンを押してみた。「お屋敷のカードは、いまも携行しておいでですね、コレット？」

「家のカードキー？　もちろん。持っていなかったら、わざわざここまできたりしないわ」

「そのカードを使って、この格納庫の扉をあけられる可能性はありませんか？」

コレットはしばし、わたしを見つめた。

「なるほど……それは考えたこともなかったわね。わたしたちがみんなでここに住んでいたころは、格納庫に鍵がかかっていたことなんてほとんどなかったから」

「格納庫というものの内部は見たことがありませんので——ぜひ拝見したいところです」

「これで開くかどうかはわからないわよ？」コレットは形状記憶バッグの中をあさった。

「四階のドアは、これではあかないんだし。でもまあ、やってみる価値はありそうね」

コレットがカードを施錠機構の前にかざす。緑のランプが点灯した。わたしはもういちどボタンを押した。格納庫の大きな扉がなめらかに上へスライドしだした。

「あいたわ……。それじゃあ、わたしは機を——ああ、あなたは先に、格納庫へ入っていていいわよ、アーン。わたしはフリッターを格納するから」

わたしはいわれたとおりにした。格納庫の中にはすでに、二機のスマートなフリッターが駐機してあった。一機はつややかな黒で、もう一機は明るい黄色だ。両方とも、コレットの機よりずっと大きい。窓から機内を覗くと、どちらも座席数は二席ではなく、六席だった。これなら航続距離が長いだろうし、積載量も大きいだろう。一家族が三機ものフリッターを購入し、維持するとなると、どれほど費用がかかるだろう？　黒いフリッターがコレットの父親の機体、黄色いのが兄の機体で、小型の赤いやつがコレットの機体、ということか？　このときは費用がわからなかったし、いまでもわからない。いずれにしても、莫大な額にはちがいない。

「さあ、いらっしゃい。格納庫に興味を持ってくれるのはうれしいけれど、屋敷の中も見てもらいたいの」

「わたしもぜひ拝見したいです」

コレットにつづき、格納庫の外に出た。扉を閉める。

格納庫から屋敷の勝手口にかけては、幅の広い舗装路があった。

「ここがキッチンよ」勝手口から屋内へと入りながら、コレットが説明した。「屋敷を見てまわったら、メイド・ボットが昼食を用意してくれるわ」

キッチンはこれまでずいぶんいろんなタイプを見てきたが、現代風のキッチンについては、わたしはまったく知識がない。ここのキッチンは広くて明るく、壁の色はバターイエローで、室内にはかすかなにおいがただよっていた。料理のにおいというよりも、青果店に陳列してある果物や野菜のにおいだ。なんとなく、レンジや冷蔵庫などは、見ればすぐにでもわかるだろうと思っていたのだが、そんな思いこみは、自分がいかに愚かであるかの証左となっただけだった。

空腹か、とコレットがたずねてきたので、わたしはかぶりをふった。

「キッチンを探しても、食べものなんてなにもないわ。なにか食べたいと伝えたら、メイド・ボットがすぐになにか作ってくれるし」わたしが黙っていると、コレットはつけくわえた。「キッチンを見たければ、どうぞ見てまわってらっしゃい」

それはあとでもけっこうです、とりあえず、おとうさんの書斎を拝見したいのですが、とわたしは答えた。本音は一刻も早く見たくてしかたがなかったのだが、そこまではいわずにおいた。

「それに、金庫もでしょう。金庫があるのは実験室よ」

わたしはうなずいた。よけいなことはしゃべらないよう、口をつぐむ。

コレットはふたつのドアを指し示した。

「実験室へは、こっちのドアからも、そっちのドアからもいけるの。こっちのドアが通じているのは、フォーマルなダイニングルーム――高さは二階ぶんで、天窓つきの堂々たる部屋。席の数は……」そこでことばを切って、ちょっと考えてから、「二十二席ね、たしか。年に二、三回は、そこで晩餐会を催したものだわ」

わかったという意味で、わたしはうなずいた。

「そっちのドアが通じているのはサンルーム。家族はたいてい、サンルームで食事をとっていたわね。細長くて、ちょっと手ぜまな感じ。ある美術家から縦横比がおかしいといわれたけれど、わたしは好きだったわ。窓はすべて同じ側――南側に面していてね。その向かいに長い壁があって、額に入れた家族写真がならんでいるの。写真をタップすると、それを撮影したときの状況が説明される仕組み。ときどき写真に写った人物がしゃべることもあったわ。その手の写真のことは知っているでしょう？」

「それが、あまりよく」

「そう……。それで、どっち側からいきたい？」

「サンルームからです、もちろん」

コレットはうなずき、先に立って歩きだした。いましがたいわれたとおり、サンルームは細長く、明るくて華やいだところだった。小さめの食事テーブルが一脚あって――これには四脚の椅子が付属している――そのほかに、読書用やおしゃべりを楽しむためのものだろう、あちこちにテーブルが置かれていて、それぞれに椅子が用意してあった。壁にはコレットの父親の写真が飾られていた。にこりともしていない。顔は骨ばっていて、見目よいとはいいがたかったが、目は知的だった。

コレットの写真もあった。こちらはほほえんでいて、美しい。身につけているのはすべてスポーツウェアだ。フェンシングやソフトボールの選手が好むスポーツブラをつけていて、大学指定のスカートを穿き、どのスポーツにも合いそうなロウヒールの編み上げシューズを履いている。若い娘というのは、胸をすこししか露出させていないと、かえってセクシーに見えるものらしい。

コレットのすぐそばには、コブがいた。兄のコンラッド・コールドブルック・ジュニアだ。ハンサムなのに、不思議と父親に似た雰囲気がある。

家族四人の写真もあった。コレットの母親もちゃんと写っていた。夫がその肩に右手を、そして左手をコブの肩にかけている。つかのま、家族のもうひとりのメンバーには、だれも手をふれていないのかと思ったが、よく見ると、コレットと兄は控えめに手をつないでいた。

「うれしいわ、写真を気にいってくれたみたいで」コレットがいった。「だけど、そろそろエレベーターに案内してもいいかしら？　それに乗れば、四階と父の実験室にいけるの」

わたしは諾々としたがった。

コレットはドアを開き、その向こうにわたしを導きいれた。

「このエレベーター、ドアがもうひとつあるでしょう？　いま入ってきたドアの向かいにも。あっちはフォーマルなダイニングルームに通じているの」そこでコレットはだれにともなく指示を出した。「四階へ！」

たちまち、いま通ったドアが背後で音もなく閉まり、エレベーターが上昇しはじめた。

5　四階にて

エレベーターはあっという間に四階へ到達した。

「四階全体が父の占有フロアだったのよ」実験室へと案内しながら、コレットが説明した。

「長く留守にするときは、エレベーターの機能に制約を設けてたわ――再プログラミングかなにかで。だから父の留守中、エレベーターは三階までしかあがってくれなくて。もちろん、階段を使えばあがれたけれど、このフロアのドアはすべてロックされていたの」

実験室の中を見まわしながら、わたしはいった。

「つまり、四階にあるのは、この部屋だけではないということですね？」

「エレベーターホールからほかの部屋のドアが見えたでしょう？　コブもわたしも、ほかの部屋になにがあるのか、いつも気になってはいたんだけど――その――父はけっして話してくれなくってね。まだうんと小さいうちに、父になにかをたずねるのは危険だってわかっていたし」

了解したという意味で、わたしはうなずいてみせた。

「この部屋のものも含めて、ドアは三つありましたね。それぞれの奥には続き部屋があるのかもしれないし、ひとつはクローゼットに通じているのかもしれない——そういうことですね？」

「もうふたつのドアの向こうにも続き部屋があるんだろうと前々から思ってはいたんだけど、それはわたしが勝手に思っているだけよ。もしかするとドアの向こうには、ホウキやモップくらいしかないのかもしれない。でも、重要でもないものを収めた部屋に、鍵なんてかけるもの？」

「もちろん、それは適切な疑問です」状況を整理するために、わたしは質問した。「では、この階のほかの続き部屋に、あなたは入ったことがないのですね？　どちらの部屋にも？」

コレットはうなずいた。

わたしは質問を重ねた。

「おにいさんが亡くなったあとで、この実験室を見にきたときにもですか？　おとうさんもおにいさんも亡くなった以上、ほかの部屋に入ってはならない理由など、もうなかったはずですが？」

「それでもよ。どうやらあなた、入らなかったことになにか疑惑を持ったようね？」

「いやいや、そんなことは、まったく。ただ、すこし驚いただけです」自分のことばが含むトゲをすこしでもやわらげようとして、わたしはほほえんでみせた。「なにしろ女性というものは、好奇心が強いとされていますのでね」

「父はわたしたちをこのフロアには立ち入らせたがらなかったの。ただの一度も入れてくれようとしたことはなかったわ。だから、ここに住んでいたころは、四階にきてはいけないという意識が強くてね。それがいまでもつづいているのよ」コレットはことばを切った。形のいい白い歯が真紅の下唇を噛んでいた。「わたし、つねに良い子だったわ、アーン。いえ、ほぼつねに、というべきかしら。やがて、わたしには……第二次性徴が現われはじめてね。胸が膨らんで、体形の曲線がきわだって——まあ、そんなたぐい。あなたがた男性は徐々に性的成熟を迎えるけれど、女の場合は、変化が嵐のように、急激に訪れるの。そのあとは、以前とちがって、つねに良い子のままではいられなくなったというわけ。そういえば、このフロアに関するコブのエピソードがあるんだけど、話してもいいかしら？」

「おにいさんの、ですか？」

わたしとしては、一刻も早くこの実験室をじっくりと観察し、未知なるほかの部屋も見ておきたかったが、とにもかくにも、うなずいた。

「あれは父が、しばらく留守にしていたときのことだったわ……父はわりと遠出することが多くて、そういうときは、二、三日、帰ってこなくって。ときどき、一週間ほど留守にすることもあったわね。それがなんのための旅だったのか、母は知っていたかもしれないけれど、コブもわたしも、なにも聞かされてはいなかったわ。あるとき、父の留守中に、わたしたち、エレベーターに乗って、ひとまず制約のかかっていない三階にいって、そこから階段でこの四階まで昇ってきたんだけど。エレベーターホールからいけるドアは、すべてロックされていたの。ふたりとも、どの部屋のカードキーも持っていなかったことは、すでにもう話したわよね？」

「ええ、うかがいました」

「それで、ふたりして階段で三階に降りたところ、コブが急に、客用寝室のひとつに入っていったの」コレットは間を置いた。「お客なんて泊まったことがなかったものの、それでも当時、わたしたちは三階の部屋を客用寝室と呼んでいたのよ。コブはその部屋の窓をあけて、外に頭をつきだして、まず上を見てから、周囲を見まわしてね。なにをするつもりなの、ときいても教えてくれない。そうしたら、こんどはとなりの客用寝室に移動して、やはり同じことをするじゃない。三番めか四番めの客用寝室は角部屋だから、壁の二面に窓があったわ。コブはその両方から外を見て、そこから上の部屋に登ってみるといいだしたわけ。もどってくるまで待っていなくてもいいから、とわたしにいって」

フリッターから見た、あのつややかな外壁を思いだし、わたしは身ぶるいした。

「そうはいわれても、わたしは兄がもどってくるのを待ったわ。もしかして死んじゃったりしないかとはらはらしながら、その部屋の中をうろうろしていたのよ。コブとはとても仲がよかったから」

わたしはうなずいた。

「やっとのことでもどってきたコブは、怯えていたわ。ひどく怯えていたわ。必死になって恐怖を隠そうとしてはいたけれどね。なにをそんなに怯えているのかは、どうしても教えてくれなかった。きっと落ちそうになったんだろうなって、わたし、長いあいだ、ずっとそう思っていたの。だって、四階の続き部屋のひとつに入れたのなら、階段で降りてくるはずでしょう。内側から鍵をあけて出てくればいいんだもの。ふつうはそうするわよね」

ここでわたしは、疑問を声に出した。

「それは鍵の構造にもよりませんか？」

「ええ、でも、そうじゃないタイプの鍵はそう多くはないし、この屋敷内では、それ以外のタイプの鍵を見た憶えがないの」コレットは、実験室に入ってきたときに通ったドアの前へ歩みよった。「これを見てちょうだい。鍵がかかっていれば、中に入るときはカードキーをかざさなくてはだめ。でも、いったん室内に入ってしまえば、ドアのラッチをあげるだけで廊下に出られるし、廊下に出たらロックは自動的にかかる仕組み。コブがドアストッパーをはさんでこのドアが閉まらないようにしていたのは、カードを持っていないときにも出入りできるようにするためだったのよ」

「そうすると、おにいさんが四階まで這い登って、外から窓を開き、未知の続き部屋に侵入できたのであれば、室内をひととおり見たあとで、ドアから廊下に出られたはずだ――と、そういうことですね？　もういちど窓から外に出て、わざわざ壁を三階まで這い降りるより、そのほうが危険が小さい、と」

「ええ、そういうこと」

「しかしいまは、おにいさんをひどく怯えさせたそのなにかが、落ちそうになったことへの恐怖だとは――落ちたら死ぬ恐怖によるものだとは――思っておられない。そうですね？

落ちるのが怖かったとするのは、シンプルかつ非常に合理的な説明だと思うのですが、なぜその見方を捨てられたのでしょう？」

「以前に話したわよね？　コブがわたしをここに連れてきて、金庫を見せて、金庫をあけてくれる人間を探すっていったこと」

たしかに、とわたしは答えた。

「そのとき――金庫を見るためにここへあがってきたとき――わたしは四階のほかの部屋も見てみたいといったの。それはむりだ、鍵がかかっているから、とコブは答えたわ。それでわたし、この部屋のカードキーが見つかったのだから、ほかの部屋のだって見つかるんじゃないのといったのよ。そうしたらコブは、この部屋のカードキーは家の中を探して見つけたわけじゃない、父の遺体から回収されたのを死体安置所の女性職員が保管していて、自分にわたしてくれたんだというの」

コレットはいったんことばを切り、語をついだ。

「わたしたちに――コブとわたしあてに――用意されていたのは大きな封筒で、その表には〝コンラッド・コールドブルック所持品〟と書いてあったわ。カードキーはその中に入っていたそう。それでわたし、本を持って訪ねてきたコブに、そのカードはいまどこにあるのとたずねてみたの。そうしたらコブは、いつも持ち歩いてるというのよ。それに、金庫の扉はあけっぱなしにしてきたともいったわ」

コレットは金庫を指し示した。部厚い金属扉は開いたままになっていた。

「あけっぱなしになっていたのは、この部屋のドアも同じ」

この部屋に入ってきたさい、わたしは真っ先に、壁に埋めこまれたからっぽの金庫に目をつけていた。そしていま、そのそばに歩みより、暗い内部を覗きこんだ。主収容スペースの上にはふたつの小さな黒い金属の引き出しがある。どちらにも鍵はついていない。両方ともあけてみた。両方ともからっぽだった。

「なにか見つかった？」

わたしはコレットにふりかえり、答えた。

「いいえ、なにも。ところで、この部屋のドアをあけたカードキーを使えば、この階にあるほかの続き部屋のドアもあく可能性がありますが、それは当然、考慮されたのでしょうね？お話を聞いていると、おとうさんはそもそも、四階全体から人を締めだしていたようです。とすれば、自分が占有する四階のドアはすべて、共通のカードキーで……」

「たぶん、あなたの想像どおりなんだと思う。三階から下の階については、わたしたち全員、すべてのドアがあくカードを持っていたから。つまり、一枚のカードだけでぜんぶのドアをあけられたということよ。家族それぞれが一枚ずつ持っている同一のカードでね」

「正面玄関もですか？　勝手口も――あなたとわたしがこの屋敷に入ってくるときに通った、あのキッチンのドアも？」

コレットはうなずいた。

「ほかにドアはありますか？」

「あるわ。まず、屋敷の横手のドア。ガレージに車を駐めた場合、そこから屋内に入るのがいちばん楽」

わたしはふたたび、考えを口にした。

「格納庫も同じカードで開きましたが……」

「ええ。ガレージの扉もあれで開くはずよ。すっかり忘れていたわ、ガレージにはめったに鍵をかけない暮らしを送っていたから。でも、だれかが鍵をかけていた場合、だれのカードでもあけることはできたわね」

「この部屋のカードをおにいさんが持ち歩いていたとするなら、いまはもう、おにいさんを殺した者たちがそのカードを持っている——と、そう見ていいでしょうね」

コレットはうなずいた。

「あなたのいうとおりだと思うわ。警察はなにひとつ、わたしてくれなかったから。きっと犯人たちが、兄の持ちものをみんな持っていったんでしょう」

「おにいさんの葬儀は、あなたが主催されたのでしたね？」

「ええ。葬儀社からなにかわたされなかったかといいたいのかしら？　あのひとたちからも、カードはいっさい、わたされなかったわね。ところで、すわってもいい？」

「もちろんです」わたしは脇にどいた。コレットはスクリーンの一台の前に置かれた椅子に腰をおろした。「ほかの親戚にわたした可能性はどうでしょう。葬儀社の職員たち、ほかの親族におにいさんの所持品の一部をわたしたりしていないでしょうか」

コレットは肩をすくめた。

「それはどうかしら。葬儀の費用を払ったのはわたしだもの。かなりの金額だったわ」

「おとうさんの葬儀費用を払ったのは？」

「コブとわたし」コレットは嘆息した。「あれもまた、かなりの額でね。手配はぜんぶ兄がやってくれたけれど、費用は折半だったの。自分の取り分を相続する前だったから、貯金をほとんどはたくはめになったわ」

「おにいさんの相続分は、あなたの相続分と同額でしたか？」

「じっさいの話、もっと多かったのよ。ずっとずっと多かった。コブは……コブは……」泣きだした。ハンカチを探して、形状記憶バッグの中をあさりはじめる。わたしは自分のハンカチを差しだしながら、コレットに詫びをいった。

「ああ、いいのに、気をつかってくれなくても。葬儀の話になるとね、いつもこんなふうになってしまう……あのときのこと、話してもいい？　だれかに吐きだしてしまいたいけれど、ここにはあなたしかいなくって」

「もちろんです。喜んでうかがいましょう」

「遺言で、預貯金はコブと分割になったの。大金だったわ。思っていたよりずっと多かった。いっぽう、株や債券については、わたしたちが三十になるまで譲渡されない仕組みになっていてね。それよりも前に譲渡される不動産はこの屋敷しかなくて、これはコブが相続するというのが遺言による指示。たぶん、コブが息子で、わたしが娘でしかなかったこともあるでしょうし、コブのほうが年長だったということもあるんでしょう。コブがこの屋敷の近くに住んでいたことも考慮されたのかもしれない。かたやわたしは、遠くへ引っ越してしまったうえ、ほかにもいろいろとあって……。ほんとうのところはわからないけれど、とにかく、父は兄だけに屋敷を相続させたの。わたしはなんにもいわなかったけれど、コブはわたしの気持ちを察したみたい。わたし、感情を隠すのが得意じゃないのよ。それはもう、あなたも気づいているでしょう」

あふれる涙ごしにわたしをじっと見つめるコレットの、とても美しいスミレ色の目には、気持ちはわかるわよね、といわんばかりの表情がにじんでいた。

「いいえ、すこしも」

「そう……。それでね、遺言書の読みあげとか、財産の譲渡とか、そういったことがすべて片づいたあとコブが訪ねてきて、自分だけ屋敷を相続するのは公正じゃない、権利の半分はわたしに譲るといいだしたの。そこで、相続処理をおねがいした弁護士にもういちど会って、譲渡手続きをすませたのよ。わたしはコブに、とても気前がいいのねといって——じっさい、そうだったし——キスしたわ」

おにいさんはすばらしい人物だったのでしょうね、とわたしはいった。

「ええ、そのとおり。ところが、そのあとがいけなかったの。手続きがすんだあと、ふたりして夕食に出かけてね。そうしたら、食事をしながら、コブがこんなことをいいだしたのよ。〝これで屋敷の半分はコレットのものになった。ついては、その部分を買いとらせてほしい。

いくらで手放す?〟

最初はからかわれているんだと思ったわ。でも、コブは大真面目。わたしに屋敷の半分の権利を譲渡したうえで買いもどしたい、と本気でいっていたの。それでわたし——買い値をいってみてといったんだけど、どうしてもいおうとしないものだから、結局、考えてみるとだけ答えたのよ」

「賢明な判断です」

「その後、不動産鑑定士にたのんで屋敷を見てもらったら、評価額は二百五十万だったわ」

コレットはことばを切った。「そんなに驚いた顔をしないで」

やっとの思いで、わたしは答えた。これは失礼、不動産のことはまったく知らないもので……。

「評価の対象は、屋敷、格納庫、地上車四台を収容できる車庫、納屋、温室等の付属建築物、そのほかに、牧草地が四平方キロメートルちかく。屋敷に舞踏室はないし、プライベート・シアターすらもないけれど、屋敷自体はこのとおり、かなり大きくて、とても立派なものでしょう」

わたしはいった——それでしたら、鑑定士の評価額もうなずけます。いや、もっと価値があるのではありませんか?

コレットはうなずいた。

「評価額がわかって、コブに百二十五万を請求しようかとも思ったんだけれど、半分を気前よくただで譲渡してくれたことを思うと、気が引けてね。だから、百万きっかりでいいわと伝えたの。もちろん、コブはそれを受けいれて、百万を振りこんできたわ」

「そしてじきに、あなたはこの屋敷全体を相続し、なおかつ、おにいさんの資産もあなたのものになる――」

コレットはふたたびうなずいた。

「そうなると思う。残ったのはわたしひとりだから。ただ、人間というものは、みんな家族でしょう。あなたでさえもよ。わたしたち人間は、いくら関係が希薄でも、みんなどこかでつながっているものでね。人類のような生物種は、二度とこんなふうには進化できないはず――すくなくとも、わたしはそう思っているの。だから、コブの預貯金はあらかた寄付してしまうつもり。かなりの額だろうけれど」

見あげた心がけです、とわたしは答え、何台かあるファイル・キャビネットに歩みよった。

「これもまた、いまではあなたのものですね。なにか興味深いものを見つけたら教えて」

「ええ、どうぞ。なにか興味深いものを見つけたら教えて」

いちばん手前のファイル・キャビネットに手をかけて、最上段の引き出しをあけながら、わたしはいった。

「意外ですね、おとうさんがまだこの手のキャビネットを使っていらしたとは。そのうえ、紙の書類がぎっしりと詰まっている。いまどきは、なにごともスクリーンで処理するのではありませんか？」

コレットは肩をすくめた。

「まだまだ紙でないとだめな書類がたくさんあるのよ。たとえば、株券でしょう。それに、証書や宣誓供述書など。直筆のサインが必要な書類はみんなそう」

株券のことを考えながら、わたしはいった。

「企業が株主を電子的に登録することはできないのでしょうか」

「登録はしているわ、もちろん。配当の振込先を把握しておかなくてはいけないもの。でも、企業のスクリーンが不法侵入（ハック）されたらどうするの？」

「いまだにハッキングがあるんですか？」

これには驚いた。顔にも驚きが出たにちがいない。

「ええ、ずいぶんね。漏れ聞く話だと——具体的な方法はきかないでくださる、知らないいんだから——自分のスクリーンをプログラムして、よそのスクリーンにハックを仕掛けさせて、侵入に成功したら、その旨を通知させることもできるそうよ」

わたしは一冊、ファイルを抜きだした。

「ゆえにおとうさんは、これも紙の形で保管していた、と」

「それはなに？」

「ハノーヴァー天体物理学ジャーナルに掲載された論文集です。雑誌をプリントアウトしたものらしい。全号ではありません。興味を引いた特定の論文だけを抜きだして集めたもののようです」

「父は正規の科学教育を受けた研究者ではなかったの。すくなくともわたしは、科学者とは思っていなかった。でも、名称を思いつくかぎりのどんな科学分野にも興味を持っていたわ。物理学もそのひとつよ。化学にも、地質学にも興味を示していたわね」

すこし間を置いて、わたしはたずねた。

「このキャビネットをあけて以来、K・ジャスティン・ログリッチ著の論文を六編、見つけました。この名前、そこのスクリーンのアドレスブックで検索していただけませんか?」

そういって、綴(つづ)りを口にした。

わたしがログリッチの論文の一編を読んでいると、コレットがいった。

「あったわ、アーン。博士号ほかの取得者。正教授でもあるそう。遠くオーエンブライトにあるバーゲンハイアー大学で教授職。あなたから面話(ボイス)をかけてみる?」

「いいえ、あなたがかけてください」ログリッチの論文のひとつに、マーカーでハイライトされたパラグラフが見つかった。「まず、ログリッチにあなたがだれであるかを伝えてから、おとうさんが亡くなったことを説明していただけますか? そして、話すのです、あなたが思っていることを——いえ、いいなおしましょう。このような趣旨の内容を伝えてください——おとうさんがログリッチに相談したことは知っている、そして、あなたもログリッチに相談したい、お時間とお手間をおとりする以上、それなりの謝礼はさせていただきますから、と」

「いいわ、あなたがそういうんなら。自分がしていることがちゃんとわかっていればいいんだけどね」

　わたしは深々と嘆息し、

「わたしもですよ」といって、笑ってみせた。

「いい笑顔。なぜボイスするのか、説明する気はあるかしら？」

「いいえ、いまは。さ、ログリッチ博士にボイスをしていただけますか。先方がつかまればいいのですが。つかまらなければ、メッセージを残してください」

　コレットはボイスをかけ、相手が出なかったので、メッセージを残してから、ほかにすることはないかと目顔で問いかけてきた。

「もうひとつあります。いや、もういくつか、ですか。手始めに、オンデマンド印刷をしてくれるサイトをリストアップしてください。そのなかから一社を選んで、『火星の殺人』を一部、発注していただければと。やっていただけますか？」

「E・A・スミス著の？」

「そのとおり。送り先はここでもいいですし、スパイス・グローヴのご自宅でもけっこう。送り先は問題ではありません」

　コレットはうながされたとおり、本の発注に取りかかった。わたしは手順を見まもった。心中には不安をかかえていたが、それは表に出すまいと努める。

　おそろしく長く感じられる間があった。そののち、ようやく印刷サイトから応答が返ってきた。

〝該当する図書は存在しません〟

コレットはつぎの指示を仰ぐため、わたしに目を向けた。

「該当書なしだそうよ」

「では、別のサイトを試してください」

わたしはそういってファイル・キャビネットに向きなおり、書類でぎっしりの引き出しをあさりだした。とくになにかを探していたわけではない。コレットをじっと見つめていたら、相手に不安をいだかせそうで心配だったのである。見ると、カッティングしていない宝石の手書き領収書があったので、何点かに目を通した。

そのとき、コレットがいった。

「同じだったわ、アーン。やっぱり該当書を所蔵していないそう」

「それはさっきと同一の意味ではありませんね。さっきのサイトは、該当書が存在しないと答えたでしょう。それが事実ではないことをわれわれは知っています。それでは、こんどはナイアガラの国立図書館にあたって、所蔵されているかどうかを調べてください」

ゆうに二十分は待たされただろうか。それから、

「ここも所蔵していないといってきたわ」とコレットがいった。

わたしは礼をいった。

「どうしてほほえんでいるの？」

「泣かないようにですよ。おとうさんが『火星の殺人』を金庫にしまっていたのは、特定の

あの一冊にだけ、ほかの同書にない特徴があるからだろうと思っていたのですが。どうやらその秘密は、すべての『火星の殺人』に含まれているようですね。ただし、ほかにあの本が現存していなければ、それも意味がありませんが。いいかえれば、あれは非常にめずらしい稀覯本——なのかもしれません」

コレットはゆっくりとうなずいた。

「何者かがこの屋敷にもどってきたおにいさんを絞殺した——これはそのとおりですか？」

コレットはふたたびうなずいた。

「そのことは前にも話したわね。わたし……わたし、いまだに克服できずにいるの。コブがいないことが、悲しくてたまらない」

「おとうさんも、もしや殺害されたのではないか——そう疑うべき理由は、なにか思いつきますか？」

「いいえ、ひとつも。ただし——検屍は行なわれたわ。百歳未満で死んだ人間については、かならず検屍が行なわれるそうなのよ。父はその半分をすこし越えたくらいだったから」

「なるほど。では、検屍結果は？」

「脳の血管が破れたそう。脳卒中というんだったかしら。わたし、医学用語にはうとくて」

「死因名はすこしちがいますね。ともあれ、気の滅入る細部はこのさい置くとして。問題の根源は、昨夜、われわれを襲った連中が——いまもこの会話を聞いているかもしれないあの連中が——おとうさんが亡くなるまであの本の秘密を知らなかったことにあると思われます。

おとうさんは明らかに、だれかにあの本の秘密が見つかることを恐れていた。さもなければ、金庫にしまったりはしません。おそらく、これまでだれも、その秘密には気づかなかった。そして……おとうさんは亡くなり、あなたはおにいさんとともに、葬儀と埋葬を主催された。おにいさんが亡くなったのは、それからどれほどあとです？　厳密でなくともかまいません。三カ月後ですか？　一年後ですか？」

「そこまで長くはなかったけれど……でも、それなりに時間がたっていたわ。父の遺言書の読みあげが行なわれたのが、父の葬儀から一週間後——いえ、六日後。コブが殺されたのは、その二週間後のことだったから」

「ふうむ。充分な時間だ」

「なんのための？」

コレットは両の眉を吊りあげていた。

「おにいさんがこの屋敷でなにかを探しだすための時間ですよ。あなたに話していなかったなにかを探すためのね。話さなかったのは、話しても信じないと思っていたからでしょう、おそらく」コレットはとまどい顔になっていたが、とまどっているのはわたしも同様だった。

「でなければ、あなたが知ったとき、なにか危険な行為をしかねないことを危惧したのか。あるいは、信用の置けない人間にあなたが話してしまうことを恐れたのか……」

「なるほどね。とはいえ……」

「とはいえ、おにいさんがなにを見つけたものか、あなたには想像がつかない。わたしには多少の想像がつきます。しかし、そのまえにまず、もっといろいろな情報を把握しなくてはなりません。おにいさんが自分を裏切っただれかに秘密を話す時間はたっぷりありましたし。それは他愛ない世間話の最中であったかもしれません。おにいさん、お酒のほうは？」

コレットはかぶりをふった。呑まないという意味だ。

「そうなると、話した相手は、相談しただれかである可能性が高い。おにいさんがある程度まで秘密を打ち明けただれかです」

「なにか思うところがあるのね？」

コレットは片耳のうしろに手をあてがってみせた。だれかにきかれていると思ってるの？そう問いかけるしぐさだった。

「ええ、そのとおり。自分の考えがつねに正しいとはかぎりませんが、わたしはいつでも、いろいろと考えをめぐらせていましてね。そうせずにはいられないたちなのです。さて――ついてきてください」

わたしは家具過多の部屋を――コレットの父親の実験室を――あとにし、エレベーターの前にいって、コレットが中に入るまでドアを押さえていた。

一階に着いて、ドアが開き、わたしたちは陽光のあふれる細長いサンルームに出た。サンルームは南向きに長くて、屋敷でもひときわ古い区画のようだった。わたしたちはさっき、キッチンから屋内に入った。今回、外に出るときに使ったのは、サンルームのフレンチドアだった。自分がどこへ向かおうとしているかわからないままに、芝生の上を歩いていく。

「盗聴器から離れようとしているのね？」

「そうです。しかし、すこし新鮮な空気を吸うのも、おたがいにとって、いいことでしょう。頭がはっきりしますから」

「四階では、いろいろな考えを口にしていたけれど」

「はい、ただしそれは、目的があってのことでした。おとうさんの秘密はあの本のどこかに隠されている。それには賛同なさいますね？」

「もちろんよ！」

コレットが追いつこうとして小走りになったので、わたしは彼女に合わせ、歩くペースを落とした。

「われわれがその秘密を見つけたとしましょう。あるいは四階にあったもうふたつのドアを解錠するか、むりやりこじあけるか、どちらかをしたとしましょう。そして、おとうさんが突然の富をどこから得たのか、正確に知ったとしましょう。しかし、あなたが恐れている者たちが――昨夜、あなたのアパートメント内に押し入ってきて、わたしたちをはだかにして調べていった者たちが――屋敷じゅうに盗聴器を仕掛けていて、いまも聞き耳を立てているとしたら？　わたしとしては、あの連中をおびきだしたい。しかし、こちらの準備が万端でないうちは、秘密を解明したことを知られないほうがよろしい。わたしの読みが正しければ、こちらが秘密をつきとめるまで、あの者たちがわたしたちを殺そうとすることはありません。しかし、秘密を見つけたと知ったとたん、容赦なく襲ってきます。わたしたちのどちらか、または両方を攫うかもしれません。そして、薬物、拷問、脳スキャンなどによって、秘密を探りだす。いまあげた三つの方法は、いずれも非常に効果的なものです」

「それにわたしは、ただの女だしね」

コレットのほほえみは、すこし悲しげだった。

「あるいは、あなたがわたしを図書館に返却したあとで、あの者たちがわたしを借り出すという恐れもあります」そこでわたしは、行く手の一カ所を指し示した。「あの塀に門がある。あれはどこに通じていますか？」

「庭園よ。見てみる？」

「とくに見たいわけではありませんが。しかし塀はもうすぐそこです。庭園に入ったほうが自然かもしれません」

わたしたちは庭園内に足を踏みいれた。高木に灌木があり、春には花々が咲き乱れていたようだが、いまはもう（夏の真っ盛り、陽射しの強い時期とあって）、なかば枯死しているように見える。花壇は雑草が伸びほうだいに伸びていた。わたしたちは水の枯れた大理石の噴水の前へいき、木陰にある花崗岩のベンチに腰をおろした。

「この庭園は、手入れをするつもりなの」コレットがいった。「先立つものはしっかりあることだしね。むかし、ここの世話をしてくれていた庭師の老人をまた雇って、ふたりほど、手伝いを確保するようにたのんでみるわ」

「よいことです。芝生はきれいに刈ってありますが、どなたが管理しているのか、おたずねしてもよろしいですか？　どこかに依頼しておられるのでしょうか」

「いいえ、ボットまかせよ。ボットたちは納屋に格納されていてね。わたしが指示すれば、庭園に水やりもするし、草取りもするけれど、本物の庭師ではないから、植栽、造園、そのたぐいのことはなにもできないの。ボットたちと話をしてみる？」

わたしはかぶりをふった。

「ボットは今後も警察が訊問するでしょう。屋敷の中にもボットが一台いることは承知していますが。人間のメイドはいるのでしょうか？」

「母が亡くなるまではいなかったわ。母は人間のメイドに耐えられなかったし、父も望んでいなかったから。使用人を雇ったことのない人は、お給金を払いさえすれば使用人にぜんぶまかせておけると思いがちだけど、現実の世界では、使用人って、監督がたいへんなのよ。人間は盗みを働くし、風評を流すし、お酒は飲むし、麻薬には手を出すしでね。ボットなら人間の半分も手がかからないわ。ただし、ボットはしょっちゅう調子を崩すの。そのうえ、おかしなことばっかりするくせに、自分ではちゃんとやったと思いこんでいるし。ボットと言い合いをしたことはある？」

わたしはほほえんだ。

「一、二度」

「それなら、どういう感じかは知っているわね。あの連中、プログラムどおりに行動しさえすれば、状況のいかんにかかわらず、それが正しい行動だと思いこんでいるのよ。わたしの友人で、墜落事故に遭って、九死に一生を得た人がいるんだけど、乗っているフリッターがエンジン故障を起こして、なすすべもなく山脈へ激突しようとしているさなかだというのに、その機のスチュワード・ボットときたら、スナックや飲みものを配りつづけていたそうよ。いかにもだわ！　一事が万事、ボットはそんな調子」

「怒っているときのご自分がいかに美しいか、だれかに言われたことはありますか？」

「あるわよ！」コレットはこぶしをふりあげた。「たいていは、そう言った相手をぶん殴る寸前にね」

「これは失敬。しかし、ボットは高度な知能を持たせられますし、献身的な働き手にもなるではありませんか。きわめて複雑なだけに、しじゅう調子を崩すことは認めますが、役にはたつでしょう」

「寛大な人だこと。ただ、知能が高くなればなるほど、値段も高くなるのよ。とくに、初期費用が高くつくの。父がいっていたわ、ボット一台の初期費用で、人間の使用人の給金なら十年分はまかなえるって。お釣りがくることもめずらしくないそう。人間の使用人が病気になれば、医療費は政府持ちでしょう。でも、ボットが調子を崩せば、修理代は所有者持ち。むかしは、週に一回、屋敷に整備会社がきていたものよ。会社の名前は知らないけれど。ねえ、まさか、わたしたちを椅子に縛りつけて盗聴していた相手に聞かれたくなかったのが、こんな話だったというつもりじゃないでしょうね！」

よくおわかりで。わたしはかぶりをふった。

「そう。じゃあ、なんなの？」

「単純に、こういうことですよ――あなたはわれわれの敵がまた襲ってくるのではないかと恐れている。それもむりからぬことではあります」

コレットはうなずいた。

「しかし、たぶん、襲ってはきません。ですから、こちらとしては、連中に手の内をさらけださせる必要があります。だからこそ、あのときK・ジャスティン・ログリッチの名を出し、わざわざ綴りまで口にしたのです。あなたとしては、連中を殺しても飽きたらないところでしょうが、そこまでする必要はありません。われわれにできることは、連中の牙を抜くのがせいぜいであり、それで充分です。最悪なのは、連中がまだ無力化されず、盗聴を継続し、襲いかかる機会をうかがっているうちに、われわれが秘密を発見してしまうことでしょう。そうなったら、危険は十倍にも跳ねあがります」

「いいたいことはわかるわ。あなたが正しいのかもしれない」

「かもしれない、とおっしゃる？　わたしとしては、絶対に正しいと思っているのですがね。かもしれない――すなわち正しくない可能性もある――と、そう仮定する根拠を示すことができますか？」

コレットはうなずいた。

「示せると思う。わたしの資金力よ。仕事につけず、小規模な事業者になった父は、あっという間に裕福な投資家に化けたわ。週に一ページだけ発行したささやかなニューズレターで、一夜にして成功したことはもう話したわね。もちろん、文字どおり一夜ではなかったけれど、わずか十週から十二週のあいだに、父個人の名声はすごくあがったの。父がだれであるかを人に話すと——父の生前には、ということだけれど——人によっては、畏怖の目でわたしを見たものよ」

「要するに、いまのあなたは巨額の資産をお持ちだから、そのお金で身を護れるということですね」

「そういうこと」

「これまでにうかがった話では、すくなくとも二百万はお持ちのはずですが、おそらくは、もっと多いのでしょう？」

コレットはふたたびうなずいた。ただし、こんどはもっと、ゆっくりと。

「それならば、戦闘ボットを一台レンタルし、人間のボディガードを四人、お雇いなさい。ボットなら毎日、二六時中、つきっきりで警護してくれます。人間四人を雇って、交替制で身辺を警護させせれば、常時、すくなくともひとりはそばについていてくれますよ——土日も休日も、昼夜分かたず、二十四時間、ずっと」

コレットはためいきをついた。

「けれど、雇ったボディガードがコブを殺した連中に買収されていたら、いつでもその男がそばにくっついていて、わたしがあなたにいうこと、あなたがわたしにいうことに聞き耳を立てていることになるわよ——コブを殺した連中から合図があれば、いつでも襲いかかれる態勢をととのえて」

「あなたの財産がいまの十倍にでも膨れあがるなら、身代金をめあてに、そうするやからが出てきても不思議はないですね」

「茶化さないで！」

「茶化してはいませんよ。あなたの命とわたしの命、両方を救おうとしているだけです」

「わたしたちを狙っているのが、昨夜わたしたちを縛ったふたりだけだとでも思ってるの！　あのふたりしかいないとでも思ってるの！」

わたしはかぶりをふった。

「いいえ、きっとそうよ！　すくなくとも、どこかにそういう意識があるんだわ。けれど、じっさいには、相手が何人いるかなんて、わかっていないのよ」

「おっしゃるとおり、わかってはいません。しかし、相手が何人もいると考えがちなのは、実態がわかっていないからです。以前、ある賢明な老将軍のことばの引用を読んで、いたく感心したことがありましてね。その将軍いわく、〝戦場にある者は、敵が無限の武器弾薬を持つ無限の兵からなると考えがちだが、じっさいは、そんなことはない――〟。今回の例で確実にわかっているのは、これまでのところ、相対した敵はふたりの人間しかいないということだけです。敵はもっといるかもしれません。五人いるかもしれませんし、六人いるかもしれません。しかしながら、なんらかの企みにおいて、秘密を漏らさずにいることがいかにむずかしいかをごぞんじですか？　それはもうたいへんな難事なのですよ。そして、企みに加わる者がひとり増えるごとに、漏れる危険は大きくなっていくのです」

「だけど、敵は十人以上いるのかもしれないでしょう。それに対して、確実にわかっている数字はひとつだけ。こちらにはふたりしかいないということよ」

「それはちがいますね」とわたしはいった。「法はこちらの味方です。たったふたりで敵に立ち向かうなどということは……」

　わたしは口を閉じた。コレットがすでに、なにかほかの考えにふけりだしているのが見てとれたからだ。もっとも、たとえ最後までわたしの話を聞いていたにせよ、彼女はまともに取りあいはしなかっただろう。正直いって、わたしも聞き流したはずである。

　わたしは立ちあがり、ひとつのびをすると、噴水に通じる小径のひとつを選び、十歩ほど歩いた。そこで引き返してきて、ふたたびベンチに腰をかけ、コレットにたずねた。やけににこにこしておられますが、どうしました？

「どうしてかというとね、あなたが正しいことがわかったからよ。こうして笑っているのは、心の中の議論に負けたから。いいわ。ことの全貌を聞きたい？」

「はい。ぜひ」

「いいでしょう。ゆうべ、気を失ったあなたの服を脱がせたあとで、あのふたり、その服を調べたの。あなた自身の身体検査もしたわ。あちこちをさわったり、口の中を調べたりして。そこで若いほうが、下種（げす）なほうにいいだしたわけ——あなたを椅子に縛りつけようと。その男があなたを縛っているあいだ、下種なほうはわたしを見張りながら、どんな拷問をするか、とうとうとならべたてていたのよ。爪をはがすだの、足を焼くだの、いろいろと」

「聞いていなくてよかった」

「わたしも聞かずにすませたかったわ。そのあとで、下種なほうが、わたしの服を脱がせにかかってね。わたしは叫び声をあげて、男を殴ってやったの」コレットはいったんことばを切った。「わたし、男の人みたいに強く殴れるわけじゃないけど、それでもあなたには痛い思いをさせられるし、その男にもさせられたみたい。男は怒って、わたしを殴り倒したわ」

「お気の毒に。ほんとうにお気の毒に！」

「しかも、こんどはわたしを蹴りだしたのよ。そこでもうひとりのほう、若いほうが下種なほうをつかんで、引き離してね。わたしが立ちあがるのに手を貸して、自分で服を脱げ、といったの。いわれたとおりにすれば、もう暴力はふるわないからって。そのあと、身体検査されて、あの椅子にすわらされて、縛りつけられて。下種なほう、布の縛りがゆるいんじゃないかと、わざわざたしかめたわ」

「それは興味深い」わたしは真剣に考えた。「その若いほうというのは、ふたりのうちの、背が高いほう――そうですね？」

「ええ、そう。若いほうは、もうひとりの下種ほど悪党じみた態度じゃなくってね。充分にお金を積みさえすれば、こちらの味方につきそうな感じすらあったわ。あなたの望むように、あのふたりを警察に逮捕させたら――あなたがそのつもりでいるのはわかっているのよ――ほかの者たちの悪行を証言してくれる可能性もあるでしょう」

わたしはうなずいた。

「あの男に接触する手段がほしいところです」

「同感ね。そこで話はあなたがもくろんでいることへ――連中をおびきだすことへもどるんだけれど。あなたが正しくて、連中が二、三人しかいないのであれば、狙い目はあの男だわ。ともあれ、いっしょにログリッチ博士を訪ねてみる？」

わたしはふたたび、うなずいた。

「はい。博士と会う約束がとれしだいに」

6　書架へ帰る

「わたしがコレット・コールドブルックです」

　ほほえみながら、コレットは片手を差しだした。ログリッチ博士は、わたしが同じ立場に置かれた場合にとるであろうよりもずっと用心深い態度で彼女の手を握った。それとなく、博士の研究室を見まわしてみる。予想していたよりやや大きな部屋で、パイプの煙と金銭のにおいが渾然となって染みついていた。

「お目にかかれて光栄のいたりです、ミズ・コールドブルック。たいへん光栄であり、かつ、心からうれしく思います」博士の声は高めで、少々震えがちだった。二時間におよぶ講義は、そうとうの苦行だったにちがいない。「どうぞおすわりを、ご両人」

「こちらは友人のE・A・スミスです」まだ立ったまま、ほほえみを浮かべて、コレットはつづけた。「というより、親しい友人であり、助言者とご紹介するべきかしら。ミスター・スミスはわたしの重要な情報源なんです」

　ログリッチ博士はわたしと握手をした。じっとりと湿った手だったが、これまた予想より大きく、筋肉質の手だった。わたしは椅子にすわり、濡れた手をズボンで拭く機会を探った。

「当方の事情をひととおりご説明することはできますが」コレットはつづけた。

「おそらく、すべてをお聞きになりたくはないと思います。ひとまず、状況はやっかいで複雑――とだけ申しあげておきましょう」

「とにかく、まあ、おすわりなさい」

博士は部屋の一角にある本棚を見ている。まるでそちらに話しかけているかのように。

「では――」コレットは肘掛けつきの、大きな革張りの椅子に腰をおろした。彼女がすわるようにと、わたしがあけておいた椅子である。「わたしがいきなり泣きだすのではないかと危惧していらっしゃるかもしれませんが――そんなことはしません。お約束します」

ほっとした顔で、ログリッチ博士も椅子にすわった。

「なにはともあれ、お父上のご逝去について、お悔やみをいわせていただきますよ」博士はそこでまた、本棚に目をやった。「いやはや、おおいなる損失もあったものですな。貴女(あなた)にとってだけの損失ではありませんぞ」

ここで、わたしがいった。

「気の毒にも、コレットは天涯孤独の身になってしまいました」

「そうなんです」コレットの顔から、ほほえみが消えた。「母は数年前に亡くなりました。父も先ごろ亡くなって、もう三週間強になります。できることなら、本日うかがった用件の核心には触れたくない誘惑に駆られますが、ログリッチ博士、そういうわけにもいきません。ええ、ほんとうに！　父のことはごぞんじでしたね？　それは承知しています。では、兄のコブはごぞんじでしたでしょうか？　コンラッド・コールドブルック・ジュニアです」

　ログリッチ博士は、美しい栄樹（ブライアー）のパイプを取りだし、火皿にタバコの葉を詰めはじめた。詰めおえると、パイプをデスクに置いて、こういった。

「残念ながら、面識を賜る栄誉には浴しておりませんな。お話しぶりから察するに――口調から察するに……」またもや本棚に目をやった。耐光パネルで保護されているのは、下側の棚だけだ。「どうやら……その……わしがまちがっておればよいのだが……」

　コレットが目ににじんだ涙をぬぐう。

　コレットに代わって、わたしがログリッチ博士にうなずいた。

「ご推察のとおりです、亡くなられました」

「核心に触れたくないといったのは、そういう意味なんです」コレットはためいきをついた。

「兄は殺されました、ログリッチ博士。その事実は簡単に調べがつくでしょう――それに、ほかの事実もです。徹底的な調査を行なえば、一日か二日、兄が家をあけていたことも判明すると思います。兄がわたしを訪ねてスパイス・グローヴにきたことまではわからないかもしれませんが、じっさいの話、訪ねてきたんです。そのあとで、兄は殺人犯に――」

「というより、殺人犯たちですね」わたしは口をはさんだ。「われわれには、犯人がひとりだけではないと信じる理由がありまして」

「その複数、または単独の殺人犯が、わたしたちが子供時代を過ごした屋敷に入りこんで、帰ってくる兄を待ちかまえていたんです。すくなくとも、そのように思えます。兄が帰ってきて、屋敷に足を踏みいれたとたん、何者かの手で首を絞められた——。遺体は玄関の間に倒れているところを、ボットに発見されました。わたしもボットにいろいろと問いただしてみたのですが——」

「殺人犯を見てはおらん、と答えたのですな？」

ログリッチ博士は、同情しているように見える態度をとろうと努めていた。

コレットはうなずいた。

「そばには兄のスーツケースがありました。兄の遺体のそばには、という意味です。ふたをあけられて、中をあさられた形跡がありました。兄の遺体にもです。というのは、警察から聞いた話ですが。こういうこまごまとした話はお聞きになりたくないでしょう」

「いやいや、貴女が話しておきたいと思われることは、一切合財、お聞きしておきたいものです」

「ありがとうございます」コレットは大きく嘆息した。「どうか、わたしたちが詮索好きだとか、博士の私的な事情にまで鼻をつっこもうとしているだとか、そんなふうにはお考えになりませんよう。そういう意図はまったくないんです。ただ、天体物理学者でいらっしゃる博士に対して、父はなんらかの相談をさせていただいておりましたね？　そのことについて話していただけませんか」

こんどはわたしがいった。

「まず知りたいのは、コールドブルック氏がどのようにして、なんのために博士とつきあうようになったかということです。おつきあいができたあとには、博士の投資顧問かなにかをしておられたのでしょうが。しかし、最初の接触のときに氏が知りたがったのは、どういうことでした？　それに対して、博士が答えたことは？」

ログリッチ博士は、心ここにあらずのていでうなずいてみせた。つづいて、デスクの上に置いてある樽形のタバコ入れから変異種のハーブの葉らしきものを取りだし、火皿に詰めて、こう答えた。

「貴兄は氏のご子息の死について調べておられるのかな、ミスター・スミス？」

「いいえ、それは警察の仕事ですから。いずれ、博士のところにも警察の問い合わせがあるかもしれません。もっとも、とくに問い合わせるべき理由があるようには思われませんが」

ここで咳ばらいをした。「あとでコレットが裏づけてくれますが、お父上の事業にかかわる権利関係については、遺言執行者がすべて管理しています。遺言執行者は弁護士ですので、定型業務についてはまかせておいてもいいでしょう。しかしながら、執行者もわれわれも、理解していないことが多々あるのですよ。預貯金と屋敷はすでに相続されていますが、それ以外のすべての財産――株式、債券、短期金融市場預金勘定、屋敷を除く不動産の所有権については――コレットが三十歳に達した時点をもって相続することになっています。しかし、お父上がとった措置の一部、および明らかになった記録の一部は、どうにも不可解なものに思われてなりません。コレットとわたしがすべての真相に迫れるとは思っておりませんが、まったくなにも知らないのもどうかと思いましてね。無知は破滅を招きますから」

一、二秒の沈黙ののち、コレットがいった。
「亡くなった父は投資の天才でした、ログリッチ博士。自分にその方面の才覚がないことは重々承知していますが、父がなにをしたのか、なぜそうしたのかを理解する能力さえ自分にないとは、あまり認めたくありません」

ログリッチ博士はうなずいた。

「わからんでもない――。貴女の心細い思いについてもです。しかし、お父上がなにを知りたがったのかをお話しすることはできるが、なぜ知りたがったのかはわしにもわかりかねるところでしてな。ともあれ、話すだけは話すとしましょうか。お父上は――空間の根源的な性質について興味を持っておられたのですよ。われわれの物理的宇宙とは、空間に存在するものです。その点において、物理的宇宙は、他のあらゆる宇宙と性質を異にする。たとえば、数学的宇宙を考えてみるとよろしい。古代ギリシア人は、円の直径と円周のあいだに、一定不変の関係があることを発見しました。いま、〝発明〟といわず、〝発見〟といったことにご留意ねがいたい。この関係が現実のものとなったのは、はたして古代ギリシア人が両者の関係性を考案したからでしょうかな?」

コレットがかぶりをふった。

「貴兄はどう思われます、ミスター・スミス」

「答えはノーです。そのようなことはありえません」

ログリッチ博士は微笑した。それはごくごくかすかな微笑であり、わたしにはつらそうな微笑にも見えたが、それでも微笑は微笑だった。

「では、おふたりにおたずねする。なぜありえんのです？」

こんどはコレットが答えた。

「ものごとを考えたからといって、そのものごとが実現するわけではありませんし、真理となるわけでもありません。ある教師にこういわれたことがあります。無理が通れば、道理がひっこむ、と」

「真理は思考によって生まれず――とする理屈を認めるならば、円周と直径との固定された関係は、いずれかの人間が思いつくよりもずっと前から存在していたことになりましょう。人類が出現するよりも前、生命が誕生するよりも前からです。では、それがある場所とは、どこでしょうな？　ミズ・コールドブルック？」

「見当もつきません」

「それならば、その場所に名を与えて、これを数学的宇宙と呼びましょうか。ビッグバンのことはご承知でしょう？　あれは思春期前に、だれもが学ぶことですからな。大量の物質とエネルギーが――その両方とも――マジシャンのシルクハットから出てくるウサギのように、つぎからつぎへ飛びだしてくる。われわれ天体物理学者は――すくなくとも一部の者は――真空なるものの性質が、物質とエネルギーを呼びだして存在させるものと考えておるのですよ」

ここで博士は、わたしがこれまで見たこともないデザインの、ライターとおぼしき道具を開き、パイプのタバコに火をつけようとした。何度か挑戦したものの、結局、火はつかず、博士は道具をデスクの上に放りだした。

「それが父におっしゃったことですか？　ログリッチ博士？　そういう話をうかがうために、父は訪ねてきたんですか？」コレットが両の眉を吊りあげ、たずねた。

「最初のやりとりはそうでした」博士は小さく咳をした。どこか困っているような咳だった。「お父上は空間の基本的性質にいたく興味を持っておいででした。この問題を、いうなれば直観的に把握しておられたわけです。われわれが今日、知性と呼ぶ資質は、たんなることば上の表現にすぎません。お父上はすぐれた知性を持っておられた。その知性は、こういってよろしければ、われわれの心理学者にとっても、存在を理解することさえできん種類のものだったといえましょう」

「ありがとうございます」コレットは礼をいった。

博士はもういちど、黄金のライターでパイプに火をつけようとした。つかのま火がついたものの、すぐにまた消えた。

「お父上はこうもおっしゃった――こんなことをいうべきではなかろうが、すくなくとも、事実ではありますのでな――すなわち、その時点では、わしに対する相談料は払えないが、空間の本質的性質についてぜひ話しあいたい、と。可能であれば、あとで相談料は払うとも約束されて――事実、払ってくださいました」

ふたたび、コレットがいった。

「あまり法外な額でなければ、わたしも喜んで相談料をお支払いします。それはスクリーンしたときに申しあげたとおりです。いますぐお支払いしたほうがよろしいですか？」

「いやいや、それにはおよびません。わしが一時間いくらでご相談にのるなどとは思われんように」ログリッチ博士は腕時計に目をやった。「五時までは時間を割けます。それまではおつきあいしましょう」

コレットは礼をいった。

ログリッチ博士はたずねた。

「さて——。宇宙には境界があるものでしょうかな、ミズ・コールドブルック？　われらの銀河系を飛びだした宇宙空間探査機が、外へ外へ、どこまでもまっしぐらに、永遠に進んでいく——そんなことが、はたして可能なものなのか。それともその探査機は、どこかで通過できない境界に引っかかってしまうのか？　もしや、超空間に入ってしまうのか？　もしもそうなら、その探査機は、超空間でどのような性質に遭遇すると思われます？」

わたしはコレットに、永遠に進めるのか、それとも進めないのか、好きなほうを選ぶようながした。わたしはコレットが選ばなかったほうをとればいい。

「わたしには——」考えこんだ顔になり、コレットは答えた。「——探査機が永遠に進めるとは思えません。永遠につづくものはなにもないと思っています」

これでいいかしらという顔で、コレットはわたしを見た。

ログリッチ博士がいった。

「わしのあげた例は、どうも突飛すぎたようですな。どうか念頭に置いていていただきたい。光はどこまでもまっすぐに進む――途中、強力な重力場で曲げられたりしないかぎり。いまあげた架空の宇宙空間探査機は、厳然たる光子の決まりごとにしたがって進むものとお考えいただきましょう」

「それでも、永遠には進まないでしょう。そんなことは信じられません」

ログリッチ博士はうなずいた。

「となると、宇宙空間はビッグバンよりも前から存在していたことになりますぞ。大爆発の瞬間において、ビッグバンがはるか遠くにある壁を創りえたはずはない。それならば、そのような壁、そのような境界は、あらかじめ存在していなくてはおかしい。では、どうやってそこに境界ができたのか？」

「境界があるとは思いませんが……」わたしはいった。

「では、宇宙があらゆる方向へ無限に膨張していくといわれるのですな？　けっして境界が存在したことはないと？」

「そのとおり」わたしはうなずいた。

「もしもそうならば、そしてたんなる真空がですよ、どのようにしてか物質を呼びだして、存在させられるならば――その現象によって、物質とエネルギーを創造することはもとより、破壊することもできないとするおなじみの法則が破れるのだから――無限回のビッグバンが発生することになる。しかしじっさいには、発生した証拠が観測されているビッグバンは、一回のみです」ログリッチ博士は舌先で上下の唇をなめながら、またもや不安そうな視線を本棚に向けた。「無限回のビッグバンが発生していれば、夜空はほぼ均一な光の海となって燃えておらねばおかしい。そこは納得していただけましょうな？」

「せざるをえないでしょうね」とわたしは答えた。

博士の顔に、例のつらそうな微笑がもどってきた。

「するとここに、新たなる疑問が湧いてくる。見過ごしやすいが、最初の疑問よりも答えの難しい疑問がです。すなわち――それだけの空間はどこからきたのか？　それだけの虚空はどこからきたのか、ということですよ。みずからをこの宇宙に呼びだすことなどできはせん。ゆえに、ひとまずここは、原初、宇宙にはなにもなかったといっておきましょう。どこにも、なにも、まったく存在していなかったのです。では、そのなにもない時期は永遠につづいていたのか？　無の年代がはてしなく、悠久の過去からつづいていたのか？　もしそうならば、その悠久の年代のはてに、無限であり、かつ完全に空虚な宇宙空間を創造せしめたものとは、いったいなんであったのか？　総じてわれわれは、空間を創りだすことに窮々としています。たとえば、友人が引っ越したとき、新しいアパートメントをどのくらい気に入っているか、きいてみるとよろしい。返ってくる答えはこんなものでしょう――とても気に入っているが、収納空間（スペース）が足りない。しかし、空間がどのようにしてか、ひとりでに創造されるものならば、その収納空間もまた勝手にどんどん大きくなっていく。そういう理屈になりませんか」

コレットが笑い、かぶりをふった。博士はつづけた。

「逆に、空間がひとりでに創造されぬのならば、収納空間を確保するための秘策はこうです。新たな仕切り壁を作って、リビングルームをすこしだけせばめるのです。そこここにドアを設けて、マジシャンの掛け声よろしく、さあ広がった(プレスト・チェンジ・オウ)！　すると、そこにみごと、新たなる収納空間が創造されたではありませんか」

わたしはいった。

「しかしそれでは、収納空間は増えても、ほかの空間が削られてしまいます」

「いかにも。これではリビングルームの空間の一部が新たな収納空間へ移動したにすぎない。ではここで、壁や壁に相当する間接的な手段にたよらず、空間を移動する方法を見つけたとしましょう。まず、窓をあける。わしのアパートメントは五階にあるとします。窓の外にはたっぷり空間がある。たかだか数立方メートルの空間をちょうだいしたところで、だれにも気づかれはしません。そこで、若干の空間を自分のアパートメントに持ちこんでやるのです。わしのラウンジは、そうですな、長さが一〇メートル、幅が六メートル、高さが四メートルとしましょうか。ここで、空間確保装置の設定値を、長さが三メートル、幅が三メートル、高さが五メートルにセットする。四五立方メートルの空間です。そこで装置を作動させて、この空間をラウンジに移す。室内に立ち、おもむろに周囲を見まわせば、ラウンジは快適に広くなっている。じつに、長さは一〇・六〇メートル、幅は六・三六メートルになって——それだけではありません、天井の高さも四・二四メートルになっている。これならば、妻は新しい絵を何幅か掛けられます。大きな絵をです」

　ログリッチ博士はハンカチで額をぬぐった。

　コレットがたずねた。

「カーペットはどうなります？」

「なかなか鋭い質問をなさる、ミズ・コールドブルック。その問題にはわしも気づきました。解くには多大な調査が必要でしたよ。空間移動によって、ラウンジは長く、広くなり、壁も高くなった。このとき、室内の温度は急激に低下する。建物の構造はいくぶんいびつになり、おそらく、もろくなっておるでしょう。しかしながら、ラウンジに追加空間を押しこむには、それらは避けられぬ現象です。

　そればかりではない。もしもわしが凍死しておらぬなら、最終的に、向かいに建っている建物がわしの建物に近づいていることに気づく。ふたつの建物のあいだの空間が除去された以上、そうならんはずがない。でしょう？」

「なんだか、いかれた話だわ」コレットがつぶやいた。

「信じていただきたいものですな、ミズ・コールドブルック、天体物理学の世界において、われわれは日々、もっともっといかれた事実に遭遇しておるのですぞ。わしは粒子物理学者ではないが、あちらの分野でもいかれた事象だらけであることは承知しております。ルイス・キャロルを複生（リクローン）してやれたら、あのご仁、さぞかしおもしろがったことでしょうな」

「でも、じっさいに空間を広げることなんてできないですよね？」

つかのま、ログリッチ博士の汗がにじむ顔に、微笑の亡霊が浮かんだ。

「さよう、ミズ・コールドブルック、できません。わしの見解では、そのような空間操作を可能にする装置が造られた例はない。それでもです。理論的には、これは実現可能なのです。わしは——わしは……ああ、すまんが、一冊、わしの著書を取ってきてもらえませんかな、ミスター・スミス」ログリッチ博士は、例の本棚を指さした。「薄い、そう、薄い本です、あお、あお、青い表紙の本。まことに恐縮ながら。そこに、な、な、何冊か、同じ本があるはずだが」

わたしは立ちあがり、本棚に歩いていって、いちばん上の棚板の下面に指を走らせた。

「そ、そ、そこじゃない。二番めの棚。に、二番めの棚！」

指先がなにか丸くてなめらかなものを探りあてた。覗きこんでみると、黒い物体が貼ってあった。棚板からひっぺがす。予想どおり、両面テープで棚板の下面に貼りつけられていた。それを床に放りだし、かかとで踏みつけ、砕けた破片を拾ってばらばらにしてから、博士のデスクの横にあるゴミ箱に放りこんだ。

「それは、もしや——」

コレットがいいかけ、口をつぐんだ。

「そのとおり」わたしは答えた。「連中が仕掛けた盗聴器の一台ですよ。ログリッチ博士は、盗聴器があそこにあることを知っていた。目の動き、声の調子などでそれとわかりました。よほど手ひどく脅されたのでしょうね。そして、連中があそこに仕掛けるところをしっかり見せつけられもしたのでしょう」

わたしは自分の椅子に腰をおろした。

ログリッチ博士がいった。

「……連中、怒るでしょうな」

なんだかほっとしているような声だった。

「ほんとうのことをいえばいいのです。わたしがしたことを、ありのまま話せばよろしい」

「貴兄のほうは、それでいいのかな？」

「けっこうですとも。しかし、連中はもう、なにがあったか知っていますよ、おそらくね」

わたしはふたたび立ちあがると、本棚の前にいって、二番めの棚から青い表紙の薄い本を取りだし、ぱらぱらと中を見た。方程式でいっぱいだった。

ログリッチ博士がいった。

「よければ、その本、持っていってくだされ」

わたしは礼をいった。

こんどはコレットがわたしにたずねた。

「その本、読むつもり？」

わたしはかぶりをふった。

「わたしにはこれを読解できるだけの数学的才能がありません。しかし、そのうち、読める人間が見つかるでしょう」

あまり自信はなかったが、自信ありげに聞こえるよう心がけた。

ふたたび椅子にもどり、博士に向かってこう問いかけた。

「盗聴器を仕掛けた者たちの人相風体を教えてください。姿をごらんになったのでしょう？　どんなふうでした？」

「それはかんべんしてもらえんかな」

「あなたは盗聴器が壊されるのを看過しました。その一点ゆえに、連中、あなたを殺そうとするかもしれませんよ。いまはもう、連中には、ここでのやりとりが聞こえない。そして、コレットとわたしは、連中と戦っている当事者です。さあ、どのような人相風体でした？」

博士が口を割るまで、しばしの押し問答があったが、とにもかくにも、盗聴器を仕掛けた者たちのようすを聞きだすことができた。そのうちのふたりは、われわれを縛っていった、あの二人組の男のようだった。ほかにもうひとり、女がいたという。

わたしの腕時計が五時を告げた。コレットは立ちあがった。

「とても参考になりました。これまでの相談料は、父の住所へ、父宛てに請求なさっていたはずですね。父の仕事場は自宅でしたし」

ログリッチ博士はうなずいた。

「でしたら、同じ住所にご請求ください」

外に出たあとで、コレットがいった。

「あなた、犯人たちをあぶりだすつもりね？」

「そうです、それもあります。主目的はといえば、おとうさんがログリッチ博士に相談した理由を知りたかったからで、その目的は達せられたようですが。しかし、おっしゃるように、敵を白日のもとにさらけださせる目的もたしかにあります。これで敵が出てこないようなら、また別の手を打つとしましょう」

「わたしたちがくる前に、敵はここにきていたのね」

考えに没頭していて、わたしは返事をしなかった。コレットはつづけた。

「でなければ、この街に支部でもあるのか。ニュー・デルファイのだれかが、支部の仲間にボイスして、わたしたちがくることを伝えたのかもしれないわね」

「支部？」

コレットは顔をほころばせた。

「冗談よ、冗談。でも、相手が秘密結社という可能性はあるでしょう？　でなければ、似たような組織の」

「可能性だけであれば、たしかにありますが。第一の可能性ほどではないにせよ、まったくなくはありません。もっとも、敵がたんに、ログリッチ博士をずっと見張っていただけ、という可能性もありますね——おとうさんが相談した相手であるという理由から」

「あなたはどの可能性が高いと思う？」

コレットは空を見あげていた。飛揚(ホバー)タクシーを探しているようだ。

「第一の可能性——つまり、敵がわれわれの計画を察知し、博士のもとに先まわりしていた可能性です。連中が姿を見せれば、答えはおのずとわかるでしょう」

「ひと晩、この地に宿泊したいといったのは、そのため？」

「それもあります、はい」

「それも？　では、それ以外の理由は？」

　コレットが空に向かって手をふった。

「わたしたちの敵を動かし、おとうさんの屋敷に侵入するよう仕向けるためです。ニュー・デルファイに帰ったあと、われわれとしては、ただちにおとうさんの屋敷に入るのは控えたほうがいい。じっさい、屋内にはまったく入らないかもしれません。ひとまず、近隣に見たことのない車両がないかどうかを調べて、あなたのいった納屋のボットたちに話をききます。草刈りその他の作業に従事していたのなら、見知らぬ者の存在にも気づいたはずですからね。例の連中が屋敷の中にいるふしがあれば、警察を呼ぶ。対面電話（eフォン）はお持ちでしょう？」

　コレットはうなずいた。

「けっこうです。でなければ、あなたのフリッターのスクリーンで呼んでもいいですし」

「うまくいくかもしれないけれど……」

　コレットは考えこんだ顔になっていた。

「〝かもしれない〟だけで、わたしには充分ですよ」右手の芝生にホバタクが着陸しようとしていた。それを見ながら、わたしはいった。「さて、これ以降は、話す内容に気をつけたほうがよさそうです」

わたしの助言にしたがって、コレットはタクシーが勧めてきた一番めのホテルを却下し、二番めのホテルを選んだ。ラウンジがひとつ、寝室がふたつ、バスルームふたつの、小さなスイートだった。ホテルの部屋に収まり、コレットの一泊旅行用鞄を当人の寝室のベッドに置くと、わたしたちはふたりで買い物に出た。わたしが着るもの、すなわち下着、ソックス、パジャマ、シャツ、スラックスを買うためである。コレットが金惜しみせずに買ってくれたので、わたしは心から礼をいった。

ホテルにもどり、夕食の前に着替えることにした。わたしは自分の寝室へ——コレットも自分の寝室へ。それまで着ていた服を脱いで、ホテルのランドリーへ出すため袋詰めにし、シャワーを浴びる。買ってきた服を着た。

自分の寝室から出てみると、コレットはラウンジにいなかった。当然、自分の寝室かバスルームにいるものと思いこみ、一時間ほど待った。その間、特定の音が聞こえてこないか、聞き耳を立てていたのだが——シャワーを使う音や、トイレの水を流す音、引き出しを開け閉めする音などだ……その手の音はすこしも聞こえてこない。いっこうにだ。

意を決して、コレットの寝室のドアをノックした。その時点でもう、ノックしても返事がないであろうことはわかっていた。

ドアの外から呼びかける。

「コレット！　コレット！」

返事はない。

とうとう、ドアをあけた。寝室はからっぽで、コレットの旅行鞄は消えてなくなっていた。ナイトスタンドが倒れており、めくられた形跡はないのに、寝具が乱れている。それを見たとたん、コレットがむりやり連れ去られたのだと悟った。おそらくは、わたしがシャワーを浴びているあいだのできごとだったのだろう。

即刻、ふたつのことが頭に浮かんだ。ひとつめは、すぐさま警察にスクリーンしたほうがいいということ。ふたつめは、わたしがホテルをチェックアウトできないということだった。したくてもできないのである。支払い能力がないのだから。

ホテルのスクリーンを使い、警察に通報した。警官の制服を着た仮像（シム）は知的に見えたが、まるでとりあってくれなかった。

「まず、理解していただかねばならないのはですね」とシムはいった。「スタンドが倒れていたことと、寝具が乱れていたことは、なんの証拠にもならないということです。つぎに、警察としては、行方不明となって二十四時間以上が経過していないかぎり、その人物を捜査対象にはできません。それだけの時間、お友だちのミズ・コールドブルックの消息が不明であったなら、親戚か家族のだれかがその事実を通報してくるかもしれません。その場合は、以後、警察は注意深く成りゆきを見まもります。そして、もう二十四時間が経過してもなお当人の行方が知れないままであれば、はじめて捜査を開始するんです」

シムはことばを切り、わたしがしゃべりだそうとしたとたん、ふたたび話しはじめた。

「わたしの理解しているところでは、あなたは親戚でもなく、家族の一員でもありません。図書館の複生体(リクローン)ですね？　ただ貸し出されただけですね？　そのとおりでしょう？　純正な人間ではありませんね？」

わたしは食いさがった。

「ミズ・コールドブルックは純正な人間ですよ」

「いま問題にしているのは、彼女が純正な人間かどうかなのではありません。あなたが純正なのかどうかです。失跡から二十四時間が経過して通報するのは、親戚か家族の一員でなくてはならないんですよ」

「いつから数えて二十四時間です？」

シムは数秒間、まじまじとわたしを見つめた。

「それはなんとも……。彼女が失跡した時点からでしょう、おそらくは。それとも、彼女が失跡していることにだれか気づいた時点からでしょうか。それとも、いまこのとき、彼女を捜索させようとあなたが連絡した時点からでしょうか。おそらく、そうでしょう。その場合、あなたはもっと早く通報すべきでしたね」

わたしはうなずいた。

シムはつづけた。

「とはいえ、この通報が有効なのかどうかはわかりません。なぜなら、あなたはリクローンであり、家族の一員ではないからです」

「彼女の家族はみんな亡くなりました。父親、母親、兄……全員がです」

「それは関係ありません。通報は身内しかできないのです」

わたしは通話を切った。

コレットを連れ去った者たちは、彼女がいつも持ち歩いている、形状記憶ハンドバッグを残していっていた。この手の女性ものバッグをわたしが持ち歩けるはずもないので、価値がありそうなものは残らず抜きだし、あちこちのポケットに収めた。かくして、革のバッグはほとんど空の状態となった。最初に抜いたのは金だった。それから、スパイス・グローヴにあるコレットのアパートメントのカードキーと、ニュー・デルファイの屋敷のカードキー。そして、ダイヤモンドつきの乳首リングが二対。その他の品が少々。

ホテルを出るさい、ランドリー・バッグに詰めた服を持っていきたいところではあったが、あえてそうはしなかった。ひとつには、図書館にあるわたしの書架には洋服ダンスがなく、余分の服をしまっておく余地などなかったからである。消灯時間が近づくと、ランドリーやドライクリーニングにまわすため、われわれの服はボットたちによって回収され、かわりにローブとスリッパを支給される。就寝まではそれを着て過ごし、翌朝、起床後も、日中用の服が支給されるまでその格好で過ごす。服が配られるのは、図書館が開く午前十時の直前だ。ほかの図書館も同様の仕組みであることは知っている。

歩きながら、コレットを見つけるために使えそうな手段をあれこれと考えた。私立探偵を雇ってもいいが、前払いで大金を要求されるだろう。せめて遺言執行者には――コレットが話していた弁護士には——報告しておくべきだろうが、ここはニュー・デルファイではなく、弁護士の名前も知らない。コレットが教鞭をとるスパイス・グローヴの学校に連絡する手もあるが、学校になにができる？　学校で働く同僚たちは、わたしと同じく親戚ではないし、家族の一員でもない。歩みの途中、こういう暗澹たる思考に、五、六回、短い中断が入った。道ゆく見も知らない人たちに、オーエンブライト公共図書館の場所をたずねたからである。知っている者はひとりもいなかった。

ようやく図書館を探しあてたのは、わたしがすっかり意気消沈し、へとへとに疲れはててからのことだった。貸出カードを見せ——返却期限が七月三十日のあのカードだ——自分が何者であり、どこからきたのかを、まずは受付ボットに、ついで、無愛想な図書館員の女に説明した。

「トラックがきたら、送り返さねばならないわね」

わたしはうなずいた。

「〈フィクション〉コーナーに書架の空きがあったはずだわ。ひとつ、いえ、ふたつだったかしら。なにか進展があるまで、そこにあなたを配架しておきましょう。もちろん、貸出はなし。閲覧に応じるのはいいけれど、貸出は厳禁よ」

了解しました、とわたしは答えた。

オーエンブライトの書架は三段構造で、棚板同士の高さは一九〇センチ。わたしが立てるだけの高さはあるが、頭がつかえる蔵者も何人かいるだろう。想像がつくと思うが、とくに住みやすいのは最下段の棚で、最悪なのが最上段の棚だ。棚には上段から順に番号がふってある。スパイス・グローヴの図書館では、書架は四段構造で、住み心地がいいわたしの棚は三番棚だった。オーエンブライトでは、予想のとおり、一番棚に押しこめられた。最上段の棚へは、幅のせまい梯子を昇っていかざるをえない。

梯子段を昇り、自分の棚にあがる。それから三十分ほど、図書館が閉まるのを待ってから、服を脱ぎ、眠りについた。いちど、夢でも見ているかのように、なじみのある声が聞こえた気がして、はっと目を覚ました。しばらくのあいだ、横たわったまま目を開き、耳をすます。しかし、その声はもう、二度と聞こえなかった。

とうとうわたしは横向きになり、ふたたび眠りについた。

7「E・A・スミスをさがせ！」

翌朝、見まわりボットに光刺激棒でつつかれ、起こされた。脚を竹馬のように伸張させた状態だと、このボットはそうとう背が高くなるが、かといって、オーエンブライトの書架の一番棚に届くほどではない。

「起きて服を着ろ！　三十分で開館だ！」

あとすこしで朝食時間がおわるぞ、ともいわれたが、そんなことはいわれるまでもない。わたしはあくびをし、清潔な服を身につけてから（服はゆうべのうちにランドリーとドライクリーニングに持ち去られ、きれいに洗濯されていた）、歯をみがき、ひげを剃るなどして、朝の身支度をととのえた。このあたりは、だれしもが同じだろう。そのあとで、鼻の導きにしたがって、朝食が用意してある場所に赴いた。朝食は複生体(リクローン)セクションの、幅広い通路に設けられた、かなり長いテーブルにならべてあった。わたしはうんと遅れた口ではあったが、まったく食べられないほど遅れたわけでもなかった。

蔵者のほとんどは、燻製ビーフの薄切り・クリームソース和えを載せたトーストがお気に召さないようだった。チーズ入りコーンがゆ(チーズグリッツ)もだ。この点で、わたしは運がよかった。燻製ビーフの薄切り・クリームソース和えは好物だし、チーズグリッツは大の好物なのである。レードルで二杯めのチーズグリッツをよそっているとき、テーブルの向こう端で、女の声がこういった。

「あれが新人？　アーン・スミス？」

その声で、すぐにだれだか気づくべきだったのだが、不覚にも気づきそこねた。そのため、わたしはただ、

「そうです！」

とだけ答え、席について食事にもどった。

香水の芳香が押しよせてきて、小さな手を肩にかけられたのは、その直後のことだ。手の主にふりかえる。口を開いた。だが、相手の顔を見たとたん、まともなことばが出てこなくなった。ふがふがと口を動かすばかりで、ことばが意味をなさない。

もどかしく思ったのだろう、相手はいきなり、長々と強烈なキスをしてきた。

「ちょうど席を立とうと思っていたので……」

となりの席にすわっていた男がいった。ジョンストン・ビドルだ。歴史家の。

入れ替わりに、こんどはアラベラがビドルのいた席にすべりこんできた。

「あなたって、もう、もう」鉄の女ならではのきつい声で、アラベラはいった。「世界一、人をいらいらさせる男よね」

「そういうきみは、世界一甘くてぞくぞくする声の持ち主です」わたしは応じた。「きみの

顔にふさわしい声ですよ」

「その声というのは詩文のことをいってるのね？」わたしの真意は、アラベラにはちゃんと伝わっているはずだった。「たしかにまあ、怖くてぞくぞくする詩は書けるけどさ、あえて書かないの。たいていはね」

「詩文もそうですし、会話の声もすばらしい。とくに会話での声が。自分でなんといおうと、きみの声はいつも音楽的です」

「つぎはチョコレートを持ってくる気？」

「あのばかげたチョコレートの件であれば、千回もあやまったではありませんか。それでも足りないというのなら、もう千回でもあやまりましょう」

アラベラは思案顔になった。

「正直、楽しませてはもらったわよ。ただね、おかげでダイエットがだいなし。じっさい、一瞬でリバウンド。あれのせいで八キロも太っちゃった」

「たかだかヴァレンタイン・デイのささやかなチョコレートひと箱程度で、成熟した女性の体重が八キロも増えるはずはないでしょう」

テーブルの周囲にいる者は、もうだれもしゃべってはいない。みんなの視線が痛いほどに突き刺さる。

「だって、太っちゃったんだもの。あれがきっかけになって、絶対に手を出しちゃいけないジャンクフードも食べるようになっちゃってさ。スイカの皮の砂糖煮に、マカロニ＆チーズ、濃厚なチョコレート・ケーキ（デビルズ・フード・ケーキ）、切り干しカブ。どれもこれも、凶悪な食べものばっかり」

　切り干しカブ？

「信じられませんね」

「チョコレートもたくさん自分で買ったわよ。色も味も濃いチョコレート、甘い甘いソルトウォーター・タフィー。あのとき買ったソルトウォーター・タフィーのことはよく憶えてる。海の風景をあしらった箱に、赤と青と緑の包み紙、なにもかもよ。あたしの声がまだ甘いというなら、ぜひともあのタフィーを食べてみるべきね。あたしは……」

　そこでアラベラは、急に口をつぐんだ。

わたしは彼女に顔を近づけ、声を低めた――どさくさまぎれにキスができればいいが、と願いながら。

「どうしました、ダーリン？」

「ううん、ちょっと……」

　アラベラはいいよどみ、わたしを見つめ、すっと目をそらした。

「どうしました？　いってごらんなさい」

「ここでさ、あなた、チョコレートを買ってくれることはできないわよね？」

「この図書館でですか？　たしかに簡単なことではありませんが、まったくの不可能事とも思われません」

「あたしたち、お金をいっさい持てないでしょ？」アラベラの手がわたしの手を探りあてた。

「一銭もよ、アーン。それに図書館も出られない。出ちゃいけないことになってるから」

男が女に対し、どれほど長くうそをつかずにいられるものか、だれか研究してみるといい。

「たしかに。わたしもいまは一銭も持っていません。しかし、いずれは多少ともふところに入る可能性がありますので。もしも入ったなら、きみにチョコレートを買ってこられるかもしれませんよ——こんど貸し出されたそのときに」

「あなた、貸し出されたことあるの？　それ、ほんと？」

アラベラはわたしに視線をもどし、まじまじと見つめた。

「ときどきですがね」コレットの身にふりかかった恐怖を思うにつけ、わたしの心は不安にわなないた。心だけではない、声もだ。「ときどき貸し出されることがあるのです。最近、四十昼夜の契約で貸し出されましたが、借り主とはぐれてしまいまして。それで一時的に、ここへ身を寄せたしだいです」

「あなた、ここの所蔵じゃないの？」

ほかの複生体（リクローン）たちは、ふたたび話をはじめている。人が盗み聞きしていた事実をごまかすときによくやる、とってつけたようなやりとりで。

わたしはかぶりをふった。

「わたしはスパイス・グローヴ公共図書館の蔵者なのです」

「だったら、あっちに送り返されるはずでしょう」

「承知しています。そもそも、送り返してもらうつもりでここにきたのです。わたしを借り出した女性はスパイス・グローヴに住んでいて、教師をしているもので」

「あなたも図書館の蔵者なのね――その女の人に借りられた」

わたしはうなずいた。

「恐ろしいものだと思わない、蔵者制度って？　ほんとにもう、恐怖でぞくぞくしてくるわ。実質的に犯罪だと思わない？」

「実質的どころか、犯罪そのものですよ」

「あなたのいうとおりだわね、きっと。まあ、こんな話をしていたって、どうなるわけでもないんだけどさ。その卵、さっさと食べちゃえば？」

「卵ではありません、チーズグリッツです」わたしはスプーンを口元に運んだ。「ひとくち食べてみる気はありますか？」

「前に食べたわよ。ねえ、あたしたち、自由になれる日がくるのかしら」

わたしはかぶりをふった。

「どうして図書館はこんなことをするの？　なぜあたしをリクローンするの？　なにひとつ書かせてくれないくせに」

わたしはためいきをついた。

「説明してもいいですが、答えを聞けば、きっときみは怒りますよ」

「もちろん！　いいえ、そんなことない。ああ、もう、わからない！」

「では、説明するだけしてみましょう。なにひとつ書かせてくれないのは、書かせる意味がないからです。きみが書く詩を評価する者はほとんどいません。きみが新たに書く詩は——あす書いたとして——一世紀前にきみが書いた妙詩の価値を下げてしまう結果しかもたらさないのです」

「だけど、焼却されちゃう！　だれも借り出してくれなかったら、あたし、焼却されちゃうのよ？」

わたしはアラベラの背中に腕をまわした。アラベラはわたしの胸に顔を押しつけてきた。そのまま、そうしてすわっているうちに、三台のボットがやってきて、テーブルの片づけをはじめ、わたしたちに立ち去れとうながした。

わたしたちは立ちあがった。アラベラが一歩あとずさる。

「あなたのシャツ、濡らしちゃった」

ほうっておけば乾くでしょう、とわたしは答えた。

「わかってるわ。でも、乾くまでは気持ち悪いわよね。乾くまで脱いでる？」

わたしはかぶりをふった。

「罰を受けるのが怖い？　そうよね、あたしたち、勝手なふるまいをしちゃいけないことになってるし」

「いいえ、とくにひどい罰を受けることはないでしょう。脱いだところで、着ろと指示をされるか、新しいシャツを持ってくるか、その程度です。ただし……」

「なに？　ただし、なんなの、アーン？」

「この先は言い合いになると思いますよ。気は進みませんが、おそらく、言い合いになってしまいます」

「望むところよ。言い合い、おおいにけっこう。そう簡単には負けたげないから。狂った犬みたいに嚙みついたげる。負けるより狂気のほうがずっとまし。〝天才と狂気は表裏一体〟。そういったのはだれだっけ」

「シェイクスピアではありませんか？　そんな響きがあります」

「運がいいわよね、あのひとも」

「リクローンしようがないからですか？」

アラベラはうなずいた。その動作で、黒い巻毛がわさわさと躍った。

「あたし、焼却されちゃう。あなたはこれまでに何回くらい貸し出されたの？　こんどは正直にいいなさいよ」

「じつは、まだ三回で」

「さっき、四十日の貸出契約中といってたけど」

「あれもうそです。じっさいは十日でしかありません。こちらの表現がよければ、一週間と半」

「そしていまは、借り主とはぐれてしまったわけね——あなたを借り出した女の人と」

わたしはうなずいた。

「借り主は消えてしまいました。ホテルの部屋にわたしだけを残して」

「だけどそれは、焼却されるほどつらいことじゃないでしょ。焼却処分なんて、考えるだけでも耐えられない」

「だいじょうぶです、焼却などされはしません。だれかがきみを借り出してくれますとも。おそらく、何人かが。それに図書館は、焼却するより前に、きみを格安で売りだすはずです。そのさいには、だれかがきっと買ってくれますよ」

「たとえ買われたところで、劣化のきざしが見えたら、すぐにでも焼却されちゃうじゃない。あなたは女じゃないからわからないんだわ！　でも、あたしたちにはわかるの！」

「やはり言い合いになりましたね。このさい、わたしの棚まできてはどうです？　言い合いなら、そこでしませんか。ここは人目についていけません」

アラベラは悄然とうなだれた。

「図書館の人たちがいうのよ、あたしはいずれ焼却されちゃうって。ほのめかす程度だけど、そういうたびに、ほのめかしがすこしずつきつくなっていくの。ああ、アーン！　あたしをここから連れだせない？」

「それについては説明しておきましょう。これからわたしがいおうとしている事情は知っていると思いますが、それでもいちおう、説明しておきます。実態を思いださせるだけでも、すこしは気が休まるかもしれませんから。世界の人口はすでに十億程度に減っていますが、もっと減らそうという人たちがおおぜいいます。二、三億程度までは減らそうというのが、そういう人たちの主張です。リクローンとは、その人口に上乗せされる、別枠の存在にほかなりません。数こそ多くありませんが、われわれは異質であり、よく目立つ。リクローンに対しては政治的な圧力もかかっています。それゆえ、その圧力をできるだけそらすために、図書館はわれわれをモノとしてあつかうのです。本として、ディスクとしてあつかうのです。そして役にたたなくなったら、なんらかの形で処分してしまわざるをえない。焼却はひどく苦しいものですが、苦痛は一瞬でおわります。なかには餓死させる処分法もあるそうですし、渇き死にさせる処分法もあります」

「なんだか図書館側の人間みたいな言いぐさだわ！」

「そんなことはありません。図書館がそういった処置をとる理由を説明しているだけです。生きたいと思うのなら、なぜ図書館がわれわれを最後には死なせたがるか、理解しなくてはならない道理でしょう。ところで……話題を変えてもいいですか？」

「内容にもよるわね。この図書館、あと一、二分で開館するから」

「じきにボットがやってきて、われわれを各自の棚に追いたてるわけだ。しかし、わたしの棚へいっしょに入れば、追いたてられることもなく、話をつづけることができますよ」

「いやよ！」

「でしたら、こちらからきみの棚へいきましょうか」

「まったくもう！　わかってたわ——わかってたのよ、こんな展開になることは。こんなに早くこうなっちゃって、ほんとに、ほんとに残念。あたしたち、もう結婚してないのよ」

「アラベラ……」

わたしは説得に使えそうなことばを見つけようとした。そのおかげで、なにか気のきいたことをいえたらしい。ただし、いったとしても、なんといったのか、もう憶えていない。

「わかってるのよ、あなたの望みはね。あたしたちは離婚したの。よりをもどすことはもうないわ」

アラベラはくるりと背を向け、床のタイルにカツカツとヒールの音を響かせつつ、足早に歩み去っていった。

その背中に向かって、わたしは叫んだ。

「わたしの望み――それはきみに愛してもらうことにほかなりません！」

アラベラが梯子を昇って、高みの棚へあがっていく。わたしの叫びが聞こえたとしても、そんなようすは微塵も見せなかった。自分の口が自分の心のままにしゃべれたらいいのにと思うのは、こんなときだ。

ゆうべ寝た自分の棚に入り、わたしはいったりきたりしだした。四歩歩いては向きなおり、四歩歩いては向きなおる。アラベラに対する態度で適切だったのはなにか、しくじったのはどこか。たしかにわたしは、性急にことを運ぼうとしすぎた。アラベラがわかってくれると思いこんでいたからだ。というより、わかってくれるのではないかと期待していたのである――わたしが望むのがアラベラを抱きしめ、何度もキスしてはキスされる、ただそれだけであることを。じっさい、わかってくれていた可能性もあるが……そうは思わない。

時が経過し、毎度おなじみの考え、毎度おなじみの後悔が何度も何度もくりかえし訪れた。

そんな思いから解き放たれたのは、だれかに名前を呼ばれたからだった。わたしは喜んで、後悔の堂々めぐりを断ち切った。わたしを呼んだのはブロンドの若い男だった。たいていの男よりうんと背が低い。身につけているのは色褪せたブルーの作業着で、キュロットや先のとがったブーツとは不釣り合いもいいところだ。

男が手をふった。

「よう、降りてこれっかい？」

わたしは喜んで下に降りた。

「おめえよ、E・A・スミスってんだろ？」男は片手を差しだした。予想よりやわらかな手だった。「どっかにラウンジかなんかねえかな。ノンアルコールビールでも奢ってやりてんだけどよ」

わたしはかぶりをふった。

「それはむりでしょう」

「なら、カフェは？　その手のソフトドリンクはどうだい？」

「わたし自身、この図書館には不案内なのですが、はたしてそれが許容されるかどうか……。ともあれ、係の人にきいてみていただけますか」

男が職員のところへききにいった。立場上、わたしは同行しなかった。

「屋外のパティオに喫茶部があるんだと」男がもどってきて、そういった。「廊下を進んで、左に二回、右に一回曲がったら、両開きのドアがあるんで、その向こうだとよ。飲みものはいいが、食いものは買い与えちゃなんねえっていわれた」

「では、買わなければいいでしょう」

「ホット・チョコレートなら売ってっかもしんねえわな。おめえ、ホット・チョコレートは好きかい？」

またチョコレートか。わたしはうなずいたが、これは返答に窮したためである。

「ようし！ 売ってっかどうか、見にいこうや。とっくに知ってんだろうけどよ、おめえを借り出すのはむりだとよ」

「ええ、そのとおり」

わたしは男の歩調に合わせて歩いた。かなり早足だ。なにかそわそわしているようだが、それはなぜだろう？

「けど、どうして食いもんがだめなんだろな？」

「そういう決まりがあるのですよ」ほんとうのところ、その理由までは考えたことがない。「わたしを借り出す場合、それが一日以上になるときは、わたしに食事をさせねばならない決まりになっていますが、図書館内で食事をさせることは禁じられています。わたしたちを集り（たかり）にしないための用心でしょうね。まあ、そんなことをする者など、おりはしませんが。いたとしても、ごく少数です」

わたしはジョンソン博士が話していたあの少年の名を思いだそうとした。ドライフルーツ入りのロールパンをのどに詰めて窒息死してしまったという、あの若き天才のことだ。だが、どうしても名前が出てこなかった。どのみちその少年は、リクローンが可能になる何百年も前の時代の人間なのだが。

　ブロンドの男が立ちどまった。

「なあ、札（イエローバック）を二枚わたしといたら、使い道、あるかい？」

　いままでだれかがクレッド紙幣をくれようとしたことがあったろうか。思いだそうとした。

「金はよ、そんなに持っちゃいねえだろ？」

　いいながら、男は札入れを取りだした。

　正直いうと、ふところにはかなりの額がある。コレットの形状記憶バッグから抜きとってきたからだ。しかし、図書館員がそのことを知ればどうなるかわかっていたので、わたしはすこしも持ち合わせがないと答え、こう付言した。

「なにしろ、ご承知のように、給金はもらっていませんのでね。所蔵物に給料を払う者など、いはしません。そして、われわれの大半は、いずれかの図書館の所蔵物なのです。わたしの場合、スパイス・グローヴ公共図書館の所蔵になります」

「そうだったな。おめえら、奴隷だっけ」

「すこしちがいますね。奴隷とは純正な人間であって、状況しだいで解放されるものです。わたしたちは純正な人間ではありませんし、解放もされません。それに、現在、奴隷制度は違法ですよ。わたしたちを所有するにはライセンスが必要なだけです」

「なる……。ともあれ、二百——いいや、三百わたしとくわ。おれの気持ちだ。な？」

わたしは札をもらい、これはやむをえないことだ、受けとらないとこの男が怒るから、と心の中でつぶやいた。

オーエンブライト公共図書館には、半透明膜の天幕でおおわれた、すこし不思議な感じのパティオがあった。そこここにはヤシノキの鉢植えが置かれていて、屋外テーブルや椅子が配されており、カウンターつきの売店では（この売店自体、小さな屋根をそなえていた）、カフェやドーナツのたぐいを売っている。テーブルのうちの二脚には、すでに先客がつき、前に身をかがめてディスク読取機を読んでいた。喫茶部に備えつけのディスカーは、きっとカフェのしみだらけだろう。

ブロンドの男はテーブルの一脚を選び、すわるようにとうながした。

「飲みもの、買ってくらあ。あったらホット・チョコレートをな。ここで待ってな。サンドイッチはいるかい？」

規則は承知していたが、あまり朝食を食べていないし、この図書館には、よその図書館のリクローンを処罰するほどの度胸がないのではないかと思ったので、ありがたくちょうだいしましょう、と答えた。

「なに売ってっか、見てくっからよ」

男はサンドイッチの小さな山と、ホット・チョコレートのマグを二杯持ってもどってきた。まず、マグの片方とサンドイッチの皿をわたしの前に置く。つぎに、周囲をきょろきょろと見まわして、だれも見ていないことをたしかめてから、だぶついた青い作業着のポケットに入れてあった携帯酒瓶を取りだし、こういった。

「〈スワン&スイートハート〉の五つ星だ。等級に見合う旨さだぜ、こいつぁよ」

小男は酒瓶の中身をわたしのチョコレートにドボドボとついだ。自分のマグにもだ。

わたしが手にとったサンドイッチは、ライ麦パンにツナ・サラダをはさんだものだった。

「さて、聞いてくれ。たぶんおれは、あんたをこっから連れだせる。この話、乗るかい?」

わたしはかぶりをふった。

「おいおい、こうしてよ、いろいろ便宜を図ってやってんじゃねえかよ」

わたしはうなずいた。

「サンドイッチだって買ってきてやったろ。げんにおまえは、そいつを食ってる。札も三百、わたしたよな。チョコレートも買ってきてやったし、とっておきの酒だって分けてやった。なのに、なぜ乗らねえ?」

「よその図書館のリクローンで閲覧可になっていない者は、貸し出しできないからですよ。それは違法貸出となります。むりに持ちだせば、あなたは訴えられるでしょうし、わたしはおそらく、焼却処分にされてしまうでしょう」

焼却処分というのは誇張が過ぎた。さっきのアラベラとのやりとりが頭に残っていたので、そんなことばが口をついて出たのだろう。もっとも、なんらかの形で処罰が下されることは、確実ではある。

「じゃあよ、おめえにおれの友だちをつきつけたらどうする? この意味、わかるよな?

おれのひとつ目の友だちだよ。この上っ張りのでっけえポケットは伊達じゃねえ。そいつはわかるな？」

「わかります。それでも同行はしません。理由その一。あなたに好感を持っているからです。わたしを射てば、あなたはまずい立場に置かれる。といって、わたしが同行すればしたで、やはりあなたはまずい立場に置かれる。そういう事態は避けたいのです」

「ふふん、なるほど。で、理由その二は？」

「この図書館の出入口には警報装置があるからですよ。ええ、あることはわかっています。すべての図書館につけておく決まりがあるのですから。利用者がディスクを借りるさいには、貸出ケースに貸出カードが挿入されます。カードにはディスクの返却日が書きこまれていて、ケースが出入口を通過するさいに、自動的に走査される仕組みです。ケースに貸出カードが挿さっていなければ、またはカードが有効でなければ、たちまち警報が鳴ります。出入口によっては、セキュリティ・ボットの姿が見えないこともありますが、かならず一台は付近で待機しているものと思ってください」

「おめえはディスクじゃねえだろがよ！」

「そのとおりです。わたしは人間です――たとえほかの人間がわたしを人間と見なすことを拒否しているとしても。まあ、これこのとおり、貸出カードは持っていますがね」わたしはカードを取りだし、かかげてみせた。「しかし、このカードはスパイス・グローヴ図書館のものです。わたしはあそこの所蔵物なのですよ。あちらの図書館は、わたしがここの図書館から勝手に出ていくことを許容しないでしょう」

「そいつはしまっていいぜ」

わたしはいわれたとおりにした。

「サンドイッチ、もひとつどうだ？」

「いただきましょう、あなたがよろしければ」

わたしはホット・チョコレートをすすり、〈スワン&スイートハート〉というのはなんの酒なんだろうと思った。ブランデーだろうか、はたまたウイスキーだろうか。

「よしきた。残ってるのはハム&チーズか、チキン・サラダだ。どっちがいい」

「では、ハム&チーズを」

男はサンドイッチを放ってよこした。

「するってえと、あれだな、いっしょにゃこねえんだな？　クソまじめな野郎だぜ。ただし、おれを差し向けたのがだれだか知ったら、気が変わるかもしんねえぞ」

わたしはかぶりをふった。てっきりこの男が〝コレットだ〟というと思ったからである。そして、それはうそだという確信があった。

「背の高い男さ。心当たり、あんだろ？」

「あるとは思いませんが」

「色男だぜ。おれよりずっと背が高くてよ。でっけえ帽子をかぶってる」

なるほど、あの男か——と思ったものの、わたしはあえて、こういった。

「その人と会ったことがあるとは思いませんね」

「とにかく、向こうはおめえを知ってんだ」ブロンドの男は立ちあがった。「いまはおれもだけどよ。まあいいや、ここはいったん、引きあげてやらあ。じゃ、またな」

わたしはホット・チョコレートとサンドイッチの礼をいいかけたが、ひとことも口をきくひまもなく、男はさっさと立ち去った。

懸命に考えをめぐらしながら、わたしはふたつめのサンドイッチを食べおえた。三つめは食べたくなかったが、放置して歩み去れば、疑念をいだく者もいるかもしれない。見ると、ふたつ離れたテーブルに太った娘がいる。いまどきの人間が好む分散型の小説を読んでいるようだ。わたしはそのテーブルに歩みより、ほほえみを浮かべながら、残っているチキン・サラダのサンドイッチを食べてもらえないかと声をかけた。

「友人が買いすぎてしまいましてね、食べきれないのですよ。返すといっても、売店は受けとらないでしょうし」

娘はわたしが浮かべてみせたよりもずっと晴れやかな笑みを浮かべ、わたしに礼をいった。

リクローン・セクションにもどり、アラベラのようすを見にいった。アラベラはしかつめらしい表情を浮かべたまま、無言ですわっていた。あれはなにかを真剣に考えているときの顔だ。一、二分たったころ、片手がひくつき、鉛筆を手さぐりするのが見えた。が、そばにないとわかると、いったんわれに返って、肩をすくめ、またもや無言で虚空を見つめだした。ああして自由自在に自分の精神空間内の博物館へ入りこめるというのは、スーパークールとしかいようがない。いったいどうすれば、あんな芸当ができるのだろう。

そこでわたしは、百年間、忘れていたあることを思いだし、にやりとしてから、とうとう声を立てて笑いだした。

アラベラがこちらに目を向けた。

「あなただったの。あたし、そんなに可笑しい？」

かぶりをふりふり、わたしは答えた。

「可笑しいのは、このわたしですよ、ダーリン。わたしは自分自身を笑ったのです」

「ボットがあなたを探してたわよ。どうやら、あなたを送り返すみたい」

8　配送トラックの荷台にて

配送トラックの箱形コンテナは暗く、荷物でいっぱいだった。もっと悪いことに、振動がひどくて——それはもう、歯の詰め物が飛びだすのではないかと思うほどのひどさだった。もっとも、歯に詰め物をしているわけではなかったが。とにかく、スパイス・グローヴまで、ずっと歯をガチガチと鳴らしっぱなしでいくことは避けられず、それがいやなら、頭を壁にぶつけて気絶してしまうしかなかった。運転席の下にはスプリングかなにかがある。たぶん、緩衝装置（ショック・アブソーバー）だ。おそらく助手席にもあるだろう。しかし、荷台のコンテナに詰めこまれた本とわたしのためには、そんな気のきいたものは存在しない。

どこかでこれはいうべきだろうから、いまいっておこう。トラックに乗ったのは午後三時ごろ。夕食をとるためにトラックが駐まったのは、午後七時すぎだった。そこで運転手は、わたしを箱形コンテナから降ろし、後部ドアに鍵をかけた。

「あそこで晩メシだ」といって、運転手はとある店を指さした。「そう悪かあない。ただ、おまえさんの食事代として預かったのは、一食につき六クレッドだ。自分で注文するかい？　それとも、おれにまかせるかい？　おれに注文させたら、出てくるのはスープ一杯、ミルク一杯だけになるぜ」

「自分で注文しますよ、もちろん」

「なら、上限額は六までと憶えといてくれ。六を越えたら、注文を取り消さないといけない。料金以外もぜんぶ含めて、六までだ。税だのなんだのも含めてな」

「取り消されたら、わたしの口にはなにも入らず、食費の六クレッドはあなたの懐に入ってしまいますが」

そのうなずきぶりからして、わたしがそれをネタにし、なにか吹っかけてくることは予想ずみだったようだ。いまは出方を待っているらしい。

「でしたら、もっといい案があります。わたしは自分が食べたいものを注文する、あなたはあなたが食べたいものを注文する。夕食代はわたしが払います。あなたのぶんも、わたしのぶんもです。そのかわりに、わたしを純正な人間と同じようにあつかって、助手席に乗せていただけませんか。あなたは夕食一食ぶん——なんでも好きなものを——ただで食べられる。そのうえ、預かってきた六クレッドに加えて、ご自分の夕食手当てもそのまま懐に収まる。いかがです?」

運転手は唇をすぼめた。

「あしたは？　あしたはどうする?」

「スパイス・グローヴに着くまで、ずっと助手席に」

「夜はトラックで寝てもらうことになるが」

「充分ですとも。ただし、寝るときは前部シートで」

「あしたの朝メシもあんたが払う。おれのぶんもだ。それでいいなら、交渉成立だな」

「旅のあいだじゅう、わたしは助手席にすわっていてよくて、眠るときは前部シートですよ。よろしいですね？」

ゆっくりと、運転手はうなずいた。

その晩、トラックの前部シートは凍えそうなほど寒かったので、翌朝、朝食を買うためにトラックを停めたとき、わたしは運転手にいった。付近の店に歩いていって、上等の温かい毛布を買ってきたいのですが——。運転手はためらったのち、おれもいっしょにいこう、と答えた。わたしがそれでいいと応じると、運転手もついてきた。毛布の確保がすんでからは、契約どおり、ふたりぶんの朝食代をわたしが支払った。

トラックへ歩いてもどる途中、運転手がいった。

「あんた、金を持ってないはずじゃなかったのか」

「そういうあなたは」とわたしはいった。「本来あるべきよりも、すこしく所持金が増えているのではありませんか？」

運転手は考えこんだ顔でうなずいた。

「わたしのことを通報なさるのでしたら、こちらもむろん、あなたのことを通報しますよ。しかし、あなたが通報しないのでしたら、わたしの沈黙はあてにしてくださってけっこう」

運転手はその点も考えた。

「通報はしないけどな。あんたが通報したって、だれも信じちゃくれないぜ」

「試してみるのも一興とはいえ、わたしに通報せしめるメリットがそちらにありますか？　いっておきますが、わたしはけっこう説得力があるほうですよ？」

運転手はふたたびうなずいた。

「この件、あまりしゃべらないほうが賢いってもんだ。おたがいにな」

「それでしたら、わたしも通報などはしませんとも」

「あんた、作家だったんだろ？　図書館に囲われてるのは、みんな作家か芸術家ばかりって聞いてるが」

「そのとおり」

わたしは相手の反応を待った。この知識をもとにしてなにをいうつもりか、読めなかったからである。

「旅行記かい、書いてるのは」

「いいえ。ミステリです。ミステリか、クライム・ノベル」ふと、あることに思いいたり、わたしはたずねた。「もしや、『火星の殺人』を？　あれは空想上の殺人事件をあつかった小説なのですが。あれをお読みになったのですか？」

「いいや、読んでない。旅行記専門なんでな。なにせ、気楽に読めるだろ？　じつは一冊、防水本を手に入れたんだ、風呂で読めるようにさ」そういって、運転手は笑った。「女房のやつ、たまげるぜ」

やがてトラックは、小さな町の図書館に立ち寄った。町名は憶えていない。本を運ぶのを手伝おうと運転手に申し出たが、手をふって断わられた。納入する書物が二冊しかなかったからである。トラックにもどってきた運転手に、わたしはこういった。たった二冊のためにわざわざ立ち寄るとは、驚きですね。

「仕事だからな。配達する本、回収する本があれば、現地まで出かけてく。たとえ一冊しかなくてもだ。配達も回収もないなら、そこには寄らない。まあ、そんなことはめったにないけどな」

「郵便ではだめなのでしょうか」

「紛失率が高すぎるんだ。たいていの本は新規に刷ったやつがない。スキャンされてないか、スキャンしたものを紛失したかで。たまに売りに出されてるのを見つけても、法外な値段がついてる」

「すべての本をスキャンするわけには？」

運転手は笑った。

「おれを失業させようって魂胆かい？　そりゃまあ、できることはできるけどな、コストはべらぼうだし、時間も百年はかかる。図書館の連中も失業しちまう」そこで急に、運転手は真顔になった。「だいいち、ひとりの人間が全スキャン・データを管理できるようになって、そいつがデータを占有したらどうすんだ。そのうち、そいつが見せたくないものはいっさい見られなくなるぞ。そこのところを、ようく考えてみるこったな」

そうしましょう、とわたしは答えた。のどもとまで、あなたを見くびっていましたよ、という——事実、見くびっていたのだが——ことばが出かかっていた。もし思ったことを口にできるのであれば、きっとそのまま口にしていただろう。そこでふと、この運転手もまた、わたしのことを見くびっているかもしれないな、と思った。人が人を見くびるのはどうしてなのだろう？　それは主として、人が自分自身を見くびっているからではないだろうか？　すくなくとも、最後にわたしがたどりついた結論はそれだった。たしかにこれは、たんなる思いつきでしかない。わたしにはつい思いつきを口にしてしまうくせがある。このぶんだと、これまでいってきたことにも思いつきが多いのかもしれない。

ほどなく、コレットとその窮状について考えだした。コレットの件に関しては、おおいに頭を悩ませている問題がいくつもある。それらをひとつひとつ、心の中で検証していった。考えながら、トラックの助手席から窓外の景色を眺めやった。外を流れゆく廃市（はいし）の景観は、たいていは雰囲気のあるものだった。

考えるべき問題、その一。コレットは母親を復生（リクローン）させるつもりだといっていた。それでは、父親は？　父親は投資の天才だった。そうだろう？　リクローンすれば、コレットのためにいっそう多額の金を稼いでくれるにちがいない。その点をじっくりと考えてみて、おそらくコレットは、自分には父親をコントロールできないと思ったのだろう、と結論した。たとえそれがリクローンで、もはやその存在に重みがないとしてもだ。それは心にとどめておこう。

問題その二は、ときどきコレットが、父親が死んでから兄が死ぬまで三ヵ月もあったかのような形容をしていたことである。じっさいには、三週間のはずだ。状況が状況でなければ、〝父親が死んで間もない〟と思うのがふつうだろう。しかし、三ヵ月ほどに長く感じたのもむりはないかもしれない。コレットの兄はニュー・デルファイに住んでいて、父親の死後、ただちに屋敷を相続したのに、業者に金庫をあけさせるまで、三週間ちかくもぐずぐずしていたのだから。ふつうなら、相続してすぐに金庫をあけさせそうなものではないか。

問題その三は、あの〝背が高い男〟だ。コレットはあの長身の男のことを、そう悪い人間ではないと思っているようだった。気のいい悪党？　そんなやつは、小説の中にしかいない。わたしもよく、その手合が出てくる小説を書いたものである。すくなくとも最初のわたしは、そういうキャラクターをたくさん書いた。だからこそ、いえることだが、現実の世界にいる悪党は、ろくでなしのクズばかりだ。

押しこんできたふたりは、コレットをはだかにひん剝いた——わたしにしたのと同様に。しかし、コレットを拷問したりはしなかった。無抵抗の生き人形の状態にしておきながら、レイプはしなかった。面白半分にいたぶったりもしなかった。そんなまねをされていたら、コレットはあとでそう打ち明けていただろう。打ち身や切り傷も残っただろうし、そのことを思いだしただけで、涙にくれてもいただろう。なのに、そうはしなかった……。たぶん——あくまでも〝たぶん〟だが——切り傷も涙もほんとうになかった。とはいえ、あの状況では、打ち身くらいできていてあたりまえだ。しかるに、打ち身の痕はひとつも見あたらなかった。考えれば考えるほど、なにか妙なことが進行しているという思いが強くなっていく。しかし、その妙なこととはなんなのか、いまだにわたしには、おぼろげな見当すらつけられていない。おおぜいの男が、〝女はいつも謎めいている〟という。だが、こうしてトラックの助手席で揺られつつ、窓外を過ぎゆく廃墟を――かつて自分が住んでいたのと同種の旧都市の成れの果てを――眺めているわたしにとり、コレットという存在は、謎ということばで表現できる範囲を大きく越えていた。

問題その四は、先のとがったブーツを履いて作業着を着た、あのブロンドの小男である。〝小男ってやつは大きな銃を持ちたがるし、大男は小さな銃を持ちたがるものさ〟。これはあるとき、わたしが――つまり、最初のわたしが――『殺す男たち』の取材にさいして話を聞かせてくれた私服警察官のことばである。その警察官は総じて、自分のいっていることをちゃんと心得ている人物だった。じっさい、このことばには現実の裏づけがある。大男は、自分には銃などいらないと考えがちだ。材質の大半がプラスティックとはいえ、銃は重い。四、五十発もの銃弾が装塡されるのだから、重くならないわけがない。いっぽうで、小男は大きな銃を携行したがる。それも一挺だけではなく、二挺も三挺も。体格的に、そうやって補う必要があるのだろう。

したがって、あのブロンドの小男が銃を隠し持てる作業着を着ていたことにも納得がいく。だが、あの男、なぜあれほど多額の金をくれたのだろう。あれがわれわれをつけ狙う悪党のひとりだったら、連中はいっそうわけのわからない存在になってしまう。逆に、悪党の仲間ではないとしたら、わたしに近づいてきた目的はなんだ？

「人生いろいろ、ままならぬ――」

わたしにはときどき、いうつもりのない考えを大声で口にしてしまうくせがある。

「おれにとっては、まあそうだな」運転手がいった。「だけど、あんたには人生なんかない。そうだろ？」

このせりふをわざわざ記すのは、一般人のわれわれ蔵者に対する見かたが、ここに如実に表われているからだ。わたしはあなたとなんら変わる点のない人間ですよ、と運転手に説明してやりたかった。じっさい、説明のことばがのどまで出かけた。しかし、いろいろ経験を積んできて、そんなことをいおうものなら、トラックの荷台に押しもどされるのがおちだということはわかっている。

とにもかくにも、あなたの人生でままならぬことはなんですか、と運転手にたずねてみた。運転手は答えた。トラックを走らせながらならべたてたのは、夫人への不満だった。稼いだ金を夫人がみな使ってしまうこと、よそに男を作っていて、運転手がトラックで配送の旅に出ると、その男とよろしくやっているらしいこと、そのほかあれこれ、いずれもここに記す価値のないことばかり――。じっさい、書くまい。わたしには掛け値なしに関係のないことなのだから。

つぎに立ち寄った図書館は、前のものとは趣（おもむき）の異なる、きわめて大きな大学図書館で、本館はツタでおおわれており、そこから四方八方へ灰色の石造りの翼（よく）がいくつも伸びている造りだった。トラックが積む本の半分は、ここに収めるか、ここから回収するものだそうだ。

わたしも本の荷下ろしと運搬を手伝った。書架にまでならべなくてもいいのは幸いだった。そこまでやらされていたなら、ゆうに一週間はかかっていただろう。それでも、汗みずくの肉体労働ですっかり疲れはて、搬入作業の終わりが見えてくるころには心からほっとした。しかし、それもつかのま、五台のボットが運搬車を押してやってきた。各運搬車に満載してあったのは、全国各地の図書館に送る大量の書物だという。わたしは〝シーシュポスの石〟——終わりなき重労働について、なにかいったと思う。運転手は顔の汗を拭き拭き、搬出にかかる前に昼メシを食おうやといった。それに対してわたしは、搬出はボットに手伝ってはもらえないのでしょうか、とたずねた。

　すると、ボットのボスがこういった。

「われわれには別の仕事がありますが、あなたのトラック便に乗って貸し出される複生体（リクローン）が一体います。それがお手伝いするかもしれません」

　わたしは運転手が〝この男もリクローンだ、下手（したて）に出なくてもいい〟といいはしないかと危ぶんだ。しかし、そういうことにはならなかった。この点でもまた、わたしはこの人物を見くびっていたことになる。そうと気づいて、自分で自分を蹴飛ばしたくなった。じっさいには、このとき運転手がいったのは、こんなことばだったのである。

「ちょっと昼メシを食いにいってくる。食い終えたらもどってくるよ」

　それに対して、ほかのボットがこういった。

「トラックは置いていってもらわねばなりません」

運転手はうなずき、わたしに顔を向けた。

「歩いてくさ。遠かない」

じっさい、遠くなかった。学生会館にあるカフェテリアまで大学の構内をのんびり歩いていくのは、とてもすばらしい息抜きになった。陽の光がさんさんと射しており、このときのわたしの好みからすると、すこし陽射しがきつかったが、道の両脇には大きな樹がならんでいて、その木陰を歩いていけば快適そのものだった。カフェテリアでは、運転手の、わたしはわたしの昼食代をそれぞれ支払った。とくに話しあったわけでもなく、自然にそうなったのである。

図書館にもどってみると、書物を満載した運搬車のそばには、なんと、アラベラ・リーがすわっていた。われわれのトラックで貸し出されていくリクローンとは、彼女のことだったのだ。その姿を見たとたん、わたしは驚きの叫びをあげかけたが、こちらが息を吸うよりも一瞬早く、アラベラのほうからわたしの腕に飛びこんできて、はげしくキスしだした。

これがほかの運転手なら、わたしたちを引き離したかもしれない。あるいは引き離そうとしたかもしれない。もしもそんなことになっていたら、わたしはその男を殺していただろう。あるいは、殺そうとしていただろう。しかしこの運転手なら、本をトラックに積みはじめる前の余興にと、しばらくにやにやしながらわたしたちを眺めていたにちがいない。いずれにしても、わたしはもう、そんなことには頭が働かなくなっていた。この時点で、アラベラのキスにすっかり夢中になっていたからだ。

八回めか十回めのキスのあと、こんなところでなにをしてるの、とアラベラにきかれた。わたしがざっと説明すると、アラベラはあっさりとこういった。

「じゃ、手伝うわ」

わたしたちは荷積みを開始した。運転手の指示に応じて、個々の本の束を箱形コンテナに積みこんでいく。先に降ろす束ほど、後部ドアの近くに配置する方式だった。ときどき置きまちがえもしたが、深刻なミスはとくになかった。作業中、わたしはアラベラにたずねた。きみはオーエンブライトにもどる途中なのですか？　アラベラは答えた。ううん、あっちへいくわけじゃないわ。あたしの収蔵元はここで、図書館間相互貸借制度で別の図書館に貸しだされていくところ。もちろん、このアラベラは、オーエンブライトにいたあのリクローンとは別のコピーである。

わたしたちは作業をつづけた。その間ずっと、アラベラの貸出先がスパイス・グローヴであればいいな、とわたしは願っていた。もちろん、心の中でそう願っただけで、口に出してたずねたりはしていない。

荷積み作業が完了し、出発する準備がととのったところで、わたしとアラベラの大激論がはじまった。箱形コンテナに、アラベラがひとりで乗っていくといいだしたのだ。冗談じゃありません！　とわたしはいった。きみは運転手とともに前部シートに乗っていくべきです。すると運転手が、助手席にはあんたが乗っていく約束だぞ、条件を変えるんなら取り決めをやりなおさなきゃならないといった。それに対してわたしは、アラベラがコンテナに乗っていくのなら、わたしもいっしょにコンテナに乗っていきますと答えた。それでいったん話がまとまりかけたものの、わたしが運転手と交わした取り決めの具体的な内容を知ったとたん、そんなのは絶対に受けいれられないとアラベラは断言し、助手席にはわたしひとりが乗っていくべきだと主張した。

わたしは反論しようと口を開いた。が、そこでふとあることに思いいたり、そのまま口を閉じた。

運転手がためいきをついた。

「まだいうことがあるのかい？　そろそろあきらめてくれるかと思ってたんだがな」

「運命の女神は」とわたしはいった。「片手でわれらが希望を地上に投げ捨てるいっぽう、反対の手でわれらが希望を至高の天へ投げあげるものです。なにがいいたかったかというと――というよりも、なにをいおうとしているかというと――わたしはアラベラのことをよく知っているということですよ。彼女とは二年間、結婚していました。その点は当人も認めるはずです。アラベラのことはよく知っています。彼女は天使だ。しかし、ロバのように頑固でもあるのです」

「アーン！」

「事実、頑固ではありませんか。そうでしょう」わたしは運転手に顔をもどした。「今夜の夕食代三人ぶん、すべてわたしが持ちます。ただし、そのためにはアラベラを前部シートに乗せていくことを認めてもらわなくてはなりません。助手席で、わたしのひざの上に乗せていくのです。目的地に着くまで、ずっと」

運転手は頭をかきかき、どうするかを考えた。

「まず第一にだな。ルートの変更はしない。こいつは絶対だ。クビがかかってるもんでな。おれもクビになるわけにはいかない」

「承知しました」

「それと、そこの彼女には、霊感(インスピレーション)の街で降りてもらわにゃならない。彼女の届け先は、そこ——インスピレーション一般学習センターなんだ。伝票にちゃんと書いてある」

「そのとおりよ」アラベラが小さな声でいった。

はげしく毒づき、つばを吐いてやりたいところだった。だが、わたしは必死に、腹立ちを見せまいとこらえた。

「第二に、あんたらふたりとも、今夜はトラックで寝てもらわにゃならん。あんたとしては、自分と彼女とで、ロッジなりホテルなりに泊まりたいところだろうさ。それはわかってる。だが、そいつは通せない。ばれたらおれのクビが飛ぶ。だから、許すわけにはいかんのだ。あんたらにはトラックで寝てもらうし、外から鍵もかける」

アラベラがいった。

「それでいいわ」

「第三に、けんかはしないと約束してもらわんとな。前部シートでけんかをされた日にゃ、頭がどうかしちまう。そんなことには耐えられん。けんかをするなら、うしろのコンテナでやってくれ。殴り合いもなしだ。インスピレーションに着いたとき、彼女の唇が腫れてたり、目のまわりに黒い痣ができてたりしたら――どんな文句をいわれるかわかったもんじゃない。このおれがだ」

わたしはアラベラに顔を向けた。

「結婚していたときはずいぶん言い合いもしました。残念ですが、結婚というのはそうしたものです。しかし、かつてわたしが一度でもきみをぶったことがありましたか？」

アラベラはすこし考えてから、答えた。

「あるわよ、あの誕生日。あたしをぶったでしょ」

「強くではありません」

「思いっきりだったわ！」アラベラは語気を強めた。「思いっきりひっぱたいたじゃない。あたし、一週間も泣きつづけたのよ」

わたしは運転手に顔を向けた。

「これは誇張です。あえて虚言だと決めつけずにいるのは、それがぶしつけな行為だからにほかなりません」

運転手はわたしを押しのけた。アラベラと面と向かって立つためだ。

「ひっぱたかれたというが、なにでひっぱたかれたんだ？　手でか？　それとも、ベルトかなにかでか？」

「手でよ。でも、強く。思いっきり強く」

「そこんところはどうでもいい。わかったわかった、さあ、けんかはもうやめろ。でないと、ふたりともほっぽりだすぞ。図書館にはあんたらが脱走したと報告しておく」

「仲直りしましょう」

わたしはそういって、アラベラに手を差しだした。どうかこの手を握ってくれますように、との祈りが神に通じたのか、アラベラは握ってくれた。もう一分ほどたつころには、ふたりとも、ほほえみさえ浮かべていたほどだった。

運転手がいった。

「ああ、それともうひとつ。コンテナで寝るときは、本の上で横になってもらう。そのさい、本を傷めるなよ。一冊たりともだ。バケツは使ってもいい。ゆうべスミスがしたようにな」

かくしてわたしたちは、おおむね、いま書いてきたとおりの状態で過ごすことになった。ふたりとも、たいてい助手席にすわっていた。わたしのひざの上にアラベラを乗せる形でだ。ときどき、わたしがうしろのコンテナに入る。一、二度、アラベラが入ったこともあった。

旅のその区間のあいだ、わたしはコレットとその兄の殺人事件についてあれこれ考えた——などというふりをするつもりはない。じっさい、ほとんど考えたりはしなかった。ときどき、すこしだけ頭に浮かんできたものの、せいぜいその程度だ。アラベラとはずっと、結婚していたときの生活ぶり、ふたりでしたこと、なにもかもが楽しかった幸せな日々のことなどを話して過ごした。なにかを考えるにしても、ふたりの幸せな日々のことがほとんどだった。わたしに関するかぎり、ほんとうに重要なことはそれだったからである。たぶん、あなたにとって重要なのは、それ以外のことがらだろう。わたしにとっても、それはそれで重要ではあったのだが、心の中ではずっと、なぜアラベラがわたしと別れたのか、別れたほんとうの理由はなんだったのか、本人にたずねたくてしかたがなかった。しかし、もしもたずねようものなら、わたしの不行跡の数々を——ケチくさいだの、浮気しただの（これはうそだし、アラベラもそれは知っている）、しじゅうヤリたがっただの（この点はほのめかすだけで、はっきりとはいわないだろうが、どのみち、これもうそだ）、ケチくさいだの、なにか気のきいたことをいうべき場面でかならずほんとうのことをいっただの、いろいろとならべたてられるのがおちだろう。この手のリストは、ほかにも二ダースはつづく。たとえば、汚れた靴下をベッドの下に放りこむくせなどである。

しかし、アラベラのことばを聞き、当時をふりかえるにつれて、離婚した理由がようやく納得できたような気がしてきた。当時もうすうす気づいてはいて、信じたくはなかったし、いまでも信じたくはないのだが……やはりそうだ。ミステリは売れる。だが、詩は売れない。というか、過去に売れた例（ためし）がない。どれほど偉大な詩であろうともである。わたしはいつも、編集者にせきたてられていた。早くつぎの本を書け、〈赤い探求者〉シリーズの新作を書け、〈ミセス・ジャコービー〉シリーズの続きを書けとせっつかれていた。対照的にアラベラは、版元を転々としたあげく、最後にはインターネットのみの形態で詩集を公開せざるをえなくなった。読もうと思えば、ダウンロードして読むことはできた。だが、紙の形の本としては、もう出版されることはなかったのである。

アラベラに離婚をつきつけられたのはそんなときだった。理由に合点がいくと、わたしはもう、離婚にかかわる話題はすべて避けることにした。アラベラのほうもやはり避けているようで、話題にのぼったのは、アラベラが教鞭をとっていた授業のことや、むかしわたしが創刊しようとしていた雑誌のことなどだった。

ひとつ思ったのは、アラベラがわたしたちのこの旅をどのようにとらえ、どのような詩に詠むのだろうということだ。それはいい詩になるだろう。もしかすると、すばらしい名作になるかもしれない。

「この時代、なにもかもがちがうでしょ?」

アラベラがいった。アラベラにそういわれてみると、それまでよりもずっと切実に、そのとおりであることが実感された。

わたしはうなずき、しばし考えてから、おもむろに、こう答えた。

「ここでは本来の人間性が引退してしまっています。甦らされて以来、ずっとそう感じてはいたのですが、いまになって、自分が感じていたものがそれだと実感しました」

「それはつまり、あなたが物書きの仕事から引退したということ? だけど、アーン、そうしむけたのは図書館よ。図書館があたしたちに書くことを禁じてるんだもの」

「ちがいます、まったくそういうことではありません。わたしがいうのは、〝本物の人間が現実から引退してしまった〟ということです。わたしたちに見える世界、車で運ばれていく先々の目新しい場所が意味するのは、まさしくそういうことにほかなりません。大むかしの人間は、切削した燧石で火を起こし、槍と棍棒だけで短面熊を絶滅に追いこみました。相手は本物の人間がかつて遭遇した、おそらくはもっとも危険な生物種だというのにです。そうして、本物の人間は子を産み、さらに子を産み、その子たちが放散し、各地でまた同じことをして、ついには世界じゅうに広がるにいたりました。北極地方は極寒の荒野ですが、それでも人間は進出しています。ジャングルにもです。どんなに暑くとも、どんなに湿度が高くとも、どんなに病原菌が蔓延していようとも、人間が住みつかないジャングルは絶えてありませんでした。なかには放射性物質を含む岩山の洞窟に住みついた者たちさえいました。当時の寿命は、長くとも三十代まででしたが、人間はつぎからつぎへと生まれては成長し、採集や狩猟にいそしみ、各々の土地で死んでいったのです」

　運転手が窓をあけ、外にぺっとつばを吐いた。

「まるで臨場映像の教授先生みたいな語り口じゃないか。いつもそんなふうだったのかい、あんた？」

「ええ」わたしは説明を試みた。「そのとおり。前にもいったように、わたしはミステリとクライム・ノベルを書いていたのですが。わたしの登場人物の多くはスラングを大量に用い、文法的あやまちのはなはだしいことばづかいをする者たちでしてね。そういった登場人物のせりふと、わたしの主役たちのせりふとを峻別する必要上、後者には意図的に、堅苦しくて杓子定規な口調を用いていたのですよ。全体が満遍なく悪党じみたことばづかいになるのを防ぐためには、主役の口調を対照的にして、メリハリをつけなければならないとの理屈です。

リクローンの製造責任を有する管理当局は、わたしのリクローンたちを——かくいうわたし自身もそのひとりですが——創造するにあたって、わたしも日常的に、そういった堅苦しいしゃべりかたをしていたものと想定したのでしょう」

アラベラがいった。

「でなければ、管理当局、あなたの読者がそう思っていたと見なしてたのかもしれないわ、アーン。その可能性は高いわよ。当局はちゃんと知っていたもの——あたしが自由詩を詠むなんてだれも思わなかったはずだけど、それは詩を読む読者層が、とびきり知的な層だったからだって」

「その点はたしかですね。ともあれ、わたしがいおうとしていたのは……本物の人間たちは、たがいに闘争をくりかえしながら、この惑星の隅々までも探険しつくしたということです。彼らは海中につぎつぎと都市を建設し、弾丸なみの速度で空を飛ぶ飛翔機(フリッター)を造り、さらには、もっと速く飛ぶ宇宙探査機を造りました。彼らが造ったロボットたちは、この太陽系にあるガス雲や軌道をめぐる岩塊をすべて探査してしまっています。本物の人間の寿命もどんどん長く延びるいっぽうでした。ただし、太陽系内に吹き荒れる宇宙線によって、事実上、有人惑星間飛行はできません。それに、彼らが造りえたどのような機械であろうとも、もっとも近い恒星に到達するには、長く延びた人間の寿命の百倍の時間でさえ足りないほどです」

「つづけて」アラベラが小声でうながした。

「できることをみなやりつくして限界に達した彼らは、みずからが老いたことを知りました。

つまりは、それだけのことです。ちなみに、さきほどから本物の人間のことを〝彼ら〟と呼んでいるのは、われわれが本物の人間としてあつかわれないからです。きみも、アラベラ、わたしも、人間ではありますが、純正な人間ではありません。本物の人間ではありません。すくなくとも、本物の人間には数えられていないでしょう」

運転手がくっくっと笑った。

「ほんとうにつらいときは、そいつを思いだすとするよ。たとえば、あんたらが言い合いをしてるときとかにな」

その晩、アラベラとわたしは、後部のコンテナで眠った。本の束の上に毛布を広げ、身を寄せあって眠った。さいわい、その晩は暖かかった。寝心地こそよくなかったが、わたしは幸せだったし、それはアラベラも同じだったと思う。

翌日の午前なかばごろ、インスピレーション一般学習センターに到着した。そこで書籍を二十余冊降ろし、納入し、アラベラも図書館員たちのもとに出向いて、みずからを納入した。なぜわたしもいっしょにセンターの中へ入り、彼女があてがわれた書架の棚を見にいった。なぜそうしたかというと——正直にいおう——このセンターに、別のわたしのコピーがいないかどうかをたしかめたかったからである。もうひとりのわたしに彼女を託していければ、そのわたしはアラベラに献身的に尽くすはずだし、いざとなればアラベラの身代わりに死ぬことすらもあてにできる。だが、そんな者はどこにもいなかった。

わたしたちはキスをした。それ以後、図書館員はわたしたちふたりに対してよそよそしくなった。わたし自身は冷たくされても問題ないが、あれがアラベラの待遇にかかわってくるかもしれないと思うと、気が気ではない。その不安はいまでもぬぐえぬままだ。法的には、われわれは自分の端末板（タブレット）や対面電話（eフォン）を持てないし、スクリーンを使うことさえも許されず、大陸配送（コンティネンタル・パッケージ）サービスで紙の手紙を出すことも許されない。たとえわたしがタブレットかなにかを使うことを許可されて——これはたぶん、だいじょうぶだろうと思うが——手紙をしたためることができたとしても、アラベラにはその手紙を入手するすべがないのである。もっとも、わたしがほんとうに望むのは、手紙を送ることではなく、彼女のほうから手紙を送ってくれることだったのだが。

　わたしがトラックを降りたのは、スパイス・グローヴ公共図書館が閉館する一時間ほど前だった。ということは、インスピレーションからここまで、約八時間の旅だったことになる。これには昼食時の一時間と、休憩時のもう二時間も含まれるので、移動時間は実質五時間。かりに平均時速九十キロで走ってきたとすると、インスピレーションとスパイス・グローヴ間の走行距離は約四百五十キロだったわけである。ホバタクを使えば、事実上、一瞬で移動できる距離だ。だが、これを歩きで踏破するとなると、十週間近く——いや、もっとかかるだろう。

　こんな暗算の結果を連綿と記しているのは、スパイス・グローヴ公共図書館が見えてきた時点で暗算を開始し、トラックを降りて荷下ろしをはじめた時点でもつづけていたからで、それ以上の深い理由はない。

女性図書館員が一名、館外に出てきた。ここで彼女の名前をあげてもいいが、われわれはなるべく、図書館員の名前を憶えず、たとえ名前を知っていても使わないように努めている。人は矜持を持たなくてはならない。でなければ、早晩、床に置かれた皿から餌を食うようになってしまう。

図書館員が声をかけてきた。

「E・A・スミス？」

運転手が答えた。

「図書館間相互貸借制度による返却だ。受領書にサインをしてもらわないといけない」

図書館員はかぶりをふった。

「相互貸借制度で貸し出したわけではないわ。利用者に直接貸し出したのよ」

押し問答の末、結局、図書館員はサインしたものの、それは彼女が受領書になにかの付帯条件を書きつけて、何カ所かに取消線を引いてからのことだった。なにを書きつけ、どこを消したのか、わたしにはよく見えなかったが、なにをしているのかは完璧にわかった。

「からだが汚れているわね、スミス」

わたしは答えた——オーエンブライトを出て以来、シャワーを使えなかったものですから。

「どのみち、あと一時間で閉館よ。そうしたら、シャワーを浴びるわね？」

遠慮するといいたいところだったが、断わればどうなるかはわかっている。ボットたちにつかまって、湯の中に頭をつっこまれ、そのまま押さえつけられるだろう。だからわたしは、シャワーを楽しみにしていますと答えた。じっさい、シャワー自体は楽しみでもあった。

「けっこう。あなたを借りたいというお客がふたり、返却待ちしてらっしゃるの。あなたが返却されしだい、連絡すると約束してあるのよ」

図書館員は、いったん間を置いた。それから、語をついで、

「はなはだめずらしいことね。ふつうはディスクかキューブを借りるだけでしょう。図書やリクローンを借りるお客なんて、めったにいないのに」

ふたたび、間。

「あなた、本は好き？　あなたが以前、本を書いていたことは知っているわ。〝あなた〟というか、〝彼〟が、だけど」

「ええ、大好きです」

「わたしもよ」図書館員はためらった。「いつの日か、あなたの著書を何作か読まなくてはならないようね」

もちろん、わたしを借りたいといってきたのはどのような人たちでしたか、とたずねてもよかったのだが、そうはしなかった。おそらく彼女は、借出希望者のことはなにも知らない。名前さえ知らない。それが理由のひとつだ。そして、もし名をたずねれば、いっそう彼女を怒らせるであろうことがもうひとつの理由だった。答えられる情報量がすくないほど、人は怒りをつのらせる。この場合になすべきは、仲間うちの何人かに、わたしを探しにきた客を見なかったかとたずねることだろう。だから、そうした。心地よく熱いシャワーを浴びて、

髪はもとより、全身の汚れをしっかり落としてからのことである。ときどき夜間の服として支給される恥ずかしい病院着を着て、わたしは仲間たちにたずねてまわった。すくなくとも、六人にたずねただろうか。それらしき者を見ていたのは、ミリー・バウムガートナー（そう、あの料理本の著者だ）だけだった。なんでも、黒っぽい服を着た小男といっしょに、制服を着た背の高い男が訪ねてきたそうだ。〝見たことのない制服だったけど、もともと制服にはうといほうなので、よく知られた制服かどうかはわからないわね〟と彼女はいった。たしかなのは制服という点だけで、色は緑だったかもしれないし、あるいは青だったかもしれない。ふたりはずっと、いっしょに行動していたという。

形容からして、小男のほうは、オーエンブライトの図書館でわたしに金をくれたあの男のように思える。だが、ほかの百万人もの男のひとりである可能性もある。

ともあれ、その晩は自分の書架の棚でマットレスについた。トラックよりずっと寝心地がよかったが、不思議なことに、またあのトラックにもどりたいという思いがこみあげてきた。なぜかはわからない。ともあれ、すべてはもうおわったのだと自分に思いこませようとした。コレットにはもう二度と会えないだろう。アラベラにもだ。焼却の日がくるまで、わたしは毎晩、この棚でこうやって寝入るにちがいない――さまざまなプロットや、編集者が送ってくれる書評、自分の著書の巻末に付した引用元などを思いだしながら。食べすぎは控えよう。太りすぎて、わたしらしく見えなくなってしまう。小食すぎるのも控えよう。痩せすぎて、わたしらしく見えなくなってしまう。

そんなこんなを考えていれば、そうそう寝つけるはずもなく、悶々としていそうなものだ。じっさい、そうだったのかもしれない。しかし、それは憶えていない。わかっているのは、翌朝、ボットが朝食だと起こしにきたときには、ぐっすり眠りこんでいたことだけだった。

9　ペイン、フィッシュ、苦痛(ペイン)

ふたりの予約客がやってきたのは、十時から十時半にかけてのことである。ふたりとも、いかつくて屈強そうな男だった。ともに、背が高くもなければ低くもない。着ている上着はどちらも地味で、青の縁飾り(パイピング)りを少々施してある。どちらも制服は着ていなかった。わたしの目には、ふたりとも四十代なかばに見えたが、これははずれているかもしれない。昨今は、見た目だけでは年齢を判断できないからである。

ふたりがサングラスをかけていたことはもう話したろうか？　まだ話していないと思うが、わたしにはこの叙述を読み返し、それを確認する方法がわからない。なぜかって？　ここはいったん立ちどまって、わたしがなにをしているのか、どうやってこれを書いているのか、説明をしたほうがよさそうだ。じつは、わたしはことば本来の意味で文章を書いているわけではない。わたしの脳には、文章を書くうえでのブロックが施されている（より正確には、書くという行為自体ではなく、書く内容にブロックが施されているというべきか）。

典型は、ここに書いている文章だ。

わたしは話をするとき、堅苦しくて改まったしゃべりかたをする。それはもう、あなたもよくごぞんじだろう。子供を作れないようにする処置を受ける前の段階で、早くもこの精神ブロックは施されていた。わたしがこういうことをいいたいと思ったとき、わたしの精神の別の部分――わたしにはコントロールできない部分が、その内容がなんであれ、堅苦しく改まったことばづかいと言いまわしに変換してしまうのだ。その部分を〝自動話法中枢〟と呼ぼう。この機能中枢は、文章を書くということに対しても、ひとつのルールを強制する。〝肉筆で文字を書いてはならない〟である。文章を書くときには、このようにキーボードを介してでないと、なにも書けない。ただし、この場合、話すときとはちがって、心で思ったとおりのことをそのまま表現できる。

だから、わたしが使っているこのスクリーンがあれば（これについては、あとで語るかもしれない）、付属のキーボードで文章を打ちこむことが可能となる。口述のほうを好む者は、スクリーンに口述してもいい。昨今はおおぜいが口述方式を選ぶ。なぜなら、キーボードを使える人間は、もはや稀少種になっているからだ。

というわけで、わたしがしているのは、不本意に改変される話しことばは話したとおりに記録し、考えていることは改変なく思いどおりに記述する作業にほかならない。明快なものである。ともに入力はキーボードで行なう。ただ、わたしにはどうやってこれを読み返せばいいのかわからない。スクリーンにマニュアルを呼びだせばよさそうな話だが、わたしにはそのやりかたもわからないのだ。これについても、いずれ調べねばならないだろう。

最初の男がわたしと握手をし、こう切りだした。

「ペインという。会えて感激だ、ミスター・スミス。もう何年も前からあんたのディスクは聴いている。見つけたものはぜんぶ聴いた。こうして尊顔を拝めるとは、これ以上の喜びはない」

もうひとりの男は無言で握手を交わしただけだった。わたしたちは外に出た。図書館から太陽の下に出て、黒塗りの大型飛揚車（ホバークラフト）に乗る。運転席についたのは最初の男だった。のちに男の名前は、発音はペインでも、苦痛のＰａｉｎではなく、Ｐａｙｎｅと綴（つづ）るのだと知った。無言の男の名はフィッシュ、あるいはフィッシャーかもしれない。とにかく、そんな名だ。ふたりはパートナーとのことだった。

あまり高くは飛ばなかった。コレットが拾ったあのホバタク――あれが飛んだときの高度よりうんと低い。わたしはペインにたずねた。遠くへいくのでしょうか、もしそうでしたら、規則ですので、図書館にひとことといっておかなくてはなりませんが。規則というのは即興のでっちあげである。しかし、いかにもそれらしく聞こえるはずだし、ペインもそれを信じたようだった。ペインは答えた。いいや、遠くへはいかんさ、町の向こう側にある偽装住宅（セーフハウス）へいくだけだ。じっさい、ペインがそう答えた時点で、ホバークラフトはもういまにもそこへ到着する寸前だった。見おろせば、古いガレージの屋根が開いていて、その中へ着陸できる状態になっている。それにしても、〝セーフハウス〟という響きには不穏なものがあった。

そして、その懸念は当たっていた。

というのは、ホバークラフトを降りたとたん、フィッシュがこういったからである。

「手錠をかけたほうがいいんじゃないか。逃げるかもしれん」

フィッシュが口を開いたのは、このときがはじめてだった。

ペインが答えた。

「逃げやせんさ。そうだろう、ミスター・スミス？　逃げようとしたら、ただではすまさん。そら、フィッシュに逃げないといってやれ」

男の名前がフィッシュだと知ったのは、このときである。

ガレージをあとにし、コンクリートのひび割れた古い通用路を通って、大きな網戸つきのポーチに入る。外からでは、中のようすはまったく見えなかったが、中からだと、網戸などないかのように、外のようすがはっきり見てとれた。なかなかいいお宅ですね、とわたしはいった。

ペインがいった。

「ここに長くはいさせんよ。約束する。万事うまく運べば、せいぜい二日というところだ。そうしたら――」パン、と手をたたいて、「――図書館のおまえの書架にもどしてやろう。傷ひとつつけずにな」

こんどはフィッシュがいった。

「ただし、おれたちがいいというまで、ずっとここにいさせることもできるんだぞ。一年もここに拘束して、ずっと可愛がってやれば、最後には……」肩をすくめた。「ま、よくあることだ」

「おまえを借り出した経緯はこうだ」ペインが説明した。「図書館で愛想よくふるまって、おまえを借りたい旨、申し入れたところ、おまえの貸出はできないといわれた。すでに女の利用者に貸し出しているからというんだ。その女には保証金を返していないし、貸出期間はまだ過ぎてない、だからだれにも貸すわけにはいかない――そういう理屈だった」

わたしはうなずいた。

「だから、こういってやったのさ――おれたちは証拠物件としてスミスを借り受けにきた、貸せないというなら法廷に出て説明するがいい、判事に気に入られたら、一年か二年ほどでスミスを返してもらえるぞ――。すると図書館員は、わかりました、そういうことでしたらお貸ししましょうと答えた。で、おまえはこうして借り出されたというわけだ」

「その場合、わたしに貸出カードがわたされる決まりになっていますよ?」

「それについては、あとで図書館に話をつけておく。ま、おれたちとしては、どうでもいいことだがな。一年も人をいたぶりつづけるのはまずむりだ。遠からずそいつは死んじまう。わかってるのさ、ちゃあんとな」

「そんなことをするにはおよびません。知りたいといわれることは、なんでも喜んでお話しします。わたしが知っていることであれば、ですが。質問にお答えするのは図書館の蔵者の務めですから」

「ようし！　それでいい！」

ペインはにんまりと笑った。その笑みは、わたしの（最初のわたしの）叔母の笑みを思いださせた。飼っていた鶏を絞めるとき、叔母はいつもこんな笑みを浮かべていたものである。鶏が逃げようとあがけばあがくほど、その笑みはいっそう大きくなった。

わたしたちは屋内に入り、ある部屋に足を踏みいれた。部屋の窓にはすべて、濃い紺色をした厚手のカーテンがかかっていた。わたしがカーテンを見ているのに気づいて、ペインは一枚を持ちあげてみせた。

「防音カーテンだ、わかるな？　窓はあかない。どの窓もガラスと耐光パネルの二重窓で、どっちの材質も防弾加工が施してある。防音は完璧だ。叫びたかったら、好きなだけ叫ぶがいい。叫ぶのをやめさせるのにぶん殴ったり、口にぼろきれをつっこんだりと――そういうまねはいっさいする必要がない。いつでも好きなだけ叫ぶがいい。試してみるか？」

わたしはかぶりをふった。ほんとうに叫ぼうものなら、もっと大きな声で叫ばせてやる、指を一本折るなり、足を焼くなりしてな――そんなことをいわれそうな気がしたからである。

「ここはありふれた訊問室だ。ただし、町はずれにあるから、弁護士どもには見つかりっこない」ペインはにんまりと笑ったままでいる。「見つかったとしても、令状なしでは屋内に入れんし――その令状は手に入らんようになっている。おまえ、顧問弁護士はいるか？」

「残念ながら」

フィッシュが相方にたずねた。

「こいつ、椅子に縛りつけようか？」

ペインはかぶりをふり、部屋のまんなかにある大きな樹脂木の椅子をわたしに指し示して、すわれと指示してから、フィッシュにいった。

「なんでそんなことをせにゃならんのだ？　ミスター・スミスはいたく協力的で――どんなことをきいても答えてくれる。そうだろう、ミスター・スミス？」

「そのとおりです」

「だいいち、自由にさせておいたほうがおもしろい。こいつらはいろいろなことを考えつくからな」それから、これもフィッシュに向かって、「すまんが、カフェを淹れてきてくれ」

「質問するにあたって、あなたは椅子にすわらなくてもよろしいのですか？」

ペインはふたたび、にんまりと笑った。例の独特の笑いかただった。

「すわらいでか、ミスター・スミス。じっさいおれは、しょっちゅうすわってばかりいる。デスクワークやらなんやら、愚にもつかん仕事やらで、いっつもスクリーンにへばりついているからだ。ほんとうは、もっと歩かんといかんのだがな。ところで、カフェは飲むか？　もっと早くにきくべきだったかもしれんが」

わたしは、〝では一杯〟と答えようとした。が、口から出てきたことばは、杓子定規な、〝ちょうだいしましょう〟だった。

「まず最初の質問だ。コールドブルック家とおまえの関係は？」

「あそこの家とは、とくに関係はありません。コレット・コールドブルックに借り出されはしましたが、あの家族で面識のある人物は彼女だけです」そこでことばを切り、ためらった。ペインがどこまで真実を知っているのかが気になったからである。「わたしが理解しているところでは、彼女の家族のほかの成員は、すべて死亡しているはずですが」

「あの女がおまえを借りたんだな？」

「そうです、図書館から。それはいまいったとおりです」

「何度も借りられたのか？」

気になるようすで、ペインは前に身を乗りだしてきた。

「いいえ、今回のいちどだけですよ。彼女を拘束しているのはあなたがたですか？」

いきなり、平手で強烈に顔をはたかれ、気が遠くなりかけた。

「きくのはおれ、答えるのはおまえだ。おまえがなにかきくたびに、同じ目に遭うと思え」

わたしの目には涙がにじんでいた。まばたきをし、涙をこぼすまいと努める。

「図書館の蔵者を、カフェではなく、そのようなものでもてなすのは、あまり感心したことではありませんね」

「これがおれたちのやりかたなのさ。ああ、それからな、反抗的な態度をとっても同じ目に遭うだけだぞ。ただし――つぎはもっと強烈にだ。コールドブルック家について知っていることを洗いざらい話せ。どんな些細なことでもいい」

「いっておきますが、知っていることは多くはありませんよ」

ペインは笑った。

「そう簡単には口を割らんというわけか？　いい度胸だ。たくさん聴いたおまえの本から、そうと察しておくべきだったな」

「ご高評、いたみいります。光栄のいたりといってもよろしい。しかし、事実はさほどでもありません」

「じきにわかるさ。コールドブルック家のことを話せ。話しつづけろ」

「いいでしょう。あの一家は、父親、母親、ふたりの子供からなる四人家族でした。父親の名前はコンラッド。妻の名前は知りません。コレットはつねに彼女のことを〝母〟と呼んでいましたね。子供たちはコンラッド・ジュニアとコレット。コレットがわたしを借り出したとき、ほかの三人はもう、すでに亡くなっていました」

「母親のことからはじめようか。母親のなにを知っている？」

「なにも。亡くなっているという事実以外は。すくなくとも、コレットは亡くなっているといっていました」

「見たことはないのか？　写真すらも？」

「ありません。わたしは……ああ」

「なにか思いだしたな。なんだ？」

「彼女の写真なら見ています。正確には、見たのは家族写真で、彼女はそこに写っていたのですが」

「いいぞ！」

おりしも、フィッシュが入ってきた。手にはカフェ・サーバー、マグ三つ、甘味料などを載せたトレイを持っている。

ペインがわたしに、黄色い花模様をちりばめたマグをわたした。熱を加えることで表面の花模様が満開になり、くるくる回転しだすタイプのマグだった。

「協力的な態度へのごほうびだ。クリーマーと甘味料は？」

わたしはうなずいた。

「両方ともおねがいします」

「その家族写真のことを話せば、両方とも入れてやろう」

フィッシュがトレイをテーブルに置いた。

「屋敷の南側の壁にそって、細長いサンルームがあります。エレベーター室に通じる部屋のひとつです。サンルームへはキッチンから入りました。外壁側には大きな耐光パネルの窓がならんでいましたが、反対側の壁には多数の写真がかかっていましてね。そのうちの一枚にコールドブルック家の家族全員が写っていたのです。父親、母親、コンラッド・ジュニア、コレットです」

わたしはカフェをすすった。淹れたてで旨かったが、ちょっとばかりストロングすぎた。

「それはあの家族の屋敷――ニュー・デルファイ郊外にある屋敷だな？」

「そのとおりです」わたしはうなずいた。

「おまえは屋敷を見た。屋敷の中にも入った」

「そうです。コレットに連れられて」

フィッシュが小さく満足げな音を発した。

「屋敷のようすはあとで聞く。母親のことを話せ」

「やってみましょう。わたしはその写真の前に長くは立っていませんでしたし、しげしげと写真を眺めてもいません。そこはご理解ください。通りすがりに、ちらと見ただけなのです。四人のうち、もっとも背が低いのは、母親でした。とはいえ、じっさいにその写真で見えるほど背が低かったのかどうかは、分明ではありません。母親は魅力的な女性で、その写真が撮られたときは、中年に差しかかろうかという齢格好でした。おそらくは、七十、といったところでしょうか。衣類には少々時代遅れの感がありましたが、むろんそれは、その写真が何年も前に撮られたものだからでしょう。青と白の袖のない細身のドレス（スキマー）を着ていて、首にダークブルーのスカーフを巻いていました。女性がそのような服装をしていた時期は記憶にありますか？」

またも平手が飛んできて、今回はわたしの手からマグをたたき落とした。わたしはマグを拾い、詫びをいうと、できるだけきれいに汚れを拭きとろうと申し出た。ペインはかぶりをふり、口笛を吹いて、掃除ボットを呼んだ。

ボットが掃除をおえて立ち去ると、ペインは質問を再開した。

「いま話に出ていた女——母親だ。宝石類は？」

「気がつきませんでした」

「髪は？」

これはすこし考えざるをえなかった。

「黒髪ではありました。写真では漆黒に見えましたね。じっさいはそこまで黒くなかったのかもしれません。ただ、かなり黒かったのはたしかです。もちろん、女性の髪というやつは、風になびけば色が変わって見えるものですが」

フィッシュがうなるような声でいった。

「気どりくさった言い方すんな」

「それでは、月齢によって——白道をゆく月のたゆまざる行軍によって変わる、とでも形容しましょうか」

そういいながら、これはフィッシュにぶん殴られるなと思った。案の定、ぶん殴られた。ペインが手をふり、フィッシュを自分の席に引き返させた。

「母親の体格をいえ。小柄に見えました。小柄に見えたといったな？」

「そのとおり。小柄に見えました。別の機会に、コレットが母親はとても内向的であるともいっていました。そのことについても聞きたいですか？」

「父親はどうだ」

「非常に背が高くて、細身でした。息子や娘より著しく背が高くて。もっとも、息子も娘も長身に見えましたし、事実、コレットは、女性としては背が高いほうです。父親は妻よりも、すくなくとも頭ひとつ半ぶんは高かったでしょう。肩幅も広く、大きな手を持っていました。父親が家族の中心人物であり、意志決定者であることを見てとるのは容易でしたよ。父親に関するあらゆる要素がそれを示していました。その身長、その目、そのボディ・ランゲージ。

片手は妻の肩に、反対の手は息子の肩にかけていました。家族のほかの成員に対して、自分から手を触れていたのは彼だけであったと——いや、それはちがうか。コレットと兄は手をつないでいましたから。はっきりわかるようにではありませんでしたが」

「父親の顔を形容しろ」

わたしはしばし、父親の顔を思いだそうとした。

「細面(ほそおもて)。骨ばっている。力強いあご。突きでた鼻。けっしてハンサムとはいえないが、印象深い」

「ひげはきちんと剃っていたか？」

「剃っていました。あごひげも口ひげもありませんでしたね。髪の状態まではわかりません。帽子をかぶっていたので」

「父親は禿げてたんだ」

「そうだったのですか？」

　ペインが片手を振りあげた。

「おまえは学習するということを知らんのか？　きくのはおれ。答えるのはおまえだ」

「失敬。意外な情報に驚いた——それだけのことです。しかし、無毛については治療できるはずですが」

「治療したくなかったのかもしれん。こんどは兄のことを話せ。どんなふうだった。父親に似ていたか」

「いいえ、さほど似ていたとは思いません。多少は似たところがあったかもしれませんが、印象に残るほどではありませんでした。むしろ母親似でしょう。細面というより丸顔です。さきほどお話ししたように、背は高く見えますが、父親ほど長身ではありません。おそらく、頭半分は低いかと。髪は黒。とてもハンサム」

「コレットがおまえを図書館から借り出した、といったな。スパイス・グローヴ公共図書館から」

わたしはうなずいた。

「そうです。わたしは彼女に借り出されました」

「なんらかの理由で、コレットはおまえをニュー・デルファイの一家の屋敷へ連れていった。たぶん、それまでずっと、おまえもいっしょだったな。おまえたちふたりは、どれほど長くいっしょにいた？」

これについては、考えないと答えが出なかった。

「おそらく、二日半」

「コレットはどんな外見で、どんな服を着て、どんな声だった。ひととおり答えろ。二日半あれば、コレットを観察する機会はたっぷり持てたはずだ」

「そのとおり。持てました」

ペインは興味津々のようすで身を乗りだしてきた。

「フィッシュもおれもコレットの写真は見ているし、３Ｄ映像も見たが、じかに本人を見たことはない。フィッシュもおれもだ。コレットのいちばん印象的な特徴はどういうものだ？　思いだせ！」

「目ですね、確実に。大きなスミレ色の目をしている。とても美しい。なめらかで白い顔によく映えて、見ていると引きこまれてしまう」

「服を着るところを見たことはあるか？　化粧をするところは？」

「ありません。寝室に足を踏みいれたことすらも。彼女に禁じられていたからです」

ペインは椅子の背にもたれかかった。

「カラーコンタクトレンズをつけていた可能性は？」

それについても考えた。それはないだろうと思ったものの、実態はほとんど、というか、まったく知らない。

「可能性はあると思います。つけていたとは思いませんが」

フィッシュがうなった。

ペインはそれを無視し、問いをつづけた。

「コレットはアイメイクをしていた。そいつはたしかだ。女はああいうのが好きだからな。しないはずがない」

「そのとおり。パウダーやフェイス・クリーム、その他についても、同じことがいえます。しかし、化粧をしていなかったのなら、わたしはむしろ驚いたでしょう」

「つけまつげはどうだ？　つけていたかどうか、気づいたか？　できのいいものになると、見分けがつかんと聞く。ただ、とくにできのいいものは高価で、美容室でないとつけられんそうだが」

その点についても思いだそうとしながら、考えた。この訊問、いつまでつづくんだろう。逃げられるチャンスはすこしでもあるだろうか。

「つけまつげはおおいに疑わしいですね。マスカラはつけていました――が、わたしの見解では、つけまつげはつけていませんでした」

「そうか」（これもペインのせりふだ。目をなかば閉じ、椅子の背もたれに背中をあずけたまま、ペインはつづけた）「スタイルは？」

「みごとですね。とてもすばらしい。肉感的ではありませんが。それはおわかりでしょう。スマートで脚は長く、腰は細い。踊っているところを見たことはありませんが、すばらしい踊り手であろうと推察します。あれほど背が高い女性としては、立ち居ふるまいがきわめて優雅なのですよ」

「惚れたか」

どうしたことか、このときわたしは、自分が複生体（リクローン）であると説明することに大きな抵抗をおぼえた。だが、ここはそういわざるをえない局面だ。

「純正な人間と恋愛関係を持とうものなら、わたしの命は失われてしまいます、ペイン刑事。それにわたしは――そう、わたしは著名な詩人のアラベラ・リーと、恋愛感情で結びついていました。彼女はわたしの妻だったのです――のちに、元妻になってしまいましたがね――

本物の人生において」

ペインは身を乗りだした。

「たしかに、リクローンはモノであって、人じゃない。それはそのとおりだ。しかし、人はモノに入れあげることがある。やれ靴だ、地上車だ——なかには二百年前から代々伝わってきたという、ただの古い戸棚を後生大事にするやつもいる。コレット・コールドブルックは、おまえに熱をあげてるんじゃないのか、ミスター・スミス？」

「それは彼女にきいてほしいもので。それに関しては、彼女のほうがよりよい情報源です。そうそう……」

「そうそう？　なんだ？」

「彼女の返答を聞いたら教えていただけますか」

フィッシュが鼻を鳴らした。

わたしはカフェをすすった。自分が史上最低の阿呆に思われてならず、その恥ずかしさをごまかそうとしたのである。

「さきほどクリーマーと甘味料をくださるとおっしゃいましたが。トレイの上には両方とも見えている。それを使わせていただけませんか。もしもたいしたお手間でないのなら」

にやにやしながら、ペインは立ちあがり、トレイのもとへいった。

「人間ならぬ者にしては、おまえも人間くさい男だな、ミスター・スミス。うちのチームにほしいくらいだ」

「わたしとてあなたのチームの一員ではありませんか、ペイン刑事。あなたがわたしを借り出しているあいだは」

ペインはわたしの手からマグを取り、多すぎるクリーマーとすくなすぎる甘味料を入れてかきまぜてから、わたしに返した。

フィッシュがうなるようにいった。

「屋敷のことをきいたらどうだ」

「まだ早い」ペインは自分のカフェをつぎながら、ことばをついだ。「おまえはコレット・コールドブルックに、自分のことをどう思っているかきいてほしいといったな、ミスター・スミス。おれたちがコレットをつかまえているのかどうか、探りを入れようとしているのが見え見えだぞ」

わたしはかぶりをふった。

「あなたがたが彼女をとらえているだろうとは想定していますが、彼女がこの家にいるとは思っていませんよ」

「そもそも、おれたちじゃない。ほかの何者かだ。まあ、見当はついているがな。おれたちとは所属がちがう――かすりもしてない。あの女、おまえに好意を寄せているのか？」

「好感という意味なら、そのとおりではあるでしょう。彼女はわたしに、友人として好感を持っています――気にいりの本や小さな犬を愛でる感覚で」

「あの女と寝たことはないのか？」

ペインはまたもや、にんまり笑っている。思わず、この男をぶん殴ってやりたくなった。

「むろんです、寝てなどいませんとも！　キスをしたことすらありません」

「そいつはしくじったな。あの女は金持ちだ。それがもうじき、いまよりいっそう金持ちになる。あの女の兄貴のことは知ってるか？　おまえは兄貴が死んだといった。それは事実だ。だが、どんなふうに死んだか知っているか？」

「コレットの話では、殺害されたということでしたが。絞殺、だったと思います」

「それだ。何者かの手で縊り殺されたのさ。あの女の手よりずっと大きくて力の強い手でな。兄貴は親父の預貯金の半分を相続した。そのぶんもコレットが相続することになる。ただし、相続は一時棚上げとなった。その状態はずっとつづく。兄貴の殺人事件が解決されるまでだ。そのことは知っていたか？」

わたしはカフェをすすった。ストロングすぎるが旨い。いまでも黄色い花の模様が咲いて回転するだけの熱さがたもたれている。しかしわたしは、もはやカフェを味わうどころではなくなっていた。

「答えろ、どうなんだ！」

「失敬。その可能性は考えたことさえなかったので、虚をつかれたのです。いやはや、刑事どの、そのことはまったく知りませんでした」

「おれたちがやろうとしているのはそれだ。知らなかったことを知ろうとすることなんだ」

ペインは立ちあがり、窓辺まで歩いていった。「犯罪で得をするやつはだれか？　いつまでたっても、不明のままだ――だれが犯罪を働いたのかを、おれたちがつきとめないかぎり。父親に会ったことはあるか？」

「コンラッド・コールドブルック・シニアに？」わたしはかぶりをふった。「いえ、会ったことはありません。コレットから話を聞くまでは、その存在すら知りませんでした」

「おれも父親のことは知らなかった」ペインはなにかを顧みている口調でいった。「知っていたらよかったんだがな。だれかがいっていたぞ、父親は空中から黄金を取りだせた、と。むろん、そんなことができるはずはない。そう思えるほど金儲けに長けてたんだろう」

わたしはあえて、質問されていないことをいった。

「コレットの話では、父親は投資の天才ということでしたが」

「事実だ。まるで父親が手を触れるものは、例外なくカネになっていくようだった。なら、トリックの答えは、〝どれに手を触れればカネになるかを知っていた〟だ。わからないのは、どこから投資の元手を手に入れたかということでな。それについては知らんだろう？」

必要以上にうそはつきたくなかったので、わたしはこう答えた。

「だれかが知っているとは思いますよ」

ペインは肩をすくめた。

「ちがいない。しかし、それはだれだ？　コレットは知っているか？」

「知らないでしょう。わたしを解放してくだされば、本人にたずねる努力はしてみますが、肝心のコレットは、何者かにとらえられています。すくなくとも、そのように思われます。

彼女はわれわれが泊まっていたホテルから攫われたのです。そのあたりのことは、あなたもすべて承知しているのではありませんか？」

「いいや、知らん。おれが知っているのは、コレットが消えたということだけだ。くわしく話せ」

「お望みとあらば。できるだけ簡明に話しましょう。わたしたちは、学者であるログリッチ博士の話を聞くために、オーエンブライトへ赴きました。コレットの父親が、博士に何度か相談していて、その助言に対し、報酬を払っていたと見られたからです。ログリッチ博士は何者かに見張られていることを恐れていましたが、それがだれなのかをいおうとはしませんでした。博士の研究室の書棚には盗聴装置が仕掛けられていましてね。それを発見し、破壊したのは、このわたしです」

ここでフィッシュがいった。

「その盗聴器の残骸、どうした？　まだそこにあるのか？」

「もうないでしょう。記憶にあるかぎりでは、ゴミ箱に放りこんできましたから」

こんどはペインがきいた。

「おまえとしては、コレット・コールドブルックを取りもどしたい——そうだな？　そして解放したいんだな？」

「もちろんですとも。あなたとミスター・フィッシュがしようとしていることがそれならば、わたしの全面的な協力をあてにしてもらってもけっこうです」

「おれの質問に答えることでか？」

「そのとおり。とにかく質問にはお答えします。質問に答えるだけではありません。ほかのあらゆる形ででもです」

「では、この質問に答えろ。フィッシュとおれがおまえに求めるものは明確だ。おれたちはコールドブルック家の事情、とりわけコレットの事情を詳細に知りたい。それ以外のことはどうでもいい、わかるな？　コレットはまだ生きている。すくなくとも、生きているようにおれたちは願ってる。そこで、質問とはこうだ。コレットがおまえに求めた助力とはどんなものだった？」

「それを説明するのは簡単ですが、とうてい信じてもらえるとは思いません。ともあれ——コレットは一冊の本を持っていました。わたしの著書です。彼女はその本に価値ある秘密が隠されていると思っていて、その秘密を解明する助力をわたしに求めてきたのです」

フィッシュがなにごとかをつぶやき、ずいと歩み寄ってきた。

「おまえの著書の中にか」

「そうです」わたしはうなずいた。

「なんという本だ」

「『火星の殺人』」

「おまえ、そこになにか秘密を仕込んだのか」

わたしはかぶりをふり、答えた。

「おそらく、仕込んだのでしょうね。しかし、わたしが把握しているかぎりでは、なにかを仕込んだ記憶はありません」

ペインがフィッシュに顔を向けた。

「本部に連絡。いま聞いた書物を探しだして、ここに持ってこさせろ。『火星の殺人』だ、E・A・スミス著。綴りはＳｍｉｔｈｅ――発音はスミスでも、最後にeがつく」

そこでわたしに顔をもどして、

「秘密は本の中にあるんだな。すくなくとも、コレットはそう思った。その理由は？」

「それについては推測の域を出ません。彼女にくだんの本をわたしたのはおにいさんでした。そのさい、その本に重要な秘密があると思わせるなにごとかを口にしたのかもしれません。あるいは、本をわたしたときのおにいさんの挙動が、それをほのめかすものであったのか。あなたがたは警察官でしょう？　あなたとフィッシュは？　すくなくとも、わたしはそう信じるにいたっています」

ペインが肩をすくめた。

「そんなこと、おれがいったか？」

「いいえ、いっていません」

「おまえの逮捕に関してはどうだ？　逮捕する、といったか？　でなければ、逮捕されてもいいのか、などといったか？」

「もちろん、いっていませんよ。そもそも、人間であれば逮捕されることもあるでしょう。

拘留されることも、拘束されることもあるでしょう。しかし、わたしはモノです。物体です。完全に合法的な形であなたがたが確保した、図書館の情報源にほかなりません」

「ちゃんとわかってるじゃないか」ペインは周囲を見まわした。フィッシュが声の聞こえるところにいないかどうか、たしかめたのだろう。それから、椅子を引き寄せて、「いまのをちゃんと肝に銘じておけ。たったいま、おまえがしゃべったこと、そのぜんぶをだ。ここはスパイス・グローヴ——そうだな？　それはわかっているな？」

わたしはうなずいた。

「いうまでもなく」

「ようく聞け。コレット・コールドブルックは教師だった。当地にある私立学校の、一介の教師だった。それなのに、タオス・タワーズに住めるほどのキャッシュとコネを持っていた。あそこに住むのはそうとうにハードルが高い。そのうえ、フリッターを何機か持っている。毛皮のコートも、何着もだ」

わたしはふたたび、うなずいた。

「ところが、何者かがオーエンブライトのクソったれなホテルでコレットをかっさらった。おれたちの気持ちがわかるか？　フィッシュとおれだけじゃない、警察官全員の気持ちがだ。本部長の気持ちがわかるか？　市長の気持ちがわかるか？　ナイアガラの法執行省にいる、大物官僚たちの気持ちもだ。連中の気持ちがわかるか？」

「さぞかし不愉快なことでしょうね。察するにあまりあります」

「そうだ。切歯扼腕、怒髪天を衝くとはこのことだ。なにか手がかりになることを話せば、おれはおまえの終生の友になってやる。これは口先だけじゃない。だから役にたて。いまのところ、おまえはおれの質問に真っ正直に答えてる。ああ、認めなくてもいい、ちゃあんとわかってるんだ。これからは、どんなにささいな内容でもいいから、手がかりになることを話せ」

「そのまえに、あなたがたの質問に対する答えかたについて交渉する余地がほしいのですが。殴られるのがいやさに、わたしは質問に直接関係があることに限定して答えを返しています。すこしは遠まわりして答えてもよければ、そのようにするのですが。まあ、それほど大きく遠まわりはしませんよ」

「好きなだけ遠まわりするがいい」ペインは背筋を伸ばした。「もっとカフェはどうだ？」

わたしはうなずき、答えた。

「お志あらば、今回はもうすこしだけ多く、甘味料を入れていただけませんか」

そして、ペインにマグをわたした。黄色い花々はだいぶしぼんでいて、回転もゆっくりになっていたが、熱いカフェをつがれて、花はふたたび満開となり、勢いよく回転する状態でもどってきた。

わたしのそばに引きよせていた椅子に、ペインはふたたび腰をおろした。

「さあ、しゃべれ。手がかりになりそうなことなら、なんだっていい」

「話せばあなたを怒らせてしまうかもしれませんよ。もっと悪いことに、恐怖をいだかせてしまうかもしれません。しかし、よろしいでしょう、お話ししましょう。コレットは自分のアパートメントに盗聴器が仕掛けられていると思いこんでいましたが、根拠はわかりませんが、とにかく、そう思いこんでいました。その件もあってか、彼女はわたしを借り出したあと、とある廃園へホバタクで連れていったのです。そこがどこなのかはわかりません。しかし、おそらくは、ホバタク会社に記録が残っていることでしょう」

ペインはうなずいた。

「わたしたちはその廃園で一時間ほど話をしました。見せたのはそのときです。その本にどのような秘密が隠されていると期待しているのかを、彼女は話しませんでした。が、書物に秘密を隠すいくつかの手法について、わたしに質問をしました。その手法を聞きたいですか？」

「いや、いい。先をつづけろ」

「話がおわり、コレットは付近に待たせていたホバタクにスクリーンしました。タクシーは降下してきて、わたしたちをふたりとも拾いあげ、タオス・タワーズまで連れていきました。その晩は、そこに――彼女のアパートメントに泊まって、翌日、彼女のフリッターに乗り、ニュー・デルファイへ飛ぶ予定で、事実、その予定どおりになりました。ところが、その晩、わたしたちが彼女のラウンジにすわっていたとき、スクリーンが告げたのです――だれかが建物に侵入してきた、この部屋へやってこようとしている、等級はＡ１だと。等級の意味はおわかりと思いますが？」

「わかる」ペインは答えた。「特別の客だ。でなければ、捜査令状を持っているかだな」

「捜査令状。なるほど、それは思いついてしかるべきでした。ともあれ、じきにコレットのアパートメントの玄関ドアが勝手に開き、ふたりの男が踏みこんできました。ふたりが手にしていた銃は、わたしには見慣れないタイプのものでしたが、銃であることは明らかでした。入ってきて間もなく、わたしは殴られ、気を失わされて、ようやく意識を取りもどしたときには、はだかで椅子に縛りつけられていました。コレットも同様の状態にありました」

「女のほうも、はだかにされていたのか？」

「そうです」このやりとりは気が進まなかったが、その思いは顔に出さないように努めた。「レイプはされなかった、とコレットはいいました。それは真実であったろうと思います。じっさい、彼女のことばを疑う理由は、わたしにはありません」

「その連中、なにかを強奪していったか？　コレットからカネや宝石を奪ったか？」

「さあ……。しかし、それはないと思いますよ？　強奪していたとしても、コレットはそのことをいいませんでした」

「コレットはそいつらの目的を話したか？」

わたしはうなずいた。

「あの本をほしがっていた、といっていました。しかし、ふたりが押しこんでくる以前に、わたしはその本を隠しておきました。コレットが盗聴器のことを――ようすを探られていることを――ひどく心配していたので、念のため、隠しておいたのです」

「コレットはそいつらに、本のありかを教えなかったんだな？」

「教えようがなかったのですよ、知らなかったのですからね。わたしの判断で、そのほうが安全だと思って、本人には教えなかったのです。ニュー・デルファイへ発つ前に、わたしはその本を回収して持っていきました。いまもあの屋敷にあります」

ペインの反応を待ったが、向こうはなにもいわなかった。

ややあって、わたしはいった。

「わたしは警察官だったことはありませんが、二十冊以上のミステリ小説を執筆・出版しています。そのわたしから見て、今回の事件の最大の疑問は、だれがコレットのおにいさんを殺したのかではなく、だれがコレットを誘拐したかです。おにいさんは死にました。ゆえに、もう救いようがない。しかし、コレット自身はまだ生きている可能性が高い……」

ペインはうなずいた。

「兄貴のことなんぞクソくらえだ。兄貴のほうはニュー・デルファイに住んでいて、ニュー・デルファイで死んだ。そっちの件は現地の警察にまかせておけばいい。だが、コレット・コールドブルックはここに住んでいた。そして、五十人ないし百人の重要人物がコレットのことを知っていた。ソサエティ・サイトにたくさん写真が出てるだの、そういった理由でな。これまでおれは、やたらに多いリンクをたどって、やたらに多いインタビューを見てきた。コレットの人となりをつかめそうに思えたものはかたっぱしからだ。コレットの勤め先は、慈善委員会（チャリティー・コミッティー）系の学校だった。あの学校の裕福なガキども相手に勉強を教えてたんだよ。

望ましき女性相続人さまさ。業績も大きい。だからな、おれたちは英雄になれるはずなんだ——もしも——」

おりしも、フィッシュが部屋に帰ってきた。そして、ペインがすわっているのを見ると、自分も椅子に腰を落とし、報告した。

「本はない。どこにもだ。だれも聞いたことがないという。この野郎、かつぎやがった」

「かついでなどいませんとも。本はたしかに実在し、コレット・コールドブルックは一部を持っていました。当人によれば、おにいさんからわたされたものだそうです。おにいさんが殺された当日に。わたしをニュー・デルファイへ連れていってください。そうすれば、回収してお目にかけます。ただし、その本はコレットの所有物なのですから、最終的に、彼女に返還されねばならないことはご承知おきいただきますよ」

フィッシュがぼそりとくりかえした。

「野郎、やっぱり、かついでやがる」

「これが欺瞞であるとしても、暴くことがはなはだ簡単な欺瞞でしょう？　わたしを現地に連れていきなさい。その本を出せとわたしに要求なさい。出せなければ、あとはどうとでも好きになさるがよろしい」

「どのみち、最後にはそうするさ」ペインがいった。「ずいぶんと、豪気なところを見せてくれるものだな。さぞ誇らしいだろう、うん？」

「いまの態度がですか？　いいえ、ほんのすこしも。それでは、もうニュー・デルファイへ出発するのですか？」

ペインはかぶりをふった。

「本部長の許可がないかぎり、スパイス・グローヴを出ることはできん」

フィッシュが付言した。

「こんなクソ野郎のために、許可が降りるもんかよ」

わたしはためいきをついた。正直にいうと、自分がほんとうに、絨緞の上のクソのように感じていたのだが、それは見せないように努める。

「よろしいでしょう。お許しさえあれば、あなたがたに代わって、この問題を解決してさしあげましょう。スパイス・グローヴ＝ニュー・デルファイ間には、長距離バス便が運行しているはずです。オーエンブライトからここへトラックで旅してくる最中に、道路を走る大型バスを何度か見かけました。そのバスのチケットを買えるだけのクレッドをわたしに与えてください。そうすれば、わたしがバスでニュー・デルファイへ赴き、本を回収して、あなたがたのところへ持ち帰ってきます」

申し出は却下された。これは予想していたとおりだった。却下のあとは、何発も殴られ、いたぶられたあげく、いくつも質問をされた。その質問については、相手の満足のいく形で答えることができなかった。

最後には、窓のない部屋に閉じこめられた。部屋の中にある調度は、シーツも毛布もないマットレスの載った、せまい寝台だけだった。一角には悪臭を放つバケツもおいてあった。

わたしは靴を脱ぎ、寝台に横たわり、人生でかつてなかったほどすみやかに眠りに落ちた。そんなことはありえないと思われるかもしれないが、それはあなたが、わたしほど手ひどく殴られたりいたぶられたりした経験がないからだ。気力も体力も、もうすっからかんだった。しかも、すっからかんになってなお、わたしは一時間もいたぶられつづけたのである。

眠っているあいだに、夢を見た。夢を見たのは、目覚めるまぎわだったと思う。わたしはいつもの書架にもどっていた。書棚から一冊の本を取りだして、開く。開くなり、ページのあいだからアラベラが飛びだしてきた。現実の世界では、アラベラの詩集はみな薄かったが、これは部厚くて重い本だった。夢の中で、手にずしりとかかるあの重さは、いまもはっきり憶えている。と、アラベラがいきなり、わたしにキスしてきた。気がつくと、わたしたちは波打ち際にいた。小さな波が打ちよせてきては、ふたりの足を洗っていく。海水は温かい。とても心地よく、温かい。わたしはアラベラを抱きしめた。アラベラもまた温かかった。

そこでわたしは手を伸ばし、もういちどアラベラの本を取って、また開いた。アラベラがあとずさり、本の中へ帰っていく。すかさず、パタンと閉じた。本はヤシの樹々のあいだにならんでいた——と思う。そう、翳(かげ)の中に。

別の本を取りだし、開いてみた。今回、出てきたのはコレットだった。コレットはなにかいったが、もう憶えていない。目が覚めたときには忘れていたのである。本に押し返そうとしたものの、コレットが両腕と両脚を本の縁から外に突きだし、頑強に抵抗するので、本を閉じようにも閉じられない。

目が覚めたのはそのときだった。

わたしが閉じこめられた小部屋は依然として真っ暗だった。この部屋に入れられたときも真っ暗だったので、わたしは寝台から起きあがり、ドアを見つけて、その横の壁を手さぐりした。スイッチがあったが、手を触れても照明は灯らなかった。やむなく、寝台にもどって腰をおろし、しばらく耳をすました。ほどなく、屋外に吹く風の音が聞こえるようになった。ごくかすかな音ながら、それでも聞こえている。二度、冷蔵庫の発するうなりのような音が聞こえた。音は二度とも、三十秒ほどつづいたが、そこで止まり、あとはいつまでたっても聞こえなかった。

あまりにも音がないことから、いまは真夜中をまわったころだと見当をつけた。ペインとフィッシュはとうに部署へもどって退署してしまったか、警察官がやるべきことをしているだろう。いまごろは妻とベッドに入り、ぐっすり眠りこんでいるのかもしれない。おそらく、妻たちに、きょうはハードな一日だったとでも話したりしたのだろう。

そしてふたりとも、わたしがドアを破れるはずもなく、壁も壊せないと思いこんでいるにちがいない。あれだけ打擲（ちょうちゃく）を受けたあとだから、わたしが寝台に横たわったまま、ずっとうなっている——そう思っていることだろう。

脱出するなら、屋外に面する壁を壊すのがてっとりばやい。しかし、ちょっと試してみて、これは手に負えないと判断した。どうやら硬質コンクリート（ネオクリート）でできているようだ。いっぽう、寝台の向かい側にある隣室との仕切り壁は、蹴ってみたところ、はじめこそ岩のように硬く感じられたが、五度めに蹴ったとき、たわむのがわかった。ほどなく、蹴りつけるたびに、壁から割れるような音が響きはじめた。蹴った部分を手さぐりすると、脆くなった部分からざらつく小塊が剝がれ落ち、ぼろぼろと床にこぼれ落ちていった。

壁の中には金網のようなものが埋めこまれていた。いちばんたいへんなのは、この金網をひっぺがすことだった。樹脂木の支柱に、ステープルでがっちりと留めてあったからである。やっとのことで剝がしおえたときには、指先が血まみれになっていた。ともあれ、金網さえはずしてしまえば、隣室側の壁を蹴り崩すのはたやすく、せいぜい三十秒ほどで、人が通り抜けられるだけの穴があいた。

隣室もやはり真っ暗だったが、こちらでも手さぐりでスイッチを探りあてた。指で触れたとたん、照明がついた。こちらはふつうの寝室だった。窓がふたつにベッドがふたつ、机とドレッサーがひとつずつ。室内をあされば、なにか役にたつものが手に入っただろう。だが、そうはしなかった。早く屋外へ出て、この家から離れたかったのである——ボットが巡回にくるか、へたを打って警報を鳴らしてしまう前に。

ドアの外に出て短い廊下を通り、キッチンに入る。キッチンには裏口があった。すばやくそこから出て、家をまわりこみ、道路に出て歩きだした。

10 バスの旅

ひとまず、いわせてもらおう。外に出た時点で自分の行き先はわかっていたが、どうしてそこへいくのかはわからなかった。目的地はバス・ターミナルだ。歩いていく途中、やっとその理由に思いいたった。わたしにできることはふたつしかない。ひとつは図書館にもどり、自分がいかにひどいあつかいを受けたかを館長に報告すること。その後の展開は想像がつく。警察はほぼ確実に、別の職員を差し向けてきて、わたしをまた借り出そうとする。おそらく、つぎは女だ。警官と名乗る可能性もあるが、たぶん名乗りはしないだろう。いずれにしても、わたしはその女に同行せざるをえない。前ほどひどい目には遭わずにすむかもしれないが、もっとひどい目に遭わされる可能性もある。

もうひとつは、返却期限を過ぎても帰らず、単独で行動し、コレットの所在を探しあて、解放する努力をすることである。そう考えただけで、歩みはいっそう速くなった。わたしの見るところ、第二の選択肢はデメリットが大きい反面、メリットも大きい。まずデメリットからあげていこう。

第一に、殺される恐れがあること。殺人はもっとも深刻な犯罪であり、殺人を犯す連中はよほど自暴自棄になっているか、よほどいかれているかのどちらかだ。もっとも、わたしを殺しても殺人罪にはならない。むしろ器物損壊罪だろう。犯人たちはわたしの賠償をせねばならないが、状況によっては、そこまでいかないかもしれない。しかし、だからといって、わたしにはなんのプラスにもならない。結局わたしは死んでしまうのだから。

第二に、こちらのほうがいっそう深刻なデメリットなのだが——うかつなまねをすれば、コレットが殺されてしまうかもしれないことだ。かつて本物のわたしが、カフェではなく、コーヒーを飲みながらミステリを書いていた当時は、攫った者を誘拐犯が殺すケースが間々あった。胸の悪くなる話ではあるものの、理屈はわかる。攫われた者は、そのころにはもう、犯人たちのことをけっこう知っている可能性が高い。誘拐した以上、犯人たちはコレットをいっしょに連れていかざるをえず、そうするとコレットは、機会をとらえるたびに、助けを求めようとするだろう。だから犯人たちは、コレットの口を封じようとする。

最後のデメリットは、二番めほど深刻ではない。すなわち、わたしが目的を達成できないかもしれないということである。たとえつかまらずとも、大しくじりをしでかし、すべてをだいなしにしてしまったとしよう。その場合には、自分がどうしようもなく無能に思えて、おそらくは落ちこみを克服できない。残りの一生を、わたしは自分に不信感を持って過ごすだろうし、自分自身を憎む可能性すらある。いまにいたるまで、ここ一番で失敗したことはない。といって、ここ一番で成功したこともやはりない。石橋をたたいて渡る性格のせいもあろうが、本音をいえば、そもそも、ここ一番のチャンスにめぐりあったことがないのだ。

とにもかくにも、のるかそるかのヒーロー・タイム、ここにきたれり。

こんどはプラス面に移ろう。注意深くこれを読んでいれば、すでにあなたにもプラス面の第一には見当がついていることと思う。すなわち、成功すればおおいに自信がつく。これである。たしかに、成功したあとでも複生体（リクローン）のままではあるわけだが、自分があらゆる点で、オリジナルと同等に優秀であることは裏づけられる。もしかすると、もっと優秀だとわかるかもしれない。

第二に、コレットの身の安全が確保されること。二番めに持ってきたが、これはなにより優先されなくてはならない大目的である。コレットはわたしが人間未満であり、自分はそうではないと思っているかもしれない。それでも、わたしたちは友人同士だった。コレットとわたし、あの美しい純正な人間とリクローンは友人同士だった。彼女はリクローンを友人としてあつかってくれた。なんといっても、純正な人間はネコやイヌとも友だちになれるのだ。そうだろう？　じっさい、わたしはネコみたいなものだった。エサだって与えてもらったし、世話もしてもらった。あるときなど、わたしを抱きしめ、わたしがいかに優秀か、わたしを借り出せていかにうれしいかを語ってくれたこともある。いまは『長靴を履いた猫』の時間であり、コレットは猫の飼い主、カラバス侯爵の役どころだ。コレットによる評価の半分もわたしが優秀なら、きっと目的を達せられるだろう。

第三は、ペインとフィッシュを振りきれること。あの連中は、道のどこかで落っことした財布を、明るくてよく見えるからと、街灯の下だけで探している酔っぱらいのようなものでしかない。コレットはオーエンブライトで攫われた。あのふたりは、スパイス・グローヴの警察官だから、オーエンブライトでは捜査できない。あのふたりにできるのは、コレットがなんらかの事情でスパイス・グローヴにいることをあてにして所轄内を捜査しつづけるか、オーエンブライトの警察が事件を解決するための手がかりを見つけてやることにかぎられる。わたしの見解はといえば、コレットはやはり、オーエンブライトにいる可能性が高いと思う。いや——待てよ？　ここでわたしは、いきなり天啓に打たれた。それも、うんと強烈にだ。

　コレットはニュー・デルファイにいる！

　そうにちがいない！

バス・ターミナルにいかなければ、と無意識に急きたてられていたのもむりはない。

　要するに、こういうことである。この事件のキモはなにか？　コレットの父親がどこからともなく用立てた巨額の運転資金だ。いったい、いつ、どこからその資金を調達したのか？調達先はおそらく、ニュー・デルファイだろう。郊外に大きな屋敷を買って移り住む前に、父親とその家族が住んでいたのは、あそこの市街地だったのだから。あの屋敷があるのも、街中でこそないが、ニュー・デルファイではある。それに、悪党どもが最初に現われたのはどこだった？　ニュー・デルファイのあの屋敷じゃないか！　悪党どもはそこでコレットの兄を殺害したのだから（と、このくだりを書いたときにはそう考えていた）。あの謎めいた四階の部屋があったのはどこだった？　やはりあの屋敷、郊外に建つコールドブルック家の大きな屋敷だ——そう、ニュー・デルファイ郊外の！

いる。

となれば、コレットはいまどこかに決まっている。

そのころにはもう、バス・ターミナルが見えていた。当然ながら、わたしは足を速めた。ターミナルに着いて最初にしたことは、つぎにニュー・デルファイ方面へ発つバス便の発車時刻を調べることだった。壁にはシーツの三倍はあろうかという大型スクリーンがかかっていて、時刻表が表示されており、スクリーンのそばには、客の問い合わせに応えるために、ボットが一台控えていた。そのボットにたずねる。ニュー・デルファイへいきたいのですが、乗りたいのは、かならずしもつぎのバスではなくてですね、いちばん早く現地へ着けるバスなのですが――。

「つぎに発車するバスがもっとも早く着くバスになります。五時に発車する109号車です。正確には、いまから二時間三十四分後の発車となります。ご希望でしたら喜んでチケットを発券しますが」

値段はいくらです、いい席を予約できますかと、ひととおりの質問をした。値段はかなり高く、席の予約はできなくて、先着順とのことだった。発車は五時きっかり。どんな人物であろうと、いかなる理由があろうと、発車に間にあわなければ置いていくという。そのほか、いろいろと聞かされた注意事項のなかには、発車時間がくる前に、余裕をもって洗面所へ、というものも含まれていた。洗面所へは、チケットを入手ししだい、すぐさま赴いた。そうせざるをえなかったのだ。さんざんに殴られて顔が腫れていたうえ、左目の下が切れていたからである。服も惨憺たるありさまだった。洗面所では、できるだけ見苦しくないように、なりをととのえようとしたものの、たいしてましにはならなかった。

あとは、待った。ターミナル舎にはあちこちにスクリーンが設置されていて、ムービーを流していたが、ほとんどはきわめていかがわしい内容だった。しばらくのあいだ、ひとつを眺めた。興味を引いたのは最初のうちだけだった。ある場面では、ひとりの男が女をじっとさせていられるときにできる行為をいろいろとやらかしていた。別の場面では、三人の女がひとりの男にできる行為をやっていた（結果は推して知るべしだ）。女ふたりに、男三人のパターンもあったが、これは始まる前から、予想どおりの展開となった。見ているうちに、この出演者はリクローンなのだろうかという疑問を持ち、以後はそこに注意して見るようになった。出した結論は、〝女はリクローンだが、男はそうではない〟。ほんとうのところは不明で、これはわたしの推測にすぎない。ただ、女たちのふるまいのなにかと、女たちとは異なる男たちのふるまいのなにかに、そう思わせるものがあり、それ以後は見るのをやめてしまった。

眠りこみはしなかったと思う。せいぜい、うつらうつらしていた程度だ。だが、たいして待った気はしないのに、早くも腕時計が五時に迫ったことを知らせた。女性運転手が構内を歩いてまわり、うとうとしていた客たちの肩をゆすって、もう１０９号車に乗る時間ですよ、と告げてまわっている。わたしは立ちあがり、あくびをしてから、いい席を確保するべく、急ぎ足でバスに向かった。すでに一団の乗客が乗りこみはじめていたことでもある。

都合よく話を作っているといわれそうだが、以下はまごうかたなき事実と思ってほしい。すなわち、とにもかくにも、いちばんいい席を確保できたのだ。場所は運転席のまうしろの、ひとり用の座席だった。そこを確保できたのは、ひとり用の席であったからにちがいない。わたしより前に乗りこんでいた十人ないし十五人ほどの客は、大半がカップルか家族連れで、そうではないらしい三人も、連れだって旅しているグループのようだった。三人はなにかのセールス・チームらしいが、なにを売っているのかは知りようがない。

それから一、二分ほど、わたしは席にすわったまま、腕時計の盤面と、ダッシュボードで刻々と移り変わっていく数字とを頻繁に見比べていた。どちらの表示も、時刻が五時に達し、五時をまわったことを示していたが、運転手はあいかわらず、バスの外で何人かと話をしている。五時を十二分過ぎたころ、ようやく運転手がバスに乗りこんできて、タービンを始動させた。

五時十五分になり、バスは地上五十センチほどに浮かびあがって、ゆっくり滑走しだした。動きだすと同時に、バスが周囲に大声でがなりだした。

「こちらは109号車、ラピッド・リヴァーズ、ハピガーデン、ニュー・デルファイ経由、キノアフィールド行き、発車します。乗車してください！　乗車してください！　乗り遅れますよー！」

この放送が聞きとれたのは、ドアがまだあいており、スピーカーが屋根の上にあったからである。

放送後、十人から十二人ほどが〝待ってくれ！〟と叫びながら、あわてて乗りこんできた。まだ這うほどの速度しか出ていなかったので、ターミナルを出る前に、ほとんどの客が乗ることができた。ここで、バスは道路にすこしだけ車体を突きだした格好で停止し——道路に出るには交通の流れが途切れるのを待たねばならない——その間に、最後のひと組が乗ってこようとしたが、見たところ、これが老夫婦で、とても乗れそうにない。やむなくわたしは、席を立って乗車口に歩みより、老女の手をとって引っぱってやった。うしろから夫がぐいと押しこむ。ふたりがかりで、どうにか乗せられた。夫までは知ったことじゃない。

この先を語る前にいっておこう。ほかの乗客たちを見た時点で、自分の服装の見苦しさは心配しないことにした。身ぎれいな客もいれば、見苦しい客もいるが、その身ぎれいな客でさえ、着ている服は安物だし、繕ってあったり継ぎあてだらけだったりで、廃棄されていて当然のものが多い。なかにひとり、わたしと同様、ペインとフィッシュにさんざん殴られたように見える客がいた。けんかでもしたのだろうか。あれが勝ったほうだとしたら、負けたほうはどうしようもなくボロボロになっているだろう。人口がぐっと減少したこの世界では、〝貧しい者はいない〟と標榜されているが、よくまあそんなことがいえるものだ。そういうたわごとをいう政治屋どもは、109号車に乗ったことがないにちがいない。

ふたりの友人ができたこと以外、このバスの旅については——この旅で見たこと、考えたことについては——多くを語るまい。そういうことは、お宝や悪党どもの手からコレットを助けだす件と関係ないからである。すくなくとも、大半については関係がない。バスは街をあとにし、はてしなくつづく空気の下り坂を滑走していった。バスが道路に出るさいには、交通の流れが途切れるまで、地上車やトラックが何台も通過していったが、それらに乗っているのは、基本的には早朝の出勤者で、一部には夜勤明けの者も混じっているようだった。夜勤の人間は、あちこちでつねに見かける。夜勤が好きな人間などいはしないが、週七日、毎日二十四時間体制を維持しなくてはならない職業は多い。たとえば消防署では、夜どおしスクリーンに目を光らせている必要がある。それはボットまかせでもいいが、こんどはそのボットの管理者が必要になる。徒歩、地上車、上空を飛ぶ飛揚車(ホバークラフト)などで夜間のパトロールを行なうのは警察の仕事だ。泥棒や強盗も夜間に仕事をする。ナースは夜どおし、ベッドからベッドをまわり、寝つけない患者に薬を服(の)ませたり、注射を打ったりしなくてはならない。途中、バスは終夜営業のデリの前を通りかかった。すでに開店している店も、開店の準備をはじめている店も、たくさん見かけた。

やがてバスは高速道路に乗った。バスが自動運転に移るのに合わせ、タービンがうなりを発し、車体が風切り音に包まれた。ぎっしり建ちならんでいた建物がどんどん小ぶりになり、建物同士の間隔も大きくなっていく。やがてほとんどの建物が戸建て住宅となり、常緑樹やバラの茂みが目だちだした。さすがにエアバスだけのことはある。十個のゴムタイヤで走る例の配送トラックよりもはるかに速く、はるかに乗り心地がいい。

わたしの背後では、客たちがそれぞれに話をしていたが、騒音というほどでもなかった。かなり近くの座席でだろう、男がひとり、小声でこんな歌を口ずさんでいた。

「女はいったい、どこいった？　おいらの知ったことじゃない。女はオロチ、女はオロカ。きょうはキスしておいらのベッドに、あしたはヒスっておいらをペットに。女はいったい、どこいった？」

大きな声ではなかったので、まわりもたいして迷惑というほどではなかったし、わたしはむしろ、この歌が気にいった。

しばらくして、アームレストのふたが開くことを発見した。ふたの下にはイヤホンがあり、それを引きだしたとたん、目の前の運転席との仕切りにドラマのクレジットが流れだした。それから一時間ほど、そこに映るドラマをあれこれ見て過ごした。おもに見たのは、とあるロマンティック・コメディーだった。主役の男女のうち、女は作家、男は編集者。ただし、どちらも仕事をしているふしがまったくない。見はじめたとたんに、オチの見当がついた。編集者がじつは男装の女、作家は女装の男だとたがいに告白しておわる。シェイクスピアがこんな話を書いていなかったか？　書いていないにせよ、いたも同然だ。シェイクスピアの戯曲に出てくる若い娘は、みんな男装しているのだから。

ドラマにあきると、車窓を流れゆく景色を眺めた。いま見えているのは、ひっそりとした林と、のどかな草地だった。古びた廃市もいくつか通りすぎた。道路ぎわには、ぼろを着て飢えているようすの子供たちがたたずみ、無言でバスを見つめていた。たまさか、なにかの作業をしているボットを見かけることがあったが、そうしょっちゅうではなかった。じきにわたしは寝入ってしまった。

正午のすこし前、ラピッド・リヴァーズで停車した。女性運転手がバスを降り、トイレに向かっていく。客に対しても、降りたい方はどうぞ外へ、とバスがうながした。食べものを買ったり、外で景色を眺めたり、ただ脚を伸ばすだけでも、ご自由にどうぞ。そういえば、ゆうべは食事をとっていない（リクローンを借り出して、その期間が翌日にまたがるとき、利用者はそれに食事を与えることが義務づけられている。たしかにそのとおりだ。しかし、それに関する文句は、ペインとフィッシュにいってくれ）。それに、明け方、バスの発車を待っていたときも、なにも食べないままだった。眠すぎて空腹に気づかなかったのだろう。あるいは、疲労困憊（こんぱい）していたからか、打ち身が痛かったからか。くそっ。殴られたところがまだ痛む。

いまは腹ぺこで倒れそうだった。コレットの形状記憶バッグから抜いてきた金には、まだ手をつけなくてもいいが、あの小男からもらった金はそろそろ尽きかけている。とはいえ、いまいったように、ひもじくてしかたがないし、自分を救出するためなら、むしろ積極的に自分の金を使ってほしいとコレットは思うだろう。それに、わたしを借り出していたあいだ、コレットはちゃんと食事をさせてくれた。本来はまだコレットの借出期間中だから、彼女の金を使っても問題はないはずだ。売店で購入したのは、ウサギ肉バーガーがひとつと、熱風（エア）フライヤーで揚げたピーマンの大袋だった。どちらもうわさには聞くが、食べたことのない料理だ。

このときのわたしほど腹がへっていれば、どんなものでも旨く感じただろう。それでも、食べているうちに、ウサギ肉バーガーは世間でもてはやされているほど旨いものではないと結論するにいたった。エアフライヤーで揚げたピーマンについては、いろいろな人間から、いろいろな評価を聞いている。旨いという者もいれば、まずいという者もいる。じっさいに食べてみて、うん、これはいいんじゃないか——と思ったとき、ふと、うしろの席にすわる女性のようすに気づいた。口を動かしている。ついで、唇をなめた。といっても、わたしがうしろをふりかえって見たわけではない。運転席とわたしの席を仕切る耐光パネルに女性の顔が映りこんでいたのである。

わたしは席にすわったまま、うしろの席に身をひねり、揚げピーマンの袋を差しだした。女性は目顔で謝意を伝えてほほえみ、何切れかピーマンを取った。礼をいったのはとなりの席にすわっている男のほうだった。

「すまんな。おれも分けてもらっていいか？」

どうぞと答えたので、男も何切れかを取った。中背で中年の男だった。横幅があるものの、太っては見えない。

「マハーラのことはゆるしてやってくれ。礼をいえたらいいうんだが、あいにく口がきけんのでな」

「それでも、謝意は充分に伝わってきていますよ」

なんと答えていいかわからなかったのだが、とにもかくにも、口をついて出てきたのは、そんな表現だった。わたしの場合、間々、こういうことが起きる。みんなと同じく気さくにしゃべりたいのに、どうしてもこんなふうに堅苦しくて、杓子定規なしゃべりかたになってしまうのだ。ふだんは図書館住まいが長いからと言いわけをしているのだが……。ともあれわたしは、露骨にはじろじろ見ないように気をつけながら、さりげなくふたりを観察した。わたしのいう意味はわかってもらえると思う。

男はいった。

「こっちのいうことはぜんぶわかるんだ。べつに意思の疎通ができないわけじゃない」

「筆談はできるのでしょうか」

「できるよ」男はほほえんだ。そのほほえみは、かつてどんな人間に対していだいたよりも申しわけない気持ちをわたしにいだかせた。「できることはできるが、ペンの持ちあわせがなくてな。紙もだ。いつもはタブレットを使ってるもんで……」

その先は尻すぼみに消えた。

なにかしてやれることがありそうに思えたが、このときにはもう、バスは道路に向かって動きだしていた。

「この路線のターミナルにどのようなものが置いてあるのか、つまびらかではありませんが、このつぎに停まったときには、彼女のためになにか確保できないか見てきましょう」

「揚げピーマンもかい?」

ほほえみながら、男は女に、自分が取ったピーマンを差しだした。女はひとつだけ取り、残りはそっと押し返した。

「わたしの理解しているところによれば、ニュー・デルファイに着くより前に、もうひとつターミナルがあります」

わたしは考えた。真剣に考えた。

男はうなずき、答えた。

「ハピガーデンだな。マハーラもおれも、いったことのない街だ」

「わたしも訪ねたことはありません。あなたがたの目的地はそこですか？」

男はかぶりをふった。

「ところで、おれの名前はフェーヴル。ジョルジュ・フェーヴルだ」男は綴りを口にした。Ｇｅｏｒｇｅｓ Ｆｅｖｒｅと綴るそうだ。「最後のｓは発音しない。ジョルジュと呼んでくれ」

「アーン・Ａ・スミス。わたしのことはなんとでもお好きなように呼んでください。握手をするのにやぶさかではありませんが、わたしの手は油で汚れていましてね」

「おれのもだよ」ジョルジュはピーマンを口に放りこんだ。「これについては、腹の底から――いや、心の底から感謝してる」

それからしばし、わたしたちは他愛ない話をした。ジョルジュにマハーラの綴りも教えてもらった。もっとも、そういったこまごましたことは、いちいちここに書きはしない。

ひとわたり話をすると、わたしは前に向きなおり、外の景色を眺めつつ、このつぎに揚げピーマンを買うさい、店にナプキンが置いてあったら、忘れずにもらうよう心にメモした。

前に向きなおった理由は、ジョルジュにはいろいろとききたいことがあったものの、それをきくのはぶしつけだとわかっていたからである。それに、ジョルジュのほうも、いろいろとききたいことがあるかもしれない。たとえば、こういう問いだ。あんたはどこへいくんだ？なぜそこへいきたい？　その顔はどうしたんだ、ミスター・スミス？

加えて、話をつづけていれば、じきにわたしがリクローンだと見破られるのではないかという不安もあった。図書館とて、リクローンに囚人服みたいな横縞のズボンやオレンジ色のシャツを着せているわけではないし、額に刺青を入れさせているわけでもない。そういったたぐいのことはいっさいしていない。それでも、たいていの人間には、相手がリクローンであることがすぐにわかるらしい。

その種の識別能力は、じつはこのわたしにもあった。

はじめてスパイス・グローヴ公共図書館へいったとき、図書館員、利用客、リクローンを、苦もなく識別できたのである。どういうわけか、見ただけでそれと区別がついた。そして、いますこし話をしただけでもわかったのだが、ジョルジュは文なしではあっても、けっして鈍い人間ではない。

だからわたしは、黙然と窓の外を眺めつづけた。ハピガーデンに到着したのは、それから二時間後——たぶん、もうすこし早かったと思う。そこでもまた同じことがくりかえされた。十五分ほど停車して、各自そのあいだに、したいことをすませるパターンである。わたしもバスを降りた。ジョルジュとマハーラもだ。ふたりは用を足したかったのだろう。わたしはターミナルにある土産物屋を物色し、小さなメモ帳と鉛筆を見つけた。それを買ったさい、売り子の女性が鉛筆を削れる場所を教えてくれた。電動の鉛筆削り器は、記憶にあるよりも小型で、ずっと処理が速かったが、基本的な仕組みは変わっていなかった。

バスにもどってみると、わたしの席に、くたびれた顔の男がすわっていた。最初は丁重な態度をとるのがいちばんいい、というのが日頃の方針である。必要とあらばいつでも強腰になれるが、その逆はむずかしいからだ。そこでわたしは、控えめに声をかけた。

「失礼、そこにはわたしがすわっていたのですが」

男は顔をあげようともせずに答えた。

「いまはおれがすわってんだよ」

「それは承知しています。ですから、この席を立って、さきほどまですわっていらした席にもどっていただけませんか。お願いします」

てっきり、なにか言い返すのかと思ったが、男は知らん顔で、まっすぐ前に顔を向けた。それによって、頭の右側を無防備にさらす格好になった。その瞬間、わたしは男の右の耳をつかみ、頭を思いきり窓にたたきつけた。耐光パネルがガラスより頑丈でなかったら、窓は割れていただろう。

男が通路側に顔を向けた。たぶん、立ちあがろうとしたのだろう。その鼻をめがけ、右のこぶしをたたきこむ。こんどは後頭部が窓に激突した。そこですかさず、両の親指で両目をついたが、男はもう悲鳴をあげもしなかった。前世でも今生でも、だれかを気絶させたのははじめてだ。それにしても、この男はあっけなさすぎる。そのあとで、男をわたしの席から引きずりだし、頭を五、六回、蹴りつけた。そうしたい気分だったからである。

気がすむと、男をバスの後部に引きずっていき、この男はどこにすわっていましたか、と客たちにたずねた。返ってきたのは、知らないという答えばかりだった。見まわしたところ、だれもすわっていない座席があったので、男をそこにすわらせた。ふりかえると、運転手が運転席の横に立っており、わたしを見つめていた。しかし、一拍おいて、もうけんか沙汰はおわった、自分が関与する意味はないと判断したのだろう、無言で運転席についた。バスがアナウンスした。

「109号車、五分後に発車します。109号車、五分後きっかりに発車します」

自分の席にもどったわたしは、マハーラにメモ帳と鉛筆をわたした。マハーラは一枚めの紙に大きな字でこう書き、わたしに見せた。

〝ありがとう！〟

こんどはジョルジュがいった。

「おれたちはニュー・デルファイで降りるんだ、アーン。あんたと別れるのはさびしいな」

「そう早く別れることにはなりませんよ」とわたしは答えた。「なぜなら、わたしもそこで降りるからです」

「ほんとうか？　そうか、そいつは今週になって聞いたなかで、いちばんいい知らせだ！　あんた、あそこに住んでるのかい？」

わたしはかぶりをふり、早くバスが発進すればいいがと思いながら、前に向きなおった。が、マハーラがうしろで小さく手を打った。

「おれたちもあそこに住んでるわけじゃないが。スパイス・グローヴより大きいらしいな。そう聞いてる」

うなずきたいところではあった。ふりかえり、いくつかジョルジュにたずねたい点もある。なかなかにつらいことではあったが、なんとかこらえた。

運転手にもひとつたずねたいことがある。しかし、運転席のうしろの仕切りには、バスの運転中、運転手に話しかけた者は、だれであれ下車させる旨が明記してあったので、きくにきけない。

ここで下車させられたほうが、じつは都合がよかったと気がついたのは、もはや手遅れになってからのことだった。もうすこし早く気がついていれば間にあったのだろうが——窓の外に目を向けたとき、付近の丘の上にコールドブルック家の大きな屋敷が見えたのである。だが、せっかく運命の女神が与えてくれた機会——バスを停車させる機会をひっつかむ前に、屋敷は早くも見えなくなってしまった。

とにもかくにも、立ちあがったとたん、運転手に釘を刺された。

「運転中は席を立たないでください」

わたしは苦々しい思いで席に腰を落とした。このバスのルールには欠陥がある。向こうはこちらに話しかけられるのに、こちらからは話しかけるのが禁じられているなんて、不公平じゃないか。そう思ううちに、さまざまなイメージがつぎつぎと頭をよぎりだした。廃墟の街々でぼろを着た子供たちのこと、老夫婦のこと、わたしの席を横どりしようとした、あのくたびれた顔の男のこと――。ふと顔をあげると、雨が窓をたたきはじめていた。

「まずいな」

うしろでジョルジュがつぶやいた。窓ぎわのマハーラごしに、雨に濡れる窓を見て、そうつぶやいたにちがいない。

マハーラの鏡像がうなずくのが見えた。わたしはふたりにふりかえった。

「わたしにも雨の備えがありません。ごぞんじでないとは思いますが、念のためにおたずねします。ニュー・デルファイの公共交通機関にはくわしくないでしょうね」

「まるっきり不案内だよ。ただ……」

わたしは待った。

「……宿泊所が――貧窮者を受けいれる宿泊所がある。すくなくとも、そう聞いてる」

マハーラがジョルジュの腕をつかみ、ぐっと握った。

「おれたちは、そこへはいかんよ。いけない理由があるんだ」ジョルジュはことばを切り、咳ばらいをした。「あんたにはわけを話してもいいが……しかし、人前ではちょっとな」

声をひそめている。

「それなら、いわなければよろしい」

「その話をしてくれたやつによるとだな、宿泊所の連中、ときどきワゴン車をターミナルへ差し向けてくるそうだ。あんた、対面電話(eフォン)は持ってるだろう?」

かぶりをふった。

「まさか、持っていない人間がいたとはな」

「そういうからには、あなたはご自分のものを持っているのですね。それとも、マハーラのものを借りるのでしょうか」

「マハーラはしゃべれんよ」

わたしは肩をすくめた。

「手話で話しかけて、映像で相手の反応を見ればすむことではありませんか」

ジョルジュはしばし黙りこみ、ややあって声をひそめた。

「どうしてマハーラに手話ができるとわかった?」

「知っていたわけではありません。が、彼女は知的なようですし、しゃべれないとなれば、想像はつきます」

「もっと小さな声でたのむ」

わたしはうなずいた。

ジョルジュはささやき声でつづけた。

「あんた、ニュー・デルファイで身を寄せる場所はあるのか、アーン?」

わたしはそれほど計画性があるほうではないと思う。たしかに、ホテルの部屋を取るのはむずかしいだろう、という程度のことは思っていた。しかし、ジョルジュのことばを聞いて、そんなのは考えるも愚かなことだと気づき、その線はばっさり切り捨てた。それから何秒か、人生でかつてないほど速く頭をめぐらしたのち――わたしはいった。

「あなた、運転はできますか、ジョルジュ？」

「できる」ジョルジュは札入れを取りだすと、歪んだ笑みを浮かべてわたしに差しだした。「中を見てくれ、アーン。免許証を見てみるといい。ただし、札入れの中にすこしでも金が見つかったら、おれと山分けだぞ」

もちろん、金などは入っていなかった。免許証には、ジョルジュの写真と網膜スキャン・データがついていて、あと二十週は有効であることがわかった。札入れをジョルジュに返す。

「ニュー・デルファイに着いたら職探しをするつもりだったんだ」とジョルジュはいった。「運転ならできる。だから、タクシーの運転手はどうかな、と思ってる。ぜんぶがぜんぶ、自己プログラムのタクシーばかりとはいかんからな」

そのとき、わたしがなにか返事をしたとは思わない。考えに没頭していたからである。

ジョルジュがつづけた。

「ときどき、荷物の出し入れを手伝ってくれる運転手が重宝されることもある。でなければ、リムジンを運転してもいい」

「それには事業用の免許が必要になるのではありませんか？」

「人手が足りていなければ、進んで目こぼししてくれるかもしれんし、取得の手伝いをしてくれるかもしれん」

「例の宿泊所にいくのではないといいましたね？」

ジョルジュはかぶりをふった。いかないという意味だ。

「その場合、夜はどこで明かすつもりです？」

「バス・ターミナルだな。バス会社がゆるしてくれるなら」

わたしはマハーラにたずねた。

「あなた、料理はできますか？」

驚いた顔をしながらも、マハーラはうなずいた。

バスは高速を降り、広い道路に出た。道路の両脇にはオフィスビルや店舗が建ちならんでいる。雨足が強まり、バスの屋根を打つ音が響きだした。

「食事と眠る場所は提供できると思います」わたしはいった。「それはまかせてください。あなたがたふたりに対して、そのほかにも、できるだけのことをさせてもらいましょう——わたしの頼みをきいてくれるのでしたら、ですが。いかがです？」

「天に祈りが通じたと見えるな」ジョルジュは心からの笑みを浮かべた。「マハーラも同じ思いだよ」

ターミナルに到着すると、当面、することがなさそうなボットを見つけた。そのボットに、宿泊所に連絡してワゴン車を借りたいのですが、スクリーンを使わせてもらえませんか、とたずねた。

「ニュー・デルファイ貧窮者宿泊所にワゴン車を借りるということですか？　それでしたら、

もうここに向かっています。表に出て、雨よけの下でお待ちください」

「だれかがもう、スクリーンをしたと?」

わたしは驚いた。驚きは声にも出たらしく、ボットはこう答えた。

「バス便が到着するたびに、ワゴン車がやってくるのです。必要としている方たちがつねにおられますから」

わたしは雨よけの下にいって立った。五分ほどして、ジョルジュとマハーラも合流した。マハーラはメモ帳に、〝わたし、追いはらわれちゃう〟と書いていた。わたしはそれを読み、そうはならないようにうまくやりますよ、と答えた。

ジョルジュが小声でいった。

「今夜はあんたも、おれたちとターミナルで過ごすものとばかり思ってたんだが……」

雨音にかき消されそうなほど小さな声だった。

わたしはかぶりをふって、

「あなたがたに約束したでしょう、宿泊するのにもっといい場所を提供すると。食事もです。約束はまもりますよ。ただし、そのまえに、ワゴン車の運転手と話をつけねばなりません。わたしを信用してください」

ジョルジュはなにもいわなかった。なんと答えていいのか迷っているようだった。しかしマハーラは、メモ帳に〝信用する〟と書いた。わたしはうなずいて、マハーラに形ばかりの笑みを浮かべてみせた。そのあいだ、ずっと考えていた。ワゴン車は自己プログラミング型だろうか、それともボットの運転手が乗っているんだろうか。

　車に乗ってきたのは人間の運転手だった。しかも、ジョルジュに負けず劣らず、あらゆる点で貧しそうに見えた。これならいけそうだと思って、わたしはほっとした。ジョルジュとマハーラには、その場に立っているようにと手ぶりで指示し、自分は助手席に乗りこんで、ほほえみを浮かべつつ、運転手にこうたずねた。

「この車、宿泊所へいくのでしょうか」

　運転手は答えた。

「ニュー・デルファイ貧窮者宿泊所へな。ただ、あそこはもう満杯だ」そこでためらって、「女は特別に泊めてくれるかもしれないが。なんともいえない」

「満員なのに迎えにきたとは、驚きです」

「年寄りと子供は別なのさ。年寄りと子供だけは連れていくことになってるんだよ」

「あなたは宿泊所の職員ですか？」返事がないので、質問を変えた。「あなたは宿泊所から手当てをもらっていますか？」

「あんたにゃ関係ないだろ」

　運転手はわずらわしげな声を出した。

「ところが、あるのです」わたしはズボンのポケットに手をつっこんだ。「手当てはいくらもらっていますか？」

「なんでそんなこときく」

「教えてくださらないのでしたら、推測するほかはありませんね。あなたはいま、宿泊所に寝泊まりしている。そして宿泊所の運転手を務めると申し出た。免許を持っているからです。今夜は送迎を買って出て、了承された――そういうことでしょう。宿泊所の運転手を務めるかわりに、寝泊まりさせてもらい、食事も与えられて、おそらくは多少の衣類も貸与されている」

つかのま、運転手はわたしを見つめた。

「そこまでわかるのか？」

「わかりますとも。なぜならわたしは、この何年間か、類似の境遇で生きてきたからです」ここで、ズボンのポケットにふたつ折りにしてつっこんでおいたコレットの金を取りだし、二十五枚を抜いた。「わたしたちをある場所まで連れていってくださるのでしたら、これを差しあげましょう」

運転手は唇をなめた。

「どこだ、それは？」

「コールドブルック家の屋敷です。経路までは説明できませんが、このバンにはナビがあるでしょう？」

運転手はうなずき、とあるボタンを押した。

「コールドブルック家」それから、わたしを見つめて、「一軒家だな？　集合住宅じゃないよな？」

「そのとおり」

ここでようやく、ジョルジュとマハーラに対し、乗ってくるようにと合図した。

屋敷へ向かう車中、わたしは懸命に考えをめぐらして、計画を練った。どのみち、窓外に景色が見えるわけでもない。道路の脇から先は雨に閉ざされている。ジョルジュを、またはマハーラを、あるいは両方を、あまり長くじろじろと見ていたら、ジョルジュはきっと怒るだろう。おそらく、マハーラもだ。それでもわたしは、折にふれて、ふたりのようすを観察した。ふたりはずっと手を握ったままだった。あるとき、顔を見交わして――たがいの目を見つめあった。いまだかつて、自分が立てた計画がうまくいった例はない。あれもやろう、これもやろうと思いはするのだが、状況は絶えず変化して、なにもできずにおわってしまう。たぶん、すこし眠っておくべきだったのだろう。そのほうが生産的だったと思う。

長いドライブだった。枝々から雨水がしたたる樹々の列のあいだを通り、屋敷へ向かっていく。やがて道は屋敷の敷地に到達して、ふたまたに分かれた。いっぽうはループしており、いっぽうはまっすぐガレージに向かっている。車はループに進入し、表玄関の前で停まった。そこでわたしたち三人は降り、わたしは約束どおり、運転手に二十五枚の札をわたした。

マハーラがメモ帳を見せた。

〝あなたの家？〟

わたしはかぶりをふった。

「とにかく、雨に降られないところへいきましょう」

目の前には、網戸で被われた、小さな階段つきのポーチがあった。そそりたつこの屋敷にくらべて、ばかばかしいほどに小さな玄関口だ。庇の下に入って雨から逃れると、わたしはふたりにいった。

「わたしはこの屋敷を所有してもいませんし、住んでもいません。この家はわたしの友人の持ち家なのです。しかしわたしはこのドアのカードキーを持っています。二、三日、ここにいさせてもらっても、友人はいやな顔をしないでしょう。そして、ここに滞在し、あたりをよく見まわして——見るべきものをすべて観察すれば——彼女の身になにが起こったのかがわかるかもしれません。それから、街へもいかねばならないかもしれませんね」

ジョルジュがいった。

「ほんとうに、おれたちが入っても、その友人は気にしないのか?」

「あなたがたがわたしの手助けをしてくれたと聞いたら、けっして気になどはしませんよ」

わたしはしばし、その場にたたずみ、ガレージにある地上車のこと、屋敷内のあちこちには盗聴器が仕掛けてあるかもしれないこと、そのほか、いくつものことをあれこれと考えた。

「街へいく必要が生じたときは、あなたに運転してもらわねばならないでしょう」

コレットの形状記憶バッグから抜いてきたカードキーは、上着の胸ポケットに入れてある。そのカードを取りだし、玄関ドアの前で振った。ドアは音もなく、外側に開いた。

しかし、屋敷に入ったわたしの耳に飛びこんできたのは、なんとコレットの話し声だった。

そして、彼女の悲鳴も——。

11　寂寥（じゃくりょう）の館が雨に濡れる

むろん、わたしたちは屋敷の中を探してまわった。三人、固まったままでだ。マハーラは分かれて調べにいこうと提案したが、ひとりでいかせると、そのまま消えてしまい、二度と帰ってこないような、不吉な予感をおぼえたのである。おそらく、ジョルジュも同じように感じたのだろう、わたしと同意見で、三人そろっていたほうがいいと何度も説得した。結局、終始三人、まとまって行動することになり、まずは一階を調べ、二階、三階と見てまわった。

四階の状況は前に見たとおりで、ドアのうちのふたつは閉じられていた。どちらもわたしのカードではあかないはずだ。コンラッド・シニアの実験室であった部屋のドアは依然としてあけっぱなしになっていたが、予想どおり、ほかのふたつはしっかりと鍵がかかっていて、どちらも開こうとはしなかった。わたしは片方のドアを蹴りつけ、強引にあけようと試みた。硬質コンクリート（ネオクリート）の壁を蹴ったような手ごたえだった（どうしてわかったかというと、昨夜、じっさいにネオクリートの壁を蹴りつけたからである）。こんどはジョルジュといっしょに、カウント・スリーで肩からぶつかってみた。やはり、あかない。当然ながら、ジョルジュがこのドアの向こうにはなにがあるんだとたずねたので、さっぱりわからない、と答えざるをえなかった。

もうひとつのドアも試してみたが、こちらもやはりビクともしなかった。銀行の大金庫の扉を破るほうがまだましなくらいだ。ドアは一見、樹脂木製のようだったが、じっさいには、はるかに強靭な素材でできていた。おそらく鋼鉄製だろう。

わたしたちは階下のラウンジへいき、いったん腰をおろした。このころにはもう、みんなへとへとになっていた。自分が倒れそうなほど疲れきっているのがわかる。マハーラが靴を脱いだ。ややあって、ジョルジュがいった。

「この屋敷でなにがあったのかはわかりきってる。おれたちが入ってきたとき、中の連中は物音を聞きつけた。それで悲鳴をあげたんだ、あんたがいっていたあの女が――」

「コレット・コールドブルックです」

「こりゃどうも。とにかく女が悲鳴をあげた。女をここに連れてきたのが何者であれ、その何者かは大急ぎで女を裏口から連れだした。ここは大きな屋敷だ。屋敷の反対側で地上車が発進しても聞こえはせん。ガレージは母屋から離れたところにあるといったな」

わたしはうなずいた。

「なら、連中の地上車は裏手にでもあったんだろう。ガレージの中かガレージの前あたりに。飛翔機（フリッター）もあるといってなかったか？」

わたしは椅子に深々と身を沈めた。

「いいました。前にこの屋敷へきたときには、格納庫内に二機。コレットとわたしは彼女のフリッターでここにきたのです。ほかの二機は、父親と兄のものであったと思われます」

「この一家に三機もフリッターがあるのなら、発着場もあるはずだぞ」

わたしはふたたびうなずいた。

「ええ。ありました」

「すると、その女を連れてきたやつは、何者であれ、フリッターを持っていたのかもしれん。フリッターは女のものかもしれんし、連れてきたやつらのものかもしれんな。フリッターで飛んで逃げたとしたら、そいつらは真夜中をまわらないうちに、アフアジアまでもいってるだろうよ」

ここでマハーラが、メモ帳に書いた文字を見せた。

〝格納庫には？〟

わたしが見たのを確認して、マハーラはジョルジュにそれを見せた。

わたしはいった。

「彼女のいうとおりです。まだ格納庫に隠れているのかもしれません。でなければ、納屋かほかの付属施設のどれかに。格納庫のほかに、納屋と温室があることまでは知っています。いまあなたがいったように、ガレージもあります。そのいずれかに隠れていてもおかしくはありません」

ジョルジュは頑（かたくな）な口調で答えた。

「ああ、おかしくはないさ。それでもおれは、連中が飛んでいったと思う」

「もしもそうであれば、わたしたちには発見のしようがないわけですが……。しかし、まだ飛び去っていないのだとしたら、発見できる可能性はあります。このさいですから、わたしひとりで探しにいってきましょう。まずは、納屋を見てみます。あなたがたはここに残っていてもけっこう。ここにいれば濡れずにすみますから」

「おれとしては、ここに残るのはかまわんが、四階の鉄のドアのどっちかをこじあけたいね。例の実験室とやらにバールでも見つかれば、それでこじあけてやる」

「気持ちは同じですよ。しかし、こじあけるのは、あなただけの力では無理かもしれません。そうですね……やはり、いっしょにきていただけますか。先に格納庫ほかをひととおり見ておきましょう。それがすんだら、ここにもどってきて、ドアをこじあけるのを手伝います」

「外をまわるのは、あとまわしにしたいところではあるが。本音をいうと、すわっていたい。いや、横になりたい。しかし、ほうっておくと、あんた、人さらいの集団のまっただなかに単身で乗りこんでいきそうな勢いだからな。そんなまねをしたら、ずたずたにされちまう。しかたない、おれもつきあおう」

外はまだ土砂降りの雨が降っていた。ジョルジュとわたしは裏口から外へ駆けだしたが、そのとたん、行く手をなにかがさえぎっているのに気づき、たたらを踏んで立ちどまった。地上車だった。雨の中、屋敷の裏口のすぐそばに駐めてあったのである。ドアをあけようとしたが、ロックされていた。どのドアもだ。ここでジョルジュに、どれかひとつでもドアをロックしさえすれば、ぜんぶのドアが自動的にロックされるのだ、と教わった。マハーラが追いついてきたのはそのときである。屋敷の中に残るものだとばかり思っていたが、彼女もわたしと同じことが気になったらしい。

納屋にたどりつくころには、三人とも、ずぶ濡れになっていた。中に飛びこんだとたん、さっきの地上車のときと同様、またもやたたらを踏むはめになった。ただし、今回ぶつかりそうになったのは、地上車とは異なり、そこにあると予想していてしかるべきものだった。愚か者と呼んでほしい。なにしろ、すっかりこれの存在を忘れていたのだから。愚か者とは呼ばないでくれるにしても、〝予想していてしかるべきだった〟点には微塵も変わりがない。

納屋の中には、五台のボットがいたのである。土で汚れた庭師ボットが四台に、光沢のある小柄なメイド・ボットが一台だ。メイド・ボットは白いレースのメイド・キャップをかぶり、レースのエプロンをつけていた。

「お召物がひどく濡れていらっしゃいますね」メイド・ボットがわたしにいった。「上着をお預かりすることをおゆるしくださいませ」

わたしはかぶりをふった。

「ここで干しておかれてはいかがかとぞんじます。この建物はあたたかく、湿度も低くて、馬に最適の条件が維持されております。当家のご家族が馬を所有しておられた当時の名残でございます。上着が乾きましたら、お返しいたします」

「いまはけっこう。それよりも、屋敷に侵入者が入りこんでいましたが、気づきましたか？気づいていたボットはいましたか？」

五台とも、ノーと答えた。

「この屋敷の主人の女性、コレット・コールドブルックも屋敷の中にいましたが。それには気づいていたはずですね」

メイド・ボットが答えた。

「わたくしは気づいておりました」

「侵入者たちとコレットは立ち去りました」わたしはいった。「あなたはハウスメイドなのでしょう？　納屋の中などでなにをしているのです？」

「ご主人さまから、呼ばれるまでここに待機しているようにと申しつかりましたので」

もちろん、それはなぜですかとたずねた。返ってきたのは、〝わかりません〟という答えだった。

「われわれはあなたの主人の客であり、なるべく早く彼女と連絡を取りたいと願っています。そのことに留意しておいてください。あなたがた全員がです。いいですね？」

庭師ボットたちは〝イエス〟と答えた。

メイド・ボットも同様で、

「かしこまりました」と答えた。

このメイド・ボットが一般的なボットよりも口がまわることに気がついたのは、ようやくここにいたってからのことである。ボットの場合、口がまわるということは、知能の高さを意味する。

わたしはいった。

「侵入者たちは、あなたがたの主人を屋敷から強引に連れだしました。しかし、屋敷に付属する建物のどれかに隠れている可能性も、ごくわずかながらあります。そこで、あなたがた四台に命令します——」いいながら、庭師ボットたちを指さして、「屋敷を除く、すべての付属建築物を調べてきなさい。わたしたちは屋敷にいます。侵入者か、あなたがたの主人、またはその両方を発見した場合、ただちに警察へスクリーンするように。そののち、屋敷にきてわたしたちに報告なさい。発見できないときは、この納屋に帰ってきてもかまいません。わかりましたか？」

この指示はなかなか理解してもらえず、何度も説明を余儀なくされたが、そこについては割愛しよう。やっとのことで庭師ボットたちが指示を理解すると、わたしはつぎに、メイド・ボットに向きなおり、ついてくるようにと指示した。

豪雨の中を駆けぬけて、裏口から屋敷に飛びこむ。飛びこんですぐに、メイド・ボットが申し出た。簡単なお夕食をお作りしましょうか？　この時点では、ボットにききたいこともいろいろと増えていたのだが、ひどく疲れていたし、おまけに濡れねずみで、腹もぺこぺこだったので、温かい夕食の誘惑に抗しきれなかった。わたしはボットに〝お願いします〟と答え、料理ができしだい声をかけてくれるようにとたのんだ。

「なお、わたくしはシェフではございません。わたくしの能力不足をご寛恕(かんじょ)いただけますとありがたいのですが。わたくしのソフトウェアは、簡単なお食事をお作りすることしか許容しませんのです」

「スープとサンドイッチは？」

「お作りできます。何種類かのサラダと簡単なデザートもです。お屋敷には、必要な食材がひととおりそろっておりましたかと。このようなメニューでよろしゅうございますか？」

マハーラがうなずきつつ、ジョルジュの腕をつかんだ。ジョルジュがいった。

「それでいい。おれたちふたりはな」

ボットと別れ、三人でサンルームに入るとともに、ジョルジュがたずねた。

「さて、どうする？　上の階にいって、例の鍵のかかったドアを破るか？」

わたしはかぶりをふり、いちばん大きなテーブルのまわりに置いてあった椅子の一脚に、どすんと腰をおろした。

マハーラが物問い顔をわたしに向ける。

わたしはふたりに、テーブルのそばまできてすわるよう、身ぶりでうながした。

「今夜、あの鋼鉄のドアのどれかをこじあけられる可能性は、せいぜい五十にひとつというところでしょう。あけられたとして、侵入者たちがその中にいる可能性は、二十にひとつ。それに……」

見ると、マハーラがメモ帳に文字を書きつけていた。わたしは口をつぐんで、彼女が書きおえるのを待った。やがてこちらに向けられたメモ帳には、こんな文字が書いてあった。

〝車があったでしょ？〟

わたしはうなずいた。

「あの地上車が裏手にあることで、侵入者たちがいまだこの屋敷か周辺にいるように見える点には賛同します。はなはだ低い可能性だとは思いますが、その可能性は捨てきれません。だからこそ、庭師ボットたちに指示したのですよ——ガレージ、温室、その他の付属施設を調べてくるようにとね。しかし、あれが侵入者の地上車ではない可能性もあります。あれが侵入者のものだとしたら、彼らがほかの手段で立ち去った可能性も考えなくては。たとえば、フリッターの一機を盗んでいった可能性です。あるいは、ほかの地上車が迎えにきて、あの地上車を意図的に放置していったか。もしかすると盗難車なのかもしれません。市街地にはいたるところに、自動記録の防犯カメラが配置されています。すくなくとも、わたしはそう理解しています。そのカメラ群が地上車の映像を記録して、届け出のあった盗難車の記録と照合するのでしょう」

ジョルジュが咳ばらいをした。

「しかし、照合するスクリーンを化かせるよう、盗難車の外見を変えれば——」

そこでジョルジュは口をつぐんだ。わたしが片手をあげ、その先を制したからだ。

「以降を口にされる前に、ひとこと警告しておいたほうがいいでしょうね」声をひそめて、わたしはいった。「この屋敷にはあちこちに盗聴器が仕掛けてある可能性があります。監視カメラすら仕掛けてあるかもしれません。それを念頭に置いたうえで……その先をどうぞ」

「おれは……いやその、むかし、知り合いに、地上車窃盗をなりわいにしてるやつがいてな。

いまのはそいつから聞かされた話なんだが」ジョルジュはわたしの反応を待った。しかし、わたしがなにもいわないので、先をつづけた。「とにかくまあ、やりようはいろいろあるということさ」

「そうなのでしょう。ともあれ、ここはこういうにとどめて、この話は終わりにしましょう。今夜、あのドアのいずれかを破れたとしても——それは不可能事に思えますが——さらに、侵入者たちとコレットがその中にいるとしても——こちらについてはまずありえないように思えますが——コレットを助けだせそうな可能性は千にひとつです。なにしろ、コレットのアパートメントに押し入ってきたあの二人組ときたら——そういえば、この話はまだ、していませんでしたか？」

「してないな」ジョルジュが答えた。「そいつはぜひ、聞いておきたい」

「くわしくはのちほど。いまここで強調しておきたいのはですね、その二人組が銃を持っていて、アパートメントに入ってくるや、銃を抜いたということです。ピストルなり拳銃なり、呼び名はお好きにどうぞ」

「超小型ロケット弾発射ピストルか？」

わたしは肩をすくめた。

「わかりません。現代兵器のことはよく知らないのです、残念ながら」

「銃口が広がっていたか？　ラッパの先っちょみたいに？」

思いだそうとした。あのとき見た形を思い描こうと試みる。

「そういわれてみれば、そうだったような気もします。すこし銃口が広がっていたような」

ジョルジュが身を乗りだしてきた。

「だったら、ロケット弾発射ピストルだな。そいつは民間人が持てるしろものじゃないが、たまに持ってるやつもいる。軍からくすねたか、製造工場から盗んできたかのどちらかだ」

「なるほど……」

われながら間抜けな返事だったが、じっさい、このときは自分が間抜けに思えていた。

「ロケット弾の初速は秒速三百メートル。だが、銃口を離れると同時に推進剤が点火して、弾体の速度を二倍から三倍にアップさせる。相手に命中したとき貫通するか爆発するかは、弾体の種類による」

ほほえむのは、たやすいことではなかった。

「当たったら命はないようですね」

「そのとおりだよ、たいていはな。なぜ銃口が開いているかというと、推進剤の灼熱ガスが銃を持つ手にかかって、火傷するのを防ぐためだ」

このときわたしはうなずいたかもしれない。なにか口にしたとしても、なんといったのか記憶にない。ジョルジュはつづけた。

「人さらいどもからコレットを助けだせる可能性は、やはり千にひとつと思っている顔だな。それも、連中とコレットを見つけられたとしての話だ」

「ええ、可能性はそんなところでしょう。それはさっきもいったとおりです」

「その程度の可能性しかないとわかっていて、なんでそいつらを探す？」

「連れ去られたのがマハーラだったら、あなたはどうします？」

それからしばし、ジョルジュは黙りこんだ。ややあって、ようやく口を開き、こういった。

「あんたの気持ちがわかったよ」

ここでメイド・ボットが、お夕食の準備ができましたと告げたので、わたしたちは雨音の響くサンルームをあとにし、ダイニングルームへ移動した。テーブルはそうとうに大きくて、フットボール・チームが二組と審判ひとりが着席できそうなサイズだったが、わたしたちはキッチンに近い側の端に三人ならんですわった。わたしはメイド・ボットに、椅子を持ってきてそばにすわり、いくつか質問に答えてほしいといった。

「わたくしは立っていたほうが都合がよろしゅうございます。人間の方々の前ですわるのは、どうにも落ちつきませんので」

自分は人間ではない——といいたいところだったが、もちろん、それはできない。いえばジョルジュとマハーラから、人間あつかいをされなくなる恐れがある。ふたりはそそくさと立ち去ってしまうかもしれないし、ジョルジュが主人面をして、わたしに命令をしだすかもしれない。だからボットには、そのほうがいいのでしたら立っていなさいと指示したうえで、最初の質問をした。あなたを購入したのはだれですか？

「ミスター・コールドブルックでございます」

「そう呼ばれる人物はふたり存在します。コンラッド・コールドブルック・シニアですか、コンラッド・コールドブルック・ジュニアですか。どちらです？」

「ミスター・コールドブルック・シニアのほうでございます。ミスター・コールドブルック・ジュニアが亡くなる直前に、わたくしをお買いもとめになりました」

衝撃的な発言に、わたしは愕然とした。だが、これはあとでじっくり考えることにして、質問をつづけた。

「シニアが人間の使用人を——人間のメイドや、人間の庭師を——雇わなかったことには、驚きを禁じえません。シニアは人間の使用人のほうを好むと聞いていたのですが」

「わたくしのプログラムは、たんに漏れ聞いただけのお話をくりかえすことに警告を発しております。ただし、そのお話をなさったご当人——ミスター・コールドブルック・シニアは、もはやご存命ではあられません」

「そのとおり」わたしはできるだけ自信ありげに答えた。「シニアはもう亡くなりました。そしてわたしは、あなたが漏れ聞いたという話をぜひ聞きたいと願っている者です」

「ミスター・コールドブルック・シニアは、あるとき、ミズ・コールドブルックに対して、わたくしどもは絶対にうわさを流したり詮索したりはしないと言明なさいました。この点はまったくそのとおりでございます。わたくしどもはそのようなまねをいたしません」

ここでジョルジュがたずねた。

「では、シニアがうわさを流されないかと恐れていたこととは、なんだ？」

「恐れておられたなどということはございません。わたくしどもがうわさを流さないことはごぞんじでしたので」

　こんどはわたしがたずねた。

「かりに、シニアがあなたに口外するな、と命じた話題があるとしましょう。その話題は、どういう範疇のものでしょう？」

「口外しないようにと申しつけられた話題は、とくにございません」

「それはよかった。では、あなたが知っていることで、わたしたちに話せないことはなにもない。そのとおりですね？」

「はい、さようでございます。どのような話題についてお聞きになりたいのでしょう」

「ミスター・コールドブルック・シニアがだれかに対して、〝この件は口外するな〟という主旨の指示を出すのを聞いたことがありますか？」

「はい、ございます」

「けっこうです。では、その話題とはなんでしたか？　口外しないようにと指示した相手はだれでしたか？」

「その話題とは、ミスター・コールドブルック・ジュニアの死に関することでございました。ミスター・コールドブルック・シニアはミズ・コールドブルックに対して、そのことを口外しないようにとおっしゃったのでございます」

「しかし、あなたは口外しないよう指示されていない——さっきあなたはそういいましたね。これはそのとおりですか？」

「さようでございます。ところで、はなはだ僭越ながら申しあげます。スープが冷めかけておりますが」

わたしはうなずき、スープをすくってスプーンを口に運んだ。

「とても美味しい」

「ありがとうぞんじます」

「ミスター・コールドブルック・ジュニアの死について、あなたはなにを知っていますか？ジュニアは玄関ホールで亡くなった――そうですね？ そのように聞いているのですが」

「さようにぞんじます」

「彼の死体を見ましたか？」

「はい。見ました」

「彼は絞殺されていましたか？」

「それにつきましては、お答えできる能力を有しません。医療プログラムが組みこまれてはおりませんので」

ジョルジュがきいた。

「じゃあ、ジュニアは血を流していたか？」

「いいえ。流してはおられなかったとぞんじます。それに関しまして、一点、申しあげてもよろしゅうございますか？」

「どうぞ、いってみてください」これはわたしだ。

「ミスター・コールドブルック・ジュニアのご遺体が運び去られたあとで、わたくしは床を清掃いたしました。ワックスをかけて磨くこともいたしました。そのさいには、いっさい、血の痕を見ておりません」

わたしはまたスープを口に運んだ。

「血がついていなかったのなら、どうして清掃をして、ワックスをかけ、床を磨いたりなどしたのです？」

「ミスター・コールドブルック・シニアにそう指示されたからでございます」

「なるほど。それでは、ミスター・コールドブルック・ジュニアのスーツケースは、中身をあさられていましたか？」

「ぞんじません」

「ふたは開いていましたか？　中身が床に散らばってはいませんでしたか？」

「散らばっておりました」

「散らばったものを、あなたが拾った？」

「拾ってはおりません」

「なぜ拾わなかったのです？　あなたが拾うのは当然のことのように思えるのですが」

「おっしゃるとおりです。それでも、わたくしは拾いませんでした。なにをさておいても、ミスター・コールドブルック・シニアにご報告することが先決と判断しましたので」

「そのときあなたはなんといって報告しました？　一言半句たがわず、正確にくりかえしてください」

「わたくしはこう申しあげました――〝ご子息がお帰りになりました、いまは玄関ホールに横たわっておられます、なにか異常事態が発生したものと思われます〟」

「シニアは現場を見られましたか？」

「はい、ごらんになりました」

「それで、そのあとは？」

「救急車を呼ぶよう、わたくしに指示なさいました」

「最終的に、だれかが警察にスクリーンしたことはまちがいないのですが。それがだれかはわかりますか？」

「特定まではいたしかねます。スクリーンした人物は救急隊員のおひとかたでした。ひとつ、お願いをさせていただいてもよろしゅうございましょうか」

「どうぞどうぞ」なんとなく、〝すこしでいいから、質問から解放してほしい〟といわれるような気がしたが……もちろん、ボットがそんなことをいうはずはない。「そのお願いとは、なんでしょう？」

「レンジにスープをのせたままにしてまいりました。保温ポッドに入れた状態でございます。おかわりをご所望の方がいらっしゃらないようでしたら、保温モードを解除してこなければなりません」

「おれはもうすこし、ほしいな」ジョルジュがいった。

「それでは、こちらの紳士におかわりをおつぎしてまいりたいとぞんじます。いったん失礼させていただいてもよろしゅうございましょうか」

ジョルジュが、どうする？　という視線をわたしに向けてきた。わたしはボットに、ではそのように、と答えた。

メイド・ボットが立ち去ると、わたしはすぐさま、スクリーンは使い慣れていますか、とマハーラにたずねた。マハーラはこくこくとうなずいた。

ジョルジュが横からいった。

「スクリーンのあつかいなら、マハーラはお手のものだ。おれよりずっとたよりになる」

わたしは一カ所を指し示した。

「あそこにスクリーンがあります、マハーラ。あそこにいって、〈慈悲深きメイド〉という会社を検索してみていただけませんか。地域の会社か、世界規模の会社かは知りません」

わたしはサンドイッチを食べながら、マハーラがスクリーンを操作するようすを眺めた。マハーラは八通りないし十通りのアプローチを試みた。もっと多いかもしれない。まもなく、最終的な検索結果が出て、スクリーンが報告した。耳に心地よい女性の声だった。

「そのような会社は存在しません」

「では、もうひとつ検索をおねがいできますか。今回はこの地域に限定した検索です。このニュー・デルファイに、ベティーナ・ジョーンズという女性が住んでいるかどうかを調べてください」

こんどの検索には、わたしがサンドイッチをひとくちかじり、咀嚼し、嚥みこむくらいの時間しかかからなかった。マハーラはわたしに顔を向け、スクリーンを指さした。わたしはいった。

「では、本人に直接連絡ができるかどうか、それも試していただけますか。彼女と話がしてみたいのです」

マハーラはうなずいた。これには検索よりすこし長い時間がかかった。やがてマハーラは立ちあがり、手をたたいてわたしの注意を引くと、自分に代わってスクリーンの前にすわるよううながした。それまで、三十秒ちかくはかかったろうか。

「わたしはスミスと申します」スクリーンにはベティーナ・ジョーンズが出ており、先方があいさつしてすぐに、わたしもあいさつをした。「あなたはコレット・コールドブルックのご友人ですね？　本人からはそのように聞いていますが」

「たしかに、友人よ。コレットは元気にしてる？」

ベティーナ・ジョーンズは、ブロンドの魅力的な女性だった。見たところは、コレットと同世代のようだ。

「それが、わからないのです。じつを申しますと彼女を探しているところでして。わたしも彼女の友人で、最後に見たときには元気にしていました。ひとつ質問をさせていただきたいことがあるのですが、どうか詮索しているなどとは思われませんように。そのような意図はありませんので。わたしはただ、コレットの居場所をつきとめようとしているだけなのです。

質問というのはですね――あなたはコレットに〈慈悲深きメイド〉という会社を推奨なさいましたか？」

　ベティーナ・ジョーンズはかぶりをふった。

「聞いたこともない会社だわ」

「似たような名前の会社はいかがです？」

「それもないわね。その会社がどうかしたの？」

「屋敷の清掃に利用したと聞いたのです。おにいさんが亡くなったあとに」

「それはないわ……お屋敷には清掃をする使用人たちがいたもの。コレットのおかあさんが亡くなってからは、ということよ。管理家政婦（ハウスキーパー）を筆頭に、家政婦（メイド）がいて、コックがいて――そんな感じね。ぜんぶで何人いたのかは知らないわ」

　このときわたしは、なにか適当なあいづちを打ったかもしれないが、はっきりとは憶えていない。もしかすると、無言でじっとしていただけかもしれない。とにかく、わたしは立ちあがり、かわってマハーラがスクリーンの前にすわった。マハーラの指が目にもとまらない速さでキーの上に躍った。その直後、ベティーナ・ジョーンズ側のスクリーンで、わたしがかつて聞いたなかでもとびきり麗（うるわ）しい女性の声が告げた。

「ご協力いただきまして、ミスター・スミスともども、心よりお礼を申しあげます、ミズ・ジョーンズ。ご回答はこのうえなく参考になりました」

　ベティーナ・ジョーンズがいった。

「とても有能な秘書をお持ちのようね、ミスター・スミス」

それを最後に、スクリーンは暗くなった。

わたしはといえば、いまにも霊柩車で運ばれそうな顔をしていたにちがいない。なぜなら、ジョルジュがあわてて、こう説明したからである。

「マハーラはスクリーンであういう芸当ができるんだ。たぶん、音声認識のことは知ってるだろう？　スクリーンに話しかければ、キーボードにさわらなくても操作できる。いまのも似たようなものでな。ただ、方向が逆なんだ」

「おそらく、たくさんの声から選べるのでしょうね」

ジョルジュはうなずいた。

「いくつだったかはよく知らん。何十もある」

マハーラがメモ帳をかかげた。こう書いてあった。

〝五百〟

三階はおおむね、客用寝室で占められていて、それぞれにバスルームが完備されていた。わたしはスクリーンが備えつけられていて、ドアに鍵のかかる、小さな客用寝室を選んだ。ジョルジュとマハーラが選んだ部屋は、わたしの寝室よりもずっと広くて、大きなベッドが備わっていた。ふたりもたぶん、鍵をかけただろうが、確認はしていない。ふたりが室内に入ってしまうとすぐに、わたしは自分の部屋に入り、ドアに鍵をかけて、スクリーンの前に腰をおろした。

察するところ、Ｇｅｏｒｇｅｓ Ｆｅｖｒｅと綴る人物は百万人もいそうだが、フランス系の名前だから、大半は共和国在住だろう。マハーラなる名前の人間は、どこの国であれ、そうはいないはずだ。わたし自身も、ジョルジュに紹介されるまで、マハーラという名前は聞いたことがない。ジョルジュもなかなかにいわくありげな人物だが、マハーラはいっそういわくがありそうだ。

読みはあたった。マハーラのラストネームはレヴィだった。〝治療不可能なヒステリー性口述麻痺〟とスクリーンが呼ぶ症例により、ある施設に収容されていたが、そこを脱走した廉で少額の賞金がかかっている。わたしはすでに、身体機能に深刻な不調を持つ人々が——たとえば視覚不全で治療できない場合などだ——健康体で完全に純正な人間の目に触れないよう、施設に収容されていることを知っていた。それはそれでしかたない……といままでは思っていた。おたがいに、相手が見えなければ、平穏に暮らせるからである。しかし、いざその当事者と知り合ってみると——そう、わたしはマハーラに好感を持っている——それはけっして看過できない状況であり、考えをめぐらせずにはいられなかった。

ゆえにわたしは考えた。考えているうちに気がついたのは、あのバスの中でも、ニュー・デルファイのバス・ターミナルでも、わたしを除くだれひとりとしてこの事実を知らないということだった。例のワゴン車の運転手もだ。マハーラはだれの目にも、ジョルジュの妻かガールフレンドのように見えただろう。いつも物静かで、よその人間と話すのは連れの男にまかせっきりにしている内向的な女と思われただろう。それを気にしない者もいるだろうし、なんだあの女はと思う者もいるだろうが、そんなふりを装っていれば、さほど注目を浴びることはない。

　そう考えると、ジョルジュについての不可解な点にも納得がいった。あれがちゃんとした人物であることは、人相を見ればわかる。けっして凡庸ではない。学位は持っていないかもしれないし、逆にふたつみっつは持っているかもしれないが、どちらにしても、まっとうな仕事に苦もなくありつける人物であることはたしかだ。そんな人物が、女と手に手をとって、流れ者のように旅をしている――しかもふたりとも、金は一銭も持っていないらしい。

　じきに、疲れがどっとのしかかってきて、ベッドに這いずりこみたくてしかたなくなった。が、それでもわたしはジョルジュのことを調べつづけた。理由はふたつある。ひとつめは、やりはじめたことを最後までやりとおしたかったからだ。ふたつめは、ベッドに倒れる前にシャワーを浴びておくべきだとわかっていたものの、からだが抵抗していたからである――それも、頑強に。だれがボスであるかを、こんどというこんどばかりは、しっかりと肉体に思い知らせておきたかったので、わたしは眠らずに検索をつづけた。

　予想のとおり、ジョルジュ・フェーヴルなる人物は百人以上いたが、その大半はフランス在住で、この国には四人しかいなかった。ひとりは百歳を超えること三年。ひとりは太った人物で、ワインの醸造所で働いているそうだ。ひとりはまだ十二歳。四人めこそは、ここにいるジョルジュ・フェーヴルにちがいないと思ったものの――そうではなかった。四人めは左腕（さわん）のピッチャーで、年齢二十八歳、愚かな曲技プレーを披露しようとして、両脚を折ったという。

となると、この名に一致する人物は国内のどこにもいない。あの男の本名がなんであれ、それはジョルジュ・フェーヴルではないのである。あるいは綴りがＧｅｏｒｇｅｓではなく、Ｇｅｏｒｇｅなのだろうか。Ｇｅｏｒｇｅ Ｆなんとかか？ そんな名前の人物は何百人、もしかすると何千人もいるだろう。ともあれ、その後もしばらくは検索をつづけた。以前の職業についてもだ。あの男がたまたま通りを歩いてくるのを見たら、なにをしている男だと思うだろう？ 会社の重役？ 弁護士？ どちらもちがう。とすると――そう、警察官！ この警察官のジョージ・フランクリンという男はどうだろう？

当たりだ！ 写真も出てきた。正面を向いたバストアップ写真。制服姿で、両肩に肩章。高地平原（ハイ・プレーンズ）警察のジョージ・Ｇ・フランクリン警部。有罪判決は受けていないが、免職処分になっている。その直後に、離婚。現住所不明。

バスルームに入り、サウナであやうく眠りこみそうになったのち、ベッドに潜りこんだ。ほんとうなら、ここで何時をまわっていたかを書くべきなのだろうが、記憶にはない。

12　鍵のかかったドアの中には

目覚めた時点で、しなければならないことはわかっていた。わたしが選んだ部屋は角部屋ではなかったが、となりの部屋は角部屋だ。そしてジョルジュと（依然としてジョルジュと呼ぶのは、本名のジョージを使うことが、彼に対する裏切りのように思われたからである）マハーラの部屋は、廊下をはさんで向かい側にある。わたしは顔を洗い、服を着て、だれもいないとなりの角部屋にいき、窓をあけ、靴とソックスを脱いだ。

雨はやんでいた。裸足で窓の下枠にあがる。空にはまだ雨雲がたれこめていたが、下枠はほぼ乾いていた。コンラッド・ジュニアがここから上にあがったとき、窓枠は乾いていたのだろうか。角部屋の窓のうち、ジュニアがあがったのはこの窓なのだろうか。そんなことを考えながら爪先立ちになり、窓の上枠に手をかけ、ぐっとからだを持ちあげた。ジュニアはわたしよりもそれほど背が高かったわけではないから、わたしよりそれほど楽に登れたわけではなかっただろう。とにもかくにも、自分にそう言い聞かせつつ、やっとのことで上枠に片足をかけたのち、反対の足も引きあげて、なんとか上枠の上に立つことができた。

ここで状況描写を中断して、二、三、説明しておこう。たしかにこれは危険な行為だが、はたから思うほど危険ではない。落ちたとしても、二階の屋根に落ちるだけで、地面にまで落ちるわけではないからである。落ちる高さはたかが知れている。

それに、ジュニアが角部屋を選んだのも道理で、三階の角部屋の窓から上を見あげれば、真上には四階角部屋の窓があった。まあ、以前、コレットとこの屋敷を訪ねたさい、それは想像がついたことでもある。角部屋以外については、三階の窓と四階の窓の位置がそろっていない。三階には窓がたくさんあるのに対して、四階にはそれほど窓がないからだ。

這いあがった四階の窓に鍵がかかっていた場合は、建物の角をスイングし、もうひとつの窓の枠に手をかけて、そちらにまわりこむこともできたのだろうが、その必要はなかった。耐光パネルをはめた自己潤滑性ポリマーの窓枠は、わたしの時代には一般的だった窓枠――板ガラスをはめた木の窓枠とくらべて建てつけも滑りもずっとよく、開きやすくなっており、この窓にしても、すこし押しただけでなめらかに上へスライドし、たやすく開いたのである。中に這いずりこむのは簡単だった。

そこはかなり小さな部屋で、やたらと機材だらけだったので、はじめはただの準備室かと思った。だが、そこで放射能標識が目にとまり、この大きな丸い装置は原子炉らしいと気がついた。これまでにも、図書館の地下でマイクロ原子炉（一般に〝親指〟原子炉と呼ばれているやつだ）を見たことはある。だが、あれはこの原子炉よりうんと小さかった。わたしの両手はわなわなきだし、それがすこしは落ちつくまで、行動に出るのを控えねばならなかった（たぶん、十五分というところだろう）。ようやく震えがすこし収まると、わたしはできるだけ急いで外に出た。入ってきた窓からではない。建物の角をはさんでとなりの窓からだ。そこから外に出て、窓枠ぞいに移動し、となりの部屋の窓枠に移動した。こんどの部屋にも原子炉があるとは思えない。ジュニアが覗いたのは、となりの部屋のほうだろう。たぶん、窓をあけて頭をつっこむくらいのことはしたはずである。ほんとうのところはわからないが、きっとそうにちがいない。

室内を覗きこむと、そこはふつうの部屋ではなかった。ジャングルか、なんらかの温室のようなところだった。すくなくとも、わたしにはそのように思えた。黒みがかった濃い緑の葉が密生する樹——それがびっしりと生えている。樹々の向こうには崖のようなものがあり、一、二分、ようすを見ているうちに、その崖の中腹からやや下に、いっそう黒々とした穴が口をあけていることがわかった。最初のうち、それと気づかなかったのは、葉の茂る枝々や大きな花々で覆い隠されていたからだ。だが、枝葉と花々の向こうには、たしかに黒い穴があった。このときわたしが思ったのは、あれはなんらかの動物の巣穴ではないかということだった。

コンラッド・ジュニアがここから覗いたとき、この窓は開かなかったのかもしれないし、開いたのかもしれない。わからない。ともあれ、いま、この窓は開いた。さっきの窓と同じように開いた。中に侵入する気力がたまるまで、たっぷり五分はかかったろうか。足の下にあるのは窓の下枠のみ。奥行はせいぜいわたしの手ほどしかないうえ、外側に向かって傾斜している。どうにかすべり落ちずにいるのは、縁に爪を立てているおかげだろう。室内からただよってくるのは生暖かい空気——湿度をたっぷりと含んだ、異様な感じの空気だった。花の奥に鼻をつっこんだような……とでもいおうか。落ちるのも怖いが、中に入るのはその倍も怖い。

この部屋でわたしがどのようなことに遭遇するものか、あなたにわかるだろうか？　想像するのはかまわないが、一年たっても正解にはたどりつけないだろう。ほどなくわたしは、部屋の左のほうに目を向けた。そこに、ドアがあった。格別、変わったところのないドアだ。ふつうの樹脂木でできているような、なんの変哲もないドアが、ジャングルの中に、唐突に出現していたのである。ドアの両脇の壁は見えない。ドアの手前の床も見えない。ただドアだけが見えている。

やっとのことで室内に入ったのは、そのドアを認めてからのことだった。たちまち強烈なめまいに襲われた。ひどく荒っぽいカーニバルの乗り物（ライド）に乗ったような感覚——はらわたをスプーンで、あるいはだれかの指で、かきまわされているかのようだ。脳が延々とでんぐり返っている。

たまらずに倒れこんだ。倒れたところには、花々や何枚もの大きな葉、濡れた土があった。水を撒いたばかりの花壇に倒れこんだようでもある。わたしはその上で、げえげえと吐いた。息も絶えだえに吐きつづけた。からだの内と外が裏返りそうなほどだ。植物のあいだには、いくつもの小さなものがちょろちょろと動きまわっているが、速すぎて形状が見きわめられない。

ややあって立ちあがった。いまだに気分が悪く、頭がずきずきしていたが、いましがたとくらべると、半分もひどくなくなっていた。まわりを見まわして、自分が転がり落ちてきた窓を探す。もはや影も形も見えない。窓があるはずの場所を手さぐりした。やはりそこにはなにもなかった。わたしはいま、この異質な、蒸し暑く、じめじめとして、植物の繁茂する場所にいる。あのドアを除けば、馴じみのあるものは、ここにはほんのわずかたりともない。ドアはいまでもそこにある。そして、さっきまでと同じように、なんの変哲もない樹脂木のドアに見えている。

そのドアに歩みよった。用心深く歩を進める。われながらひどく動揺していて、いまにも倒れそうなありさまだった。歩きだしたときはノックするつもりでいたが、そばまで近づくころには、それはとんでもない悪手のような気がしていたので、ドアハンドルを下に押し、手前に引いた。

小説的な展開としては、ドアが手前に倒れてきそうな場面だ。じつをいうと、倒れてきた場合にそなえて、ハンドルにかけていないほうの手でいつでも支えられる態勢をとっていた。そのいっぽうで、ほかのドアと同じように、ふつうにあくだろうとも思っていたし、事実、そのとおりになった。ドアはゆっくりと動いた。ゆっくりなのは、ひどく重たかったからだ。しかし、これも予想どおりだった。

ドアの外に見えた光景も予想したとおりのものだった。そこは四階の廊下だった。三階に降りる階段口が見える。エレベーターのドアも見えるし、ほかの部屋のドアも——原子炉がある部屋のドアと、コンラッド・シニアのオフィス兼実験室のドアも見える。ここで廊下に出てドアを閉めたなら、この部屋に入るためには、もういちど窓を登らなくてはならない。自動ロックがかからないよう、ドアをリセットするにはどうすればいいだろうか。そう思いはじめたとき、ある考えが閃いた。それも、鮮烈に。

自動ロックがかからないようにしてしまった場合、あとから廊下経由でここにきた者は、だれであれ、このドアをあけるだけでこのジャングルに入りこめてしまう。そのうえさらに、そのだれかは、ドアが開いたままになる対策を講じたうえで、室内に入るかもしれない——自分が入ったあと、ドアが閉まる可能性を排除するために。

それはつまり、このジャングルに棲息するなにかが室外に出て階段を降りていけることを意味する。エレベーターの使いかたを知らなくとも、階段を使えば、階下へは降りられる。なんの苦労もいらない、たんに戸口を通るだけでいい。なんらかの動物に廊下へ出られてはたいへんだ。虫に出られてはもっとまずい。だから、ドアをリセットするのはやめにした。ただ廊下に出て、しっかりドアを閉めた。重たいので、思いきり廊下側へ引っぱらねばならなかった。念のため、ハンドルを下に押し下げ、体重をかけて、室内側に押しつけてみた。前に試したときと同じように、がっちりとロックされていて、びくともしなかった。ドアをあけようとする者は、これがじつは鋼鉄の扉で、だれかが色をつけてニスを塗り、樹脂木のように見せかけたものだと思うだろう。この時点で、わたしはふたたび地球の空気を吸い、その美味さを堪能していた。それはわたしが培養槽から引きだされた日からこちら、ずっと吸ってきた空気——あたたかい黄金の陽光と、鳥の翼、旨い料理のにおいを知っている空気——故郷の空気だった。わたしはエレベーターに乗りこんだ。

三階のドアが開き、昨夜眠った部屋へもどろうとしたとたん、つんのめるようにして立ちどまった。すぐ目の前にジョルジュが立っていたからである。

「おお！　そこにいたのか、ミスター・スミス。マハーラがキッチンで、メイド・ボットが朝メシを作るのを手伝ってる。どこにいったのかと、ずっと探しとったんだ」

すばやく頭を働かせて、わたしは答えた。

「まだひげを剃っていないのです。よろしければ、ひげを剃りしだい、降りていきますよ。ダイニングルームですね？」

「ちがう、ちがう！　サンルームだ、写真がたくさん飾ってあるあの部屋。エレベーターで一階に降りたら——」

「場所は承知しています」

「早くきてくれよ、朝メシが冷める前に。冷めてしまうと、マハーラがな、その、きげんが悪くなるんだ」

「なるべく早く剃りましょう」とわたしは約束した。

そのことばどおり、大急ぎで角部屋に飛びこみ、ソックスと靴を履いて、エレベーターで二階に降り、ジュニアのものであったとおぼしき寝室を見つけ、カウンターの広い洗面所にあったシェーバーでひげを剃ってから、クローゼットを覗いた。クリーニングずみの上等なシャツが十着ほどあった。シャツはすべてありふれた形で、さまざまな色がそろっており、どれも襟ぐりの大きなVネックで、ボタンのないタイプだった。そのなかから、袖が緑色の、青いシャツを選んだ。

わたしがサンルームに入っていくと、ジョルジュとマハーラはテーブルについて、すでに朝食を食べはじめていた。マハーラは格別、怒っているふうでもなく、わたしを見て微笑を浮かべ、テーブルにならんだ料理の数々をただ指さしただけだった。彩りの美しいフルーツ・サラダがあった。ある大皿にはベーコンが、別の大皿にはソーセージが、それぞれに山と盛ってある。スコーンを盛った皿もあり、スコーンに塗るクロテッド・クリームまでも用意されていた。

「たいへんなごちそうではありませんか！」

わたしが感心してみせると、マハーラは幸せそうな笑みを浮かべてみせた。

ジョルジュがいった。

「ほしかったら、ボットがオムレツを作ってくれるぞ。旨いんだ、これがまた」

そういうジョルジュ自身、オムレツを食べている。

わたしはジョルジュに、これでも食べきれないくらいですといって、皿にすこしずつ取り、まずフルーツ・サラダに手をつけ、最後にベーコンを食べた。

「で、上でなにをしてたんだ？」ジョルジュがきいた。

「いや、べつに、たいしたことは」

わたしはそういって、ほほえみを浮かべてみせた。

「靴も履かずに部屋を出たのか？　おおかた、おれが気づかなかったと思ったんだろうがな。足音を忍ばせて、マハーラとボットのやりとりを盗み聞きしていたんなら、ほとんどなにも聞きとれなかったはずだぞ」

マハーラがくすくす笑った。

わたしは軽く受け流そうとした。

「そんなことはしていませんよ」

「それはまあ、そうだろうさ」ジョルジュは逃がしてくれなかった。「じゃあ、いったい、なにをしてたんだろうな」

わたしはフレッシュなパイナップルをひとくちかじり、咀嚼してから嚥みこんだ。

「どこまでお話ししたものだろうと考えていたのですがね」

「というからには、ぜんぶ話す気はないということだな？」

わたしは腹をくくった。

「すべてをお話ししたところで信じてもらえないでしょう。ですから、こういうにとどめておきましょう――わたしは屋敷を探険していたのです、と」

「なにを見つけたか、話す気はないということだな？」

ジョルジュはそういって片眉を吊りあげた。

「そういうことです。というのも、見つけたものを、ご自分の目で見ていただきたいからで。

先に話してしまっては、驚きがだいなしになってしまいます」わたしは立ちあがり、自分の皿を手にとった。「だいいち、話しても信じてはくれないでしょうしね」

「まあ、話してみるがいい」

「やめておきましょう。しかし、いますぐにお見せできるものがあります。外のパティオにテーブルが見えますね？　あそこで朝食の続きをするというのはどうでしょう？　ゆうべはずっと雨で、じめじめしていました。あなたとマハーラはどうかわかりませんが、わたしとしては、表に出て新鮮な空気を吸いたいところです」

　ジョルジュがうなずくまで何秒か間があったが、とにもかくにも、ジョルジュはうなずき、マハーラに顔を向けて、耳に手を触れてみせた。それを見て、ジョルジュがわたしの意図に気づいてくれたとわかった。みんなで銘々のカップと皿を持ち、メイド・ボットにはほかの皿をパティオのテーブルへ運ぶよう指示する。外のテーブルにつくと、ジョルジュがいった。

「ここならもう、盗聴の心配はなかろう。見たもののことを話してもらえるな？」

「いいえ、まだまだ――信じていただくためには、おふたりを問題の部屋にお連れするほかありません。電子機器のことは、どの程度くわしいですか？」

　ジョルジュがかぶりをふった。

「あまりくわしくはない」

「超小型原子炉については？」

「新しいものを組みたてる程度のことはできる。すでにできているものを改良するほどじゃない」

これは予想の外だった。その意味を消化するのに、すこし時間がかかった。

「では、稼動させられますか？　制御できますか？」

ジョルジュはうなずいた。

「簡単な修理もできる。大学を出たあと、その手の仕事についていた。調整屋だよ。最初の一年かそこらはおもしろかったが、そのうちに、飽きがきてな。結局、その仕事はやめて、こんどは——で、原子炉のなにを知りたいんだ？」

「一台、見ていただきたい原子炉があるのです。それを見て、少々お知恵を拝借したいと。ご教示をおねがいしたいと思いまして」にっこりと笑ってみせた。「ただし、速修コースでおねがいしますよ」

「喜んで。原子炉というのはけっこう安全なしろものなんだ。安全装置が山ほど組みこんであって、そう簡単には過熱しないようになってる」

「爆発はしないのですね？」

「あんたが思っているような形ではな。それが標準的なモデルなら、核爆発は起きない——核爆弾じゃないんだから。商用原子炉が暴走すると、過熱で水蒸気爆発を起こすことはある。しかしそれは、キノコ雲をともなわないし、核爆発ほど威力もない」ジョルジュはことばを切った。「どうやら、話についてこれんようだな」

「恥ずかしながら、まったくもってそのとおりです。そもそも、水蒸気が関係していることさえ知りませんでした」

ジョルジュはアイスカフェを飲んだ。

「核分裂を利用する全発電機のうち、九七パーセント程度は、水蒸気で発電をする。まず、密閉容器内で水を沸騰させて水蒸気にするだろう。その力でタービンをまわす。ここまではいいか？」

「と思います」

「原子炉が暴走するとだな——何者かがいくつもある安全装置を阻害して暴走させると——過熱で内部にどんどん熱がたまっていく。蒸気圧もだ。もちろん、水蒸気を逃がす安全弁はあるが、なんらかの手段でその安全弁をきかなくされると、蒸気圧は高まるいっぽうになる。そのうちに、過熱で密閉容器がもろくなって、やがて水蒸気爆発が起こる。いっておくが、じっさいに爆発を見たことなんてないぞ。映像で見ただけだ」

「核爆発ではないんですね？」

「当然だよ。運がよければ、水蒸気爆発で原子炉が壊れて、過熱はとまる。運が悪ければ、過熱はつづく。じきに火災が起きて、密閉容器の鋼板も融け落ちて、なにもかもが崩壊する。この崩壊物のなかには炉心の放射性物質も含まれる。この状態は危険ではあるが、核爆発にいたるもんじゃない」

必死に頭を働かせるあまり、立ちあがってそのへんを歩きまわりたくなった。

ジョルジュがにやりと笑った。

「あんたがそれほど興味を持ったものを、そろそろ見せてみる気になったかい、ミスター・スミス？」

「はい、ただ、お見せするのはまだです」わたしは深呼吸をした。「なにをおいても見つけなければならないものがふたつあります。そのひとつめは容易に見当がつくでしょう」

「いいや、つかんな。それがこの屋敷の所有者である女の場合は別だが」

「彼女を見つけるためには、まず、ふたつのものを見つけなければなりません。ひとつめは、四階のドアをすべてあけるカードキーですよ。ご自分がコレットの父親の――コンラッド・コールドブルック・シニアの立場にあるところを想像してみてください。閉ざされたドアのうち、片方の奥になにかを隠した――あるいは、その中でなにかを発見した。とてつもなく価値のあるなにかをです。そのようなドアをあけるために、カードを一枚しか用意しないという話がありますか？」

「ちょっと待った！ もしやあんた、カードなしであそこに入ったのか！」

わたしはうなずいた。

「どうでしょう？ 予備のカードがあるとは思いませんか？ カードなしであそこに入ろうなどと思いますか？」

ジョルジュは考えた。

「状況によるだろうが、まあ、入らんわな。しかし、父親が予備のカードを持っていたとはかぎらんぞ」

「なぜです?」

「かりに、持っていたカードをなくしてしまったか、そのカードがもう使いものにならなくなったとしよう。たとえば、強磁場のそばに置いてしまったとかでな。さっき、おれは電子機器にはくわしくないといっただろう? そのとおりではある。ただ、あるとき、友人から聞いたことがあるんだ。強磁場にかけるとカードキーの情報は消える。ホテルではそうしてカードの情報を消去しているそうな。そのことは知っているか?」

「いいえ。教えてください」

「ホテルの部屋に泊まるとき、カードをわたされるだろう。チェックアウトするときには、そのカードを返す。返したら、ホテル側はカードの情報を消去する。そしてドアのコードを書き換える信号を送る。カードのほうはもうまっさらの状態になっているから、つぎの客がきたら、その客が泊まる部屋のドアに合わせて、新たに解錠コードを記録したものをわたす。強磁場で消去し、そのつど記録するわけだな。こうすると、予備のカードなんかいらない。消去しておいたカードに、必要に応じて、ドアをあけるコードを書きこめばすむことだから。しかしそれは、ホテルみたいなところでの話であって、個人の家で使用するカードキーには予備があったほうがいい」

わたしは礼をいった。

「まだ続きがある。さっき、父親が予備のカードを持っていたとはかぎらないといったろう。なぜかというとだ、きのう、父親の実験室を見たからさ。察するに、父親はカードに自分でコードを書きこんでいたんじゃないのかね。どれかのスクリーンにコードが記録してあるんだろう。カードを紛失したり情報が消去されたりした場合は、自分で新たにカードを作る。あるいは、使うたびにドアの解錠コードを消去して、新たにコードを付与したうえで、その解錠コードを書きこんだ新しいカードを作成する。ホテルでやっているように。そうすれば、だれかに古いカードを拾われても、それではドアをあけられない」

わたしはためいきをついた。

「いずれにしても、けさ、この屋敷の中で探すべきものはふたつです。ひとつめは、予備のカード――あるかどうかはともかくとして。コレットの父親は、亡くなったさいに、たぶんカードを身につけていたでしょう。それをコレットは譲り受けた。いまは彼女を連れ去った者たちが持っているはずです。ふたつめは武器ですね――ひとつないし複数の。コレットの父親は、いくつか武器を持っていたにちがいありません。われわれにはその武器が必要です。ロケット弾ピストルでもいいし、ふつうのピストルでもいい。狩猟用の武器ならば、もっといいかもしれません。とにかく、なにか武器がないかを探すのです」

マハーラがメモ帳をかかげた。

〝こんなに大きな屋敷〟

わたしはうなずいた。

「たしかに。わたしもそれは考えていました。思うに、コレットの父親がものを隠す場所は――そもそも、なにか隠すものを持っていたらの話ですが――三カ所しかないと思われます。

いずれも、父親以外、長く過ごしたくないであろう場所ですよ。まずは上の実験室へいっていただけますか、マハーラ。あそこが隠し場所候補のひとつです。前回、コレットとここにきたときは、表面的にざっと眺めただけで、それらしいものは見つけられませんでしたが、あなたも探してみてください。カードまたは武器をです。もしかすると、カードにコードを書きこむ装置か、カードにコードを書きこむ手順が見つかるかもしれません」

マハーラは立ちあがりかけ、上を指し示した。ジョルジュがたずねた。

「いますぐ上にいくか、といってる」

「いえ。それに先立って、マハーラには、あなたとわたしの居場所を把握しておいてもらわなくてはなりません。ジョルジュ、あなたには主寝室を調べていただきましょう。おそらく、一階にあると思われますが、二階の可能性もあります。調べていただけますか？　徹底的に捜索していただけますか？」

ジョルジュはうなずいた。

「わたしは図書室を探しましょう。図書室があるのは一階で、ここから見ると屋敷の反対側です」そういって、わたしは屋敷の方向を指さした。「このパティオがあるのは屋敷のすぐ南。屋敷のいちばん南側を構成するのが、あのサンルームですね。図書室があるのは建物の反対側、つまり北側です。父親が図書室に武器を隠していたとは思われませんが、可能性はあります。書物やディスクの奥、床下など、隠し場所はいろいろでしょう。そのいっぽうで、図書室は、カードを隠すのにもってこいの場所です。すくなくとも、わたしにはそのように思えます」

「本をくりぬくのは古い古いトリックだからな」ジョルジュが立ちあがった。マハーラもだ。「本のまんなかを何十ページぶんも切りぬくだけでいい。大型本なら、ロケット弾ピストルだって隠せる。しかし、父親が冊子体の本を所蔵しているのはたしかなのか？　当節、紙の本なんて、めったに見ないぞ？」

わたしも立ちあがった。

「コレットから聞いたことがあります——この図書室が荒らされて、紙の本がすべて書棚から落とされていたと。じっさいには、そんなことは起こらなかったのかもしれませんし、真実を申しあげるなら、そのようなことを信じているわけでもありません。しかし、それが起こりうる状況にあった。つまり、じっさいに本がならんでいたのでなければ、コレットもそのようなことはいわなかったでしょう」

ここで〝真実を申しあげるなら〟といったのは、真実ではない。すくなくとも、全面的な真実ではない。はじめてコレットとこの屋敷にきたとき、わたしもいっしょに図書室に入り、父親の紙の本がならんでいるところを見ているからだ。

四階と主寝室に向かうふたりと分かれて、わたしは図書室へと赴いた。しかし、本棚から三、四十冊ほども抜きだしたころになり、突然、真相に思いあたった。最初は自分の馬鹿さかげんに憤ったが、その後、ひとりでに笑い声が漏れた。そうとも！　もう一枚のカード。それはたしかに、この図書室の中にある。ここにあるかもしれないと推測したのは正しい。

なにしろ、カード、、、をここに隠したのは、かくいう自分自身なのだから。

図書室の奥には自立構造の本棚があり、半分よりもやや多いスペースが合成樹脂装の本で埋まっている。その本棚の前にいって、ある本を取りだした。『火星の殺人』だ。

このあと必要になる道具はキッチンにあるかもしれないし、ないかもしれない。メイド・ボットにたずねようとキッチンへいったが、すでにどこかへいったあとだった。やむなく、あちこちの戸棚をあさり、やっとのことで求めていた道具を清掃用具棚の中に見つけだした。小型ながら強力なタイプで、内蔵メーターによればフルに充電されており、いつでも使える状態にある。ちゃんと動作することをたしかめてから、それをポケットにしまった。

ジョルジュは大きな音を立てて作業していたので、主寝室の位置も彼の居場所も、簡単に見つけることができた。入っていくわたしを見て、ジョルジュはいった。

「なにも見つからんぞ」

そんなジョルジュについてくるようにと手招きし、エレベーターへ導いていった。四階にあがり、すでに実験室にきていたマハーラに、もしよかったら、と頼みごとをした。

「使用人を募集する広告サイトをひとつ見つけてください。可能であれば、こちらの名前は伏せて、私書箱だけで対応できるところを。経験豊富な管理家政婦(ハウスキーパー)がほしいのです。履歴と身元保証は必須の条件で、給金は応相談。やっていただけますか？」

マハーラが自信たっぷりの顔でうなずき、わたしに紙の束をわたして、スクリーンの前にいった。わたしは最初の二、三枚にざっと目を通しただけで、残りはぱらぱらとめくり――

紙はぜんぶで十数枚あった——どれも似通った内容であることをたしかめると、ポケットにしまった。

ジョルジュが椅子を見つけて腰をおろした。

「あんた、いまは話をしたくなさそうな顔だな」

「おっしゃるとおりです。当面は考えることが多すぎて」

この時点でわたしは、手にした本を両手でやったりとったりしつつ、実験室内をいったりきたりしていた。

「わかった。しばらくほうっておく」

考えがまとまるまで二、三分はかかったものの、ようやくのことで結論が出た。あのときコレットは、エメラルドということばを口にした。この本を持ってきたさいに、兄がいったことばとしてだ。

ここでマハーラが立ちあがり、スクリーンを指さした。

ジョルジュがいった。

「募集広告を出しおえたそうだ。きょうじゅうに反応があるといいんだが。あすになったら応募があるかもしれん。で、なぜハウスキーパーを雇いたいのか、教える気はあるか？」

「いいえ」

わたしはそう答え、いっしょにくるよう、ふたりに手招きした。

ここで認めておく。わたしがしようとしていることは愚かきわまりない。わたしに良識があれば、ひと足先にひとりで四階にあがってきて、ジョルジュとマハーラを巻きこみはせず、この本で実験室以外のドアがあくかどうか試していただろう。問題は、試したりしなくとも、きっとうまくいくという自信があったことだ。そのくせ、『火星の殺人』を手に例の鋼鉄のドアの前に立ったときには、ドアが開かなかった場合、なんと言い訳するか考えようとしていたのだからなさけない。

最初は裏表紙。なにかがカチリと音をたてた。が、ドアは開こうとしない。つぎに背表紙。やはりなにも起こらない。つづいて、表表紙。

こんども小さくカチリという音がした。それが自分の想像かどうかは判然としなかった。鋼鉄のドアに、骨が折れるほど強く肩からぶつかってやろうかとも思ったが、そこをぐっとこらえ、かわりにドアハンドルをぐいと下に押し、思いきり内側に押しつけた。

ドアは内側へ開いた。中に足を踏み入れ、大きく息を吸う。異様な臭気はあいかわらずで、たちまち気分が悪くなったが、すこしは慣れたのか、前ほどにきつくは感じなかった。もういちど大きく息を吸い、室内の空気で肺を満たす。すると、ワオ！　たしかに故郷の空気はすばらしい。だが、ここの空気は魔法の空気だ。からだが軽く感じられて、ふわふわと宙に浮かびそうな心地さえする。ジョルジュとマハーラには、あとをついてくるようにといっていなかった。ふたりがついてきたら自分がどうするかはわかっていたし、ついてこなかった場合にどうするかもわかっていたからである。ふたりがとる行動は予測ずみだった。そして、本はみごとドアの鍵をあけてくれた。天にも昇る心地だった。

背後でふたりのどちらかが息を呑む音がした。いまにいたるも、それがどちらだったかはわからない。とにかく、わたしはうしろをふりかえり、ふたりに部屋へ入ってきてほしいというと、ドアを閉めるよう、ジョルジュにたのんだ。

「さぞ室内を見てまわりたいだろうと思いますので」とふたりにいった。「どうぞそうしてください。ただし、あまり奥まではいかないように。迷ってしまいますから。わたしはあの岩壁を登ろうと思います。たぶん、話をするのにちょうどいい場所が見つかるでしょう」

岩壁登りは、地球でやるよりも簡単ではあったが、あえてゆっくりと登り、頻繁に途中でとまって周囲を見わたした。ジュニアのシャツを汚さないよう気をつける。自分のズボンは汚れてしまうので、あとで穿き替えねばならないが、はたしてジュニアのズボンはサイズが合うだろうか。問題はむしろ、靴のサイズが合うかどうかだ。クローゼットには六足ないし八足があったが……。

十分から十五分ほど登りつづけて、朝方きたときに気づいた、あの岩壁の黒い穴にたどりついた。しげしげと穴を観察する。最初に気がついたことのひとつは、ここへくるために、わざわざ岩壁を登ってくる必要などなかったということだった。穴の入口の横手から下へは、急な小径がつづいていたのである。このとき気がついたもうひとつのことは、穴の入口には骨など散らばっていないということだった。たしかに、動物の巣穴めいた雰囲気もあるにはあるが、近くで見ると、そこまで巣穴っぽくもない。

岩壁の穴に到達したあとは、小径づたいに崖下まで降りた。ジョルジュかマハーラが穴に気づいたかもしれないが、確認はしていない。

気づいたとしても、ジョルジュは穴についてなにもいわず、ただ高所からなにが見えたかたずねただけだった。

「あっちのほうには」と、わたしは一方を指さして、「水光のようなものと、白い広がりが見えました。砂浜かもしれません。ようすを見にいってみましょう」

にやりと笑って、ジョルジュはうなずいた。

「いい知らせだ！　ここには水があるのか。〝ここ〟がどこかはさておき」

「ないはずがありません」そういって、わたしはふたたび指さした。今回は上をだ。「上に広がっているのは青空です。空がなぜ青いのか、説明しなくてはなりませんか？」

マハーラがくすくす笑った。ジョルジュがいった。

「水蒸気か？」

「そのとおり。水蒸気も含まれます」わたしは歩きだした。「火星の空が赤いのは、砂塵が舞っているからです。火星にも水はありますが、多くはない――というより、いまはあまり残っていません。おそらく、そういった表現のほうが適切でしょう。地球にはまだ、大量の水があります。これは地球のほうが重力が大きいからにほかなりません」

わたしのしゃべりかたは、どうしてもこんな調子になってしまう。そうならざるをえない事情は、すでに語ったはずである。自分がそれをどう思っているかについてもだ。しかし、このときはいつも以上に強くそれを感じた。

「わたしの口調は、大学教授のそれのように聞こえますか？」

背後からジョルジュがいった。

「ああ、聞こえるね。ほんとうに教授先生だったんじゃないかと思いはじめてたところさ」

「教授であったことはありません。このようなしゃべりかたをせずにすむ方法を学べれば、どんなにかすばらしいだろうと思っているのですが。ともあれ、わたしたちはいま、異星にいます。ほかの太陽系の、地球型の惑星にです。それについては、すでにもう見当がついているでしょう？」

「それはなんともいえんところだな」ややあって、ジョルジュはつけくわえた。「ただし、ここではからだが軽く感じる」

「あの本の描写では――しまった、あの本、どこかに置いてきてしまいましたか？　ああ、わたしはなんと愚かなんだ！」

「だいじょうぶ、マハーラが拾ってきた」

ジョルジュがそういうとともに、マハーラがわたしの肩をつつき、本を手わたした。

わたしはマハーラに礼をいった。

「思いだしました――岩壁を登るとき、うっかり付近の岩の上に置いてしまったのでしたね。ほんとうなら、ドアをあけたあと、屋敷のどこかに置いてくるべきだったのでしょうが」

「屋敷のドアをあけたら、ほかの惑星につながっている――そんなばかな話があるもんか」

ジョルジュの声には緊張がうかがえた。「ましてや、よその太陽系の惑星につながってるだなんて、ありえん話だ」

「そういわれても、げんにつながっているのですよ。地球とこの惑星とをつなぐ回路が作動しているかぎり。さて……どこで話しあいを持ちましょう？」

この時点で、わたしたちは岩がちの浜辺に到達していた。

二回ほど場所を改めてから、ジョルジュとマハーラは流木を選び、その上にとなりあってすわった。わたしはふたりの前にほかの流木を引きずっていき、向かいあう形ですわった。

「まず、第一の問いかけですが。これは重要な問いかけです。屋敷の中を探しているあいだ、おふたりのどちらか、監視カメラや盗聴器、またはそれに類するものを見つけましたか？」

マハーラがかぶりをふった。ジョルジュが答えた。

「いいや、なんにも。あんたのほうはどうだった、ミスター・スミス？」

こちらもなにも見つからなかったので、そう答えた。

「コレットを攫った者たちは、彼女をこの屋敷に連れてきました。それはわかっています。なぜなら、わたしがドアをあけたときに聞こえた話し声と、そのあとであがった悲鳴とは、まぎれもなくコレットのものだったからです。屋敷にいたあいだに、コレットはなんらかのメモを――犯人たちがコレットをどこへ連れ去ったのかを知る手がかりを――残していったかもしれません。なにかそのようなものを見ませんでしたか？」

マハーラがふたたびかぶりをふった。ジョルジュがいった。

「手がかりだったら、むしろ連中のほうが残していったように思えるがな――あれが連中の乗ってきた地上車だとしたら。コレットがあの車にメモを残していった可能性もある。あの車を調べれば、どこからきたかもわかるかもしれんぞ。ナンバープレート、登録証、その他からだ」

「おっしゃるとおりです。屋敷に帰りしだい、それはたしかめましょう。ただ、この世界にいるうちに、これについてはいっておきたいのですが……」わたしは自分の著書をかかげてみせた。「はじめて会ったとき、コレットはこの本をわたしに手わたしました。父親が亡くなったあとで金庫をあけたさい、これが出てきたというのです。金庫の中に入っていたのは、唯一これだけだった、とコレットはいっていました」

「しかしあんたは、コレットがほんとうのことをいっているとは思っていない。だな？」

「そのとおり、思っていません。あなたがた自身が、亡くなった父親のものであった金庫をあけるところを想像してみてください。そこから出てきたものは、きわめて重要なもの——またはきわめて個人的なものでしょう。であれば、はじめて会った相手に見せはしないのがふつうではないでしょうか」

ふたりはうなずいた。マハーラはしぶしぶという感じだったが。

「ニュー・デルファイにいるあいだにやっておきたいことのひとつは、コレットに頼まれて金庫をあけた男性、もしくは女性の錠前師を見つけだし、その人物にたずねることです——金庫をあけたとき、そこになにが入っていたのかを。職業ごとのアドレスは、スクリーンで調べがつくでしょう。そこに掲載されている錠前師にかたはしから連絡を入れてみましょう。

運がよければ、あけた錠前師にいきあたるかもしれません」

ジョルジュがいった。

「ハウスキーパーの話も聞きたいんだな？　それとも、ほんとうに家事をしてくれる人間を雇いたいだけなのか？」

わたしはかぶりをふった。

「わたしが聞きたいのは、かつて屋敷で働いていたハウスキーパー本人の話です。コールドブルック夫人が亡くなったあと、シニアは人間の使用人を何人か雇いました。正確に何人を雇ったかは調べがついていませんが、すくなくとも三人はいたようです。コック、メイド、ハウスキーパーの三人が」

ジョルジュの反応を待った。わたしはそのあいだに、さんさんと降りそそいでくるここの白い陽光には、どれほど多くの紫外線が含まれているのだろうと考えていた。きらびやかなサファイア色の水を波だてて、安定して吹く風がありがたい。

「そのハウスキーパーがなにか役にたつことを知っている——そう思ってるわけだ？」

「そのとおり。もちろん、どの使用人も知っているかもしれませんが、ハウスキーパーともなれば、メイドやコックより多くを知る立場にあるでしょう。すくなくとも、わたしはそう想像しています。だれが自分をクビにしたのかも、ハウスキーパーなら、ほぼ確実に知っているはずです」

ジョルジュは肩をすくめた。

「それがなんの役にたつのかわからんね」

「だれがコレットを攫ったかを知る役にたつかもしれません。その目星さえつけば、彼女がどこに連れ去られたのかを推測できる可能性が高まるでしょう。すくなくとも、そう願っています。より有用な進言がありますか？　どうか信じてください、ご意見は進んで承ります。あなたの提案も実行可能なようでしたら、両方とも実行しましょう」

「考えておこう」

「感謝します。さて、第二の問いかけですが。コレットから聞いた父親のこと、コンラッド・コールドブルック・シニアのことです。コレットは父親のことを、才能豊かだが小規模な事業者だといっていました。いくつかの異なる会社で管理職の地位についていたようですが、どの会社でも、一年ないし二年よりも長くは、その地位を維持できなかったそうです。解雇されたのか、辞職したのかはわかりません」

ジョルジュはうなずいた。

「そこで父親は、ほかの人の下で働くのをあきらめました。投資関係のニューズレター──簡単な業界紙を発行しだしたのです。そのニューズレターのことはよく知りません。ただ、それを読むために、購読者たちは多額の購読料を支払っていたようです」

ジョルジュはふたたび、うなずいた。

「最低でも二百。ときに千かそれ以上。相場はそんなところだな。はたして、そのニューズレターにそれだけの価値があったのかどうかは……」肩をすくめて、「どうなんだ？」

「わかりません。わたしにわかっているのは、千人以上の購読者がついていたとコレットがいっていたこと――それだけです。その話からすれば、毎年、購読料だけでも巨額の収入があがっていたようですね」わたしはことばを切り、考えた。「もちろん、電子出版ですから、発行にかかるコストは微々たるものだったでしょう」

「なら、こう考えてみろ。年間購読料を五百としようか。購読者数は控えめに見積もっても千人と。これだけで、毎年、五十万の収入となる。この収入一年ぶんだけで、あんたでもマハーラとおれのふたりでも、一生、食っていけるぞ」

わたしは考えながら答えた。

「父親が仕事を解雇されたのか、辞職したのかも知りたいところですね」

「よくあるのは、辞めさせたい人間を呼びだして、辞表を出すようにいいくるめることだな。それで応じなかった場合、解雇となる。当然、父親は辞職しただろう。そうなると、実態の把握はむずかしくなるぞ――おれのいう意味、わかるな?」

「わかります。父親といっしょに働いていた元同僚の何人かと話ができればいいのですが」

ここでマハーラが手をあげた。ジョルジュがいった。

「マハーラが、何人か特定できると思うといってる。やらせてみるか?」

「ええ、ぜひ! ぜひおねがいしますよ、マハーラ」そこでわたしは、またことばを切り、考えた。「そういえば、父親の発行していた高額の投資ニューズレターは一回も見たことがないのですが。ジョルジュ、あなたはずいぶんと、この種のニューズレターにくわしいようですね」

「以前に、二紙、購読してた。その当時の知識だ」

「それがいつであったのかはきかずにおきましょう。しかし、購読者をそれなりの数にまで増やすには、やはり何年もかかるものでしょうか？　なぜこのようなことをきくかというと、父親はまたたく間に相当数の購読者を獲得した、とコレットがいっていたからです」

「それは立場や状況によるな。発行者が経済ジャーナリストで、どれかのニュースショーに、毎週、二、三夜、出演していたとしよう。その場で投資動向の予想もしていたなら、最初に発行するニューズレターには、八千から一万の購読者がつくと見ていい」

「発行者自身も投資で利益をあげていたとしたら？」

「当人が大口投資家なら——つまり、何百万単位で投資をするということだが——購読者はつく。評判が高くなれば、その数はどんどん増えるはずだ。なんでそんなことをきくのか、話してくれる気はあるか？」

わたしはかぶりをふった。

「まだまだおぼろげな点ですので。ずいぶんと核心に近づいてきたとは思いますが、しかし……まだです、まだまだ。もしかすると、永遠に到達できないかもしれません。ともあれ、わたしのほうの問いかけは以上で完了です。そちらには、なにか話しあっておくべきことはありますか？」

「マハーラはまだ実験室をじっくりと見ていない。父親の仕事記録から、昔なじみを何人か見つけなきゃならんしな。おれのほうは、もうすこしで主寝室のチェックがおわるところだ。屋敷内にもどったらすぐ、謎の地上車を調べるよう進言しておきたい。いまでも銃が何挺かあったほうがいいか？」

「はい。捜索の優先順位は、盗聴・監視装置、カードキー、武器、この順番です。ときに、あそこの樹々に気づきましたか？　水平線上のあれです」

ジョルジュはまだ気づいていなかったので、立ちあがり、はじめて訪れたこの惑星の白い太陽をさえぎるため、額に手をかざしつつ、そちらを眺めやった。

「水平線の上ですよ」これもわたしだ。

「ああ、あれか。樹冠が固まっているな。上には小さな白い雲が浮かんでる。あそこに島があるのか。雲はそんなに大きくない。ということは、島もあまり大きくないということだ」

「同感です。わたしたちも、それなりの時間、この世界にいるわけですが、虫よりもずっと大きなものは見かけていません。ネズミより大きなものはいないようです。すくなくとも、わたしは見ていません。あなたがたはどうです？」

ジョルジュはかぶりをふった。

「わたしはここも島だと思うのです。それも、あまり大きくない島かと。もしもそうなら、大型動物がいるとは考えにくいですね。もちろん、どの点についても、わたしがまちがっているかもしれません。だからこそ、油断をせず、あたりに目を光らせつづけておいてほしいのです」

マハーラが立ちあがり、わたしたちにその場にとどまっているようにと身ぶりで指示して、砂浜を歩いていった。

ジョルジュがいった。

「あれはなにかの音を聴いてるんだ。耳がいいんだよ、あの娘は」

わたしも立ちあがって、マハーラのもとへ歩いていきかけた。マハーラはふたたび、その場にいるようにというしぐさをした。

ほどなく、マハーラが聞き耳を立てていたその音がわたしの耳にも聞こえるようになった。巨大なティンパニをたたくような響きだ。それが一定の単調なリズムを刻んでいる。

ドン！　ドドン・ドン！　ドドン・ドン、ドン、ドーン！

このときわたしは、三人のうちで、もっとも音に近い位置に立っており、音のするほうへ先に立って歩きだそうとしていた。あとになって、われながらなんと愚かだったのだろうと、おのが行為を悔やむことになる。ジョルジュはわたしから三、四メートルほどうしろにいた。マハーラはそのすぐうしろだ。

煙のにおいがした。マハーラが、引き返そう、というしぐさをした。わたしはマハーラに、そうしたければドアのところまでもどってけっこう、いや、ドアを通りぬけて屋敷の廊下にもどってもかまいませんよ、と告げた。なぜかしら、ささやき声になっていた。マハーラはかぶりをふり、ジョルジュの腕にしがみついた。ジョルジュがどこへいくのであれ、自分もいっしょにいくという意思表示だ。

ジョルジュがマハーラにささやきかけた。

「おれはミスター・スミスにくっついている。きみはもどれ、ハニー。実験室のチェックをおえろ」

むだだった。マハーラはジョルジュにへばりついたままだ。

彼らの姿を目にしたのは、そこからすこし遠くへ進んでからのことだった。それはひどく奇妙な存在だった――いまだかつて、わたしが見たことも聞いたこともないほどに。

13　借りた場所はオーエンブライト

尻尾があること、奇妙な顔がついていること、牙があることを別にすれば、その者たちは思ったよりも人間っぽかった。が、非常に背が高い。身の丈は二メートルをゆうに四、五十センチは超えているにちがいない。そして、腕も脚も頸も、ホウキの柄のように細かった。ぱっと見たときには、目が四つあるのかと思ったが、目と目の間隔が、一対は広すぎるし、一対はせますぎる。目自体はいずれも小さい。そもそも、目ではないのかもしれない。

その生物たちを見たとたん、あまりにもたくさんの思考が心の中に閃き、錯綜したため、そのすべてをここに書きならべることは不可能だ。いちいち書いていたら、おそらく何日もかかってしまう。それに、書けない理由がもうひとつある。こちらのほうが大きな理由だと思うが——頭をよぎった思考があまりにも多すぎて、とてもぜんぶは憶えきれなかったのである。それでも、そのとき閃いた思考のうちの、いくつかはここに書き記そうと思う。順番どおりにならべるような芸当はとてもできない。なにしろわが思考は、つぎからつぎへと、すごい速さで流れていったのだから。

ひとつの思考は、この者たちを異種属と呼びたい、というものだった。もっとも、彼らが異種属でないことは明らかだ。この地における異種属は、むしろわれわれのほうなのである。わたしからすれば、彼らは異形の者に見えるが、向こうがこちらを見たなら、わたしたちもまた異形の者に見えるだろう(このときのわたしは、先方がもうじきわたしたちを発見することを知らなかった)。

別の思考は、〝わたしたちが見ているものは、なにかの儀式らしい〟というものだった。なんの儀式であるかは見当もつかない。神と通交しようとする儀式かもしれないし、死者の魂を呼びもどそうとする、あるいは死なせたままにしておこうとする儀式かもしれないし、新首長宣誓の儀式かもしれない。だが、そもそも儀式ではない可能性もある。たとえ先方が説明しようとしてくれたとしても、わたしにはとうてい理解できない営みかもしれない。

また別の思考は、〝まだ銃を見つけていなくてよかった〟というものだった。もしも銃を持っていたら、最後には二、三体を射つ事態になっていた恐れがある。だが、ここで彼らを射つことは、強盗が押しこんだ家で家主を射つのとなんら変わらない。

ある時点で、ある思考が、霹靂のごとく、強烈に閃いた。なぜ閃いたのかはわからない。その思考とはすなわち、〝コレットの父親もあの生物たちを見ており、向こうも父親を見ているのではないか〟というものだった。父親は彼らと友好関係を結んだのかもしれないし、敵対関係に陥っていたのかもしれない。それがわかっていればなにかとプラスになるのだが、それを見いだすすべはまったく思いつけなかった。

おそらく、コレットと兄は、父親が長期間どこかに出かけたまま連絡がとれないことから、父親は死んだのではないかと結論した。しかし、それは子供たちの勘ちがいだった。父親はここにきていて、長期にわたり、なにごとかに従事していたのだ。すべての問題の根源には、この勘ちがいがあるのかもしれない。それについても、わたしは考えをめぐらした。

あとひとつだけ例をあげて、思考を羅列するのはやめにしよう。その思考とは、〝彼らはこの島には住んでいないのではないか〟ということだった。これが思いこみの可能性はある。しかし、なんとなく、そんな気がした。この島が小さいことや、彼らの個体数が相当な数であることには確信があった。ここはおそらく聖地なのだ。彼らが秘密の儀式を行ないにくる、神聖な場所なのだ。とすれば、もしもここで引き返し、地球にもどれたとして、あとでまたここを再訪したときには、もうだれもいない可能性がある。

彼らは大きな円環を描いて点々と薪を積みあげ、篝火(かがりび)を焚いていた。篝火からは煙が立ち昇っている。円環の中央には、頭の上に高々と両腕をかかげて立つ個体が一体。別の一体は、長くて黒い筒状のものを胸にあてがい、反対の筒先から音を聞いているように見える。そのほかに、中央の個体のまわりに円座して、地面をたたいている者たちが八体ないし十体いた。たたくのに使っている道具は、両手に一本ずつ持った棍棒だ。と、ジョルジュ、マハーラ、わたしがそのようすを見はじめて数秒後、一体がわたしたちに気づき、こちらを指さした。ほかの個体たちがいっせいに飛びあがった。上端と下端の鋭く尖った槍が回転しながら宙を飛んできて、わたしの耳もとをかすめた。あとほんのすこし近ければ、耳を削(そ)がれていたにちがいない。

わたしたちは走った。命からがら、脱兎のごとくに走った。走りに走るうちに、ようやくドアが見えてきた。この間、わたしは片手にしっかりと例の本を握りしめていた。そして、自覚することなく、その本を前に突きだし、しきりにドアのほうへ振っていた。のだと思う。でないと、そのあと起こったことの説明がつかない。先行するジョルジュがドアハンドルに手をかけた。たまたま本の裏表紙側を突きだした格好で、わたしがドアの前に近づく。そのタイミングで、ジョルジュがハンドルを下に押し下げ、ぐいと手前に引き、大きく開いた。わたしは勢いよく戸口を駆けぬけた。つづいて、ジョルジュとマハーラも廊下へ出てきたにちがいない。というのは、曲げていた背中をやっとのことで伸ばし、あえぎながらまわりを見まわしたとき、すぐそばにふたりが立っていたからだ。ふたりとも、わたしよりもずっと荒い息をしていた。

(ここで叙述を中断して、ドアが開く仕組みを説明しておきたい。仕組みがわかるまでにはすこし時間がかかったが、わかってみれば、とくに複雑な機構ではなかった。ドアを閉めるボルトはひとつしかない。だが、そのボルトを開け閉めする機構が、ドアの表側と内側に、それぞれ独立してついていたのである。表側——つまり屋敷の廊下側は、本の表表紙に内蔵されたチップで制御する。内側——つまりジャングル側を制御するのは、本の裏表紙に内蔵されたチップだ。廊下側で解錠すれば、廊下側のドアハンドルが有効になり——それを押し下げて内側に押せば、ドアが開いて室内に入れる。室内に入ってしまうと、ドアは自動的にロックがかかる。ここで内側から解錠すれば、内側のドアハンドルが有効になり——ドアをあけて外に出られる。ドアを閉じればすぐにロックがかかる。要するに、この部屋に出入りするには、二種類のカードキー、またはこの本、またはそれに類したものが必要になるのだ。ただし、けさ窓から入ってきたときは、鍵もないのに内側からドアをあけることができた。窓から入ったときにだけ、特例として何分間か、ロックが解除されるのだろうか？ 真相はわからない。ともあれ、通常は内側からあけるにも鍵がいる。なんのために？ その理由は、わたしにはわかっているつもりだが、これは読者諸氏の想像におまかせしよう)

ドアはすでに閉じており、内側からハンドルを押し下げられないようにと、ジョルジュがしっかり押さえていた。ジョルジュがそうやって押さえているあいだ、マハーラとわたしは実験室をあさって、ドアがあかないようにするための道具を探した。ほどなく、マハーラが大型の道具箱を発見したので、そこから大型プライヤーを取りだして、溝を切った咥え部でドアハンドルを下からがっちりとはさみこみ、グリップの末端をドアフレームに突っぱった。つっかい棒の要領である。それから、ダクトテープで仕掛けをしっかりと固定した。それがすむと、ドアのまわりもダクトテープで塞ぎにかかった。これはマハーラが、どうしてもと言いはったためだ。

テープを貼っているあいだに、わたしはたずねた。

「あの者たち、外へ出てこようとしていましたか？ あの者たちがドアハンドルを下に押しつけようとしていたなら、感触でわかったでしょう？」

ジョルジュはかぶりをふった。

「それなら、今後もあけようとすることはなさそうですね」

「そこまで自信を持ってはいいきれんな、おれは。なあ、一杯やらんか」

「いいえ。飲まれるのでしたら、お好きにどうぞ」

「おれとしては一杯やりたい気分だ」ジョルジュはマハーラに向きなおった。「きみは？ どうする、ハニー？」

マハーラはかぶりをふり、左の手のひらに文字を書き記すしぐさをしてから、その両手をわたしたちに開いて見せた。

「飲まんそうだ」ジョルジュが通訳した。「それと、メモ帳をジャングルに落としてきたといってる。どうする、ハニー？ また中に入って探してこようか？ 貼ったテープをぜんぶはがさにゃならんが」

その必要はないでしょう、とわたしはいった。

「どれかの部屋に紙があるはずですよ。ペンもです」

「わかった。ともあれ、おれは一杯やりたい。ボットに注文してもかまわんな？」

しばらくのち、わたしたちは一階に降りて、ジョルジュがボットに酒を注文するのだが、階下に降りる前に、わたしはもうひとつの部屋のドアを開き、ジョルジュに原子炉を見せた。

ジョルジュがいった。

「こいつはウェストハウスのM‐9じゃないか。標準的な構成だな。たぶん、五、六年前のタイプだろう。これの中に――」そういいながら、金属殻の一カ所をとんとんとつついて、

「——ウランを入れる。臨界に達するのに充分な量を。すると、核分裂がはじまるわけだが、こいつは制御しなきゃならん。制御には炭化ホウ素の制御棒を使う。ウランから飛びだしてくる中性子を制御棒で吸収するんだ。制御棒を挿入すれば核反応が衰える。だから発熱量が減る。ここまではついてこれるか？」

わたしはうなずいた。

「制御棒を抜く。そうすると、核反応が増えて発熱量が増える。これが——」ジョルジュはブラックボックスを指さした。「——そのための制御装置だ。原子炉は発熱で生じた蒸気を使ってタービンをまわし、発電する。必要な電力が得られないときは、制御装置がすべての制御棒をすこしだけ抜く。すると発生する蒸気の温度があがり、蒸気の量も増える。それで発電量が増えるわけだな。それでも発電量が期待どおりでなければ、制御装置がアラームを鳴らす」

わたしはふたたびうなずいた。真剣に説明に聞きいり、興味津々であることを隠さない。

「発電量が低くなる原因は、まずウランの劣化にある。ウランも最後には消費されて、劣化してしまうんだ。しかし、かなりの長期間にわたって、制御装置が制御棒を抜くことにより、ウランの減損を補える」

「制御棒は劣化しないのですか？」

「いい質問だ！　するとも、寿命があるんだ。中性子をたっぷりと吸いつづけて、ついには飽和状態に達してしまうんだよ。操作員はそこに注意していないといけない」ジョルジュはデスクに歩いていき、スクリーンに問いかけた。「ホット・スポットはあるか？」

〈なし〉という文字を表示すると同時に、スクリーンはこう答えた。

「すべて正常です」

「表面温度を表示しろ」

ほぼ平坦な面がスクリーンに現われた。面はゆっくりと、横方向と縦方向に回転している。あちこちに黄色で表示された番号が点在していた。

「この面は原子炉全体の熱分布図でな」ジョルジュが説明した。「山の部分がより高温で、谷の部分がより低温を表わしている。ほんとうは真っ平らが望ましいんだが、完璧に平らにしておくだけのメリットはない。これで充分に正常だよ」

わたしはしげしげと温度分布を眺めた。

ジョルジュが声をひそめ、スクリーンからあとずさって説明をつづけた。

「あの黄色い番号は制御棒の位置を示していてな。かりに、この部屋に入ってきた時点で、スクリーンにエラー・メッセージが出ていて、熱分布が不均等といわれたとする。あわてて熱分布面を見ると険しい丘が盛りあがっていて、そこに〝5号〟と表示が出ていたとしよう。そして、5号制御棒が寿命間近であることをすでに知っていたとしよう。そういう場合は、スクリーンに指示して、5号制御棒を交換させるんだ。交換は手間いらずで、すべて自動で処理される。古い5号を引き抜いて、新しいものと交換したら、スクリーンがその旨を報告する」

「コレットの父親がここの作業にそれほど時間を割けたはずはありませんから、そうやって自動的に処理させていたのでしょうね」

「そう思う。で、一杯飲む件は？」

「あとすこしだけ。新しい制御棒がない場合はどうなります？」

「そうなると、うまくないな」ジョルジュはあごをなでた。「まずはじめに、警報が鳴る。スクリーンは原子炉を停止させようとして、制御棒をすべて挿入するはずだ。それで当面はしのげるだろう。すくなくとも、たいていのケースなら。しかし、おれの知るかぎりでは、そこまでいったことはない」

「この部屋から引きあげる前に、制御棒の予備が充分にあることをたしかめたほうがいいでしょうね。スクリーンはその情報を持っていますか？」

「そりゃあ、持ってるだろうさ」ジョルジュは幅がせまくて黒いキャビネットに歩み寄った。

「しかし、自分の目でも在庫をチェックしておいたほうがいい」

キャビネットのドアをあけた。黒い炭化ホウ素棒の、丸くなった一端があらわになった。

ジョルジュがいった。

「心配はいらん。これは未使用の真新しい制御棒だ。放射能はない。危険さという点では、せいぜい鉛筆に使われている黒鉛といい勝負だよ」

「ぜんぶで十八本ある――」わたしは数を数えた。

「充分以上だろう。これであとどれだけ持つものか、はっきりしたことはいえんが。ここのシステムのことはあまり知らんのでな。しかし、これだけあれば、すくなくとも三年——たぶん、もっと持つ」

一階に降りると、メイド・ボットに、いままで入ったことのない部屋へ連れていかれた。ダイニングルームに隣接する、居心地のよいプライベート・バーだった。このときにはもう、マハーラもわたしも、すっかり心変わりしていた。飲まないといいきったくせに、どちらも白ワインのグラスを注文したのである。

濃いめのスコッチ&ソーダを自分で作りながら、ジョルジュがいった。

「あんた、おれたちを追いかけてきたあのカカシどものことを、ちっとも心配してなかったろう」

ええ、していませんでした、と正直に答えた。

「やれやれ、降参するよ。教えてくれ、なぜだ?」

「第一に、コレットの父親が心配していなかったからです。心配していたなら、部屋の内側にも鍵をかけていたでしょう。しかし、かけてはいなかった。だから、ドアをあけて廊下に出られたわけですよ。もっとも、かけていたとしたら、どうやったのかは想像もつきませんが」

この時点では、ドアのロックを解除するための本のからくりに、まだ気づいていなかったのである。

「別のカードがあるんじゃないのか? そのカードをドアに提示すると、どちら側からでもロックされるとか。解除するんじゃなくて」

「かもしれませんが。しかし、たとえそうだとしても、そのカードをわたしたちは見つけていません。やはり、捜索をつづけねばなりませんね。盗聴機器、カード、武器。前にいったとおりです」

「まだこの屋敷に盗聴器がしかけてあると思ってるのか？」

「正直なところ、思ってはいません。おそらく、ひとつもないでしょう。わたしたちが三人がかりで、各自、異なる部屋を捜索したのに、ひとつとして見つけることができなかったのですから。しかし、犯人たちが盗聴機器や隠しカメラを通じて、ここのようすを探っている可能性に鑑（かんが）みて、徹底的な捜索をすることが重要です。カードを探すべき理由についても、わたしの見解を聞きたいですか？」

「ああ。ぜひご開陳ねがいたいね」

「さっき説明したように、あの島の者たちがわたしたちを追ってドアの外に出てくることを、わたしはあまり危惧していません。第一の理由は、あの者たちがドアの外には出てこようとしなかったことです。わたしたちが工具を探しているときも、テープで塞いでいるときも、ずっとです。第二の理由は、いましがたもいったように、コレットの父親が、あの者たちが出てくる心配をしていなかったように思われること。そして、第三の理由、最後の理由は、あの者たちが土着の惑星をあとにして、ドアの外にまで出てきたら、あの世界よりいくぶん重力の大きな惑星に出てくるはめになることです。目に浮かびますよ、こちら側に一、二歩出てきただけで、あの者たちが倒れてしまって、起きあがれなくなる哀れな姿が。わたしが地球より重力の大きな別の惑星に足を踏みだせば、やはり同じようになってしまうでしょう。あなたもです」

「かもしれんが」ジョルジュは疑わしげな顔になった。「しかし、それとカードと、なんの関係がある?」

わたしはバーのスツールの一脚に腰をかけた。ここのスツールは、すべて赤いレザー張りだった。

「カードがほんとうに二枚あるのなら、ほかのだれかがもう一枚を見つけて、あそこに入る可能性が出てきます。それはいくつもの理由で、災いを招くでしょう。その理由をいちいちあげるつもりはありません。とにかく、カードが二枚あるのなら両方とも確保しておきたい。そういうことです」

ジョルジュはうなずいた。

「わたしが表玄関をあけるのに用いたカードは、格納庫の扉もあけられます。その点は保証しましょう。おそらくガレージの扉も開くでしょうが、開かない可能性もある。まだ試したことがないので断言はできませんが。しかし、ガレージにある数台の地上車は、動かすのに別のカードが必要となるかもしれません」

「車のドアは文字の組み合わせ錠であけるのがふつうだ」ジョルジュがいった。「いったん乗ってしまえば、音声コマンドかボタンを押すかで、運転を含むすべての操作を行なえる。

車のカードを持ち運ぶ必要はない。知らなかったとは驚きだな」

「なさけないことに、わたしが知らないことは山ほどあるのですよ。この屋敷に、開くのにほかのカードを必要とする、鍵のかかったキャビネットやボックスはあるでしょうか？」

「あるだろうな。しかし、あの金庫はどうだ？　あれはカードであくしろものじゃないぞ。四階にいたとき見たが、文字の組み合わせ錠がついていた。三十六個のボタンがついていて、ちょっとやそっとじゃあかないタイプだ」

「ええ、知っていますよ。コレットの父上は裕福な人物でしたから。ジョルジュ、あなたはいままで、家を所有したことがありますか？」

ジョルジュはスコッチ＆ソーダを飲んだ。

「それがカードと、なんの関係がある？」

「家のどこかに現金を隠したことがあるかどうかをききたいのです。非常時の備えとして」

「ないな。しかし、そうする人間はおおぜいいるだろう」

「わたしもそう思います」そこでわたしはバー・キャビネットを指さした。「わたしたちが入ってきたとき、あれには鍵がかかっていませんでした。しかし、賭けてもいいのですが、あれにも鍵自体はついているはずですし、人間の使用人がいたころには、鍵がかかっていたはずです」

ジョルジュがスコッチ＆ソーダを飲みおえるのを待って、マハーラはダイニングルームでスクリーンの操作にとりかかり、ジョルジュとわたしは裏口から屋外に出て、屋敷の裏手に駐めてあった謎の地上車を調べにいった。あいているドアはないかと、各ドアを調べだしたジョルジュに向かって、わたしはいった。

「どれかひとつドアをロックすれば、ぜんぶのドアが自動的にロックされる——とだれかにいわれた気がするのですが」

ジョルジュはにやりと笑った。

「そいつは車によるんだ。あのときは雨が降ってたんで、ああいったのさ。ともあれ、この車はドアがぜんぶロックされている。そばにきてよく見るといい。説明してやろう」

わたしは車のそばに歩みよった。あの惑星の空と同じように、地球の空も青く、美しい。異星の空に勝るとも劣らない美しさだ。空にはまばゆい太陽が——わたしたちの黄色い太陽、わたしたちがソルと呼ぶ恒星が燃えている。

「モデルによって、ロックのタイプはさまざまだが」ジョルジュはドアハンドルのすぐ上にならぶボタンの列を指し示した。「半分以上のモデルに備わっているのは、こういった一列五ボタン方式だ。文字の刻印が見えるだろう？　A、B、C、D、Eとある。ドライバーは好きにコードを組み換えられる。コードを組むには、C、A、B、E、Dというぐあいに、五文字のすべてを使わにゃならんと思いこんでいるユーザーも多いが、そんなことはない。五種類ぜんぶを使う必要はないし、文字数は四文字だけでもいいんだ。三文字だけでもな。ドライバーが女房をBabe（ベイブ）と呼んでいて、それをコードにしたとしよう」

ジョルジュはB、a、b、eと押し、ドアを引っぱった。ロックはかかったままだった。

「だめでしたね。では、どうやって車内に入ります？　窓を割りますか？」

「待て待て。どんな地上車でも一時間とかからずにドアをあけられる。九〇パーセントは、三十分以内になんとかなるものだ。車に損傷は与えないし、揺すりもしない。窓を割ったり車体を揺すったりすれば、地上車は助けを求めて叫びだす。人間の耳には聞こえない声でな。盗人が車に乗りこむころには、駆けつけてきた警官が警察車両から降りてくるという寸法さ。この手の五ボタン・ロックは、一千通りもの組みあわせが可能だが、たいていの人間が使う組み合わせは百通り以下のどれかでしかない」

「そしてあなたは、その百通りを知っている、と」

およそありえないことに思えるが、すでにわたしは、どうやってジョルジュがその知識を得たのだろうと考えていた——もしもほんとうに知っているのならだが。

「もちろんだとも。イニシャルはほぼ全員が組みこむ。あんたの例でいえば、E、A、Sだ。しかし、ここにならぶ五文字のなかにSはないから、あんたの場合、イニシャルは使えない。子供がいるんなら、〝父親〟を意味することばをあてる者も多い。ダッドならD、A、D、ダディーなら、DADDYをすこしひねって、D、A、D、E、Eとかだな。車内を覗いてみれば、子供がいるかどうかは一発でわかる。D、E、A、D——〝死〟もかならずおれが試す組み合わせのひとつだ。葬儀屋はよくこれを使う。遺産を相続した者も使うかもしれん。不動産屋の場合？　D、E、E、D——〝証書〟を試してみるといい。しかし、たいていの人間は、ごく単純で憶えやすい組み合わせを選ぶ。E、A、E、Aなどさ。買ったばかりの地上車には、ディーラーがよく使う単純なコードが設定されている。D、C、B、Aみたいなのもあれば、A、B、Cなんてものもある。このくらいありふれたコードにしておくと、そのディーラーで働く全員が、そこであつかう全車輛のドアを自由に開け閉めできるというわけさ」

だが、これらのコードでは、ドアはびくともしなかった。ジョルジュは肩をすくめた。

「ディーラーが一般に使うコードは試してみる価値がある。なぜなら、購入者のなかには、最初から組みこまれているコードを変えない者がいるからだ。変えるさい、うっかりメモを取りそこねて、ドアがあかなくなるのが怖いんだよ」

「わかります」

「あるいは、エース・レンタルというレンタカー会社がある。その会社の場合、社有の車のコードはすべて、社名と同じく、A、C、Eで統一され――ちょっと待て！ なんてこった、これはレンタカーじゃないか！」

その可能性にはまったく思いおよばなかったので、わたしは正直にそういった。

ドアはあっさりと開いた。これはエース・レンタルのレンタカーだったのだ。

「ダッシュボックスにはレンタルの契約書が入っているはずだ」わたしの返事も待たずに、ジョルジュはボックスを開き、すこし中をあさって、緑のフォルダーを取りだした。それをボンネットに広げてみせる。「借りた場所はオーエンブライト。借り主は、ミズ・コレット・C・コールドブルックになってる」

ジョルジュはこちらに向きなおり、じっとわたしを見つめた。わたしはいった。

「いまだかつて……」

すわりこみたかった。が、付近にすわる場所がなかったので、地上車のシートにどすんと腰を落とした。

「いまだかつて？」

「いまだかつて、これほど自分が愚かに感じられたことはありません。これほど度しがたい阿呆だったのかと実感するのははじめてです。彼女は逃げおおせていたのですね、わたしが――」おりしも腕時計が一時を告げた。「まあ、それはいいでしょう。このさい、あなたに、ことの全貌を語ってもいいですか、ジョルジュ？　語らずにはいられません。そうしないと収まらない気分です」

「かまわんよ。おれも聞きたい。ともあれ、屋内に入らんか？　ボットが昼を作ってくれるだろう」

わたしはジョルジュのあとにつづき、屋敷の中に入った。マハーラもやってきて、三人でサンルームの華やかな小テーブルを囲んですわったのち、わたしはやおら、話しはじめた。

「コレットとわたしは、いっしょにオーエンブライトにいたのです。そのときは、わたしは一文なしでしたので――いまは多少、持っているのですが――コレットがホテル代を持ってくれました。とったのは、わたしたちがふたりで泊まるためのスイート――寝室がふたつに、バスルームがふたつ、共用のラウンジがひとつという構成の部屋でした。これでおわかりのように、わたしたちは恋人同士ではありません。たんなる友人同士です」

ジョルジュはうなずいた。

「それはわかった」

「その晩、わたしたちは汗を落とし、服を着替え、夕食に出ようとしていました。わたしはシャワーを浴びて、着替えをすませ、ラウンジで彼女を待っていました。たいていの場合、女は男よりも支度に時間がかかりますからね」

ジョルジュはうなずいた。

「まったくだ」

「しばらく待つうちに、コレットの寝室からなんの音も聞こえてこないことに気づきました。バスルームからも水音がしませんし、歩きまわる音もしません。なんの音もしないのです。ついに寝室のドアをノックして、だいじょうぶですかと声をかけました。返事はありません。正直いって、慄然としましたよ。コレットが寝室で息絶えているのかもしれない、失神しているのかもしれないと思ったのです」

「さぞかし気が気じゃなかったろうな」

ジョルジュは同情している口調になっていた。

「コレットに敵がいること、怪しい連中が彼女の動向を見張っていることは知っていました。だからこそ、彼女はわたしに助けを求めてきたのです。最初のうち、この女性はパラノイアではないかと思うこともありましたが、そのホテルに泊まるころには、そうではないことも、怪しい者に見張られているのが事実であることも、わかっていました」わたしは声に動揺を出すまいと努めた——このときまでいつもそうしてきたように。「しかし、そのコレットが消えてしまったのです」

メイド・ボットがサラダを運んできた。飲みものは、マハーラとわたしにはレモネード、ジョルジュには白ワインをソーダで割ったスプリッツァーだった。

ボットが立ち去ると、ジョルジュがいった。

「しかし、あんたに見切りをつけて、黙って出ていったわけじゃなさそうだな？」

「ええ。寝室を覗くと、ナイトスタンドが倒れていましたし、形状記憶ハンドバッグもその場に放置されていました。コレットがあのバッグを置いてどこかへいくはずがありません。対面電話（eフォン）、非常時用の金銭、化粧道具など、重要な持ちものはみなあの中に入っていました。女性が携行するものはなんでもです」

マハーラがわたしの腕をつつき、黄色いメモ帳とペンをかかげてみせた。

〝これ、いい？〟

ジョルジュが説明した。

「上の実験室で見つけたそうだ。これを使わせてもらっていいかときいてる」

「どうぞどうぞ、かまいませんとも」わたしはしばし沈黙して、考えた。「ホテルでなにがあったのかは明白のように思えます。コレットを尾（つ）けていた者たちが、ホテルのスイートに押し入り、コレットを取り押さえ、攫（さら）ったのです——おそらく、わたしがシャワーを使っているあいだに。あなたでしたら、警察にスクリーンはしなかったでしょう。しかしわたしは、してしまいました」

ジョルジュはうなずいた。

「そうしたら……？」

「警察がいうには、親族から捜索願いが出ることと、失跡してまる一日が経過していること、このふたつの条件がそろわないかぎり、捜索は行なわれないのだそうです。コレットには、もう家族が残されていないこと、母親、父親、兄、すべて亡くなっていることを話して説得しようとしましたが、聞きいれてもらえませんでした」

「それにあんたは、親戚じゃない」

「そのとおり。もしもわたしが親戚を知っていれば、その人物に連絡し、警察にスクリーンしてもらったことでしょうが、あいにく、だれも知りません。あなたのことです、けさがた父親の主寝室を調べるにあたって、コールドブルックの名前をスクリーンで検索したのではありませんか」

「答えはノーでもあり、イエスでもあるな。調べたのはそれよりも前だ。あんたが図書室にいて、マハーラは実験室を調べていたときだよ。ふたりとも忙しくしていたから、このさい、調べておこうと思ったんだ」

わたしはうなずき、たずねた。

「それで、見つけたものは？」

「投資関係のデータさ。コールドブルックの名前がついた会社が三つあった。例のニューズレターも見つけたぞ。書いてあったのは、株関係の情報がほとんどだった。ただ、ニューズレターを書いていたのは父親本人じゃないな。別のだれかだ。それから、家族信託が一件、銀行口座多数、証券口座多数、不動産権利証書多数。コンサルタントとして、なかなかよくやっていたといえる」

わたしはうなずいた。ジョルジュはつづけた。

「しかし、ほかにコールドブルックの名前がついた親戚はいなかった。見つかったのは家族だけだ。本人、死亡。妻、死亡。息子、殺されたとの記録あり。そして、娘――コレット・キャロル・コールドブルック。娘は学位を、ふたつみっつ持ってる。スパイス・グローヴの〈林間の空き地(フォレスト・グレード)アカデミー〉というところで教鞭をとっていたそうだ」

「ほかに親戚はいないのですか？」

ジョルジュはかぶりをふった。わからないという意味だ。

このとき、マハーラがわたしの腕に触れ、自分自身を指さした。

「そうですね、調べてみてください。親戚が見つかったら、先方に連絡をおねがいします。先方にはわたしがコレットの友人であり、あなたがわたしの秘書であるといってくれますか。そして、スパイス・グローヴ警察に連絡するようにと。いまいったとおりのことを、先方に伝えてください」

マハーラはうなずき、例の黄色いメモ帳になにかを書きつけた。見せられたメモにはこう書いてあった。

〝奥さんの名は？〟

「ああ、もっともですね。もっと早く思いついてしかるべきでした」わたしはジョルジュに向きなおった。「あなた自身が検索したさいに、その名前を見たはずですが。いまも記憶にありますか？」

「あるとも。物覚えはかなりいいほうなんでな。ジョアン・レベッカ・キャロルだ。綴りはＣａｒｏｌｅ。最後にｅがつく」

「そのいっぽうで、地上車の件があります。あれの存在を考えると、コレットが犯人たちの魔手から逃れられたことはまちがいありません。おそらく、犯人たちに気づかれることなく脱出できたのでしょう。その足で、彼女はあのホテルにもどった――形状記憶バッグを回収するだけではなく、その場に残っているかもしれないわたしを連れていくために。形状記憶バッグ自体はスイートに残っているかもしれないし、ホテルに遺失物あつかいで保管されているかもしれないと思ったのでしょう。コレットはスパイス・グローヴにアパートメントを借りていました。しかし、あそこに帰るべきではない、充分な理由があります。おそらく、オーエンブライト＝ニュー・デルファイ間には旅客便が飛んでいるのではないでしょうか。確認してはいませんが」

「オーエンブライトからだと、まずナイアガラに飛ぶ。そこからニュー・デルファイ行きに乗り換えないとだめだな。しかし、頭のまわる人間なら、空港へはいくまいよ。コレットが逃げたことを誘拐犯が知れば、真っ先に網を張るのは空港に決まってる。コレットはもっと賢明な経路を選んだ。それがあのレンタカーだ」

「なるほど、たしかに。とまれ、犯人たちはコレットの行き先を推測し、ここへやってきた。案の定、コレットはここにいて、ふたたびつかまった。この屋敷には、盗聴器は仕込まれていなかったかもしれませんが、犯人たちは、この屋敷のことは知っていたのです」わたしはことばを切り、考えた。「コレットが護衛を雇うことは可能だったでしょうか？　武装したボディガードなどを？」

「できただろうな。充分な金と時間さえあれば」

わたしはうなずいた。これはおおむね、自分に対してのうなずきだ。そこで、別のことに思いあたった。

「あなたとしては、屋敷の捜索をつづけたいですか？　盗聴器、金銭、武器などを？」

「その必要はなかろう。マハーラにはスクリーンで検索をつづけてもらいたい。このニュー・デルファイにいるはずのコールドブルック姓とキャロル姓の人間をだ」

マハーラに顔を向けて、わたしはいった。

「わたしがいったことを忘れないでください。わたしはコレットの友人。あなたはわたしの秘書。コレットが消えて一週間が経過しており、警察に捜索願いを出すために親戚を探していること」

マハーラはうなずいた。

わたしは立ちあがった。すこしも空腹ではなかったうえ、早くこの場を離れて、あそこへいきたくてしかたがなかったのである。

「ジョルジュ、あなたにはあの地上車を調べてもらいたいと思います。ダッシュボックスにレンタルの契約書を見つけてくれましたね。ほかにもなにかないか、調べてみてください。トランクやシートの下も見ていただけますか。そのほか、思いつくあらゆるところを」

そのときジョルジュは、なにかいったかもしれない。いったとしても、わたしはいっさい注意を払っていなかった。わたしはできるだけ急いでサンルームをあとにすると、まっすぐエレベーターにいった。『火星の殺人』は、いまは実験室にある。ジョルジュといっしょに原子炉を調べたあとで実験室に寄ったとき、置いてきたのだ。金庫のドアは閉めてきたが、解錠番号を知らないので、鍵はかけないままにしてきた。とにもかくにも、まずは実験室に寄り、自分の著書を回収した。

入念に密封しておいた大きな鋼鉄のドア――異世界に通じるあのドアをあけるまでには、十五分から二十分の時間を要した。なるべく手早くテープを剥ぎとっていく。ジョルジュかマハーラが――あるいは両方ともが――いまにもエレベーターから出てくるのではないかとはらはらしながら。しかし、ふたりが出てくることはなく、わたしはコンラッド・コールドブルックが発見した新世界に足を踏みいれて――そのとたん、げえげえと吐き、倒れそうになった。それでも、なんとか深呼吸をし、まわりを見まわした。だいじょうぶ、この環境に適応できることはわかっている。

動けるようになると、ジャングル側のドアハンドルを動かそうとした。予想したとおり、ちゃんとロックされていた。いましがた、自分の著書でこのドアを解錠するまで、ロックはしっかりとかかっていた。そして、新世界側に入りこんだいまも、ふたたびオートロックがかかったわけだ。ここで、ドアに向かって本の裏表紙を振る。小さくカチリという音がして、新世界側のロックが解除された。前回、このドアに向かって駆けてきたときは、本を振ったことで、偶然、ロックがはずれたのだろう。あのあと、三人とも廊下に出て、ジョルジュがドアハンドルを押さえていたが、ドアを閉じた時点で、あらためて内側からオートロックがかかったと見ていい。あのときは、ドアを固定しようと必死になって駆けまわったあげく、テープを貼ったりしたが、すこし頭を使いさえすれば、あんなことで一時間以上も費やさずにすんだのである。

ドアに背を向け、例の岩壁に歩きだす。前回きたときに見つけた急勾配の小径を登って、崖の中腹に口をあけている黒い穴の前に立った。キッチンで探しだしたあの道具——小型のヘッドランプは、まだポケットに入ったままだ。それを額につけ、何度かスイッチをオン・オフしてから、穴の中に足を踏みいれた。

岩天井は低かった。かなり低かった。こうも低いと、コンラッド・コールドブルックほど背の高い男は、背をかがめねばならなかっただろう。わたしの場合、その必要はなかった。十歩ほど奥に入ったところで、永久鋼の鉄格子（ゲート）に遭遇した。永久鋼の棒と棒の間隔はせまく、上端側はナイフのように鋭く尖っている。しかし、『火星の殺人』を向けることによって、ゲートのロックも解除することができた。開いたゲートの奥へ入る。まるで自分が、ここの持ち主ででもあるかのように。このころには、奥にある古い木製のデスクに立てかけられたライフルまで見えるようになっていた。それはわたしが、コンラッド・コールドブルックの坑道で見つけた最初のものではあったが、最後のものではなかった。

というよりも、およそ最後にはほど遠かった。

14 マクセット、金（マネー）、怪物（モンスターズ）、月（ムーン）

マハーラが四階にあがってきたとき、わたしは実験室にいて室内をあさっており、ここで見つけたものはジョルジュに見せまいと決めたところだった。てっきりマハーラがメモ帳を見せるのかと思ったが、彼女はスクリーンを使い、自分のかわりに音声でこう報告させた。

「アリス・キャロルという人物が見つかったの。ジョアン・キャロル・コールドブルックの母親よ。孫娘のコレットの件を話したところ、警察にスクリーンすると約束してくれたわ」

わたしは取っておきの微笑を浮かべてみせた。

「さすがです！」

マハーラも微笑を返し、キーボードに指を躍らせた。

「彼女の住所を知りたければ、記録してあるから」

「いまはけっこうですが、あとで必要になるかもしれません」

「以前、ここに雇われていた管理家政婦（ハウスキーパー）も見つけておいたわ」スクリーンのスピーカーから流れる音声は、きびきびしていながら、心地よい響きをともなっていた。「名前はジュディ・ピータース。面接を受けるために、この屋敷まできてくれるそうよ。ほかに必要なのは、面接時間を決めることだけ」

「これもまた、さすがです」わたしはしばし、ためらった。ジュディ・ピータースと会うにあたって、先方の家まで出向くか、この屋敷まできてもらうか、どちらがいいか考えたのだ。

「まだ返事はしないでくださいますか。そのまえに、やらなくてはならないことがいろいろありますので。ジョルジュがあの地上車になにか見つけたか知っていますか?」

マハーラが知らないと答えたので、わたしたちはふたりして一階に降りた。ジョルジュはまだ地上車の中を調べており、フロアマットの下を覗いている最中だった。

「あなたが運転できるとは聞きましたが」わたしはジョルジュに声をかけた。「マハーラはどうでしょう?」

マハーラがかぶりをふった。ジョルジュによると、運転できないし、運転をおぼえようとしたこともないそうだ。

「とすると、わたしが運転のしかたを学ばねばならないようですね。教えていただけますか」

当然ながら、最初の自分が二十一世紀のハイブリッド・カーを運転していたという事実は、ジョルジュにはいわずにおいた。当時の運転知識がどれだけ通用するものかわからなかったからである。しかし、いざやってみると、十二分に通用することがわかった。というよりも、現代の地上車のほうが運転は楽だった。

運転席にすわり、小ぶりのハンドルを握ったわたしに向かって、ジョルジュがいった。

知ってるか？」

「要は、運転系統が二系統ある、ということだな。飛翔機と同じだよ。フリッターのことは

あまり知りません、とわたしは答えた。

「要領はいっしょさ。音声コマンドでも動くし、自分でハンドルを操作して手動運転してもいい。おれは手動運転が好きでな。そっちを好む者はおおぜいいる。運転がいやになったら、自動運転にまかせればいいんだ。自動運転まかせにして眠ってしまうやつもいるが、おれとしては、それは勧めない」

「わかりました」

「音声コマンド・オンリーなら、だれが運転しても変わりはせん。しかし、免許を取得したければ、手動運転を覚える必要がある。手動で動かせないかぎり、安全な運転はできないと見なされるからな」

「了解です。始動はどうするのでしょう？」

「音声コマンドで命じるか、そこのスイッチ——スクリーンの横にあるそれだ——そいつを入れればいい」

「なるほど。では、さっそく走ってみましょう」

「まっすぐに前を見て、地上車に話しかけろ、おれにではなく。大きな声で、はっきりと、スクリーンに話しかけるときの要領で。この車の固有名は見つからなかった。名前があるかどうかもわからん。しかし、車種はマクセットだ。だから、〝マクセット〟と呼びかければ

反応すると思う」

　まっすぐに前を見て、わたしはいった。

「マクセット、始動！」

　エンジンがかかる音はしなかった。が、スクリーンがともって、なんらかの制服を着た、ビジネスライクな男の仮像（シム）が現われた。

「ここで〝手動〟といえ」

　そういった。

「ようし、そしたらな、足もとにペダルがふたつあるだろう。右のペダルを踏めば前進する。強く踏めば踏むほど速度があがる仕組みだ。左のペダルを踏むと車は停止する。強く踏めば踏むほど早く停まる。ハンドル操作はもうわかってるな？　右にまわせば右、左にまわせば左に曲がる」

　道路際まで車を進めて、そこでいったん停止し、左右を見てから路上に出て、右折した。それから二、三キロ走ったところで、Uターンするのにちょうどいい場所を見つけた。そのころまでには、マクセットをバックさせるスイッチをステアリング・コラムに見つけていた。ただしこれは、車が完全に停止していないと有効にはならない。路上にほかの車がまったく見えないのを確認して停車し、バックして向きを変え、コールドブルック家の屋敷にもどりだした。

「なかなかうまいぞ」ジョルジュがいった。「自信過剰になりさえしなければ、これでもうだいじょうぶだ」

気をつけましょうとわたしは答え、こんどは音声運転を試してみたいのですが、といった。そのまえに、マハーラもいっしょにきたければ乗せていきましょう――。

かくして、マハーラとジョルジュを後部シートに乗せ、わたしはマクセットを発進させた。ジョルジュがわたしの肩から覗きこんで、運転ぶりを監督する形だった。最初のうちこそ、いろいろとダメ出しをされたが、とくに問題なく走れるとわかると、それからは注意されることもなくなった。速度は五十五以下に抑えて、安全運転を心がける。驚いたのは、そしておおいに気にいったのは、路上を走るほかの車と速度を同調させるよう、大ざっぱな指示を出しさえすれば、マクセットが適宜、ほどよい速度に調整してくれることだった。しばらく走るうちに、ずっと探していたものを見つけた。休憩所を示す投映看板である。大きな声で、はっきりと指示を出す。

「あの休憩所に入って駐まりなさい、マクセット」

音声コマンドは呪文のように効果を表わした。

ジョルジュがわたしに、用を足すのかときいた。ここの休憩所にもトイレがあったからだ。ほかに最先端の自販機が数台あり、樹々の下には四、五脚のピクニック・テーブルが置いてある。わたしは〝いいえ〟と答え、ジョルジュとマハーラを誘い、ピクニック・テーブルの一脚に歩いていって、椅子に腰をおろした。

ジョルジュがいった。

「なるほど。まだ盗聴を警戒してるというわけか」

わたしはうなずいた。

「または、カメラで監視されることをです。あるいは、その両方を。犯人たちは、コールドブルックの屋敷のことを知っていました。コレットが屋敷にきたときも、すぐにそれを察知しました。すくなくとも、そのように思えます。ですから、あとをつけてくる車がいないかどうか、スクリーンに見張らせていたのです。それはあなたも気づいていたでしょう」

「ああ、気づいてた」

「あとをつけられていたにせよ、それらしい車は見あたりませんでしたが、だからといって、尾行がついていないとはかぎりません」わたしはそこで、コンラッド・コールドブルックの坑道で見つけた数個の鉱石をポケットから取りだし、テーブル上に置いた。鉱石はぜんぶで七つあった。「これを見てください」

ふたりは見た。マハーラがうなずき、ジョルジュが最大の鉱石を手にとって陽光にかざす。

ややあって、ジョルジュはいった。

「これは——おれが思っているとおりのものか？」

「エメラルドの原石かということですか？　そうです、そう思います」

三十秒ほどたって、ジョルジュはいった。

「どのくらいの価値があるか、見当はついてるのか？」

「ついていません。大きな価値があれば……とは思っていますが」

「色味にもよるな。傷の有無その他でも変わってくる。輝きやカットしたあとの大きさでも。しかし、おれは宝石商じゃないからな」ジョルジュはエメラルドをテーブル上にもどした。

「どこでこれを見つけたか、教える気はないんだろうな？」

「おっしゃるとおり、教える気はありません――いまはまだ」

「ずっと教える気にはなるまいよ。ま、納得はした」

「よかった。あなたがたはとても力になってくれました。ふたりともです。あなたがたには好意を持っています。せっかくの協調関係がけんか別れにおわれば、たいへん残念に思ったことでしょう。そこでご両人には、相互に相いれないふたつの申し出をさせていただきます。選べるのはどちらかひとつ、両方とも選ぶことはできません。いいですか？」

ふたりはうなずいた。

「第一の申し出――。ここに七つの原石があります。これを三つのグループに分けます」

ここで、マハーラに向かって、

「最初に選ぶのはあなたです。一グループを選んでください。それはあなたのものです」

こんどはジョルジュに顔を向けた。

「つぎはあなたです。残った二グループのうちから、一グループを選んでください。それはあなたのものです。最後のグループはわたしが取りましょう。そののち、車で街中にいき、コレットの父親からエメラルドを買った宝石商の前でおふたりを降ろす。マハーラはもう、父親がエメラルドを売っていたことを知っていますね？」

マハーラはふたたびうなずいた。

「その後、わたしは地上車を運転して走り去る。それで永久にお別れです」

すこし間を置いて、ジョルジュがいった。

「ずいぶん気前がいいことだな」

どういたしまして、とわたしはいった。

「もうひとつの申し出を聞いてもいいか？」

「もちろんですとも。もうひとつの申し出では、以後も三人で行動をともにします。まず、三人で宝石商のもとへ赴き、七つのうち六つまでを、なるべく高い値段で売ります。最小の七つめはわたしの手元に残しておきましょう。ほかの六つを売ったあと、売却代金は三つに分ける。わたしはコレット探しをつづける。おふたかたには、できるかぎりのことがらで、わたしの手助けを継続してもらいます。もちろん、わたしを手助けすることが危険すぎると判断なされば、売却代金を持って、そのまま立ち去っていただいてけっこう」

ジョルジュがマハーラになにごとかをささやいた。マハーラはうなずいた。わたしに顔をもどして、ジョルジュはいった。

「二番めの申し出を選ぶ。ほかにもう、エメラルドはないのか？」

「現時点では持っていません」

「増える可能性は？」

わたしはかぶりをふった。

「なんともいえません。もう増えないかもしれません。状況しだいです」

「しかし、可能性はあるんだな？」

「ええ、可能性だけなら、確実に」

「よしきた。いまもいったように、おれたちはこのまま行動をともにする」

　ほかにも話しあうべきことは多々あった。ひとまず、ジョルジュとわたしが決めたのは、宝石商になにをいうか――そして、なにをいわずにおくべきかだった。

　その後、発掘された領収書の何枚かに名前があった宝石店へいくことにした。三人とも、その店がどこにあるかは知らなかったが、マクセットに店の名前を伝えたところ、車は経由すべき通りと曲がり角を示したうえで、店舗が見えるところまでわたしたちを連れていき、自動的に駐車した。

　宝石店に入ると、店員のひとりに声をかけ、支配人に会いたいのですが――コンラッド・コールドブルックに関することです、と告げた。店員は奥に姿を消し、五分以上も経過したころ、いそいそともどってきて、ついてきてくださいといった。

　支配人は六十がらみの太った男だった。抜けめなさそうな目を隠す眼鏡のレンズは部厚く、防弾仕様と見まがうばかりだ。

　支配人室には、デスクの向こうに椅子が一脚。ほかには、来客用の椅子が二脚しかない。一脚にマハーラが、もう一脚にはわたしがすわる。マハーラのうしろに立ったジョルジュに向かって、支配人がいった。

「もう一脚、椅子を持ってこさせてもよろしいが、長くはかかるまいと思いますのでな」

立ったままでかまわない、とジョルジュは答えた。

おもむろに、わたしは切りだした。

「コンラッド・コールドブルック氏、およびご子息が亡くなったことは、もうごぞんじかと思いますが」

支配人はうなずいた。

「おおいなる損失です。その話をしにいらしたのですかな？」

「ひとつには、それもあります。コンラッド・ジュニアとはお知りあいでしたか？」

「面識はまったく。お父上が一、二度、ご子息のお話をしておられたが、お会いしたことはありません」

「殺害されたことはごぞんじでしたか？」

支配人が見せたのは、あたかもわたしが〝きょうはいい天気ですね〟といったかのような反応だった。

「ほほう、それはそれは。臨場映像で彼の死が捜査中であると報道していたのを見た憶えはありますが。それ以上のことは知りませんでした」

「お父上はどのような反応を見せておられたのでしょう」

「さあ、わたしにはなんとも」

つかのま、この答えを吟味して、わたしはいった。

「ご子息が亡くなったあとも、お父上には会っておられるはずですね」

「ええ、お会いしました。取引がありまして、その処理で。ミスター・コールドブルックは、個人的なことはまったく話されませんでしたよ――すくなくとも、このわたしには」

「しかし、さっきあなたは、ご子息の話を聞かされたとおっしゃった」

「ご子息を店舗に待たせている、とおっしゃったことがありましてね。そのさい、取引には一時間以上かかると伝えてほしい旨、わたしの秘書に依頼なさったことを憶えています」

「じっさい、それだけの時間がかかりましたか？」

支配人はかぶりをふった。

「さあて、憶えておりませんな」

「おそらくあなたは、各宝石の買取価格を値切ったのではありませんか」

「そうかもしれませんが。いま申しあげたように、憶えておらんのですよ」

わたしは嘆息した。

「コールドブルック氏はあなたにエメラルドの原石を売りましたね」

支配人は無言だった。

「あなたは氏に領収書を発行された。そのうちの何枚かは、いまわたしのポケットに入っています。ごらんになりますか？」

支配人がきいた。

「あなた、当局の方？」

「いいえ。氏にはご子息だけでなく、ご息女もいたことをごぞんじですか？」

「娘さんが？」

「ええ、おられます。わたしたちは彼女の友人で、彼女の意を受けて動いているのです」

「ほんとうですか？」支配人は居ずまいを正し、椅子をデスクのそばに近づけた。「しかし、その方がご自分で出向いてこられないのは、なんとも解せませんな」

　これにはジョルジュが答えた。

「つぎに会ったとき、彼女に報告することになっているのさ。それまではわれわれと取引をしてもらうことになる。そちらさんに取引する気がすこしでもあるんなら」

「あなたがたもここが宝石店であることはご承知でしょう。それに、うちの店員もわたしも、武装していることはご承知のはずだ」

「ああ、もちろん」

　にやりと笑って、ジョルジュが答えた。

　ここで、わたしがいった。

「わたしたちはその種のトラブルを望んでいません。それはそちらもご同様でしょう」

　支配人はわたしのことばなど聞こえないようすで、ちらとマハーラに目をやった。

「こちらがコンラッドの娘さんということは……？」

「ありません。わたしの秘書です」

「ひとこともしゃべらないようだが？」

ジョルジュがいった。

「そう、しゃべらんのだよ。あんたも彼女から学べることがあるんじゃないのかい？」

支配人はわたしに向かって、

「ご用件をうかがいましょう」ときいた。

わたしは最小のエメラルドを取りだした。

「これにいくらの値をつけます？」

延々と価格交渉がつづき、ついには席を蹴って店の玄関口から出る寸前までいきかけた。が、最後には七つすべてについて合意がなった。わたしは最初のひとつをポケットにもどし、ほかの六つは売るつもりだと支配人に告げた。支配人は難色を示したが、多少の押し問答の末、それでいいと折れた。そののち、支配人はカードを取りだし、買取代金をわたしたちの口座に振りこむといった。

わたしは原石をすべてしまい、買取はキャッシュでおねがいしたいと伝えた。

「これだけの額をキャッシュで支払ったら、あすには当局がこの取引の調査にやってきます。そんな事態は避けたい。そちらはそれでいいのですか？」

ジョルジュがきいた。

「父親のときは、どんなふうに取引をしてたんだ？」

「あなたがたが持っているという領収書をじっくり見てみれば、一回につき、多くとも三つまでしか宝石を売っていないことがわかるはずですよ。たいていは一個か二個だけでしたな。

わたしはそれでも、二、三回に分けて買取額を口座に振りこんでいました。わたしの記憶にあるかぎり、六回は売りにこられた。そのすべてについて、分割でお支払いしています」

そのあとはまた、ひとしきり議論になったが、それをここに書き記す気はない。最後には、三つの口座に分け、それぞれに小切手を切らせることで決着がついた。つまり、わたしたちひとりにつき、一枚ということだ。小切手を現金化しに銀行まで出向くさいには、支配人のほか、店員がふたりついてきた。あなたにもご同行ねがいたいと支配人にたのんだところ、店員たちがいっしょでなければいやだといいはったのだ。宝石店側の三人は支配人の車に、わたしたち三人はマクセットに乗りこんだ。出向いたのは三つの異なる銀行だった。最初の銀行にはジョルジュと支配人が入っていって、ジョルジュの小切手を現金化した。二番めの銀行には支配人とわたしが入っていき、わたしの小切手を、三番めの銀行にはジョルジュとマハーラが、わたし、支配人、ふたりの店員をともなって入っていき、マハーラの小切手を現金化した。すくなくとも当面は、ジョルジュもマハーラもわたしも、全員、裕福になったことになる。

現金化が完了するまでにはしばらく時間がかかり、すべてがおわって外に出たときには、もう暗くなりかけていた。わたしは原石を差しだした。支配人が領収書を差しだす。そしてふたりの店員を連れ、宝石店に入っていった。三人がいなくなると、ジョルジュがわたしにたずねた。

「さて、つぎはどうする?」

「夕食をしたためて、寝みます」とわたしは答えた。

こう答えたときには、本気でそう思っていたのである。

「あすは？」

漠然と考えていることは何十もあったが、わたしはこう答えた。

「それはまたあした相談しましょう」

その晩、わたしが真夜中に起きだしたりしなければ、それはそのとおりになっていたろう。だが、あちらの世界では昼夜の長さがどうなっているのか、という点に興味があったため、わたしは例の鋼鉄ドアをあけてしまった。ドアの向こうにはさんさんと明るい陽光が射しており、当然、それではっきりと目が覚めた。

ドアを通りぬけて最初にわたしがしたのは、例の坑道へあがり、ライフルを確保することだった。それを手にして坑道から陽光のもとへ出たわたしは、あの小径をくだり、おおむね地上に降りたところで岩の上にすわると、ライフルにたくさんついているレバーやボタンがなんのためのものか調べようとした。ひとつは弾倉を取りだすものだった。出てきた弾倉は回転式の小型のもので、もっと大きな箱形弾倉と交換するためには、優秀な銃工がちゃんと設備の整った銃器店で作業しないかぎり、不可能な造りになっていた。銃弾は、五発すべてフル装塡されていたが、そのことにはすこしも驚かなかった。坑道にあった銃弾の箱は二箱。中を調べはしなかったが、おそらく片方は未使用で、片方は弾が抜かれていただろう。

最初のわたしは、狩猟用ライフルのことをよく知らなかったものの、見ればそれとわかる程度の知識は持ち合わせていた。ふたつの要素を除けば、この武器は基本的に当時のものと変わっていない。そのふたつの要素にしても、見かたによっては変わっていないといえる。ひとつめの要素は、最初のわたしの時代に鋼鉄だった部分の材質が異なることだった。この材質は黒色で、当時のどんなプラスティックよりも硬く、強い。用心鉄、引鉄、槓桿、遊底、以上のすべてが、この見慣れない黒い物質でできている。尾筒もそうだし、それをいうなら、薬莢もだ。銃身は細く、わたしの腕よりもすこし短い長さで、やはり黒い物質製だったが、内側には光沢ある薄い鋼の内張りがあり、旋条が切ってあった。銃床の材質は、わたしにわかるかぎりでは樹脂木のようだが、これはまちがっているかもしれない。

ふたつめの要素は、ライフル全体がむかしほどには重くないということだった。たぶん、木製のモックアップほど軽くはない。だが、手にとったとき、思ったよりもかなり軽かったことはまちがいない。

すくなくとも一発、できれば二発は試射しておきたいところだ。しかし、試射したあとに必要なクリーニングがここではできない。銃腔クリーナーがなく、クリーニング・ロッドもなく、オイルも綿パッチもなければ、ぼろきれ一枚すらない。決め手は補給のむずかしさが十二分にわかっていたことにあった。いまある以上の銃弾を確保するのは、簡単なことではないだろう。たしかに、金ならたっぷりとある。銃弾の調達にはことかかない。とはいえ、金があっても銃弾を入手できない可能性がある以上、無駄射ちで銃弾を浪費したくはない。

だから、試射はやめておいた。

ライフルの点検をおえると、例の砂浜まで歩いていき、ジョルジュ、マハーラ、わたしがすわって相談した、あのときの場所を見つけた。それから十分ほど——いや、それ以上ものあいだ、そこにすわって海を眺めながら、自分たちが口にしたことや、わたしがあえて口にしなかった考えを顧みた。

つぎに、あのカカシたちが（あの連中のことを話題にのぼすとき、ジョルジュとわたしはそう呼んでいた）円座して、地面をたたいていた場所にいってみようと思いたった。それがまぎれもない愚行であることは自分でもちゃんとわかっていた。だから、あの場所が簡単に見つからないようであれば、さっさとあきらめて引き返す。そう固く心に決めた。

それに、ライフルの試射をあきらめた以上、こんどは積極的にいく番だ。

例の円座の場所を探しあてるのはたやすかった。海が見えず、樹々も茂みもなく、一定の広さの平地が広がった場所という条件があったからである。それに、そう遠くもなかった。したがって、朝飯前とまではいわずとも、昼飯前という程度には簡単に見つかった。カカシたちはどこにもいなかった。起きている者も眠っている者もだ。カカシがこの場になにかを残していったとしても、わたしには見つけられなかった。

そのあとは浜辺まで引き返し、ふたたび海を眺めて過ごした。ライフルには光学照準器の一種がついている。スイッチは床尾板にあるにちがいない。というのも、ライフルの床尾を肩にあてがうたびに、照準器がオンになったからである。照準器はつねに、レンズの中心に照準を定め、銃弾があたる位置に対してグリーンに光る輪を投射する。最初のうちは、そのグリーンの輪が風に吹かれているかのように、ふらふらと揺れ動く意味がわからなかった。ややあって、これは風速その他の条件を計算し、弾道を補整したうえで、確実に銃弾を当てられる位置を表示しているのだと気がついた。つまりこれは、そうとう高度な照準器なのだ。

これが自分の銃ならば、あらかじめ吊り革をつけていただろう。それ以外に手を加えたいところはなかった。しかし現状では、その部分はいじれないので、肩から吊ることができず、手で持っているほかない。前にもいったように、この銃、けして重くないのだが、これではどうしても片手がふさがってしまう。

照準器の使いかたがわかったのちは、浜辺ぞいに遠くまで歩いてみることにした。砂浜がどこまでつづいているかを調べておきたかったのである。なにに出くわすかわからないので、ライフルは携えていく。ただし、そのいっぽうで、『火星の殺人』はどこか安全なところに隠しておきたかった。本はずっと左手に持って歩いていたわけだが、ライフルを射つ必要に迫られた場合は、放りださざるをえない。いったんその場を離れて、あとで本を取りにきたときになくなっていたら、死ぬまでここで暮らすはめになる。

砂の中に埋めていこうかと、何度も思った。しかし、埋めた場所がわからなくなったら、見つけだすまでに一週間もかかるかもしれない。考えているうちに、それまですわっていた流木が空洞になっていることに気がついた。この流木ならば、どこかにいってもどってきたときも、たぶん見分けがつくだろう。そういうわけで、できるだけ奥に本をつっこんでから、流木をしげしげと見つめ、その形状を目に焼きつけた。そこでやっと、砂浜を歩きだした。

歩きだしてからも、三、四歩ごとにふりかえっては、流木の位置と形をたしかめた。

そのうち、かなり距離が開いて、とうとう流木は見えなくなった。ここから先へはもう、砂浜がつきるまで歩きつづけるのみだ。足もとに広がるのは白い砂で（このことには前にも触れたかもしれない）、粒がかなり粗かった。なんとなく、波打ち際を越えて沖に進むと、急激に深くなっている気がしていたのだが、これは波の青さの質がもたらす思いこみだったようだ。ほどなく、それが完全に錯覚であったことが明らかになった。ここは遠浅になっている。水深がわたしのあごに達するのは、ずっと沖合まで歩いていってからのことだろう。今回の一連のできごとがはじまった当初、コレットとならんで小川の土手にすわったさい、わたしたちは足で川水をパシャパシャとはねたが——あの川面がどのような青さをたたえていたかを思いだすべきだった。大量の土砂を海までは運んでいかない川、澄んだ水の流れる川は、総じてこんな色味の青をたたえているものなのだ。

砂浜は、ここでは広く、そこではせまく、しじゅう幅を変化させながら、いつ尽きるともなく、連綿とつづいていた。数分おきに例の小さな白い太陽を見あげながら（太陽はだいぶ水平線に近づいてきていた）、ひたすら歩みつづける。砂浜は右へ右へとカーブしていた。そのことから、ここの地形に対する推測はさらに強まった。ここはやはり島なのだ。それも、あまり大きくない島だ。

自分の影が自分の背丈より長く砂に落ちるころ、そろそろ向きを変えて引き返したほうがよさそうだと判断した。まさにそう思った瞬間——わたしはそこでぴたりと立ちどまった。

おりしも、海上に奇妙な形のものを認めたからである。一見、大きな黒い岩のようだった。全体に丸みを帯びている。だが、たいていの岩よりも突起やこぶが多い。

しかも、わたしに向かってまっしぐらに近づいてくる。

動きはそう速くない。が、近づいてくるにつれ、最前部で海水を押し分けるさいの小さな波が見えるようになった。わたしはそれを見つめたまま、それの上陸地と見られる付近からあとずさった。あとずさりながら、心の中で自分をはげました。手元にはライフルがあるし——これは事実だ——いざとなればジャングルに駆けこめる——これも事実だ。

とはいえ、そうして後退しているあいだにも、恐怖は刻々とつのるいっぽうだった。その巨体が、海面からすくなくとも三メートルは上にまで突き出た段階で、それがじつは、当初に思ったのとはちがって、泳いでいたのではなく、海底を歩いていたことに気がついた。海面下に隠れている部分は、もはや海面上に突き出ている部分ほどに多くはない。そして、海底を這いまわれる存在は、陸上をも這いまわれると思われる。だからわたしはあとずさりつづけた——巨木のあいだに飛びこんで、内陸部に入りこみさえすれば、もう追いかけてはこられないぞと自分に言い聞かせながら。じっさい、樹々はかなり密に生えていた。海からあがってきた巨体は大きすぎて、とても樹々のあいだは通りぬけられないように思える。

それが勝手な思いこみであったことは、しばらくのちにわかるのだが、あなたもその場にいれば、きっと同じように思ったことだろう。

そのころには、巨体の手前に、巨体より小さくて平たいが、それでもかなり大きなものが動いていることに気がついていた。それはたしかに、そこにあった。三十秒ほどのあいだ、波間に沈んでは現われ、沈んでは現われということをくりかえしていたろうか。これもまた色は黒い。もしくは、暗灰色だ。ほどなく、波打ち際から三十メートルほど離れたあたりで、その暗灰色のものも含む巨体がほぼ全容を現わした。横幅は八メートルないし十メートル、高さは五、六メートルはあるだろうか。ということはつまり、背が高い人間の、二、三倍の高さがあるということだ。大半が海面上に出ているとはいえ、まだ海中に沈んでいる部分もある。その部分を除外しても、これだけの高さがあるなんて——。

そのころにはもう、それがなんらかの動物であると確信していた。射ちたくはなかった。ひとつには、娯楽で生きものを殺すという考え方に触れるにつけ、そいつをぶん殴ってやりたくなるたちだからである。だが、射ちたくないもうひとつの理由は、手元にある武器が、基本的にたんなる鹿射ち銃でしかないことにあった。そんなものでこうも大きな生きものを殺せるものかとなると、いたく心もとない。

人がまだ象を射殺していたころ、少数ながらも鹿射ち銃で象を殺せる者はいて、じっさい殺してもいた。だが、そういう連中は銃の名手だったし、象を殺すコツをいろいろと知っていた。最初のわたしはライフルを射ったことがある。だが、このわたしはない。ましてや、象を射殺するなど、とてもとても——射った象が出血多量で死ぬことはあるかもしれないが、その場で仕留めるのは無理だ。

空がかなり暗くなるころ、ずっと見まもっていたあの動物が、砂浜の上にすっかり巨体を現わした。全体に、やはり突起とこぶだらけで、からだは小さな家ほどもある。頭部らしい頭部は見当たらない。しかし、わたしは自分に言い聞かせた——地球上の動物がみんな頭を持っているからといって、この惑星の動物にも頭が必須と考えるのは愚かというものだと。いや——かならず頭があると考えるのも、そこまで愚かというほどではないかもしれないが、つぎに自分がとった行動は、掛け値なしに愚かなものだった。わが全人生でしでかした中で、もっとも愚かな行動かもしれない。なにしろ、もっとよく姿を見ようと、その動物にすこし近づいてしまったのだから。

歩みよったとたん、動物の突起とこぶがいっせいに動きだした。ほんとうならば、もっとじっくりその動きを注視するところだが、そのときのわたしは別のものに気をとられていた。頭である。平たい岩のような醜悪な頭部が巨体からせりでてきたのだ。本体の前にあるので小さく見えるが、じっさいには洗濯機ほども大きい。その頭に目があったとしても、わたしには見えなかった。しかし、タカやワシのそれに似た嘴(くちばし)は見えている。嘴の内側は白い。かなり白いため、薄れた陽光のもとでぼうっと光っているように見えた。

と、こぶのひとつがぼとりと砂浜に落ちた。ついで、もうひとつ。さらに、もうひとつ。こんどは上のほうにあったこぶまでも下にすべり落ちてきた。そのころには、最初に落ちたこぶが、のそのそとわたしのほうへ這い寄りだしていた。

いや、銃を射ってはいない。かわりに、逃げた。一目散に逃げた。樹々の間隔がせまく、動物があとを追ってこられないといったことは忘れてほしい。落ちてきたこぶの大きさなら、なんなく樹々のあいだをすりぬけられる。それゆえ、わたしは走った。うかつにも、途中で樹に激突してしまった。それも、正面からまともにだ。手からライフルが吹っとんだ。地に倒れこむ。激痛のあまり、気が遠くなりかけたが、必死に起きあがり、あたりを手探りしてライフルを見つけだした。その時点で、早くもこぶのひとつが、わたしに接触せんばかりに近づいていた。

そのこぶがくわっと口を開いた。開いたというよりも、露出させたというべきか。さっきライフルのボタンやレバーを調べたとき、安全装置の場所は見つけておいた。銃床が下へとカーブしだす部分にあるスライド式の解除ボタンだ。引鉄(ひきがね)を引いてもびくともしなかった。が、そこで解除ボタンのことを思いだし、急いで前にスライドさせた。そのときにはもう、嘴と白い口は銃口十センチのところに迫っていた。その口の中めがけ、銃弾をたたきこむ。

反動のせいなのか、それとも発砲音のせいなのか——わたしにはわからない。わかるのは、自分がライフルを取り落とすことなく地に倒れ、横に転がったことと、小さな怪物の一体の足がからだをかすめたことだけだった。わたしは必死に立ちあがり、ふたたび駆けだした。命長らえられたのは、この地の軽い重力のおかげだろう。地球の重力のもとでなら、もはや肉塊になっていたにちがいない。

その後もしばらく、背後から小さな怪物たちが追いすがってくる音が聞こえていた。が、やがてあたりは静かになった。それでもなお、そのまま走りつづけた。あえぎながら速度を落としたのは、それから一、二分ほど走りつづけてからのことである。よろめきよろめき、小走りになってもうすこし進むうちに、またもやあの砂浜に出た。そこでしばし、ようすをうかがった。

察するに、わたしにはふたつの大きな利点がある。ひとつはライフルを持っていること。もうひとつは、あの怪物たちより足が速いことだ。砂浜のほうがジャングルよりも光の量は多いから、銃の狙いをつけやすい。しかも砂浜は走るのに向いている。樹にぶつかることもなければ、足をひっかけて転ぶ原因となるものもない。あってもせいぜい、流木くらいだ。たしかに、怪物たちにとっても、砂浜は走るのに向いているかもしれない。あるいは、連中、走るよりも泳ぐほうが速くて、浅瀬に入って追いかけてくるかもしれない。しかし、やってみないことにはわからない。

だからわたしは、ふたたび砂浜に出て、ゆっくり走りだした。頻繁にうしろをふりかえりながら、のたのたと駆けていく。なにも追ってきてはいないようだったので、しばらくして走るのをやめ、歩きだした。早足で……といいたいところだが、速いといえる要素はまるでなかった。図書館が閉まったあと、わたしがいつも階段を昇り降りし、エクササイズをしていたことは、すでに語ったかもしれない。だが、砂浜を歩きだしたときには、一週間ぶんのエクササイズをすませたかのような状態に陥っていた。

ほどなく、自分がいったい島のどのへんにいるのかがわからなくなった。三人で話をしたあの場所は、もはや通りすぎてしまったのだろうか。そうかもしれない。あるいは、いまだあそこにはたどりついていないのか。そのほうがずっとありがたかったが、もしもそうではなかったら？　あの場所を探して砂浜を歩きつづけるうちに島を一周してしまい、またもやあのカミツキガメだかなんだかに加え、その愛しき小さな突起やこぶたちと遭遇するはめになったら？

おりしも、月が出た。月と呼んでいいのかどうかはわからなかったが、そう呼びたくなるものが宵空に昇った。わたしたちの月よりもずっと白く見える。そして、まだ水平線のすぐ上にあるそれは、日没時の真っ赤な太陽よりもさらに大きく見えた。見ているうちに、その白い色に不思議な違和感をおぼえたが……やがてその違和感の理由は、あの白く輝くものが氷だからだろうという結論に達した。だとすると、この惑星の月は、大量の水を逃がさないだけの重力を持っているが（これはあくまでわたしの推測にすぎない）、温度が低すぎて、水が液体の状態でいられないのだろう。固体の水——いいかえれば、それは氷だ。氷があの月を、白く——そして明るく——見せているのだ。あそこに空気はあまりないにちがいない。氷は熱を反射するし、保温効果のある空気もないために、水は凍ったままなのではないか。以上の推測は、すべてまちがっているかもしれない。だが、空に浮かんでいるものの姿は、それ以外には説明できないように思われた。

のちに、この図書館にもどってきたある日のこと、閉館したあと、つれづれなるままに、スクリーンの一台を使ってわたしたちの月の温度のことを調べてみた。スクリーンによれば、太陽光の直射のもとでは、月の表面温度は摂氏百二十度にもなるという。というと、かなり高温のようだが、月の暗黒面の温度が摂氏マイナス百八十度より冷たいことを知れば、平均すると、それほどでもないことがわかる。そして、ああ、なんということだろう！　こんなこと、想像がつくだろうか？　わたしたちの月の表面にも氷は存在していた。多くはないが、多少は存在していたのだ。

当然ながら、この異世界にいたときのわたしは、そういうことをまったく知らなかった。しかし、大きくて明るく、白々と輝く月を見たさいにわたしが思ったのは、右のようなことだったので、その思いを知ってもらうために、ここにこうして記しておくことにする。

やがてわたしは、すっかりくたびれはて、大きな流木に腰をおろした。向いているのは、もちろん、もときた方向だ。靴を脱ぎ、靴下も脱いで、両足をマッサージする。足を海水につけたまま、すこし浅瀬を歩いていこうかとも思ったが、結局、やめにした。そうする場合、ずっと立っていなければならなくなるからである。もはやくたくたで、とてもそんな気力はなかった。わたしは靴下と靴を履き、そのまま流木にすわりつづけた。そうやって、二十分ほどじっとしていたろうか。その間に考えていたのは、あの女王カミツキガメと幼体たちのこと、頬がひどく痛むこと、自分がもうすこしで死ぬ寸前だったこと、死ぬのはごめんだということなどであり――そのすべてが炎のイメージとからみあっていた。なぜ炎かといえば、自分が損耗したあとに――でなければ、閲覧されることも借り出されることもなく、書棚で何日も何日も過ごしたあとに――受けるであろう、焼却処分の炎が頭にちらついていたからである。いまだかつて、焼却されたことはないが、それが地下の特別室で行なわれることは知っている。スクリーンを通じて、焼却の場面も見た。焼却について調べていたさい、短い映像を発見したのだ。その映像は、年老いて損耗した男が焼却されるところだった。焼却係たちはまず、男に睡眠薬を盛った。眠る前、男はちょっと眠るくらいのつもりでいたのかもしれない。だが、もはや目覚めることはなく、男は昏睡したまま、動くベルトコンベアーの上に横たえられていた。縛られてもいない。拘束されてもいない。昏睡状態にあるために、縛りつける必要がないのである。

焼却炉へは頭から入れられる。そのさい、男の脚の片方が、ぴくりと動くのが見えた。

15　ニュー・デルファイ巡り

わたしがすわった流木が、じつは本を隠したあの流木だったこと——それはもう、あなたなら見当がついていることと思う。そうだろう？　ゆえに、これについてはもう触れまい。それに、そうと気づくまでにはけっこうな時間がかかっている。自分の馬鹿さかげんを書き連ねるのも、恥ずかしい話ではないか。なお、あのライフルは例の坑道に返してはいない。地球のニュー・アメリカに持って帰り、屋敷の三階の、自分の部屋と決めた客用寝室の隅に立てかけた。そのままベッドに入るべきところなのだろうが、わたしはそうはしなかった。ひとつには、外がもう白々と明るくなってきていたからであり、ひとつには、すこしも眠くなかったからである。眠いというより、疲れていた。腹もへっていた。

だから、ひげを剃り、図書館に与えられた、この中年男の顔をげんなりして眺めたあとで（これは鏡を見るたびにやっていることだ）、一階に降り、メイド・ボットにカフェを用意するようたのんでから、三人それぞれにどんな朝食を出せば喜ばれるかを伝えた。わたしはフルーツが大好きなので、いいフルーツがあればかならず食べる。ジョルジュとマハーラが朝食をとりに降りてきたときには、桃の生クリーム和えを食べ、カフェを飲みながら、入手しておきたい品物をリストアップしているところだった。たとえば、対面電話（ｅｅフォン）だ。

　ジョルジュが席につくのを待って、わたしはたずねた。

「ｅｅフォンを身につければ、所持者の現在地が正確にわかるのですね？」

　ジョルジュはゆっくりとうなずいた。

「たいていはな。条件にもよるが」

「その条件を教えてください」

「正規のものを手に入れる場合には、契約が必要になる。身分証を提示して、親指の指紋も登録しなきゃならん。そうすれば、キャリアはそのｅｅフォンの所有者と番号を把握できる。当局は、ユーザーが行なうコールをすべてモニターできるし——スクリーンを使うんだ——ｅｅフォンの現在位置も特定できる。あんたの友人のコレットはｅｅフォンを持っていた。そうだな？」

　わたしはうなずいた。

「だったら、警察が捜索をはじめれば、コレットのｅｅフォンがどこにあるかはあっさりとわかる。なんの苦労もない」

　コレットのｅｅフォンは、あのホテルのスイートに残ったまま——形状記憶バッグの中に入ったままの可能性がある。だが、わたしはただうなずいただけで、つぎの質問をした。

「わたしが一台ほしくなったとしましょう。しかし、それを通じて、だれかに居場所を把握されたくはない。その場合、どうすればいいでしょう？」

「簡単だよ。どこでもいい、eeフォンを売ってるショップに入っていって、プリペイド・フォンをくれといえばいいんだ。その場で一台わたしてくれるから。端末は無料だが、ある程度まとまった時間分、通話料を先払いしておく必要がある。百分か二百分か、でなけりゃ三百分か。まあ、そのくらいだな。そのへんはショップによってもちがう。固有番号の登録方法は店員が教えてくれるが……まさか、他人の番号を使うつもりじゃあるまいな？」

わたしはかぶりをふった。

「ならいい。そんなことはできんからな。もういちど番号を登録しなおせ、とメッセージが出るだけだ」

マハーラがわたしの腕に触れ、自分を指さした。

「マハーラがスクリーンを使って、未使用の番号を見つけてくれるといってる。eeフォン自体で未使用番号を検索するより、そのほうがずっと早い」

「だれかがわたしに連絡したいと思ったときは、どうやってその番号を知るのでしょう？スクリーンで登録情報を調べられるのですか？　自動的に番号簿に載る？」

「連絡してはこられんよ、こちらから番号を教えるまではな。しかし、ひとたび先方に連絡すれば、その番号が向こうに残る」

ここでわたしは、海から浜にあがってくる、女王カミツキガメを眺めていたときのことを思いだした。

「たとえば、カカシたちを見たあの世界にいったとします。eeフォンはあそこでも受信ができるのでしょうか。あそこからコールすることはできますか？　どう思います？」

「思うもなにも、答えは明白だ」とジョルジュは答えた。「あのドアをあけっぱなしにしていたら使える。ドアからある程度の距離まではな。ドアを閉じたなら、まず無理だ。ドアをロックするかしないかは関係ない。閉じたらアウトと思ってくれ。あれは鋼鉄のドアだから。あの世界でもeeフォンを使いたいのか？　そうだとしたら、ドアを変えないとだめだぞ。蝶番（ちょうつがい）から取りはずして、ポリマーか木のドアに交換するんだ。鋼鉄のドアに隙間をあける手もあるかもしれんが、いまついている金属の一枚板ではどうにもならん」

「なるほど。では、プリペイドの百分を使いきったらどうなるのでしょう」

「捨ててしまうのさ。使いきった時点で、そのeeフォンはゴミになる。二度と使えん」

「ほんとうですか？」

「ああ、ほんとうだとも。以前は通話時間の再チャージができる仕様だったんだが、悪賢いクラッカーどもがそこをいじって、何百分もロハで使う不正が横行してな。再使用不可能になった。eeフォンを分解して、よそから持ってきたパーツを加えて、一台組めるかって？　おお、組めるさ、天才ならな。しかし、それにはまず、パーツをどこかから調達してこにゃならん。たぶん、買うことはできるだろうが、よくわからんな」

　ジョルジュはいったん間を置き、わたしがなにも質問しないので、先をつづけた。

「かりに、なんのためにeeフォンがほしいのか、おれが知りたがったとしよう。きいたら教えてくれるか？」

「ええ、もちろんです」新鮮な桃のひときれを咀嚼しながら、わたしはどう答えるか考えた。それから、桃を嚥みこんで、「ここにいるあいだは、コレットのスクリーンを使ってコールできます。しかし、いつまでもここにいるわけではありません」

「そうだな。警察に探されるのを、あんた、恐れているようだしな」

わたしはほほえんだ。

「警察のことも恐れていますし、ほかの者たちのことも同様です。その〝ほかの者たち〟はもうわたしを探しているでしょう。警察ももう探しはじめているかもしれません。具体的なことはいえませんが。わたしは本来、自分がいるべき場所にはいないのです——それだけはお答えしておきましょう」

マハーラがメモ帳をかかげた。

〝それでおしまい？〟

「それが〝質問はそれでおしまいか〟という意味でしたら、答えはノーです。〝この話題はもうおしまいか〟という意味でしたら、答えはイエスですね。この話題について話す意志のあることは、すべてお話ししました」

マハーラはメモ帳をめくり、新たなメモを書いた。

〝つぎは？〟

「〝つぎになにを話しあうのか〟という意味ですか？　本日とるべき行動についてですよ。本日は最初に、ジョルジュが話してくれたプリペイド式のｅｅフォンを買いにいくつもりでいます。それから——むしろ、こちらのほうを先にいうべきだったのかもしれませんが——コレットがレンタルした地上車を返却しにいきます。わたしがそうしたいもろもろの理由は明白でしょう」

「コレットがあの車を借りたのは数日前だからな」ジョルジュがいった。「二週間までは、借りっぱなしでいても捜索がかかることはないぞ」

そんなことはとうに知っているという顔で、わたしはうなずいてみせた。

「しかし、借りている期間が長びけば長びくほど、レンタル料は高くなりますよ。そして、首尾よくコレットを見つけた暁には、その請求は全額、彼女のもとへいくことになるのです。それよりは、さっさと支払いをすませて、レンタカーの件を忘れてしまったほうがいい——もちろん、この屋敷のガレージにまだ地上車があって、レンタカーのかわりにわたしたちがそれを使うことができれば、という前提あっての話ですが」

地上車はちゃんとあった。堂々たるリムジンが一台、スマートな赤のオープンカーが一台、大型の全地形車が一台だった。あなたに運転をおねがいするのですから、どの車でも好きなタイプを選んでください、とジョルジュにいった。きっと全地形車を選ぶのだろうと思っていたが、意外にも、選んだのはオープンカーだった。

ジョルジュが車を引き出すのを待って、わたしはガレージの扉を閉めた。それから、待機させておいたマクセットに乗りこみ、手近のエース・レンタル営業所へ向かうよう指示した。オープンカーをうしろにしたがえて、マクセットは現地に到着した。手続きはすぐにすんだ。

営業所のボットに、コレットから車を返すようたのまれたことと、レンタル料はコレットが登録してある口座に請求してほしい旨を伝えるだけで、あっさりかたづいてしまったのだ。営業所を出てオープンカーの横に立った。助手席にはマハーラが乗っていたので、わたしは後部シートに乗りこんだ。

eeフォンの入手も問題なくおわり、つぎは管理家政婦(ハウスキーパー)と話す番ですね、とジョルジュにいった。さっそくマハーラがスクリーンをして、先方にこれから向かう旨を伝えてくれた。車はハウスキーパーの家に向かって、すみやかに出発した。

現地に向かう車中、わたしは最初の自分の誕生日をベースに、いくつか類似の番号を組みあわせて、新たなeeフォン番号を作成した(厳密にいえば、このわたしは〝誕生〟を経ていないので、どこにも誕生日の記録はない。それゆえに、これがベストの選択に思えたのである)。新品eeフォンに新規番号を登録する方法は、ショップの店員ボットから教わっていて、これはごく簡単だったので、ほんの二、三分費やしただけで、自力で設定することができた。設定登録を試みた新規番号は問題なく受けつけられた。つまり、この番号はまだ、だれにも使われていなかったということだ。

ハウスキーパーは、ニュー・デルファイ南部に建つ、小さなプレファブの家に住んでいた。そこまではかなり長いドライブだった。のちに、その家が賃貸であることを知る。コールドブルック家に勤めているあいだは、ハウスキーパーは三階の寝室の一室に起居していたのだという。

ハウスキーパーは中年の淑女で、すこし憂いを帯びた知的な目の持ち主だった。その目を見たとたん、わたしは思った――これは容易ならざる相手だぞ、できるだけ真実のみを語るようにしないといけないな、作り話は控えるようにしよう――。よけいなことをいわぬよう、あらかじめジョルジュにいっておいたのは正解だった。

「ミセス・ピータース？　わたしはＥ・Ａ・スミスという者です。綴りはＳｍｉｔｈｅ――最後にｅがつきます」

ピータース夫人はほほえんだ。人好きのするほほえみで、それを見ただけで、いい気分にさせられた。

「どうぞお入りになって、ミスター・スミス。お目にかかれて光栄にぞんじます。そちらのおふたかたも、さ、どうぞ中へ。おすわりになってくださいまし」

「彼女は秘書のミズ・レヴィ。すでにことばを交わされたことと思いますが」

ふたたび、ピータース夫人がほほえんだ。

「はい、スクリーンをちょうだいしました」

「こちらは共同事業者のミスター・フェーヴル」

全員が着席した。わたしとジョルジュはカウチにすわり――ジョルジュはわたしの右側だ――マハーラは左の椅子にすわる。三人とも入ると、ピータース夫人の小さな表側の部屋（リビング）はかなり手ぜまに感じられた。

「わたしが理解しているところによれば、あなたはかつて、コールドブルック家に奉公しておられました。これはそのとおりですか？」

「さようでございます、ミスター・スミス。三年間、お世話になっておりました」

わたしはうなずき、ほほえみを浮かべた。

「まことに恐縮ながら、多数の質問をさせていただくことになります、ミセス・ピータース。あまりにも立ちいったことをきくとお感じになれば、そうおっしゃってください。ただちに切りあげます」

ピータース夫人はほほえみを返した。

「わたくしの人生に隠すべきことなどはございません。母もよく、そう申しておりました、ミスター・スミス。それはつまり、わたくしの人生には一点の曇りもなく、恥ずべきこと、申しあげにくいことがないことを意味しております」

「それでは、ミスター・ピータースのことからはじめさせていただこうと思います。いまもごいっしょに？」

ピータース夫人のほほえみが消えた。

「心の中では、はい、いまもいっしょにおりますとも。ジムは六年前に他界いたしました。五十七年間、すばらしい時をともに過ごしました」

「そうでしたか。それはお気の毒に。心からお悔やみを申しあげます。すると、再婚はしておられないのですね？　まだまだお若くていらっしゃるのに」

ピータース夫人はかぶりをふった。

「再婚することがあるとは思っておりません、ミスター・スミス」

「お子さんがたはいらしたのでしょうか」

ピータース夫人はうなずいた。

「娘がふたりで、名前はスプリングにサマーと申します。ふたりとも、とてもいい娘（こ）で——もっとも、サマーのほうは、すこし熱くなることがございますが。わたくしの申します意味、おわかりになりますでしょう？　スプリングは新銀貨（ヌエボ・ディネロ）の街におりまして、愛しいコレットおじょうさまと同じく、教師をしております。サマーのほうは、外科医をしておりまして、あの娘がよくまあ、医師になれたものだわと信じがたい気持ちになりますけれども。住んでおりますのはココリク・シティですけれど、しじゅうあちこちを飛びまわっておりましてね。心臓の手術が必要なあちこちからお呼びがかかるそうで」

「それでは、おじょうさんはふたりとも、立派に自立しておられるのですね」

「ええ、ええ、そう思っております、ミスター・スミス。娘たちが生まれる前、わたくしはメイドをしておりまして、ジムのほうは庭師をしておりました。わたくしどもは、当初から娘たちに、あなたがたには親より上の地位に昇ることを期待している、立派な成績をとって、政府が学校にいかせてくれるようにがんばらなくてはいけませんよ、と言い聞かせて育ててまいりました。はじめのうちこそ、わたくしどもが教えておりましたが——読み書きや算術などです——そのうち、わたくしどものほうが教わるようになってしまいましてね。以後はもう、まさしく飛ぶように年月が過ぎ去って、ふたりとも立派に成長してくれました」

もうすこしその手の話を聞かされて、もう何度か相槌を打ってから、わたしは肝心の話を切りだした。

「さきほど、コレット・コールドブルックの名を口になさいましたが——いま現在、彼女はこの街にはおりません。わたしは彼女の友人として、彼女の代行をしている者です。それはおそらく、わたしの秘書がお話ししましたね？」

「ええ、そのようなことをおっしゃっておられました、ミスター・スミス。察しますところ、わたくしのことは、コレットおじょうさまからお聞きになられたのですね？」

わたしはその問いかけを無視した。

「あなたとコレットは良好な関係を築いておられましたか？　コレットがこの場にいたなら、ほほえんだでしょうか？　あなたと彼女の関係がどのようなものであったのかを、わたしはまったく知りません。正直に申しあげて、あなたが彼女を好いていようと嫌っていようと、どちらでもかまわないのですが、彼女があなたに好意をいだいていたかどうかは知っておく必要があるのです」

「コレットおじょうさまとわたくしとは友人でございました、ミスター・スミス。お信じになれないかもしれませんが、これはほんとうのことで。申しあげるまでもなく、わたくしは分をわきまえておりましたので、当然ながら、節度あるおつきあいをさせていただいておりました。とはいえ、ふたりだけのときは、友人同士としておしゃべりをしたり、ゴシップに興じたりしたものでございます。新調された服もよく見せてくださいましたし、ごぞんじの方たちについて、いろいろな秘密を打ち明けてもくださいました」

「コールドブルック家には、三年間、お勤めだったとおっしゃいましたね」

わたしは一瞬、ピータース夫人が泣きだすのではないかと思った。そんな表情になったのである。

「約三年間——ええ、さようでございますとも。いまとなっては、はるか遠いむかしながら、ああ、あれはなんと輝かしい日々に思えることでしょう、ミスター・スミス。ずっとずっと遠い過去の中の、とてもとてもすばらしい経験でした。ジムが亡くなってからというもの、あんなにも楽しい日々は、ひさしぶりの……」

そこから先は、尻すぼみに消えた。

マハーラが立ちあがり、そのそばに立って、そっと肩に手をかけた。

わたしはいった。

「ええ、わかります。ほんとうですとも。それでは、あなたを採用した人物はだれだったのでしょう?」

ピータース夫人が涙をこらえる音が、はっきりと聞こえた。

「コールドブルックのだんなさまでいらっしゃいました。わたくしをお雇いになられたのは、使用人を雇う必要が生じましたからで——そのときの状況をご説明しましょうか? 当時のコールドブルック家がどのような状況にあったのかを?」

「ぜひ説明してください。話していただければ、おおいに時間の節約になるでしょう」

「それでは……。コールドブルックの奥さまが亡くなられたのは、その時点から遡りまして、そうむかしのことではございません。奥さまのご存命中、コールドブルック家には使用人がいなかったとか。あれだけ広いお屋敷ですので、せめて何人かは――それも優秀な者が――要るところですのに、コールドブルックの奥さまは使用人を入れるのがおきらいで、だんなさまも奥さまのご意志を優先しておられたのだそうです。日常的な家事の全般は、奥さまとコレットおじょうさまがこなしておられたとうかがっております。そのほかには、四週間にいちど、清掃サービスが入るくらいだったようで。地上車の管理はコンラッドぼっちゃまの管轄で、保守サービスには――」

「その当時、地上車は何台ありました？　憶えていますか？」

「ええ、もちろんです。二台、お持ちでした。一台は大型セダンの――とても立派なお車で――わたくしの申しますこと、おわかりになりますでしょう？　ふだん、その車を運転していらしたのは、コールドブルックのだんなさまでいらっしゃいました。お子さまがたには、触れることも禁じておられました。もう一台は大型の全地形車でしたですね。これは頑丈で信頼性が高くて、おおぜいの方をお乗せすることができました。こちらの車につきましては、どちらのお子さまも運転を許されていらっしゃいましたが、運転にはカードキーが必要で、それはわたくしが管理しておりました。車が車庫にあるのかないのか、どちらのお子さまが乗って出かけられたのか、どこへいくとおっしゃって出かけられたのか、そういったことをすべてわたくしが把握しておくためです。週に一度は、街中へ食料品や雑貨等を買いにいく目的で、わたくしが使用させていただいておりました。日常の買い物はすべて、わたくしが一手に受け持っておりましたので」

「ほかにも使用人がいたような口ぶりですね」

「わたくしを雇っていただいた当初は、ほかの者はおりませんでした、ミスター・スミス。けれど、だんなさまのおいいつけで、わたくしがメイドとコックの面接をいたしまして――もちろん、最終判断はだんなさまがなさったのですが――最終的にメイド二名、コック一名、皿洗い（スカラリー）メイド一名を雇い入れました。面接はたしか、六週間ほどにわたって行なったように思います。もちろん、わたくしの行なった仕事はそれだけではございません。面接などは、むしろ簡単な部類。なにしろ、ずっとすわっていればよろしいのですから。と申しましても、正直者で働き者のメイドを見つけるのは、昨今、とても骨が折れる仕事でございましてね。雇ってすぐ、若い男に持っていかれたりもしますし。わたくしの申します意味、おわかりになりますでしょう」

わたしはほほえんだ。

「よくわかります」

「いっぽう、コックを見つけますのは、さほどたいへんではございませんでした。コールドブルックのだんなさまは、よいコックには給金を惜しまれない方でしたので。タイミングがよく、お屋敷におられるときは、かならずご自身でコックの面接をなさいました。もっとも、お仕事でしじゅう旅に出ていらっしゃいましたが。それはきっと、ごぞんじでいらっしゃいますね？」

知っています、とわたしは答えた。

「コックは女性に決まりました。ミズ・ケックと申します。だんなさまは以後、スカラリー・メイドの面接をコックに一任なさいました。なぜかと申しますと、コックを補助する仕事だからです。〝厨房手伝い〟とわたくしどもは呼んでおりましたですが。ただし、コックが面接していたのは、最初のうちだけでした。ミズ・ケックはなかなか満足せず、いっこうに採用が決まらないものですから、わたくしが面接せざるをえなくなったしだいです」

ここでわたしは、ジュディ・ピータースにたのみ、使用人の名前をぜんぶあげてもらった。名前はジョルジュが録音して、マハーラが書きとめていった。その名はいちいち、ここには記さない。結局のところ、この件には関係がなかったからである。

ただ、おそらくこれはいっておくべきだろう。このときわたしは、ジョルジュにいくつか質問をさせた。その質問は、使用人たちのだれかに逮捕歴がなかったか、賭けごとの好きな者はいなかったか、ドラッグをやっていそうな者はいなかったか、ミズ・ケックが食料品を盗んだことはなかったか等々、おおむね素行に関することがらだった。

ジョルジュの質問がひととおりすむと、ふたたびわたしは質問をはじめた。

「あなたが解雇されたさいには、ミセス・ピータース、理由を告げられましたか？」

「あのときは——全員がキッチンに集められました、ミスター・スミス。メイドが二名に、コックとその手伝い、おかかえ運転手、庭師が二名、そしてこのわたくしです。そのとき、コールドブルックのだんなさまがおっしゃった理由は、以後はすべて、使用人をロボットに切り替えるからというものでした。解雇にあたりましては、全員が、立派な人物証明書と、潤沢な解雇手当をちょうだいしました。ただし、その週の週末までには、確実に引きはらうようにと申しつけられました。全員がです」

「それはどのくらい前のことでした？」

「ええと、少々お待ちを……。そうです、そうです！　あれは昨年の第十八週……だったと思います、ミスター・スミス。春のできごとでした。といいますのは、庭師の中に、ひどく怒っている者がおりましてね。なぜかと申しますと——ああ、こういう細部、興味はございませんですわね」

「いえいえ、大ありですよ」わたしはその話をつづけさせようと試みた。「どうぞつづけてください」

「なぜかと申しますと、まさに球根植物が花をつけようとしていた時期だったという事情がございまして。前の秋にたくさん植えつけたものですから。五百株、だったかと思います。それがいっせいに咲くところを見たかったといって、庭師は腹をたてておりました。けれど、使用人はすべて解雇されてしまいましたので……いまはボットたちが世話をしておりますのでしょう」

「屋敷のようすを見にいかれたことは？」

「いいえ……と申しますか、あの、まったくうかがったことがないわけでは……。わたくしは

——その、仕事を探しておりましたもので、ミスター・スミス」

わたしはほほえんだ。

「そこにはなにもまちがったところはありませんよ、ミセス・ピーターズ」

「お屋敷でメイドをしていた娘(こ)のひとりが……名前はエラ＝ジーンと申しますんですが……〈お部屋ピカピカ(スパン&スピック)〉に就職いたしましてね。ここはお屋敷で委託していた清掃会社なんです。だんなさまがボットを導入されたあと、この会社にお声がかかることはなかったんですが、そのあるとき、コンラッドぼっちゃまから、またきてほしいとの連絡がありましたそうで、そのことをエラ＝ジーンがわたくしに教えてくれましたんです。なんでも、コールドブルックのだんなさまがどこかへいってしまわれて、コンラッドぼっちゃまはだんなさまが死亡したと思っておられるとか。ただ、だんなさまの死亡は確認されておりませんでした。法律上は、判事によって死亡を宣告されるまで、何年も何年もかかりますそうで」

「わかります」

「でも、だんなさまは亡くなったにちがいない、とだれもが思っておられましたんですよ。コンラッドぼっちゃまもそうでしたし、コレットおじょうさまもそう思う、とおっしゃっておられましたですね。だんなさまの失踪を知る者が全員、そう思われたようで。そのあとで、わたくしは失踪の件を何人かに話しまして——おわかりになりますでしょう？ その時点で、だんなさまが行方不明になられてから半年が経過していて、だれのところにも音沙汰がない状態でした」

「あなたとしては、もういちど以前の立場にもどれないかと期待なさったのでしょう?」

「ええ、ミスター・スミス、おっしゃるとおりでした。コレットおじょうさまは教師生活にもどられて、もうお屋敷におられませんでした。コレットはいってしまったよ、というのがコンラッドぼっちゃまのおことばでした。そのあと、だんなさまもいなくなってしまったと――このとき、ぼっちゃまは、たしかに〝いなくなってしまった〟とおっしゃったんです。〝亡くなった〟という意味でおっしゃっていることが、わたくしにはわかりました。いいえ、だれもがそう思っておられたでしょうね。だんなさまはコンラッドぼっちゃまに、どこかへいくとはおっしゃらなかったそうですし、旅行鞄の荷造りもなさらず、地上車、フリッター、その他のどんな乗り物にも乗っていかれなかったそうですし。お屋敷をお訪ねしたさいには、ボットの一台に事情を聞きました。ああ、そうです、あれはコンラッドぼっちゃまに呼んでいただいて、ぼっちゃまが応接室にこられるのを待っていたときのことです。ぼっちゃまはなにかのご用事で忙しくしておられて、一時間かそれ以上も姿をお見せになりませんでした。なんのご用事であったのかまではぞんじません。おそらく、結婚なさるおつもりだったあのおじょうさまがスクリーンしてこられたか、ぼっちゃまからあの方にスクリーンなさったか、そのどちらかでしたのでしょう」

「つづけてください」

「姿をお見せになったコンラッドぼっちゃまは、以前と同様に、親しくお話をしてくださいました。そのときうかがったお話の内容は、ボットから聞いたものと同じでした。ある朝、朝食時になっても、だんなさまが降りてこられなかったのだそうです。そのときコンラッドぼっちゃまは、だんなさまが上階の実験室でなにか作業をしておられると思われたのだとか。だんなさまには、よくそういったことがございましてね。わたくしが同じ立場でも、やはりぼっちゃまのように判断したことと思います。けれど、しばらくして、コック・ボットから、お昼にはなにをお出ししましょうとたずねられたコンラッドぼっちゃまは、上の階へききにいかれて——そこではじめて、だんなさまのお姿が見えないことに気づかれたのだそうです。実験室にも、寝室にもです」

わたしはうなずいた。

「コンラッドぼっちゃまはとてもよく応対してくださいました、ミスター・スミス。ただ、ぼっちゃまからお仕事をちょうだいすることはありませんでした。ご結婚なさるので、あのお屋敷を引きはらわれるとおっしゃって。ほんとうは売却したいところだけれど、法律上、それはできないんだとも。おわかりでございましょう、お屋敷はだんなさまのものですから。ぼっちゃまは、知人たちにわたくしを斡旋するといってくださいましたが、いま申しましたように、お屋敷のお仕事はいただけませんでした」

ジョルジュがたずねた。

「で、父親は？　もどってきたのかね？」

「はい、もどってこられました——コンラッドぼっちゃまが亡くなったあとに」ピータース夫人は、ジョルジュからわたしへと視線をもどした。「ぼっちゃまが亡くなられたことは、ごぞんじでいらっしゃいますね？」

「亡くなったことは知っています。しかし、それほどくわしい事情は聞きおよんでいません。ごぞんじのことを話していただけますか」

「報道によりますと、何者かに殺害されたとか……。でも、ミスター・スミス、ニュース・レポーターのいうことですから、あまりあてにはなりません。男も女も、ほんとうにもう、あのレポーター連中ときたら、まるでいろいろと事情を知っているかのような口ぶりで話すくせに、ときどき、まったくのデタラメをいうことがありますでしょ？」

わたしはうなずいた。

「コレットおじょうさまでしたら、もっといろいろとごぞんじですが、はたしてあのことをお話しになりたがるかどうか……。おふたりは――ぼっちゃまとコレットおじょうさまとは――とても仲がおよろしかったのです。子供のころには大げんかをしたこともあるそうですけれど、それを笑い話にしておられました。おふたりだけでひとつの世界を作っておられるようだったと申しますか……わかりますでしょ？」

「おふたりで父上に対抗していたのでしょうか？」

「いえ、そうは申しません、ミスター・スミス。まあ、たしかにだんなさまは気むずかしい方でしたけれども。気むずかしくて、口数がすくなくていらして……わかりますでしょう？あまりにも無口でいらっしゃるものだから、まわりの者は怖くなってしまうんです。ただ、だんなさまがなにかをおっしゃるときは、しっかりと拝聴しないといけませんでしたですね。

ひとことひとことを吟味されて発言されましたし、ひとたび口にされたことばは、けっしてたがえぬ方でらっしゃいましたから。あの方にお仕えするのはボットが最適だと思いますよ。ただ、一点——ああ、くだらないゴシップなど、お聞きになりたくありませんわね？」

答えたのはジョルジュだった。

「いいや、ぜひ聞きたいな」

わたしもうなずいた。

「わたくしが申しあげようとしたのはですね、だんなさまもあの方なりに、奥さまを愛していらしたのかもしれないということです。愛していらしたならよろしいのですが。奥さまは、その、少々気を病んでおられまして——いえ、そうであったとうかがっています。使用人を雇われなかったのも、それが原因だとか。ボットを導入なさっていたら、もっとたいへんなことになっておりましたでしょうね。ボットというのは、だれのどのような命令でも、そのとおりに実行してしまうといいますから。けれどミセス・Cは、ときどき気病みになられることがあったそうで……ボットがおりましたなら、もしかするとその一台に自分を殺すよう指示なさっていたかもしれません」

「命令されたところで、殺害にまでおよんだかどうかは疑問ですが、基本的にはそのとおり——だれのどのような命令にもしたがうものです。ミセス・コールドブルックがそのような命令を出された場合、ボットが多大な危害を加えた恐れはたしかにありますね」

「だんなさまは奥さまを愛していらして、しっかりケアしておられたと思いますんですよ。

そのことはもう、さまざまな機会に、コレットおじょうさまとコンラッドぼっちゃまからもうかがっておりましたし」

「しかし氏は、お子さんがたにはそれほどでもなかった？」

「その……わたくしの見た範囲では」ピータース夫人は声を低めた。「あの、だんなさまとみなさまは、お知り合いでいらしたのでしょうか」

「いいえ、面識はまったく。ここにいる三人のだれもです」

「ときどき、お三方は──つまりですね、だんなさまと、コンラッドぼっちゃま、コレットおじょうさまは──いっしょのテーブルについて、黙々と食事をとられて、その間どなたも、ひとこともことばを発せられないということがございました」

「お屋敷への訪問者についてはどうです？　どのような人物がきていたか、教えていただけますか？」

「それが、どなたも。そこが奇妙なところなんでございますけれど。もちろん、そのほうが使用人も手がかかりませんのですが、ご来客がないということは、チップをいただく機会もないということでございまして……。ごぞんじと思いますが、一階の主寝室を除きますと、寝室はぜんぶで八部屋ございます。客用寝室が三階に六部屋、お子さまがたの寝室が二階に二部屋で──この二部屋は、コンラッドぼっちゃまとコレットおじょうさまの寝室ですね。けれど、三階の客用寝室に泊まられたお客さまは、ただのおひとかたもおられませんでした。すくなくとも、わたくしがお世話になっていたときには」

ピータース夫人はそういって、つぎの質問を待ったが、わたしは質問をしなかった。あることに思いいたり、それを整理するのに、一、二分、時間がかかりそうだったからである。その疑問を思いついてすぐに、わたしは立ちあがった。

「ジョルジュ、あなたもミセス・ピータースにおたずねしたいことがいろいろあるでしょう。そのあいだ、わたしはミズ・レヴィと表に出て、外の空気を吸ってきます。すぐにもどってきますから」

しばらくしてもどってきたときには、ジョルジュがこう質問していた。

「家主はよく旅行に出かけていたそうだが、どこにいっていたのかおわかりかね？」

「ときどき、市外へ出かけていらっしゃいました。なぜわかったかと申しますと、旅行用に荷造りしたスーツケースをいつも用意なさっていらしたからです。山荘も持っておいでで、そこへはしじゅう、お出かけになっておられましたですね。考えごとは山荘でするんだ、とよくおっしゃっておられたものです」

「その山荘がどこにあるのか、おわかりかな？　その点が重要かもしれんのでね」

「あいにく、ぞんじません」

「山荘に通じる道路は？」

「うかがったことがございません」

「食料品等はどこへ買いに出かけてたんだろう？」

「さあ、見当も」

ピータース夫人はそういって、かぶりをふった。

ここでわたしが口をはさみ、夫人にたずねた。

「そこへはすでに、だれかがようすを見にいっているでしょう。どのみち、氏がいまそこにいないことは確実です。それよりも、氏が埋葬された場所はごぞんじですか？」

ピータース夫人はうなずいた。

「オールド・チャーチの墓地ではないかと思います、ミスター・スミス。あそこは数年前に設けられた墓地でして。街の西はずれにあります」

ジョルジュがいった。

「そこへいって、故人に二、三、質問してくるか？」

わたしはにやりと笑った。

「あなたとミズ・レヴィで？　そうですね。では、おふたりにおねがいしましょうか」

このジョークに、ピータース夫人が上品に笑った。わたしは彼女に顔をもどした。

「あなたこそ、わたしたちの求める人材のようです。いま、外でミズ・レヴィと相談して、ぜひ屋敷で働いていただこうということになりました。週に百五十でいかがです？」

それからひとしきり、給金の額をめぐって攻防がつづいたが、それは割愛しよう。なにはともあれ、金額の折り合いはついた。夫人には月曜日からきてもらうことになった。

ふたたびオープンカーの、造りのしっかりした戦闘フリッター用シートに収まってから、ジョルジュがたずねた。あんた、あのハウスキーパーになにをさせたいんだ？

わたしは答えた。

「もちろん、屋敷の管理を」

「なるほどな……ほんとうは外でマハーラとなんの話をしていたのか、きいてもいいか？」

「かまいませんよ。どのみち、あなたがたがふたりだけになりしだい、彼女が自発的に話すでしょうしね。わたしが知りたかったのは、コールドブルック家がピータース夫人にいくら給与を支払っていたのかということでした。マハーラなら、氏の記録を調べたさい、それを把握していたのだろうと思いまして。じっさい、把握していました。週に二百です。それがわかったので、侮辱にはならない範囲で、低めの給金を申し出ることができました」

「必要もないハウスキーパーを雇うためにか」

「わたしたちがあの屋敷にいるかぎり、ハウスキーパーは必要ありません。それはたしかにそうです。しかし、つねにあの屋敷に待機していて、なにかあったときに連絡してもらえる、信頼の置ける人物が必要です。たとえば、コレットが帰ってきたような場合ですね。自分を攫(さら)った者たちのもとから自力で脱出してくるかもしれないし、犯人たちが彼女を解放したり、送りとどけてきたりするかもしれません。そのような事態になったとき、ピータース夫人がスクリーンで教えてくれるでしょう。あるいは、警察があなたがたを探しにきた場合も同様です。不測の事態はいろいろと考えられます」

ジョルジュが笑った。

「信用するんだな、警察はおれになんか用はない。とっくにとっつかまって、徹底的に絞りあげられたあとだ」

そんなことはこれっぱかりも信じなかったが、口に出してはこういった。

「それを聞いてうれしく思いますよ」

「さて、これからどこへ？　墓へいくかい？」

それについては、どうしようかと思案中だった。

「まだです。結局、墓へはいかないかもしれません。ニュー・デルファイにはどれくらいの葬儀社があると思います？」

「八社ないし十社。もっとあるかもしれん。葬儀社から話を聞きたいのか？」

「そうかもしれない……いや、そうです。ところでジョルジュ、あなたが運転するかたわら、マハーラがこの地上車のスクリーンを使うことはできますか？」

「できる。運転は手動ですればいいんだから」

「この車に指示して——ときに、この車はなんという名前でしょう？　知っていますか？」

「ジェラルダインだよ。コールリッジの詩に出てくる魔女あたりに由来するのかな。なんにせよ、ユーモアのセンスがあるやつが名づけたらしい」

「コンラッド・ジュニアでしょう。確証はありませんが、そう見てまちがいないと思います。では、ジェラルダインにあらかじめ目的地を指示しておきさえすれば、手動に切り替えなくとも、自動走行で現地に向かわせながら、なおかつマハーラがスクリーンを使うことは可能ですか？」

「可能だ。どこへいかせたい？」

「検屍官事務所へ。監察医事務所と呼ばれているかもしれません。両方とも、あたってみてください」

ジョルジュにそうたのむと、わたしは前部シートごしに助手席へ手を伸ばし、マハーラの肩に触れた。

「コンラッド・コールドブルック・シニアを埋葬するさい、どの死体安置所が用いられたか、調べていただけますか。死亡したのは今年の春かもしれませんが、夏になってから、という可能性も考えられます。調べだすのは不可能だろうと思われますが、いちおう、調べてみてください」

マハーラはうなずき、ジェラルダインの小型キーボードを引きだすと、検索をはじめた。

ジョルジュがわたしにいった。

「監察医事務所だそうだ。いま向かってる」

わたしはふたりに礼をいった。

監察医事務所に到着したわたしたちは、微笑をたたえた若い女性に向かって、三人共同でコンラッド・コールドブルックの伝記をまとめているところだと伝えた。

たちまち、女性の微笑が消えた。

「それはなかなかむずかしいでしょうね。謎の多い人でしたから」

「まさしく！　だからこそ、読む者の興味をかきたてるのです。あなたはどう思いますか、ジョルジュ？　五万ヒットくらい？」

「四万七千というところかな。公開したら、この数字ちかくまではいくと見ていい」

「そうだといいのですがね」

わたしは若い女性に顔をもどした。

「司法解剖の結果を見せていただけますか。その記録は公開されていますね？」

「記録がありさえすれば、公開されているはずですが。検索はなさいました？」

「まだです」

「では、こちらで検索を行ないましょう」女性はスクリーンに語りかけた。「コンラッド・コールドブルック。記録があれば表示」

スクリーンに現われたデータを見て、女性はいった。

「これはご子息のほうだわ……こちらもごらんになりますか？」

ジョルジュが答えた。

「ああ、もちろん。シニアの一生にかかわる情報なら、なんでも」

「絞殺されたとあります。資料一式をお送りしましょう。アドレスを教えてください」

マハーラがメモ帳にアドレスを記し、そのページを切りとって、若い女性にわたした。

若い女性は、ふたたびスクリーンに話しかけたのち、画面から視線を離した。

わたしはたずねた。

「シニアについての記録はどうでした？」

「司法解剖はなされていませんね。行なうべき理由がなかったからです。当直医の報告書をごらんになりますか？　死因は心停止とありますが」

「記録がそれしかないのでしたら、見せてください。法律上、百歳未満で亡くなった人間については、かならず検屍が行なわれると聞いたのですが……？」

「遺体にこれといった問題がなかったからでしょう」と若い女性は答えた。「法律上、その条件でかならず検屍をする決まりはないんです。検屍を行なうと、遺体が損なわれてしまうため、ご遺族にはお見せせず、棺をあけられない状態で葬儀を営みますが、ご遺族はそれを好みません。ですから、検屍が行なわれるのは、犯罪が疑われる場合にかぎられるんです。その場合、検屍の費用は公費でまかなわれます。近親者の方のご要望があれば検屍は行ないますが、その場合の費用はご遺族持ちとなります。通常、そのような例は、一年に一、二度くらいですね。監察医が自然死であると確認すれば、検屍は行なわれません」

ジェラルダインにもどったあとで、ジョルジュがわたしにいった。

「どうした、なにをにやついてる？　監察医事務所じゃ、なんの成果もあげられなかったというのに」

「まったくもってそのとおり。これはもう、さめざめと泣いてもおかしくない状況ですよ。あとで泣くかもしれませんね。泣きたくはありませんが、泣くかもしれません。ところで、死体安置所の検索ですが、マハーラに進捗状況をたずねてもいいでしょうか」

マハーラは助手席でふりかえり、親指を立ててみせた。ジョルジュがいった。

「楽しんでるそうだ。いい思いをさせてもらってるといってる。そいつはおれも同じだな。ちょっといかれた形でだが」

「あなたは非常に物知りです。じっさい、情報の宝庫であって、有用な助言をたくさんしてくださいました。そこで、もうひとつ、助言をあおぎたいのですが。コンラッド・コールドブルック・ジュニアの死について、紙の文書の形で報告書を発行してもらえるものかどうか、おわかりですか？」

「息子のほうの？　わかるとも。警察か監察医の、紙の報告書がほしいんだな？　両方とも出るはずだ。監察医の報告書がほしければ、いますぐ引き返して、もらってくればいい」

わたしはかぶりをふった。

「ほしいのは警察の報告書です、もしも手に入るのでしたら、ですが」

「手には入るが、ハードルがふたつある。ひとつめはたいしたものじゃない。発行手数料がかかることだ。なあに、銀行が破産するほどの額じゃないよ」ジョルジュはことばを切り、少々深刻な顔になった。「ふたつめは、ちょいとやっかいだぞ」

「想像はつきます」

「警察は、なぜそんなものをほしがるのか知りたがる。加えて、おれたちが何者か、どこに滞在しているのかもだ。身分証の提示も求められるだろう。となると、警察に出向く役目はおれをあてにしないでくれ。マハーラも引き受けてはやれん」

「わかっていますよ。では、警察本部の二、三ブロック手前で停めてくれますか。警察での仕事がかたづいたあとは、どこで落ちあえばいいでしょう」

「バス・ターミナルなんてのはどうだい？」

そういったジョルジュの顔には、不安そうな表情が浮かんでいた。

16　あの男、ふたたび

警察本部を出て三分ほどたったあたりだろうか、尾行されていることに気づいた。早晩、尾行がつくだろうとうすうす思ってはいたが、いざ尾けられてみると、なかなかにショックだった。最初の自分は『九人の死の乙女』において、尾行の確認方法を読者に開陳している。三回、右へ曲がるのだ。三つめの角を曲がって、まだその男がついてきていたら、まちがいない、あなたは尾けられている。

さて、尾行がついた。どうする？

気になる点はふたつあった。その一。尾行がつくのが早すぎたこと。わたしとの話をほぼ一手に聴取した警察官は――セロディという刑事だ――友好的で協力的だった。コレットの父親のものをベースに偽造した身分証にも、疑問をいだいたふしはなかった。それなのに、わたしが警察本部を出たとたん、ただちに尾行をはじめさせた？　セロディにそんな余裕があったろうか。もちろん、表面上は疑っていないそぶりを見せていても、じつは疑っていたという可能性はある。しかし、その場合、プロの尾行者がつくはずだ。そうだろう？

それに、尾行者は警察官のはずだが、警察官という連中は総じてガタイが大きい。女性でさえ大きい。しかるに、この尾行者は小柄で、おまけに黒いレインコートを身につけ、黒いレインハットをかぶっている。いまは七月で、わたしの乗ったバスがニュー・デルファイに着いた夜を除けば、雨は一滴も降っていないというのに、そんな格好なのだ。

となると、なにか妙なことが起きていると想定せざるをえない。もしかすると、コールドブルックの屋敷には、ほんとうに盗聴器が仕掛けられていたのかもしれない。

そんなことを考えながら歩くうちに、大きなデパートに差しかかった。ボットでも楽器のファゴットでもボトル入りの高価な香水でも、なんでも売っている大規模な店だ。この手の店は、ご承知のように、かならず角地に建っている。店が一ブロックの半分を占める場合、ブロックのまんなかに建てたりはしない。わたしは立ちどまり、ショーウィンドウを覗いた。尾けてくる小柄な男も立ちどまった。やはり尾行者か。

ひとまず正面入口からデパートに入る。そのまますばやく左に曲がり、横手の出入口から脇道に出た。ここで脇道を左に進んだら、正面入口のある表通りに出てしまう。それはまだ早い。小男はまだデパートに入っていないかもしれず、へたをすれば鉢合わせしてしまう。わたしがしたいのは尾行者のうしろにつくことなのである。だから、左ではなく右に進み、ブロックをぐるっと一周して大通りにもどると、さっきの正面入口からまた店の中に入った。尾行者は背が低いので目につきにくかったが、それでも――いた。婦人もの衣料コーナーのまんなかに立ち、店内を見まわしている。わたしを探しているのだ。

おつぎは小男のご尊顔をよく見る番だった。そこで、うしろからそうっと忍びより、軽く肩をつついた。

「もしもし」

反応がないので、こんどはもっと強くつつく。

小男はくるりとふりむき、

「きさま！」と驚きの声を発した。

そして、そのまま口をつぐんだ。

正面から顔を見るなり、その小男がだれかはすぐにわかった。

「ついていらっしゃい、ホット・チョコレートをごちそうしてあげましょう。よかったら、サンドイッチもどうです。デパートのどこかに、たぶんレストランがあるでしょう」

小男が凍りついたようになっているので、わたしはその袖をとった。

「それに、あなたには三百の借金がある。憶えていますか？　サンドイッチでもいっしょに食べて、少々、静かな会話を交わそうではありませんか。それがおいやなら、借金はお返ししませんよ」

わたしがそういったとたん、小男のうしろにいた男、それまで刺繡（ししゅう）入りのシークレット・カップつきブラを見ていた男が、背後からすばやく小男に近づき、男の黒いレインコートのポケットに片手をつっこむと、押し殺した声でいった。

「そこの紳士がおっしゃるとおりにしろ。そうすれば、おまえのポケットにあるロケット弾発射銃は抜かずにおいてやる」

ジョルジュだった。

わたしはエレベーターのそばに待機している案内ボットに、昼食はどこでとれますか、とたずねた。五階の〈アリスのティールーム〉がよろしいでしょうと教えてくれた。男三人で入るには、少々女性向きすぎる店ではあった。テーブルクロスもナプキンも化繊リネンで、テーブルウェアはいかにも高級そうだし、ワイングラスは磨きあげたクリスタルだ。しかし、窓際に近く、ほかのテーブルには近すぎない、ほどよい席があいていたため、三人でそこに収まった。注文をすませてから、わたしは小男にいった。

「あなたは友人です。すくなくとも最初にお会いしたときは友好的にふるまってくださった。しかし、本日、あなたはわたしを尾行しましたね。その理由を説明する気はありますか？」

ジョルジュがことばを添えた。

「おまえがしゃべってるあいだ、じっと手を見ているからな。けっしてコートのポケットにつっこもうとはするなよ」

尾行者はこくこくとうなずいた。

「では、お名前からうかがいましょう」

小男が逡巡するのがわかった。ほんとうの名前をいうべきかどうか、迷っているのだろう。

「チック」

「フルネームでおねがいします」

「チック・バンツだ」チックはシュッと鋭い音を立てて息を吸うと、ふたたびためらった。

「つぎはおれの身分証を見せろってんだろ？　免許証は持ってる。ほかの証明書もだ。けど、取りだすにゃ、コートに手をつっこまなきゃならねえぞ」

　わたしはかぶりをふった。

「わたしはただ、あなたをなんと呼べばよいのか知りたかっただけですよ、チック」

　こんどはジョルジュがいった。

「どうせ、おまえの身分証は偽造だろうが。そんなものを見せてなんになる？　だいたい、おれたちになんの用だ？」

「おめえなんかに用はねえ」

　わたしはほほえんだ。チックの偽造身分証はどのくらいの出来栄(できば)えなのだろう。わたしの身分証は、コンラッド・コールドブルックのスクリーンで、アプリを使って偽造したものだ。あれに匹敵する出来だろうか。

「それでは、わたしに用があるということですね」

「最初に会ったときのことは、憶えてんだろ？　あっちゃこっちゃスクリーンだらけでよ、おめえらが品物みたく壁に陳列されてたところ――あそこにおめえがいたときのこった」

　ジョルジュに席をはずしてもらう工夫を考えにかかったのは、この時点でのことである。あまりくわしくこの点に言及されると、複生体(リクローン)であることをジョルジュに気づかれかねない。

　わたしはいった。

「オーエンブライトのあそこのことですか？　スクリーンだらけだった？　ええ、もちろん、憶えていますよ」

「そうそう、あそこ。あんときゃ、おれのボスがおめえと話したがってたてよ、おれが迎えにいかされたんだけどな、友好的にふるまえ、無理強いすんなっていわれてたんで、連れだせなかったんだわ。やるだけのことはやったから、いったん引きさがって、あとでまた誘いにいこうと思ったのさ。ところが、つぎにいったときにゃ、おめえはもういやしねえ」

チックはことばを切った。これ以上、よけいなことをいわなければいいがと思いながら、わたしは先をうながした。

「つづけてください」

「で、ボスとボスの女友だちがこのニュー・デルファイまできたってわけよ。この街にある豪邸は、その女友だちのもんだそうな。っていうのは、ボスがいってたことなんだけどな。おめえもよ、あのふたりがあそこにいるとこ、見てんじゃねえのか？」

〝女友だち〟の意味するものを把握しようと努めながら、わたしはかぶりをふった。

「けど、ボスのほうは見てるぜ。そういってたわ。地上車が近づいてくる音が聞こえたんで、ふたりで窓ぎわに寄ってみたら、おめえが降りてくんのが見えたってよ。どっかの男と女といっしょにな。ボスからはそう聞いてる」

ウェイター・ボットがもどってきて、カップと皿をならべた。ジョルジュにはカフェを、チックにはホット・チョコレート、わたしには紅茶を。ペストリーはジョルジュが注文したものだった。

給仕のあいだ、考える時間がわずかながら持てた。なににも増して、いまは考える時間が必要だ。

「あなた自身の名前はうかがいましたが」ボットが立ち去ると、わたしはいった。「ボスの名前はなんと？　フルネームでおねがいしましょう」

「ごまかしはいうな」ジョルジュが釘を刺した。「はぐらかしも許さん。ボスは何者だ？　名前は？」

「サツのだんなさ」チョコレートをかきまぜながら、チックは答えた。「おれがいうのは、ナイアガラのあれ、あのでっけえ組織。どうだ、ビビったか？」

わたしは両眉を吊りあげた。

「なにかビビるべき理由でも？」

「大ありさ。おめえら、おれがしゃべんなかったら、警察で話してたあの刑事とかにおれを突きだせると思ってっかもしんねえけどよ。そんなことしたって、おれはすぐ釈放される。なんなら、試してみっか？　こっちゃあ望むところだ」

ジョルジュがいった。

「つまり、おまえのボスは、いつでもおまえを釈放できるというわけか。しかし、そいつもそんなまねはしたくなかろうさ。すれば上層部に報告の義務が生じる。おまえも告発されて、地獄を見るだけだ。おまえの口の軽さも災いするぞ。おれたちに当局へ突きだされたなら、おれたちと話をしたことは、いやでもボスの知るところとなる。どこまでしゃべったのかはわからんから、そいつは徹底的におまえを訊問するだろう。ほかにもおまえを訊問したがる連中はたくさんいるだろうな。いいのか？　そうなっても？」

「オーエンブライトで会ったときのことは憶えてんだろ、ミスター・スミス？　おめえにゃよくしてやったな？　文なしってえから——おめえはそういったろ——三百、ポンとくれてやりもしたよな。見返りもなしに、三百だ！　だったら、ここはもすこし、手心ってもんを加えてくれてもいいんじゃねえのか」

わたしはかぶりをふった。チックは怯えているし、はたから見てもそれはわかる。だが、わたしの半分も怯えてはいない。

「わたしとしても、あなたとまだ友人のままでいたくはあるのですよ、チック。ここにいるジョルジュもまた友人ですし。あなたも友人であるのなら、ジョルジュが手荒なまねをする理由はありません」

「いっとくが、おれだってな！　その気になりゃあ、手荒なまねができるんだぜ！」

そういうチックの声は震えていた。

「できるでしょうとも。しかし、しないでいただきます。なぜわたしを尾けてきました？」

「おめえが警察本部から出てきたからさ！　なにがあったのか知りたかったんだ。おめえがおれの立場なら、やっぱり同じことをしたろうぜ」

「それはどうでしょうか。あなたのボスは法執行者だとおっしゃったように思いますが」

「そうよ！　ボスは大陸政府の人間でもあるんだ。ここのポリ公なんざ、しょせん地方警察じゃねえか。ボスが権力をふりかざしたら、なんだっていいなりさ。地方警察の連中もよ、横車はごめんだろうぜ」

ジョルジュがきいた。

「ボスの所属はどこだ？　どの部局だ？」

「大陸政府。おれが知ってんのはそんだけだよ」

「どうやって知り合ったかを――」

おりしも、ウェイター・ボットがテーブルに近づいてきたので、わたしはボットにいった。

「わたしたちならだいじょうぶです。ここにいるだれも、いまは注文をする意志などないと思いますよ」

「お客さまはミスター・フェーヴルでいらっしゃいますか？　スクリーンが入っております。どうぞ」

ボットはそういって、eeフォンを差しだした。

「それはおれだ」ジョルジュが手を伸ばしてeeフォンを取り、チックやボットに言いわけするかのように、こういった。「電源を切っていたら、店のほうへかかってくるとはな」

それから、eeフォンを耳にあてがって、

「フェーヴルだが」

と答え、真顔で相手の声を聞いたのち、

「待っててくれ」というと、わたしたちに向きなおった。「ちょっと失敬する。私的な用がッカーがニヤリと笑ったのを見て、ジョルジュの相棒、わけありだなと言いたいのか? とわたしは内心で考えた。

「どうぞどうぞ」ジョルジュは席を立ち、急ぎ足で歩み去った。

チックがにやりと笑った。

「おめえの相棒、わけありだな」

わたしはうなずき、内心の安堵を顔に出すまいとした。

「人はみなわけありです」

「さて、ふたりきりになったからにゃ、仲間同士みたく、穏便に話をつけようじゃねえか」チックは勝手にペストリーを手にとり、ひとくちかじってから、ホット・チョコレートをすすった。

「そうですね。そう願いたいところです」

チックは歪んだ笑みを浮かべてみせた。

「はじめに、すわってる位置関係の確認といこうや。おめえの相棒はおれのそばにすわって、おれの手を見張ってた。おれがハジキをつかもうとしたら、すぐに取り押さえられる位置で。おめえはそうじゃねえ。いまならいつでも、こいつをテーブルの下でぶっぱなせる。なにが起こったかもわかんねえうちに、おめえはロケット弾でバラバラだ」

わたしはほほえんだ。

「しかしあなたは、そんなまねはしません」

「ああ、しねえよ。ここは取引といこう。おめえはボスの名前が知りたい。だろ？　じゃあ、教えてやろうじゃねえか。ファーストネーム、ラストネーム、どんな組織に所属してるのか。そんかわし、おめえも警察本部でなにやってたか教えてくれや」そこでつかのま、チックはためらった。「ただし――明かすのはそっちが先だ」

「いいでしょう、お教えしましょう。あなたのボスとその女友だちは、あなたのいう豪邸でわたしたちを見たそうですが、その豪邸について、あなたはどの程度知っていますか？」

「見たこたねえな。けど、どこにあるかは知ってる。ボスから聞いた」

「それで充分です。何週間か前、殺人事件があったことは知っていますか？」

チックはやや驚いた顔になった。

「聞いたことねえ。おい、おれがやったんじゃねえぞ。犯人だって知りゃしねえよ」

「あったのです。コンラッド・コールドブルック・ジュニアという若い男性が殺されました。おそらくあなたは、ボスの女友だちの姿も見ているでしょう。おそらく、彼女とも話をしたでしょう」

わたしは待った。ややあって、チックはうなずいた。

「犠牲者はその女友だちのおにいさんでした。事件はいまだ解決を見ていません。この殺人事件に関する警察の報告書は公開されていて、わずかな手数料を支払えばだれでも印刷してもらうことができます」

その報告書はいま、上着の内ポケットに、四つ折にして入れてある。わたしはそれを取りだし、広げて差しだした。

「わたしが警察本部へ出向いたのは、これをもらうためでした。さ、どうぞ。内容を読んでみますか？」

ゆっくりと、チックはうなずいた。

「ま、見るだけ見せてもらうわ。わたしは報告書を手わたした。あんたはそれでいいのかい？」

かまいません、と答えて、わたしは報告書を手わたした。

「……死体はボットが発見して、帰ってきた親父に報告したってのかよ？　ひでえ話だな」

チックは報告書をわたしに返した。「けど、あんたとこれと、なんの関係があんだ？」

「それは合意事項の外でしょう。わたしはなぜ警察本部を訪問したか答え、その証拠として、警察に発行してもらった文書をあなたに見せた。これでわたしの側の条件は満たされました。さ、ボスの名前は？」

チックはペストリーを食べおえ、ふたたびホット・チョコレートをすすった。

「おめえも飲んだらどうだい、その紅茶？」

うながされたとおり、わたしはカップを口に運んだ。

「ちょっといいにくいんだけどよ。きっとわかってくれると思うんだけどな。その、ボスがこう名乗ったって名前はいえるんだわ。本名だとも思う。ただ、たしかとはいいきれねえし、証明しようもねえ。デイン・ヴァン・ペトン。これがボスのいった名だ。ほかのポリ連中もデインと呼んでた」

ヴァン・ペトンの外見を話させるには、いろいろとつつかねばならなかったが、なんとか形容させることはできた。

おりしもジョルジュがもどってきて、席についた。わたしが目を向けると、ジョルジュはひとこと、

「あとでな」といった。

「了解しました」わたしはチックに顔をもどした。「あなたはいつ、この街にきました？このニュー・デルファイに？」

「きのうだ」

「どの交通手段でここへ？」

「おめえにゃ関係ねえだろ」

「知ってるぞ」ジョルジュがわたしにいった。「バスだ」

チックがわずかに目を見開いた。

「ボスにここへ差し向けられてきたのですね。そう見なすのが順当な解釈でしょう。そうでないとしたら……」わたしは肩をすくめてみせた。「ここになんらかの仕事をあてがわれているのか、ですね。もしわたしがまちがっていたら、鼻で笑ってくださってけっこうです。しかし、もしわたしが正しければ――正しいと信じていますが――ひとつ、仕事を達成する手助けをしてあげようではありませんか。そうすれば、ボスに胸を張って報告できますし、たっぷり報酬をもらえるでしょう」

ジョルジュがいった。

「こいつ、ボスに首根っ子をつかまれてるかもしれんぞ。弱みを握られていて、ボスの思いどおりにどこへでもいかされる――そんな関係じゃないのか」

わたしはかぶりをふった。

「このひとは以前、わたしの友情を得んがために、気前よくふるまってくれました。これは潤沢な資金をもらっている証拠です」

チックに顔をもどして、

「さきほども申しあげたように、あなたには借りがあります。できることであれば、お力になりたい。この街へきた目的はなんです？」

「ふたつある。ひとつめは、おめえの動向を探ること。この街でなにをしてんのか、ボスが豪邸でおめえといっしょにいるところを見た男と女ってのは何者なのか、それも含めてな。ふたつめは、おめえがボスと女友だちの居どころをどうやって見つけだしたのか、そいつを探ることだ」

ジョルジュがくすくす笑った。

わたしはジョルジュに目をやった。

「あなたへのコール、急ぎの用件でしたか？」

ジョルジュはうなずいた。

「かなり」

「そちらを優先していただいていいのですよ、そうなさりたければ」

「あんたがこいつと内々の話があって――」ジョルジュはチックを親指でぐいと指し示した。「――おれに聞かれたくないなら、そういってくれ。席をはずす」

「いやいや、そんなことは、まったく。ただ、これからチックに告げる内容はとても弱腰なもので、あなたに腰砕けの印象を持たれてしまうことは認めます。いいかえれば、チックの質問に対する真っ正直な回答は、聞く者に当惑をもたらすものであり、この場でその回答を口にしてあなたを当惑させれば、わたしもばつの悪い思いをすることになる。そういうことです」ためいきをついてみせた。「しかし、聞いても損はしないでしょう」

「あんたもまあ、うそがつけんたちだな」なおもにやにやしながら、ジョルジュはいった。

「純真もいいところだぞ」

「そうかもしれません」

チックがつぎのペストリーを選んだ。

「おめえら、フルーツ・フェスティヴァルにきたのか？」

「残念ながら、ちがいます。ここへきたのは、基本的に、コレットのことが心配でならないからです。ボスの女友だちはコレットというのでしょう？」

「そんなふうに呼んでたな、うん」

「これは理解してもらわねばなりませんが、わたしはあのとき、コレットが逮捕されていたとは知りませんでした。あのときというのは、オーエンブライトでのことですよ。ホテルのベッドには抵抗したようすが残されていましたし、ナイトスタンドは倒されていて、彼女の形状記憶バッグもあとに残されていました。わたしたちはあの時点で、あなたのいうヴァン・ペトンとその相棒のことを犯罪者だと思っていたのです」

「やっこさん、サツだぜ？　てか、やっこさんの仲間はみんなそうだ。ちいとばかし強引なだけで」

「わたし自身も逮捕されたうえ、セーフハウスに連れていかれて、訊問を受けて――拷問、というのは少々言いすぎでしょうか――何時間も何時間も、根掘り葉掘りきかれましたよ。しかし、隙をついて脱出しましてね。その後、なんとかコレットを見つけだして脱出させる手助けができないかともくろんでいたわけです」

チックはうなずいた。

「なある」

わたしは紅茶を飲み干した。すでに冷めていた。

「しかし、彼女はどこに？　彼女とわたしがあのふたりにはじめて遭遇したのは、スパイス・グローヴでのことでした。そののち、オーエンブライトで誘拐された――と、そのときは思ったものです。コレットとともにニュー・デルファイにいたとき、彼女は明らかに、あの者たちも付近にきていると確信していました。遠くではない、もうすぐそばに迫っていると。それに、あの屋敷に盗聴器が仕掛けられているとも信じていました」

「なある。そんでおめえ、ここにきたってわけか」

「そのとおり。すべては、コレットがまだ相続過程にある遺産を中心にまわっているように思われます。そしてその遺産は——父親の遺産は——彼女の兄の殺害を中心にまわっているように思われるのです。ゆえに、彼女がここに連れてこられた確率は非常に高い。そして、コンラッド・コールドブルック・ジュニアを待ち受けていた運命の真相さえ解明できれば、事件全体が理解できるかもしれません」

わたしを横目で見ながら、チックはいった。

「恐れいったぜ。で、その運命、わかったのかい？」

わたしは肩をすくめた。

「まだですが、解明を試みてはいます。だからこそ警察本部に出向き、手数料を払ってでも、警察の報告書を手に入れてきたのです。あなたはなぜわたしがこの街にきたのかを、そして、わたしといっしょに屋敷へやってきたカップルが何者なのかをたずねましたね。ひとつめの質問には、こうして答えました。ふたつめに対する答えは、すこしも複雑ではありません。ジョルジュ？」

「いいだろう、おれに話せというんなら」

ジョルジュはチックに顔を向けた。

「おまえはバスでこの街にきた。おれたちも同じだ。長いドライブで、何度かターミナルで停まりながらな。そいつはおまえも経験ずみだろう。おれたちは偶然、ミスター・スミスとそのバスの中で知りあって、ちょっとばかり、話をした。おれたちはこの人物の人となりに好感を持ったし、ミスター・スミスも持ってくれたようだった。で、この街に着いたときは、おりしも土砂降りでな」

ジョルジュはことばを切り、チックがなにかいうのを待った。が、チックは黙ったままでいる。

「ミスター・スミスが、〝どこに泊まるのか〟ときくんで、あてはないと答えた。そのままターミナルに残って、雨があがったら泊まるところを探しにいくつもりだとな。そうしたらミスター・スミスが、〝某屋敷に入るカードキーを持っている、落ちつく先が決まるまで、そこにいてもいい〟といってくれたんだ」

「ふーん。おめえ、名前は？」

「ジョルジュ・フェーヴル」

「連れはなんてんだい？」

「本人にきけ」

「おう、きくともよ。で、そんな作り話を信じろってのか？」

「ほんとうのことさ。ま、おまえが信じようと信じまいと、知ったこっちゃないが」

こんどはわたしに向かって、チックはいった。

「そんないきさつで、この男とあの女がおめえの手伝いをしてるってのかよ？　それだけのことなのか？」

わたしはうなずいた。

「ジョルジュはすぐれたオブザーバーですし、ジョルジュといっしょにいる淑女は、わたしなどよりはるかにスクリーンの操作に長けています。そんなふたりが進んで助けてくれるとあらば、喜んで力添えを享受しますとも。また、あなたの手助けもおおいに歓迎しましょう。どうします？」

チックは返事をしなかった。

「あなたが進んで協力してくださるというのでしたら、わたしたちは歓迎します。協力してくださらない場合、ジョルジュがピストルを取りあげたうえで解放します。さあ、どちらを選びますか？」

チックは小声で毒づいた。

「理解していただきたいところですが、わたしたちは懲らしめの一種としてピストルを取りあげるのではありません。射たれたくないからそうするのです」

「つまり、仲よくやりたいってわけか？」

「そうです」わたしはほほえんでみせた。

「恐れいったぜ。ようし、混ざってやろうじゃねえか、ミスター・スミス。おれにどうしてほしい？」

「あなたには軍資金があります。まずは、この街の公共図書館を見つけていただけますか。そして、詩人のアラベラ・リーがいるかどうかをたずねてください。彼女の詩集ではなく、彼女本人が収蔵されているかどうかをです」

「つまり、書棚にか？」

「そうです。彼女がいたら借り出してください」ここでわたしは少々考えた。「そうですね、借出期間は一週間——。それだけあれば充分でしょう」

不承不承のていで、チックはうなずいた。

「もしアラベラがいない場合は、彼女がほしいと請求してみてください。ほかの図書館から持ってきてくれるよう依頼するんです。借り出すためには、まず利用者カードがいります。それはもうごぞんじですね」

ここでチックは、ひとつの阻害要因に気がついた。

「その女がこようとしなかったら？」

「わたしのところにもどってきて、きたがらない理由を報告してください。図書館員が口にしたことばもすべてです。そのときにはもう、わたしたちはこの店にいないと思われます。おそらくは、コールドブルック家の屋敷に——あなたが豪邸と呼ぶカントリーハウスにいるでしょう。もしアラベラがいて同行に応じたら、そこに連れてきてください。いなかったか、同行に応じなかった場合は、あなたひとりでそこへきて、やはりその旨を報告してください。屋敷にはボットがいます。そのボットが中へ通してくれるはずです。あなたがきた時点で、わたしたちがまだ屋敷に帰っていなければ、帰りを待つあいだ、ボットがもてなしてくれるでしょう」

チックは立ちあがった。

「ちょろそうだな。二時間ほどしたら会おう」

チックが歩きだした。その背中に向かって、わたしは呼びかけた。

「グッドラック！」

チックが立ち去るまで待ってから、ジョルジュが口を開いた。

「要するに、あいつをやっかいばらいしたかったんだな？」

「そういうことです。さて、さっきのコールで、マハーラはなんと？」

ジョルジュはうなずいてみせた。

「よくわかったな。そのとおりだよ、コールはマハーラからだった。だれかにスクリーンを使わせてもらったらしい。でなけりゃ、使われてないスクリーンを見つけたのか」

「可能性はほかに幾通りも考えられますね。それで、彼女はなんと？」

「マハーラはサンルームにかかっていた写真を見ている。コールドブルック家の家族全員が写った写真だ。あのとき、あんたが指さしてみせただろう」

わたしはうなずいた。

「検索の過程で、ほかの写真も見ていたのかもしれん。いずれにしても、マハーラがバス・ターミナルにいたところ、若い女が人を探しているようすでやってきた。黒髪で、そうとう背が高くて、いかにも高そうな、ファッショナブルな装いの女がな。その場にいた者たちをひとわたり見まわしたあとで、女は立ち去ったという」ジョルジュはひとつ、深呼吸をした。「マハーラはサンルームの写真をひととおり見ている。そのマハーラにいわせると――女はコレット・コールドブルックと見ていいそうだ」

わたしは立ちあがり、ティールームの反対端にある大きな窓まで歩いていった。この店は五階にある。デパートのほかのフロアと同様、天井が高い。その五階の窓から、汚れひとつない歩道や、整然と行きかう交通の流れを見おろした。それから、ほとんど雲のない、晴れわたった青空を見あげた。そうやって見あげているうちに、腕時計が時報を告げた。

テーブルに引き返すと、おそらく立ち去っただろうと思っていたジョルジュがいまも席に残っており、腰をおろすわたしに向かって、なにを考えていたのかとたずねた。

「動機です」わたしは答えた。「動機、すなわち、人が行動に出る理由を考えていました。動機はつねに重要です。そして、動機に関するわたしの考察は、充分というにほど遠かったようです。あなたとマハーラの動機は、いまここで考えるべき主要なものではありませんが、手はじめに、そこから考察してみましょうか。あのときあなたは、バス・ターミナルで落ちあってはどうかと提案しましたね。あなたがたが警察を恐れていたことはわかっています。ゆえにわたしは、あなたがバス・ターミナルを提案したのは、わたしたちが三人とも知っている場所であること、すわるところや食べものを買う場所があること、等々が主要な理由であると思いました。あそこなら、ずっと待っていても怪しまれる恐れはありません」

「たしかにな」ジョルジュの声にはもどかしげな響きがあった。「それより、なにかおれにききたいことがあるんじゃないのか？　それはなんだ？」

「あなたとマハーラは、あのバスで出会って以来、ずっといっしょでしたね。それなのに、彼女ひとりをバス・ターミナルに残してきたのはなぜです？　あなたはなぜ単独行動したのです？」

ジョルジュはにやりと笑った。

「教えてもいいが、きっと信じまい。なにせあんた、おれが警察につかまるのを恐れてると思ってるだろう？」

「ええ。思っています」

「そうじゃない。前に、警察はおれになんか用はない、とっくにとっつかまって、徹底的に絞りあげられたあとだといったはずだ。あれを疑うべきじゃなかったな」

「なるほど」

わたしはウェイター・ボットに手をふり、紅茶のおかわりを注文した。

ボットが紅茶を置いて去っていくと、ジョルジュはつづけた。

「警察が追ってるのはマハーラだ。マハーラはしゃべれない。そのことで、純正ではないと見なされてる。やつらはマハーラを収容したいのさ」

そのことは知っていた。しかし、いまはそれを論じるときではない。

「カネはできた。ふたりともだ。あんたのおかげさ。あとは新しい服がいる。すくなくとも、もう一個は、新しい服を持ち運ぶためのスーツケースもいる。それで、ふたりで相談して、おれがこのデパートへくることにした。二、三の必需品と、スーツケースをもうひとつ買うために。マハーラをバス・ターミナルに待たせておいたのは、あんたがあっちにきた場合の用心だよ。追跡の手がもうすこしゆるくて、もっと時間があれば、ふたりでショッピングができたんだがな」

「なるほど。しかし、どうしてマハーラにはあなたがこのティールームにいるとわかったのでしょう?」

「理由はきかなかったが、マハーラのことはよく知ってる。いいヒントを教えてやろうか。たぶんマハーラは、最初はメンズウェア売場に、つづいてカバン売場にコールした。おれがマハーラの買い物をしてる可能性も考えて、ランジェリー売場とウイメンズウェア売場にもコールしたかもしれん。つぎに、こんどはほかの売場にもかたはしからコールしようとした。そのさい、どこかにあった売場とショップの一覧を参照した。おそらくは、アルファベット順にならんでるやつを。そしてこのティールームは〈アリスのティールーム〉——頭文字はAだ」

筋が通っていたので、わたしはうなずいた。

「それで、必要なものは買えたのですか?」

「まだだよ。ジェラルダインを駐めて、マハーラといっしょにターミナルまで歩いていって、しばらくいっしょにすわってたんだ。そのあとでこのデパートにきたところ、あんたとあのチビが目に入ったというわけさ」

「チックですね」

「そういうことだ。で、マハーラが見たという女の件、どうするつもりだい? コレットのことだが」

「その件は、いまわたしたちがかかえる問題のなかでいちばん瑣末なものです。コレットはほぼ確実に、あの屋敷にもどってきます。今回はわれわれのほうが先に入って、彼女を待ち受けましょう。しかし、バス・ターミナルで彼女が探していた人物は何者だったのでしょうね」

ジョルジュはすこし考えた。

「そいつはいい質問だ。おれの推測を聞きたいか？　チックだよ」

「それはどうでしょうか。よりよい答えは、チックのボス、ヴァン・ペトンだと思いますが……じつは、もっといい答えがあると思われます」

「どんな？」

わたしはかぶりをふった。

「それはあとの楽しみにとっておきましょう。しょせんは推測でしかありませんし、もっと情報が得られるまで、この胸のうちに秘めておいたほうがよさそうです。しかし、コレットたちはなぜこの街にきたのでしょうね？」

「ああ！　それなら答えはわかったと思う。チックのやつ、カネを持ってるだろう？　eeフォンも持ってるはずだ。たまたまやつは、あんたが警察本部から出てくるのを見かけて、これぞ点数を稼ぐチャンスと見た。それで、尾行してる最中に、ボスにテキスト送信して、あんたを見つけたことを……」ジョルジュはそこで、ことばを切った。「いいや、待った。

これは変だな。やつのボスと女友だちが市外にいたのなら、そんなに早くこの街にこられるはずがない。フリッターだってむりだ」

「そのとおり。しかし、たまたまフリッターで付近まできていたのかもしれません」

ジョルジュはあごをなでなで、いった。

「前のときは車できたんだろう？　屋敷の裏手で見つけたあのレンタカー、マクセットでだ。あんたも乗ったよな」

「レンタカーを使った意味は理解できます。自分のフリッターに乗るためには、スパイス・グローヴにあるアパートメントへ帰らねばなりませんが、コレットはそれを恐れていました。ほんとうに見張られていたかどうかはさておいて、彼女はそう考えていたのです。わたしが接した範囲では、それはたしかです」

「コレットはプライベート・フリッターを持ってるといってたな？」

わたしはうなずいた。

「小型の真っ赤なタイプを。ふたり乗りです。わたしも以前、そのフリッターに乗ってこの街にきました」

「いまさっき、〝コレットたち〟といってたが。くだんのヴァン・ペトンも連れてきてると思うか？」

「思いますとも。あるいは〝コレットが連れられている〟のか。おそらく、こちらのほうが正確な表現ではないでしょうか」

「コレットが単独でこの街にいるとしたら？」

「わたしの推測がまちがっていることになりますね。しかし正しければ、コレットはいずれ、危険の温床だと当人が判断している場所へ――おそらくその判断は正しいのでしょうが――連れていかれることになります」

「だからバス・ターミナルでわざわざ顔をさらしたのか。だれかを探してたんじゃなくて、だれかに気がついてもらうことを期待して。なるほどな。あんたのいうとおりかもしれん。ヴァン・ペトンの上司たちは、あの男がコレットの身柄を拘束していると知ってるんだろうか」

そのころには、わたしは別の問題を考えていた。

「どうでしょう。しかし、知っていてもいなくても、なにも変わりはしません。重要なのは、この街で起きていることです。いまはコレットとヴァン・ペトンがいっしょにいる、と想定しましょう。その可能性は高いと見ていいでしょうね。それから、じつはヴァン・ペトンもターミナルでコレットといっしょにいたものと想定しましょうか。マハーラは彼の顔を知りませんし、あの男がコレットを単独で行動させるとも思えません。また、コレットのほうも単独で行動したがるとは思えません。それにしても、ふたりはいったいなんのためにニュー・デルファイへきたのでしょうね？」

「見当もつかんな。もっとカフェが要る」

ジョルジュはウェイター・ボットに手をふり、からのカップをかかげてみせた。

「要るのは考える時間もですよ」わたしは紅茶の残りを飲みほした。「つづけてください。わたしには思いもおよばないなにごとかを口にしてくださるのなら、おおいに助かるというものです」

「ところで、このペストリーだが、注文はしたものの、ほとんど手をつけていなくってな」ジョルジュは皿を押しやった。「あのときは腹がへったと思ってたんだが」

「食べたのはふたつでしたね。スクリーンがかかってくる前にひとつ、帰ってきたあとにもひとつ。しかし、わたしに遠慮することはありません。みっつめもどうぞ」

「そうか、すまん」ジョルジュは破顔した。「勘定はちゃんと持つから」

「そういうだろうと思っていました」

ウェイター・ボットがカフェのおかわりをつぎ、テーブル上のクリーマー差しを片づけ、新しいクリーマー差しを置いた。

「さて」ボットが立ち去ると、ジョルジュはいった。「小男のボスの女友だちがなぜここに現われたのかを、あんたは知りたいという。おれの見るところ、答えはふたつにひとつだ。ひとつめは、〝屋敷にいるボットの一台が、おれたちが現われたらスクリーンするよう指示されていて、そのとおりにした〟可能性。もしもそうなら、そいつはたぶん、あのメイド・ボットのしわざだろう」

「その可能性はありますね。ちがうとは思いますが。もうひとつは?」

「〝チックがきのうのうちに、ヴァン・ペトンにコールした〟可能性だよ。報告したのは、ここに着いたということだけじゃない。なにか別のこともだ。それであわてて、コレットとヴァン・ペトンが駆けつけてきたのさ」ジョルジュは間を置いた。「ところで、おれたちはどっちの味方なんだ？　ヴァン・ペトンの側か？　それともヴァン・ペトンからコレットを逃がそうとしてるのか？」

「さあ、どうなのでしょう。まあ、あのふたりが屋敷までくればわかるはずだ――と、そう思ってはいますよ」

17 脱出

「ミズ・コールドブルックとそのお客さまが、サンルームでお待ちでいらっしゃいます」メイド・ボットが玄関ドアをいっぱいに開き、一歩脇にどいて、そう告げた。

わたしとしては、こういいたいところだった。

「そうか」

だが、じっさいに口から出たことばはこうだった。

「案内は無用です」

わたしはいま、ひとりでいる。道中、ある人物の過去の行動を推理し、その人物の行動と同じく、タクシーで屋敷の表玄関まで乗りつけて、支払いをすませ、玄関ドアの前に立ったところだ。その人物とちがうのは、玄関ベルを鳴らした点である。ポケットには屋敷に入るカードキーを持っていたが、それでも玄関ベルを鳴らした。玄関口にだれかが出てくるのを待つあいだ、わたしはまたもや、単独でいる感覚に早く慣れなくてはならないな、と思った。

しかし、そう思って心の中を整理してみると、すでにその覚悟はできていたらしい。覚悟を決めたのは、警察にいくまぎわ、ジョルジュとマハーラがバス・ターミナルで落ちあおうといって別れたあのときだ。あなたやほかのすべての人間と同じように、わたしにも無意識がある。その無意識が自分の意識よりもずっと優秀であることを、折にふれて、こうして思い知らされる。

コレットが立ちあがり、わたしをぎゅっと抱擁した。たぶんあなたは笑うだろうが、この抱擁にはどぎまぎした。この叙述を最後まで読みおえて謎がすべて解ければ（最後まで語りきれればだが）、あなたはきっと彼女を魔女だと思うことだろう。しかし、彼女は魔女ではないし、どれだけがんばっても、わたしにはコレットが魔女だとは思えない。人間は往々にして、恵まれていればいたで、かえって深い闇にはまることがある。もしもそれに賛同していただけないようなら、あなたには〝人生でわからないこと〟が山ほどあるということだ。どうか今回のわたしの話を教訓としてほしい。二度めの人生だけに、わたしにもいろいろと知識がある。もしもその教訓を、声を大にしていわんとするならば、わが脳の残酷な部分は、わたしをしてそれを〝運命〟といわしめるだろう。神は自分自身相手にボードゲームを指す。すくなくとも、そういう物の見かたがある。神は三つのダイスを振る。そのうちのふたつは運命と運のダイスだ。コレットの抱擁は、栄光の香気をただよわせる人間、以前にも増して美しく見える純正な人間ならではの、すばらしい抱擁だった。そして、その抱擁は温かく、長かった。

ヴァン・ペトンは——これがコレットのアパートメントでわたしたちを縛りつけた、あの背の高い男、若いほうの男であることには、もう察しがついていた——コレットがわたしを放し、手を差しだしてきた。わたしがただの複生体でしかないことは知っているはずなのに、それでも手を差しだしてきたのだ。わたしはその手を、短いながらもぎゅっと握りしめて、礼をいった。手を放したときには――握手していた時間は、一秒の半分にも満たなかったにちがいない――いったいなんの用で待ちかまえていたのだろうと考えることをやめていた。どうせもうじき、いやでもわかる。

もっとも、この時点で、ほんとうは意図を察していてしかるべきではあった。というのは、答えはごくごく単純だったからである。

「すわりたまえ、ミスター・スミス」

ヴァン・ペトンはそういってソファに腰をおろした。そのふるまいを見た者は、この男が屋敷のあるじだと思っただろう。

コレットはすでにソファにすわっていた。ふたりのひじはふれあわんばかりに近い。

「あなたの借り主は、いまでもわたしのままだと思うのだけれど、アーン」

そういって、コレットはほほえんでみせた。

わたしは答えた――あなたが攫われたと思った時点で、自分で自分を返却したのです、と。それが大きなあやまちであったこと、もっと深く考えて行動するべきであったこと、自分の行動をまだ恥じていることはいわずにおいた。

ともあれ、わたしのことばを受けて、コレットの笑みは多少とも晴れやかになったように見えた。

「それはわかるけど、わたし自身は返却した憶えがないの。だから保証金(デポジット)は返してもらっていないわ」

「その場合、あなたがじつは誘拐されていなかった、と図書館側が知った時点で、わたしが自分で自分を返却したあつかいになります」わたしはコレットにほほえみ返した。「そうであれば、図書館は喜んで保証金を返してくれるでしょう」

「そんなもの、いらないわ、アーン。図書館はね、あなたを売っているのよ。ああ、これは〝あなたのようなリクローンを〟という意味。そうでしょう？　図書館がリクローンをもう不要だと判断したときにはどうしてるの？　わたしはそうやって売りに出されたディスクを買ったことがあるけれど」

わたしは売却制を肯定する意味でうなずき、その先にそなえて覚悟を固めた。このあとにいわれることはもう読めている。

「よかった！　あなたを売ってもらえることは確実だわ。まだまだ〝新品〟だから、売値は高くなるでしょうけど。要求されただけの額を払ってあげる。それに、〈図書館友の会〉の会長とは顔なじみだから、いざとなったら図書館にちょっとした圧力をかけてくれるはずよ。あなたを確保したら、ずっと手元に置いておくつもり。書架で暮らすより、すてきな寝室でゆったりと眠ったほうがいいでしょう？」

わたしはふたたび、うなずいた。

「わたし以外にあなたを借り出した人はいたの？」

二回つづけてうなずくのはいいが、三回つづけては多すぎる。だから、わたしはいった。

「法執行機関の職員がふたりです」

ほんとうは〝警察の者〟といおうとしたのだが、口がいうことをきかなかった。わたしはつづけて、こういった。

「ふたりとも刑事でした」（ほんとうは、〝デカ〟といおうとしたのである）「スパイス・グローヴ警察の」

ここでわたしは、ヴァン・ペトンに顔を向けた。

「ふたりのラストネームは、ペインにフィッシュ。ファーストネームは知りません。たぶん、あなたならごぞんじなのではありませんか？」

ヴァン・ペトンはかぶりをふった。

コレットがたずねた。そのふたりの目的はなんだったの？

「あなたですよ。あなたはスパイス・グローヴでも高名な住民であり、オーエンブライトでホテルのスイートから連れ去られました。犯罪者たちによって誘拐された――と、ふたりの刑事は思っていたのです。それはわたしも同様です。さらにふたりは、これもまたわたしと同じく、あなたがスパイス・グローヴのどこかにいるのではないかと考えました。ふたりもわたしも、あなたがどこにいるのかはわからない。ゆえにふたりは、スパイス・グローヴにいる可能性も、ほかの場所と同程度にはあろうと思ったのです。あの街にいなかった場合、わたしから居場所を聞きだしたあと、オーエンブライト警察に知らせるつもりだったのかもしれません。いずれにしても、ペインとフィッシュの、そしてスパイス・グローヴ警察局の信望は、あなたの身柄を確保することでおおいに高まります。ふたりはわたしが、あなたの居場所を知っているのではないかと期待していました。正確な居場所までは知らなくとも、それを割りだす手がかりくらいは知っているだろうと見ていました。つまり、そういうことなのでしょう」

ヴァン・ペトンがのどの奥でうめいた。以上の情報をすべて消化しきったようだ。しかし、この人物がそれをどう処理するつもりなのか、わたしにはまだ読めていない。

コレットがいった。

「それを聞きだしたかっただけであれば、わざわざあなたを借り出す必要なんてなかったでしょうに」

「あのふたり、わたしから有用な情報を引きだすためにたくさんの質問をして、そのほうが効果的に訊問できると判断するつど、わたしを打擲(ちょうちゃく)しました。そのようにして答えを強要されたのは、たとえばあなたのおかあさんのことです。わたしはおかあさんに会ったこともないというのに」

「ふたりはあの本のことを知っていたの？」

そうらきた。

「いまふたりが知っているのは、あの本についてわたしが話したことだけです」あの苦痛に満ちた時間のことが思いだされた。「それから、あれが稀覯本であることも。フィッシュはスクリーンを使って――訊問をされたのとは別の部屋にあったものですが――どこかにあの本が所蔵されていないかを探そうとしました。どこにも、一冊も見つけられませんでした」

「しかしきみは、すでにほかの本が存在しないことを知っていた」ヴァン・ペトンがいった。

「そのあたりのことについて、話してくれないか」

「おっしゃるとおり、知っていましたとも。本の題名は『火星の殺人』。図書館ではじめてコレットに閲覧されたさい、彼女はこの本を――おとうさんの本です――形状記憶バッグに入れて持ってきていました。コレットはその場でそれを見せてくれましたし、わたしを借り出したあとでは、じっくりと検分させてくれました。なんらかの理由で、おとうさんはその本を貴重なものと見なしておられた。それはコレットからもお聞きになっているでしょう」

「あなたはまず、わたしに借り出されて――」これはコレットだ。「――そのあと、訊問のため、その警察官たちに借り出された。そういうことね。ほかに借り出した人はいるの？」

「もうひとり、わたしを借り出そうとした男がいます。わたしがオーエンブライト図書館にいたときのことでした」わたしが話しかけている相手は、依然として、ヴァン・ペトンだ。

「背が低くてブロンドの、かなり若い男でしたよ。名前はチック。すくなくとも、自分ではそう名乗っていました。チック・バンツです。あれはあなたが雇った男でしょう？　本人はそういっていましたが」

　ヴァン・ペトンはうなずいた。

「ときどき、わたしの意を受けて動いている」

「結局、オーエンブライト図書館は貸出を許可しませんでした。わたしはオーエンブライト図書館の蔵者ではないですし、図書館間相互貸借制度でスパイス・グローヴ図書館から借り受けた蔵者でもなかったからです。だれが借り出したのかをなぜそれほど重要視なさるのか、たずねてもよろしいですか？」

「その点を重要視しているのは、わたしではなくて——」ヴァン・ペトンが答えた。「——コレットだ。だが、コレットにとって重要なことはすべて、わたしにとっても重要といえる。たぶんコレットは、きみがほかの女に借り出されたかどうかを知りたかったのだろう」

「ちがうわ！」

「答えはノーです。わたしを借り出したのはペインとフィッシュのふたりだけで、どちらも男でした」

「単刀直入にいおう。脅すつもりはない。わたしはそういった行為はしないのでね。ただ、われわれの仲間に加わってもらえまいかと思ってはいる。図書館が借り手のつかない蔵者を焼却処分にしてしまうことは、きみも先刻承知だろう」

わたしはうなずいた。

「図書館側にしてみれば、むりもないところではある。きみたちには、毎日、食べさせねばならないし、ときおり、新しい服も支給しなくてはならない。ほかにもいろいろとコストがかかる。コレットはきみを外に借り出した。すばらしい。しかし、彼女はわれわれの一員だ。可能であれば、チックもきみを借り出しただろうが、しかし、彼もまたわれわれの一員だ。

ペインとフィッシュは、コレットがもう行方不明ではないことを知れば、改めてきみを借り出したりはすまい。きみは図書館の蔵者制度をよく知っている。コレットもわたしも漠然としか知らない。かりに、きみがいま図書館にもどり、もう借りてもらえないとしよう。もう二度と、だれにもだ。その場合、きみにはどれくらいの猶予が残されていると思う?」

「どれだけ生きられるか、という意味ですか?」

ヴァン・ペトンはうなずいた。

「十五年というところでしょうか。予測不能の要因が加われば、もっと伸びることもあるでしょうが」

これはサバを読んだ年数だ。じっさいの予想よりも長い。

ヴァン・ペトンはぐっと身を乗りだしてきた。

「その予測不能の要因には、どのようなものが考えられる?」

「だれかが定期的に図書館を訪ねてきて、わたしを閲覧することとです。借出まではせずとも、閲覧テーブルに移動して、毎回、一時間かそこら、話をしてくれるだけでよろしいでしょう。それでわたしの寿命はかなり延長されると思います」

ヴァン・ペトンはうなずいた。

「ほかの要因は?」

「あります。焼却前に、図書館はわたしの売却を試みるでしょう。運がよければ、そのさい、だれかがわたしを購入してくれるかもしれません。別の要因もいいましょうか?」

「きみが売却されたとしよう。新しい所有者はきみを焼却可能だろうか？」

およそ、笑みを浮かべていい場面ではなかったが、不覚にも、わたしは苦笑してしまった。ヴァン・ペトンはまさに、わたしが恐れていたとおりの手を打とうと考えていたのである。

わたしは答えた。

「もちろん、可能です。それはもうごぞんじだったのでしょう？」

「知っていた。しかし、確認しておきたくてね」

しらじらしいことをいってくれる。

「では、これで確認ができたわけですね。あなたはわたしに、仲間に加われと勧誘なさる。しかし、仲間に加わったとたんに、あの本がどこにあるのか、あの本からどのような秘密を解いたのかを知りたがるはずだ。しかし、ほんとうに知らなくてはならないことは、じつはもう、あなたはすでに知っている。ひとつ、ささやかな実験をするだけで、そのことは証明できます。ですので、炎かシュレッダーか——どちらか好きなほうを選んでください」

コレットが静かな口調でいった。

「このひとがそんなまねをすることはないわ、アーン。このわたしがさせません」

「あなたにはとめられないでしょう」

そのあと、ヴァン・ペトンが〝とめる必要はない〟といったように思うのだが、わたしはもう、そちらに注意を払ってはいなかった。というのは、屋敷の玄関のほうから女性の声と足音が聞こえてきたからである。わたしは思った。

（ああ、なんと間の悪い――チックがアラベラを連れてきたか！　こんなことにアラベラを巻きこんでしまうなんて！）

一、二秒後、戸口にメイド・ボットが現われた。くたびれたスーツケースを引いている。そして、ボットのうしろに立っているのは――だれあろう、ピータース夫人だった。

コレットがはじけるように立ちあがった。

「ジュディ！　ジュディじゃないの！　信じられないわ！」

ヴァン・ペトンはわたしをじっと凝視している。が、わたしは彼を無視して立ちあがり、ひしと抱きあってささやきあうふたりの女性のもとへ歩みよった。

コレットがわたしに晴れやかな顔を向けた。

「あなたが呼んでくれたのね！　アーン、なんて気がきく人なの！」

わたしはうなずき、

「つねづね、そう心がけていますので」と答えた。

ピータース夫人も顔を輝かせ、わたしにいった。

「月曜になるまで仕事を始めるべきでないことは、重々承知しておりますんですけれどもね、ミスター・スミス、その――きょうはとくにすることもございませんし、このさい、早めにお屋敷のごようすを拝見させていただいて、なにから取りかかったものか、見当だけつけておいたほうがよろしいかと思いましたもので。お気にさわったりしていなければよろしいのですが」

「いませんとも、気にさわるなど、とんでもない。むしろ、じつに見あげた心がけだと思いますよ、ミセス・ピータース」

ピータース夫人が屋敷のどこかへ立ち去ると、ヴァン・ペトンがいった。

「いろいろと画策しているようだな。彼女を雇う権利をだれに与えられた？」

「だれからも。訴訟をお考えですか？　しかし、わたしは人間ではありませんから、訴える対象にはなりません。訴えるとしたら、おそらく、対象は図書館でしょうね。むろん、そのためには、わたしのとった行動があなたに損害をもたらしたことを、法廷で証明せねばなりません」

コレットがいった。

「わたしとしては、ミセス・ピータースをそばに置いておきたいわ、ディン。うんといってくれないかしら。わたしのために」

「きみはそこのスミスも、そばに置いておきたいんだろう？」

ヴァン・ペトンの声は、ついいましがたよりもおだやかになっていた。だが、むりをしてそうしていることは明らかだった。

「ええ、そうよ」コレットは間を置いて、ヴァン・ペトンからわたしに視線を移したのち、また先方にもどした。「あなたにはこのひとに慣れてもらわなくてはならないし、このひとにもあなたに慣れてもらわなくてはならないわ。それだけのことよ。あなたのことは愛しています。でも、これはとてもいいひとなの。役にたつし、忠実だし、切れ者だし。わたしがミスター・スミスみたいなモノを手に入れたことを、あなたは喜ぶべきなのよ」

「きみは前にいっていたな、この男ならあの本のありかを知っていると。きみたちふたりがオーエンブライトへ発つまぎわ、ここに――この屋敷に隠していったと」

「ええ、そのとおりよ」コレットはわたしに向きなおった。「あなたはあの本をこの屋敷に隠した――そうでしょう、アーン？　あなたはこの屋敷に隠すつもりだといっていたわね。そうじゃなかったかしら？」

「とうていそうは思えません。わたしたちはあのとき、盗聴器が仕掛けられている可能性を恐れていました。ゆえに、そのようなことを口にするのは、軽率のそしりをまぬがれません。じっさいに仕掛けられていたのかどうかはさておくとしても、すくなくともあの時点では、その可能性があると思われていたのです。そこのミスター・ヴァン・ペトンはほんとうに、この屋敷に盗聴器を仕掛けていたのですか？」

ヴァン・ペトンはかぶりをふった。

「そうだろうと思いました。ログリッチ博士の研究室にも、盗聴器を一台発見しましたが、それはわたしが壊してしまった――博士はどうやら、以前から盗聴器の存在に気づいていたものの、怖くてさわれなかったようでした」

ヴァン・ペトンはうなずいた。

「あれはダミーだ。じつは、博士が見ている前で、これみよがしに仕掛けてみせたのさ」

これにはぎょっとしたが、わたしは驚きを顔に出すまいと努めた。

「では、本物の盗聴器は、別の場所に仕掛けておいたのですか?」

ふたたび、ヴァン・ペトンはうなずいた。

わたしはいった。

「とすると、この屋敷にも多少は仕掛けていなかったとしたら、むしろわたしは驚きます。あなたが盗聴したかったのは、ログリッチ博士とコールドブルック氏の会話なのでしょう? てっきりそうだと想定していたのですが」

「もちろん、そのとおりさ。では、もしこの屋敷に仕掛けておいた盗聴器のことを教えたら、あの本の隠し場所を教えてくれるか?」

わたしはかぶりをふった。

「教えませんよ。なぜならあの本は、あなたのものではないからです。しかし、コレットのものではありますから、彼女には教えます。それでいいですか?」

「ああ、かまわない。この屋敷には三台の盗聴器を仕掛けておいた。一台は実験室、一台はコールドブルック・シニアの寝室、一台はこの部屋だ。三台とも、すべてシニアが見つけてしまったがね」

「そして、三台とも破壊してしまった?」

わたしの目はふたりの周囲を見まわしたがっていたが、わたしは自分の目の手綱をとり、あえてヴァン・ペトンに視線をすえつづけた。

「いいや。シニアは自分の言動に注意して、めったにしゃべらないようにしていただけだ」

「とすると、盗聴器はまだこの屋敷にあることになりますね」

ヴァン・ペトンは笑みを浮かべた。

「探してみるか？　せいぜい楽しむといい」

「わたしには見つけられないと思っているようですね。きっとそのとおりなのでしょう」

「見つけられないのも当然だよ、すでに撤去してしまったんだからな。われわれは最終的に、盗聴器では秘密を調べだせないとの結論に達して、すべて撤去したんだ――われわれがもうシニアには興味を持っていないと思わせるために」

わたしがもっと有能だったなら、ここでヴァン・ペトンの目を見ただけで、うそをついているのか、はたまた真実を語っているのかを見ぬけただろう。だが、残念ながら、わたしはそこまで有能ではなかった。彼の目は、ヘビのそれよりもなお考えが読めなかったのである。その目からうかがい知れるのは、この男に好意を持ってはならないこと、この男を信じてはならないこと、この男とはできるだけ関係を持たないほうが身のためであることだけだった。しかし、それはおおむね、すでに推察していたことでもある。

だから、コレットにはこういった。

「あなたも知りたいのですか？　オーエンブライトに発つ前に、わたしがあなたの本を――より正確にいえば、わたしの著書の一冊を――どこに隠したのかを？　知りたいのでしたら、お教えします。いまここでもいいですし、どこか人目のない場所でも――」

そのとき、ドアベルが鳴る音が大きく響き、わたしは口を閉じた。

メイド・ボットが玄関口に出て、どちらさまですかとたずねる声がした。それに対して、ぼそぼそと答える男の声、きつい口調でなにかをまくしたてる女の声。女の声はかんだかい。すこし間を置いて足音が近づいてきた。先頭を切って近づいてくるのは、女のヒールが床を踏む、カッカッカッという音だ。

わたしは立ちあがった。

アラベラのことは、すでに語っただろうか？　そう、たぶん語っている。しかし、ここでもういちど、あらためて語ろう。先刻ご承知の方は、この部分を読み飛ばしていただきたい。くせが強くて長い黒髪をなびかせ、魔力でもたたえているような黒い黒い目を大きく見開き、しゃべるときは小さな口をめいっぱい大きく開く女。肌の色は古金色で、それを見ただけで、一平方センチもあますことなく全身をなでまわし、肌と肌を触れ合わせたい気持ちにさせる女——。

さて、伝わったかな？

とてもとても熱い精神。ポケット・サイズのからだ。高い高いヒールに、完璧な形の脚、腰つき、ヒップ、極細のウエスト、むしゃぶりつきたくなる胸。

「アーン！　あなたがここにいるってこの男がいうからきたんだけど、まさか、ほんとうにいるなんて！」キス、キス、キスの嵐。「アーン、この冷血漢の人でなし！　さっさとこのひとたちを紹介したらどうなの？」

軽く尻をつねってやりたい気もしたが、そんなまねをすれば、どんな目に遭わされるかは知っている。ジュニアのバスルームに止血剤はあっただろうか？　なかったと思う。

「コレット、こちらの愛らしい女性は、高名な詩人、アラベラ・リー。アラベラ、こちらの親切で美しいご婦人は、わたしの利用者で、ミズ・コレット・コールドブルック。あちらの紳士は、ディン・ヴァン・ペトン。ミスター・ヴァン・ペトンは、なんらかの法執行機関の職員なのだそうです。いつの日か、どういう機関のどういう職種かを知りたいものですが」

ヴァン・ペトンは咳ばらいをした。

「厳密にいうなら、ミスター・スミス、わたしはいかなる種類の警察官でもないが、それでいて、多様な警察権力を行使しうる権限を与えられている。わたしは大陸報酬監督局の執行スペシャリストなんだ」

「ここで朱字（あかじ）が入ります」わたしはアラベラにいった。「徴税吏だそうです」

ヴァン・ペトンがコレットにいった。

「思うに、あの女性……」いったん、そこでことばを切って、「ほかのだれかが図書館から借り出してきた何者かだな。それはもう、すでにきみも察していることと思うが」

「おれっすよ」チックの声がいった。いつのまにか戸口に立っていたらしい。「おれが借り出してきたんでさ」

わたしはつけくわえた。

「彼は親切にも、わたしの願いをきいてやろうと申し出てくれましてね。わたしの願い——それがアラベラです」

「そこのチックには、ひとあし先にニュー・デルファイへきて、ミスター・スミスがなにをしようとしているのかを探っておけと命じておいたのだがな」ヴァン・ペトンはコレットに、げんなりしたようすで説明した。「どうやら、手間を省いて、本人に直接たずねてしまったようだ」

「しょうがなかったんすよ、この連中に見つかっちまったもんで」チックが言い訳をした。「だもんで、ことを荒だてずに、この街でなにをしてるか、聞かせてもらったってわけで」

「この連中?」ヴァン・ペトンは両の眉を吊りあげた。

「仲間がいるんでさ。ジョージとかなんとか」

「英語ではそうですが」わたしは口をはさみ、綴りを口にした。「フランス式に読むんです。〝ジョルジュ〟と」

「きょうはスミスといっしょに、その男ともうひとり、女がいましてね」チックがいった。

「報告したでしょ? その男がたぶん、ジョルジュだわな。女は自分の秘書だとかスミスがいってたような。おれが連れてきたこの女が、その秘書ってことなんすかね」

アラベラがかぶりをふった。

「アーンに会うのは百何年かぶりよ」

わたしはヴァン・ペトンにいった。

「いまのは誇張ではなく、文字どおりの事実です。ジョルジュとその女性が何者であるかは説明できますが、あなたがほんとうに知りたいのはそこですか?」

ヴァン・ペトンは片手を突きだした。

「なにはともあれ、例の金を出したまえ、スミス。全額だ」

わたしはかぶりをふった。

「はて、わたしたち〝純正ではない人間〟は税をとられる対象ではありませんし、自治体の所有物にかかる税はありません。もしもそのような税があるのなら――」

「いいかげんにしろ！」

「――その税を納める義務があるのはスパイス・グローヴ公共図書館、すなわち、わたしが所属する公共機関ではないでしょうか。わたしにはそう思えるのですがね。わたしに納税の義務などないはずですよ」

ヴァン・ペトンの顔からは血の気が失せていた。

「おまえを殺すこともできるんだぞ」

「もちろん、できるでしょうとも。あなたは武器をお持ちだ。それはまちがいのないところです。もしや、例のポケット・ロケット弾発射ピストルでしょうか？　噴進弾ピストル？　チックも一挺、持っていますね。あれはそう呼ばれている武器ではありませんか？」

自制をうながすかのように、コレットがヴァン・ペトンの腕をそっとつかんだ。わたしはつづけた。

「それは本を火にくべるのも同然の簡単な作業でしょう。ばらばらになったわたしの死体は、ほかのゴミといっしょに、ゴミ収集に出してしまえばいいのですからね」ここでわたしは、コレットに顔を向けた。「この屋敷では、そのようにしてゴミを処理しているのでしょう？それとも、ゴミ集積所まで持っていかなければならないのですか？」

コレットはかぶりをふった。

「焼却炉があるわ」

「それでしたら、いっそう簡単ですね。わたしを焼却炉の中に押しこんで点火しさえすればいいのですから」

「このひとってばもう、ひどい夫でさ」アラベラがヴァン・ペトンにいった。「夫の中でも、よくあたしを怒らせてたひとり。あなたに殺させるくらいなら、あたしが殺したげる」

ヴァン・ペトンは、一、二秒、アラベラを見つめてから、笑い声をあげた。

「その必要はないし、きみが二十人がかりでも、この男を殺すのはむりだろうな。しかし、きみがこの男を殺そうとするところは、さぞかし見ものにちがいない。きみを見ていると、ぜひともその場面を見てみたい気にさせられる」

コレットがたずねた。

「あなたにはたくさんの夫がいたの、ミズ・リー？　わたしは結婚したことがないのよ」

コレットは明らかに、話題を変えようとしていた。そうとわかって、前にもまして彼女が好きになった。

「四人ほどとね」アラベラは指を四本立ててみせた。「最初の夫はアーンだったわ。ほかの三人も、本性があんなだって知ってたら……」

「ほど?」コレットが興味をそそられた顔になった。

「ときどき、説明するのに苦労するのよ、これが」アラベラはわたしに顔を向けた。「ねえ、アーン。あなたさ、そこの男、きらいでしょ?」

「はい。低くうなりを発しつつ、相互に円を描いてじりじりと横に動きながら、鋭くにらみあう関係——そういったところでしょうか」とわたしは答えた。「なぜかというとですね、それはおおむね、わたしがこちらの利用者の女性に対していだいている自然な敬意と愛情を、ミスター・ヴァン・ペトンが理解できずにいるからです。そこさえ理解してくれれば、もうすこし良好な関係が築けそうなのですが」

「そこの女がよ、アーン、あなたを返却したあと、つぎにその男があなたを借り出すこともできるわけでしょ、愛しい人(シュガー・パイ)。そしたら——」

わたしはうなずいた。

「あまり愉快なことにはならないでしょうね。わかっています」

コレットが抗議の声をあげた。

「このひとが借り出すのはむりよ。だって、わたしがミスター・スミスを購入するつもりでいるんだもの」

ヴァン・ペトンはコレットのことばを無視し、わたしに向かっていった。

「おまえを雨の中に放置しておくこともできるんだぞ、スミス。そういう仕置きのしかたもあるということだ。放置されたら、どうなるだろうな?」

「ずぶ濡れになるでしょうね、もちろん」

いつのまにか椅子にすわっていたチックが、ここで口をはさんだ。

「よう、おめえが連れてこいっていった女よ、こうして連れてきてやったぜ。ほかになにをすりゃいいんだ？」

わたしはかぶりをふった。

「なにも。当面は間にあっています」

チックはヴァン・ペトンに顔を向けた。

「そちらさんはほかに？　この連中に聞かれたくないことがあるんなら、よそに移動してもいいっすよ」

「あとでな。この連中に銃を奪われたのか？」

チックはかぶりをふった。

「話が友好的に進んだもんでね。いったでしょ。いまもそういう関係だって」

「その考えなしの舌をひっこめろ！」

「ありがとう、チック」わたしはいった。「この場ではなおのこと、友好的な関係が必要になります」

「その点には同感だがな」ヴァン・ペトンがいった。話しかけている相手はこのわたしだ。声の調子からすると、まだ怒りが冷めやらぬらしい。「おまえはミズ・コールドブルックと友好的関係をたもっていると自分ではいう。彼女がおまえの利用者であり、あの本は彼女のものであると」

「そのとおり。彼女はわたしの利用者であり、あの本の所有者です」

できるかぎりの真心と意志をこめて、わたしはそういった。わが意志はチタン合金ほども硬い。

「オーエンブライトに出発する前、どこに本を隠したのか……をですか？　もちろんです、コレットが知りたいと望めばお教えしますよ」

「コレットとふたりきりで話をさせてやれば、あの本のありかを教えるか？」

ヴァン・ペトンは立ちあがった。

「そういうことなら、ほかの者はラウンジへ移動しよう。本のありかを教えたら、ふたりでラウンジにくればいい。どうだ？」

「それはわたしが決めることではありません。ミズ・コールドブルックがこうと決めれば、わたしはその決定にしたがいます」

「それでいいわ、デイン」コレットがいった。「それがあなたの望みなのでしょうから」

ヴァン・ペトン、アラベラ、チックが出ていくと、わたしはいった。

「ひとまず庭園に出ませんか――と提案してもよろしいですか？」

「まだデインの盗聴器の心配をしているの？」

「はい。わたしがログリッチ博士の研究室で壊した盗聴器はダミーでした。すくなくとも、ミスター・ヴァン・ペトンはそういっていました。あれは真実であったのかもしれません。

そうだとしたら、この部屋から撤去したという盗聴器もダミーだったかもしれない——と、そのように思えてなりません」

コレットはうなずき、わたしをともなって屋外に出た。そして例の干あがった噴水の前にたどりつくと、付近にあるベンチに腰をおろし、切りだした。

「ひどく思いつめた顔をしているわね、アーン」

「そうでしょうとも」コレットと目を合わせられない。「くわしい話を聞いてみますか？ 複雑怪奇な話になりますよ。それはまちがいありません」

「どうかしら。話してみて」

「わたしは作家の精神を宿しています。しかし、自分のことを作家とは呼びません。それは書くことが許されていないからです。いずれにしても、昨今、フィクションに対する需要はまずありません」

「それはまた変わるわ」

「そのとおりだといいのですがね」ちらとコレットを見て、目をそらす。「あなたはとても忍耐強い方だ」

返ってきたのは、ささやき声だった。

「そのように心がけているもの。相手がほんとうに苦しんでいるときにはね」

「この庭園は、十日前、はじめてお会いした日に歩いた、あの場所を思いださせます。人がすわれるほどの大きな石があり、滝もあった、あの荒廃した公園です。憶えていますか？」

「もちろんよ」

「かつてわたしがそうであった作家なら、最後の会話をあの公園で交わすことを好んだのでしょうが、いまのわたしにそうした手配ができるはずもありません。わたしたちの物語には、有終の結末はないでしょう、コレット。あるのはただ、広く一般に人生が提供するところの、短くも劇的な最終章のみです」

「できることなら、わたしが助けになるわ、アーン」

わたしはコレットに礼をいった。しかし、そのあいだにも、これから彼女にいわなくてはならない内容を思い、暗い気分に陥っていた。

「あの本がある場所を教えてちょうだい。もしもいま教えなかったとしても、ディンは以後、あなたがこの場で教えたと思うでしょうし、わたしがあの本のありかを自分の心の中だけにしまっておきたいのだろうと思うでしょう」

「お好きにどうぞ」わたしは干あがった噴水を見つめた。「オーエンブライトへと出発するまぎわ、わたしはあの本を、おとうさんの図書室にならぶ、たくさんの本のあいだにまぎれこませたのです」

うそをついたときは、しばしば、はなはだ大きな罪悪感にさいなまれる。しかし、うそをついたときに感じる罪悪感などは、いまこのとき、コレットに真実を告げたことでいだいた罪悪感とくらべれば、なにほどのこともなかった。

「なるほど、そうなの。あなたはやはり、とても切れ者ね、アーン。前にそういったのは、けっして誇張ではなかったわ。あの本はまだそこにあるの？」

わたしは肩をすくめた。

「あれ以来、たしかめにいってはいません」

「当然ね、それはそうだわ。そんなことをすれば、本のありかを教えるようなものだから」

わたしは待った。

「あなた、エメラルドを売ったでしょ？　きのう、チックがそれをつきとめたの。デインによると、ある宝石店の店員にチックが話を聞いたところ、その店員、あなたがエメラルドを売ったことをよく憶えていたんですって。それでわたしたち、この街にきたのよ」

「なるほど」

「父もエメラルドを売っていたわ。あなたが売ったのは父のものだったのだろうと思うの。それを説明する気はある？」

「ありません。説明すれば、さらに混乱が増すばかりですので」わたしは待った。しかし、コレットがなにもいわないので、ことばを添えた。「わたしの説明はあまりよくない結果を招きます。あなたにとっても、わたしにとっても」

「よくわからないわね。本気？」

「本気ですとも。わたしは純正な人間ではありません――いまの定義では。その点には賛同できますか？」

長いあいだ、コレットはわたしを見つめていた。が、ややあって、こう答えた。

「もちろんよ」

「しかしわたしは、かつては人間でした。一世紀ほど前に生きていた純然たる人間でした」わたしはことばを切り、なんというかを考えた。「あなたがすわっている場所からは屋敷が見えますね。見える、と答えなくともけっこうです。見えることは知っていますので」

コレットはうなずいた。

「内側から見れば、屋敷はまったくちがって見えます。そうではありませんか？」

「家というものは、みんなそうよ」

うなずくべきは、こんどはこちらの番だったので、わたしはそうした。

「人間もまたしかり。外から見れば、人は物静かで平和的に見えます――無気力なほどに。これにも賛同なさいますか？」

「せざるをえないと思うわ」コレットは吐息をついた。「わたし、ふたつの大学にいったの。奇妙なことに思えるかもしれないけれど、これは事実よ。当初はわたし、歴史学を専攻していてね。でも、そのうちに……」

コレットはその先をいわず、肩をすくめた。

「歴史を学ぶことに挫折した？――挫折したのでなければ、歴史にうんざりした？　どちらです？」

「うんざりしたの。ええ、まさにうんざり。たしかにね、その気になれば、たとえば女性のファッション史を研究することもできたわよ。友人のひとりもそれをやっていたし」

わたしはその先を待った。

「でなければ、スポーツ史に建築史――取り組める分野は山ほどあったわ。でも、わたしはそのどれにも興味を持てなかった。わたしが学びたかったのは、本物の歴史。帝国の興隆と没落、人間の思弁の歴史。でも、じっさいに取り組んでみると、本物の歴史というものは、おおむね戦争の歴史、人間同士の殺し合いの歴史でしかなかったの。戦争の原因はさまざまだけれど、結果はいつでも同じ。大むかしに使われたのは、石と矢と槍と血だったわ。時を経て、それは銃弾と砲弾と毒ガスに変わった。そして、爆弾、ロケット弾、飛行ボット、血。さらにたくさんの血。いつもいつも、よりたくさんの血」

唐突に、コレットは笑いだした。その笑い声はうつろで、苦々しげなものだった。

「無気力、おおいにけっこうよ、アーン。わたしは無気力が好き」

「しかし、どうして無気力なのです？　以前はわたしも、純正な人間は世の中に倦んでいるものと思っていました。そこには一片の真実があるのかもしれません。しかしそれだけでは、いまの世界の無気力を説明しきれない。ほかにもなにか理由があるはずです」

「もちろん、あるわ」コレットは間を置いて、虚空を見つめた。「たとえば、三つの農場があるものと考えてみて。何世紀ものあいだ、この三つは作物を豊かに実らせてきたとします。それぞれには、清浄な清水が無限に湧くのではないかと思われる井戸があって、その農場で育つ家畜はすべて、良質で丸々と肥えて、健康的であったともしましょう。その状態が維持されているうちは、各農場の者たちはたがいに盗みを働きあう。騙しあいもする。隙あらば他の土地をかすめとろうともする」

コレットはいったん、ことばを切った。わたしは先をうながした。

「それで？」

「ところが、やがて各農場の作物はすべて育ちが悪くなってしまったのよ、アーン。家畜もみんな痩せて病気がちになり、井戸水も沸騰させてからでないと飲めなくなってしまったの。春雨の時期が過ぎると、井戸はすぐ干あがるようになってしまった……。その結果、三つの農場を所有していたそれぞれの家族は、もうまともに働くことはなくなってしまったけれど、そのかわり、よその農場の土地や家畜を盗むこともなくなったわけ」

「わかります。盗む労力を費やすだけの価値がなくなったからですね」

コレットはうなずき、ごくりとつばを呑みこんだ。

「そう、盗む労力を費やすだけの価値がなくなってしまったの。そして三家族とも、疲弊して衰弱してしまった。それがいま、各国に起こっていることよ。わたしたちが生きているこの歴史ある惑星の、すべての国に起こっていることがそれ。各国の政府は、恐るべき兵器の製造方法だけは知っているけれど、もはや製造はできない。造れるだけの資源がないからよ。資源もなければ、ちゃんとした訓練を受けた技術者もいないし、技術もないしで」

「ないのは覚悟も同じでしょう」わたしはほほえもうとした。「槍も棍棒もです」

「国家はもう忠誠心を鼓舞したりしないわ。わたしたちはみんな国家に忠誠を誓う価値などないことを知っている。そして、いっそう思慮深い者は、いまだかつてそんな価値があった例などなかったのでは、と疑ってさえいる。生きるのにはむしろいい時代よね」コレットは立ちあがった。「さ、図書室にいきましょう、アーン。父の本をどこにしまったのか教えてちょうだい」

わたしは立ちあがらなかった。

「あの本が無気力な時代に終止符を打つことになってもですか？　古き悪しき時代の再来を招いてもですか？」

コレットはまじまじとわたしを見つめた。

「はたして、そうなるもの？」

「なると思いますよ」

「それが事実なら、いちどじっくりと考えてみなくてはならないわね」

おそらく、彼女は考えただろう。だが、わたしは考えなかった。そして、前に本を隠した場所を教えた。いってみると、そこには本はなかった。わたしの記憶ちがいである可能性も示唆して、ふたりで付近を探したものの、やはりどこにも本は見つからなかった。当然だ。このときにはもう、隠し場所を変えていたのだから。いまは隠し場所を実験室に移してある。一時はあの流木の下の砂に埋めてしまおうかとも考えた。ドアをあけ、石をはさんでドアが閉じないようにしておき、本を埋めてから屋敷の廊下に帰って、永久に封鎖してしまってもよかった。

最終的に、コレットからは解放された。わたしは三階にあがり、スーツケースの荷解きをはじめていたピータース夫人に声をかけた。この間に、ジョルジュとマハーラもやってきたそうだが、ヴァン・ペトンがきていると聞くなり、そそくさと立ち去ったという。そのさい、ふたりはわたし宛てにメモを残していった。誓って読んではおりませんからね、といって、ピータース夫人からわたされたそのメモには、ひとつのeeフォン番号だけが書いてあった。その番号を暗記して、メモ自体は呑みこんでしまうべきかとも考えた。だが、じっさいにはどちらもせず、ただメモを折りたたみ、ポケットにしまうだけにとどめた。

18　腕時計が真夜中を告げた

きのうあなたに、あの本はもうコンラッド・コールドブルック・シニアの図書室にないといった。安全な四階に——シニアのものだった実験室に隠してあるといった。しかしいまは、実験室のまた別の場所に隠してある。隠したときには自信がなかったものの、いまはもう、あそこなら絶対にコレットが探さないだろうという確信を持っていた。じっさい、あそこに隠して正解だった。

〝偶然〟に感謝だ！

しかしそれは、最悪の結果をも招いた。ヴァン・ペトンが偶然、わたしをあの実験室へと連れていったのである。部屋の前で徴税吏はコレットを追い返した。彼女は室内に足を踏みいれてすらいない。そしてそれは、彼女にとっては福音だったのだろう、ヴァン・ペトンが〝席をはずしてくれないか〟といいおえるやいなや、コレットはエレベーターに向かって、逃げるように歩きだした。

ヴァン・ペトンはわたしに向きなおった。

「おれに腕力でかなうと思うか？」

わたしはかぶりをふった。

「だろうな。おまえはおれより二十は年上だ。体重はたぶん、おれのほうが十キロは多い。その気になれば、スミス、おまえなど、たやすく挽き肉にしてしまえる。じっさい、おれを煩わせるようなら、ためらわずにそうしてやろう」

おそらくここは、恐怖をいだいてしかるべき場面だったのだろう。だが、べつに恐ろしいとは思わなかった。ただこの男にうんざりしただけだった。コレットのそばでこそ紳士的にふるまってはいるが、あれは演技でしかない。仮面をかなぐりすてれば、その下にあるのは、醜悪で下種で残酷な素顔だ。顔から下にはなにもない。あるのはただ、からっぽのスーツと悪臭ばかり。そこまでいいきれるはずがないといわれそうだが、たしかにそんな感触がある。

「おまえはエメラルドを持っていた。それはこの屋敷で手に入れたものだ。そうだな？」

この男はわたしの利用者ではない。ゆえに、わたしはうなずいた。ここまではたやすい。

「どこで見つけたか教えろ。そこにエメラルドが残っているといいんだがな」

わたしは肩をすくめた。

「残っていれば、あなたにそこを教えたりはしませんよ。引き出しにはエメラルドの原石が七つあって、わたしはその七つをすべて持ちだしました。引き出しいっぱいのエメラルドがあるとでも期待していたのですか？」

「おれがなにを期待していたかは関係ないさ。あの男はエメラルドを造る方法を見つけた。そうだな？　やつはエメラルドを人工的に造りだせた。そうとしか考えられん」

実験室にはいくつか作業台があり、その一脚の前にはスツールがある。

わたしはそれを引きだし、腰かけた。

「チックから聞きました。あなたは大陸政府のために働いているのだと。これはそのとおりですか？」

「話題を変えるな！」

「変えてなどいませんよ。察するに、財政省でしょう。財政省なら、さぞかしエメラルドの製造法を知りたがるでしょうからね。報酬監督局はその一部局なのでしょう？　エメラルド製造なら、ただ札を刷るよりもずっとずっと都合がいい。札を刷るのは造幣当局――それはあなたの部局にはできないことです。あっていますか？」

「つづけろ」

ヴァン・ペトンがいずれわたしをスツールから突き落とすつもりであることは、ひと目でわかった。いまはタイミングをうかがっているだけだ。

「そうしましょう。あなたには真実を語ることにしました。じつは、話を信じてもらえないふしが見えれば、まことしやかなうそでごまかすつもりだったのですよ。真実はこうです。コレットの父親は――以後は彼のことを、名前でコンラッド・コールドブルックと呼びます――エメラルドを造ったのではありません。エメラルドの鉱床を発見し、坑道を掘削したのです。ごく小さな鉱床ではありますが、それは地表に近いところにあって、ひとりの人間が採掘しても、そう、六週間もあれば、相当量の鉱石が掘れるでしょう。かつてはもうすこし地表に近いところにあったようですから、採掘に要する時間はさらに短かったでしょうが、それについては、いまは考えないことにします」

「その話を証明できる者は？」

ヴァン・ペトンの顔は目と鼻の先にある。ほとんどわたしの顔に触れんばかりだ。

「坑道へあなたをお連れすることができますし、わたしがエメラルドを見つけた引き出しをお見せすることもできます。それは坑道内の、入口付近にあるデスクの引き出しにあったのです」ここでわたしは、新たに妙案を思いついた。ことばを切って、しばらくその案を考察したのち、ふたたび口を開く。「思うに彼は、自分の鉱床を掘りつくすことを恐れていたにちがいありません。鉱床にもどっては、せっせと採掘を行ない——それはとてもたいへんな作業だったでしょう——満足いく地位を確立した時点で、エメラルド採掘をやめるつもりでいました。結局、道なかばで採掘は中断されてしまったわけですが。掘りだした原石のうち、残っていたのは七つです。それはもう話しましたね」

「つづけろ！」

「そうでした、たしかお話ししたような気がします。その七つのうち、わたしたちがいくつまで売ったかを、チックがあなたに報告できたはずはない。もちろん、本人も知らなかったでしょう。チックが話をしたという店員も知らなかったか、あるいは、知っていたとしても、いうにたる事実と思っていなかったのか」ほぼ無意識のうちに、わたしはヴァン・ペトンのこぶしが飛んでくることを覚悟していた。「わたしたちが売却した個数は、そのうちの六つです」

ヴァン・ペトンは、一歩、あとずさった。

「そのことを話してもらおうか。くわしくだ」

「いいですとも。喜んでお話ししましょう」そういいつつ、ポケットの中を探る。純然たる偶然によって――またしてもだ――七つめのエメラルドを入れたポケットにはジョルジュのメモも入っていた。エメラルドを取りだすさいに、そのメモがいっしょに引っぱりだされてひらひらと床に落ちるのではないかと、気が気ではなかった。

さいわい、うまくエメラルドだけ取りだすことができた。手に持って軽く上下させてから、ヴァン・ペトンに放り投げる。

「これが最後のひとつ。わたしたちが売らなかったエメラルドです。あなたは宝石のことにくわしいですか？」

ヴァン・ペトンはかぶりをふった。

「わたしもくわしくはありません。その原石は、最高級品かもしれないし――そうではないかもしれない。最高級品と思いたいところですが、わたしはどうも、楽天的すぎるきらいがありましてね。ところで、なぜそのひとつを残しておいたか、説明の必要はありますか？」

「必要ない。どうせ自分だけ得をしようと、こっそりくすねておいたんだろう。よく仲間に身体検査をされなかったものだ」

「されるはずがありません。あのときは、換金をしてからではなく、原石の段階で山分けをしようということになりましてね。事実、そうしたわけですよ。七つのエメラルドを三人で分けるとなると、ほぼ確実に諍(いさか)いを招きます。すくなくとも、わたしにはそう思えました。しかし、六つならばきっちり等分できる。三人それぞれが、二個ずつ取ればいいのですから。わたしは諍いを回避したかったのです」

　わたしが放り投げたエメラルドを、ヴァン・ペトンはズボンの左ポケットにしまった。

「こいつは返さんぞ。わかっていると思うがな」

「わかっていますとも。予想どおりです。憶えていますか、あなたとお仲間が、スパイス・グローヴにあるコレットのアパートメントに押しこんできたときのことを？　あなたがたはわたしたちをはだかにして、椅子に縛りつけていきましたね」

「ああ」ヴァン・ペトンはうなずいた。「しかし、もうひとりの人物は、厳密には仲間じゃない。上司だ」

「なるほど。ともあれ、あなたがたはコレットの所有物だとわかっている本を探していた。あれはコレットの兄が父親の金庫の中に発見した本であり、そのころには、あの本の存在を知っている者全員が確信していた――あの本がなんらかの形で重要なものであることを」

　ふたたび、ヴァン・ペトンはうなずいた。

「じっさい、そのとおりでした」わたしはスツールからすべりおりた。「あの本をごらんになりたいですか？　いや、この段階でそうたずねることもできますが、それはしますまい。あなたの意志がどうあろうと、あなたにはあの本をお見せしなければならないのですから。

エメラルド鉱床をお見せするには、そうする必要があるのです。一刻も早く鉱床を見たくて、あなたはうずうずしているのではありませんか？」

ヴァン・ペトンはピストルを引き抜いた。

「武器を取りだそうと思っているのなら――」

「そんなことはしませんよ。わたしはあの本を取りだそうとしているだけです。あれは鍵であって、武器ではありません」わたしは部屋を横切っていき、スクリーンに手をふれた。

「コンラッド・コールドブルックの金庫はこの裏にあります。それはごぞんじですね」

「金庫はからだ」

「たしかに、からです――ごく最近、だれかがなにかをしまったのでないかぎり。しかし、このスクリーンの裏に金庫があり、なおかつそれがからであることを知っている捜索者は、ほかのスクリーンの裏までは探さないのではないか――と、ふとそう思いましてね」

そのスクリーンからさほど遠くないところに、もうひとつスクリーンがあった。わたしはそれを手前に倒し、裏にテープで貼りつけておいた自分の著書をはがした。

「おお！」とヴァン・ペトン。

驚きのことばを発するのは、さぞ不本意だっただろうと推察する。

「そのとおり」わたしは本を差しだした。『火星の殺人』。わたしが最初の人生において、まだ合法的な人間であるころに書いたものです。そのなかに、空間そのものが、他の物理的物体によって操作されることを示唆する一節があります。コンラッド・コールドブルックは、その描写が示唆に富むと思ったにちがいありません。本をめくってみる気はありますか？」

　ヴァン・ペトンはかぶりをふった。

「そんなことは、秘密とはいえん」

「まったくもってそのとおり、秘密とはいえません。しかしながら、コンラッド・コールドブルックは、わたしの著書にある重要な仕掛けを施しました。彼がその本を壁の隠し金庫に保管しようと思いいたった理由は、その仕掛けにあるのです。いっしょにきてくれますか」

　わたしは先に立って実験室をあとにし、廊下に出て、以前、ダクトテープで一時的に封をしたドア――あの閉じられたドアの前に立った。テープはまだすこし残っていたが、それをすっかり剝ぎとって放り捨ててから、ドアに向かって本を振り、ドアハンドルを押し下げ、鋼鉄の扉を内側へ押し開く。

「コンラッド・コールドブルック・シニアには詩心がありました。ご子息のユーモア感覚にとって、それはおおいに好ましいものだったようです。この本は、このドアの鍵なのですよ。そしてこのドアはほんとうに、遠い世界に通じているのです」

　ヴァン・ペトンはドアの中に足を踏みいれた。

「これは……！　こ、これは、南の大陸か？」

「いいえ。まったくちがいます。わたしたちがいまいる場所は、異なる惑星の海に浮かんだ島の上――ここはわたしたちの地球から無限といっていい距離で隔てられた異星なのです」

　わたしは一カ所を指さした。「あそこの崖のなかほどに、黒々とした開口部があるのですが。

見えますか？　ここからだと黒い変色部にしか見えないものの、じつはあれは影でしてね。あれこそは、コンラッド・コールドブルックのエメラルド坑道の入口にほかなりません」

ヴァン・ペトンは、一歩、奥に入った。ほんの一歩ではあったが、奥へと進んだことにはちがいない。

「ここからでは見えませんが、崖の基部から上に登る小径があります。入口の下、やや左のほうに、上へ登っていく坂があるのです」

さらに二歩、奥へ。そこでヴァン・ペトンは小走りになった。これだけ離れれば充分だ。わたしはあとずさり、廊下に出ると、ドアを手前に引いて閉め、ドアハンドルを上へと持ちあげた。かすかにカチリという音がした。ついで、ドアハンドルを下にガチャガチャと押し下げようとした——オートロックがかかっていることをたしかめるために。

ロックはしっかりとかかっていた。

コンラッド・コールドブルックのものであった実験室にもどってからは、本の新たな隠し場所を選んだ。こんどのはなかなかにいい隠し場所だった。スクリーンの裏に隠すよりも、たぶんいい。それがどこであるのかを、いまあなたに話すつもりはないし、話したところでなんにもならない。

以下は記述するのがつらいので、手早くすませよう。わたしは原子炉部屋に入り、予備の制御棒をすべて実験室に移した。これらをだれにも見つからないところに隠すのは不可能だ。

死んだ馬を隠すのと大差ない。だから、なるべく目だたない格納場所を見つけだし、そこに制御棒を積みあげた。いちどに六本ずつを運んで、三往復。運搬がおわると、ジョルジュに教わった原子炉の安全装置を解除した。しばらくは正常に運転をつづけるだろう。冬までか、もしかすると、もっと長く。しかし、やがて原子炉はオーバーヒートを起こし、制御不能となって、一気にメルトダウンを起こす。おそらくは水蒸気爆発が起こり、ガレージその他の周辺施設を道連れにこの屋敷は吹っとんで、あとにクレーターだけが残るだろう。もっとも、この一帯はだれも住んでいないから、死傷者を出さずにすむ可能性はかなり高い。そのとき屋内に人がいれば別だが——それはこのさい、覚悟せねばならない賭けだ。

移動をすませると、服を着替え、シャワーを浴び、コレットを探しにいった。コレットはすぐに見つかった。

「ミスター・ヴァン・ペトンを見ませんでしたか?」

「デインを? さっき別れて以来、見ていないわ」

別段、心配そうなようすではなかった。

「わたしもしばらく姿を見ていないのです。ついさきほど、メイド・ボットと遭遇したさい、たずねてみたのですが。彼女もミスターを見ていないとのことでした。ですので、ひとつ、個人的な質問をさせていただけませんか。どうか怒らないでくださるといいのですが……」

わたしはためらった。「もちろん、がまんならない質問だと思われたなら、答えていただく必要はありません。それでは、おたずねしましょう。あなたはミスター・ヴァン・ペトンに逮捕されたのではありませんか？　どうもそのような印象を受けるのですが」

コレットはうなずいた。わたしは無言をたもった。ややあって、彼女はいった。

「ずいぶんと配慮してもらってはいるわ。わたしのことをとても気づかってくれているとも思うの。でも――そうよ、そのとおり」

「それでしたら、求められてもいない助言をさせていただきましょうか。わたしとしては、あなたがこの助言の内容のみを考えて、その助言を行なう卑しい蔵者のことは顧みないよう期待するのみです。あなたはスパイス・グローヴにもどり、弁護士を雇われるべきである、とわたしは信じます。理由を説明しましょうか？」

「そうするだけの価値があると思うのね？　わたしにもまだチャンスがあると？」

「思いますとも。おおいにあります」

「わたし、自白書にサインをしたの。させられた、というほうが正しいけれど」

コレットはわずかな光明にでもすがりつきたいようすで、ぐっと前に身を乗りだしてきた。

思いもよらぬ告白に、わたしは自分を取りもどそうと躍起になった。

「立ちあっていた者は？　その場面は臨場ビデオで記録されていましたか？」

「いいえ、そういうものはいっさいなかったわ。彼が文書を用意して、わたしがサインした――その場であったことはそれだけ」

これでずいぶんと呼吸が楽になった。

「それはこの屋敷でのことですか、それとも、スパイス・グローヴでのことですか？」

「ここよ。あなたがくる前に書かされたの」

「でしたら、無視していいかもしれません。いや、無視していいと自信を持って断言します。自白書はどこにありますか？　文面にはなんと？」

コレットはためいきをついた。このころにはもう、わたしもリラックスしていて、彼女の反応を愛でられるだけの余裕ができていた。

「〝わたしは父が秘密の収入源を持っていることを知っていたけれど、父への義理立てから、大陸報酬監督局にその旨を報告することを控えていた〟。そういう主旨の内容よ。ディンは終始、エメラルドに関する情報を打ち明けさせようとしていたけれど、わたしはほんとうに、それについてはなにも知らないの」ふたたび、ためいき。「もしや、あなた……？」

利用者にうそをつくのは、なかなかにむずかしい。しかし、質問に答えず、やりすごすという手もある。この場合も、わたしはそうした。

「あなたの自白書については、なにも心配していませんし、それであなたが心配する必要もないと思っています。優秀な弁護士を雇って、心配はその弁護士にまかせてしまうことです。もっとも、その弁護士も、たいして心配はしないと思いますがね。わたしたちがしなければならないことは、早々にこの屋敷を出て、弁護士を雇うことです」

しかし、コレットはまたもためいきをついた。こんどはなにをいいだすのだろう。

「ジュディを連れていってもいいかしら」つかのま、コレットの輝く白い歯が下唇を噛んだ。彼女がそういうしぐさをするのは、このときしか見た記憶がない。「わたしはね、アーン、この屋敷をたたんで、海辺に家を買いたいの。わかってもらえるかしら？　大きな家。でも二階建てで、それより上の階はなし。そして——寝室の窓からは海を見わたせるのよ」

ためいきをついた。こんどはわたしがだ。ただしこれは、安堵の吐息だった。

「わたしのことを愚かだと思っていることは知っているわ。けれど、わたしとしては、ぜひそうしたいの。ジュディならわたしのためにいろいろとやってくれるでしょう。新しい家をきれいにして、キッチンもちゃんと管理して、その他もろもろのこまごました仕事もやってくれると思う」

わたしはほほえんだ。

「あなたが愚かだなどとは、ほんのすこしでも思ったことはありませんよ。むしろそれは、すばらしい考えだと思います。ジュディを見つけて、以後も同行してくれるよう、たのんでいただけませんか？　万事を仕切るのはあなたであり、なにごとであれ、わたしは全面的にあなたの意向にしたがう旨、ジュディに説明してください」

コレットはうなずいた。わたしはいった。

「わたしはスクリーンをしなければなりません。ボットたちにも、この屋敷をたたむことを伝えなくては」

もちろん、スクリーンした相手はジョルジュだった。わたしは彼に、マハーラともども、この屋敷にもどってきてはいけません、この街を早く出ていくように、そして、この街にはもう二度と近づかないようにしてくださいと告げた。なぜなら、ここはあなたがたにとって危険だからです、ほしければジェラルダインは持っていってもけっこう、それは話をつけておきましょう、ただし、屋敷には二度と近づかないように——。最後に、また連絡するかもしれませんといって、わたしはスクリーンを切った。

わかっている。屋敷の原子炉は、すくなくともあと四半期はメルトダウンを起こさない。それはちゃんと承知している。もしかすると、半年以上も持つかもしれない。そのときまで、この屋敷は安全だ。そうとわかってはいても、いずれ原子炉が暴走すると思うと、なかなか落ちつかなかった。

もうひとつ気がかりなのは、ヴァン・ペトンが地球にもどってくる方法を発見する可能性である。いまこのとき、あの男はわたしの予想どおり、坑道に入ってエメラルド鉱脈を見ているだろう。そして早晩、ドアがロックされていることに気づき、地球へ歩いてもどるのがなみたいていの難行ではないと悟る。しかしそこで、わたしには予想もつかない帰還方法を思いつくかもしれない。どんなドアも解錠してしまうスーパーカードを持っている可能性もある。はじめてヴァン・ペトンを見たときに、あの男とボスがコレットのアパートメントへ踏みこんでこられたのは、そういう手段があったからとも考えられる。

ただし、わたしには切札が二枚ある。一枚は、坑道からライフル銃を持ちだして、三階のわたしの部屋に立てかけてきたことだ。たしかに、坑道の中には大量の銃弾が置いてあるが、もはや銃は残っていない。ヴァン・ペトンも、ポケット・ロケット弾発射ピストルを持っているとはいえ、それでライフル弾を発射できようはずもない。

二枚めの切札は、現地の生物と、あの上端にも下端にも穂先がついた回転槍——呼び名はまあ、なんでもいいが——それと、海からあがってきたあの怪物たちである。大型の怪物をおおう甲皮は、そうとう部厚そうに見えた。ピストルで発射可能な超小型ロケット弾に詰められる炸薬はどの程度だろう？　せいぜい、大きめの花火程度ではあるまいか。たしかに、威力は花火よりもはるかに大きいだろうが、それでも……。

すべてを総合すると、原子炉が爆発を起こす前にヴァン・ペトンがあそこから脱出できる可能性は、五分五分といったところか。わたしは脱出できない可能性に賭けた。この賭けを除けば、わたしがかかえる大きな問題はあとひとつしかない。

アラベラである。アラベラがまだ屋敷の中にいることはわかっていた。その部屋から連れだして、ニュー・デルファイ図書館か、そこでなくとも、どこかの図書館に連れていかねばならない。なおもそのことを考えていると、コレットがもどってきた。

「アーン、スパイス・グローヴへ帰るにあたって、わたしのフリッターに同乗してもらえるかしら？　ジュディには全地形車を運転してあっちまできてもらうつもりだけど、このさい彼女には、充分な手間賃をはずみたいところね。どのくらいの額が適当だと思う？」

スパイス・グローヴへ？　予想外のことばに、卒倒しそうになった。よもや、あれを使う気か？　すこしでも考える時間を稼ぐため、わたしはこういった。

「お金はあるのですか？　手持ち分はヴァン・ペトンに取りあげられたものとばかり思っていましたが」

「お金は口座だもの。スクリーンで小切手を振りだせばいいのよ」呆然と見つめるわたしを見て、コレットは語をついだ。「ジュディにはあとで、銀行で換金してもらえばいいわ」

わたしはうなずいた。もちろん、そんなことはちゃんと知っていましたよといわんばかりに。

「そうですね。もちろんです。しかし、彼女もわたしたちといっしょに、あなたの――ああ、あれはふたり乗りでしたか。失念していました」

「そうなの。ほかの家族のフリッターに乗るわけにもいかないしね」コレットはためらった。「もっとも、いまはみんな、わたしのものなんだけれど。ディンとはわたしのフリッターでここにやってきたのよ。それとも、あれはディンのために残していくべきかしらね？　どう思う？」

問われたことで、考える時間がすこしは持てた。

「残す必要など、まったくありません。あれはあなたのものなのですから、あなたが乗っていくべきです」

「そうね、ないならないで、ほかのフリッターに乗っていってくれればいいんだし。一台は父ので、もう一台はコブのだけれど、でも……」

「おふたりとも、あなたに使ってほしがると思いますよ、コレット。どのみち、おっしゃるように、いまはもう、ほかの二機もあなたのものなのですから」

「だったら、ジュディはわたしが乗せていくことにして、どちらか一機、あなたがスパイス・グローヴまで飛ばしていってくれないかしら。わたしの代わりによ。ただ目的地を口頭で指示しさえすればいいの、車の運転と同じ要領で。ちっともむずかしいことじゃないわ」

「喜んで」

いまだかつて、これ以上ぞっとするひとことを口にした経験があるとは思わない。もっとしゃべろうものなら、ことばに詰まったり、いいまちがえそうな気がして、ひとこと、そう答えるのがせいいっぱいだった。

「よかった！　それじゃあ、わたしのアパートメントまでおねがいできるわね？　タオス・タワーズよ。憶えているでしょう」

「憶えていますとも」そろそろショックも癒えてきた。「あなたはまだわたしを借り出したままです。二機のうち、一機のキーコードを教えていただけますか？　どちらにもロックがかかっているでしょう」

コレットはうなずいた。

「たぶんね。組み合わせはこうよ——CONC。二機とも同じ。黒いほうの名前はキャット、黄色いほうはカナリア。たぶん、名前が必要だから」

ここでわたしは、なにかを考えているように見えるふりをした。けっこううまくいったと思う。

「おそらく、あなたとミセス・ピータースには先に出発していただいたほうがいいでしょう。あとからわたしがアパートメントに着いたとき、格納庫へ迎えいれてもらえるように」

顔を輝かせて、コレットはふたたびうなずいた。

「ジュディに話をしてくるわ」

コレットがジュディを探しにキッチンへいってしまうと、わたしは格納庫へ歩いていった。以前と同様、屋敷用のカードキーにより、格納庫の扉も開いた。各フリッターの文字錠は、九行四列からなる三十六個のボタンだった。そのボタンを、C、O、N、C、と押すことで、黄色いフリッターのドアを開くことができた。わたしは機内に乗りこみ、運転席に収まって、自分がしていることをちゃんと心得ているふりをした。なにも起こらない。咳ばらいをしてみた。

それが奏効したのか、たちまちスクリーンがともり、魅力的なブロンド女性の顔がそこに現われた。

わたしはいった。

「カナリア、スパイス・グローヴまで、どのくらいの時間で飛べますか？」

短い間があった。

「天気良好、北西の風、風速四メートル。スパイス・グローヴまでの推定所要時間、全速で四十三分です」

ほどなく、コレットとピータース夫人がやってきた。わたしは黄色いフリッターを降り、赤いフリッターに乗りこんだふたりに手をふって別れを告げてから、アラベラを探すために屋敷の中へもどった。アラベラが図書室にいることは、すこし頭を働かせてみれば、もっと早くわかったにちがいない。アラベラはなにかの本を読みふけっていたので、コンラッド・

コールドブルックの本の趣味はどうかとたずねた。

「変わった趣味だわねえ」そういって、アラベラは身ぶるいした。「C・A・スミスという人の詩を読んでいたんだけれどさ。ああ、綴りはSmithよ、あなたのSmitheとはちがって、最後にeがないほう」

「それは残念」

「ええ、まったくよね。このスミスときたら、完全にいかれてるわ。それでも、すごくいい詩なの」アラベラはことばを切り、ずっとずっと遠くのなにかを見つめた。「この詩が評価されていたとは、とても思えないけどね」

そしてアラベラは、詩を詠んでみせた。

ひれ伏せ、余は夢の帝王なるぞ
余が冠となすは百万の色彩あふるる太陽
そは信じがたき窃(ひそ)やかなる諸惑星を照らし……

「どう、気にいった?」

気にいったわけではないが、この詩文はわたしの脳に強烈に焼きついた。理由はたぶん、想像がつくだろう。ともあれ、アラベラには気にいりましたと答えて、これからスパイス・グローヴにいきますが、ほしかったらその本、持っていってもいいですよと告げた。驚いたことに、アラベラはほんとうにその本を持っていくことにした。女というやつは、絶対に、ほんとうには理解できないものだ。

カナリアが六人乗りであることはもう語っただろうか。とにかく、六人乗りなのである。

もうじきスパイス・グローヴに着こうというころになって、アラベラはまたもやわたしを驚かせた。遠くの山脈を眺めやるうちに、近くから山々を見たいので、ぜひあの上を飛んでほしいといいだしたのだ。

「山というもののことは、読んで知ってはいるけれど、実物をこの目で見たことはないの。最初の人生でもなかったし、この人生でもないわ。だから、ねえ、いいでしょ、アーン？」

わたしはカナリアに、あの山脈を見物したいので、上空を飛ぶようにと指示した。するとカナリアは——ジェラルダインの声より一オクターブは高い女性の声で——こういった。

「かしこまりました。フライトプランを調整します」

いうなり、カナリアは減速に移り、アラベラとわたしの座席は引き離されて、左右に分割された機体をつなぐ大きな金色の翼が広がった。それから機は、すくなくとも三十分ほどのあいだ、冠雪した山々の頂のあいだをぬい、森におおわれている黒々とした谷ぞいに上空を滑空しつづけた。わたしはずっと計器をにらんでいたが、たのめばいつでも、スクリーンはアラベラのようすを表示してくれた。山々はほんとうに美しくて、アラベラはすっかり興奮しており、じっとすわってはいられないようすで、しきりに立ちあがってばかりいたので、その最中に乱気流にでも巻きこまれ、機体が揺れはしないかと、わたしははらはらしどおしだった。いっぽうで、かくいうわたしも興奮していた。わたしもまた、これほど間近に山を見たことはなかったのである。

ひとしきり遊覧をつづけたのち、機はスパイス・グローヴにコースを復帰させ、タオス・タワーズの屋上に着陸した。アラベラとわたしが降りて、格納庫の扉が開くと、カナリアはひとりでに動きだし、コレットの赤いフリッターの横に駐機した。フリッターは機体自体も高価なうえ、維持にも金がかかるという。それはたぶんほんとうなのだろうが、賢い機械であることはまちがいない。

アラベラを連れてきたことで、コレットがかんかんになるだろうと覚悟していたのだが、意外にも、アラベラとわたしがコレットの寝室に近づかず、ふたりがわたしのベッドで眠り、あまり長くバスルームを占有しないと約束しさえすれば、いてもかまわないといってくれた。このアパートメントに女が三人では、全員、待ち時間が長くなるだろうと危惧したものの、いざ収まってみると、危ぶんだほど問題にはならなかった。

むしろ問題は、アラベラと同衾する機会が持てるということのほうにあった。そのときのことを思うと、恐ろしくてたまらなくなる。双方ともくたくたになり、たちまち眠りこんでしまいそうな状況でないかぎり、とてもいっしょに寝ることはできそうにない。もっとも、いよいよその瞬間がきてみると、心配するほどのことはなくて助かった。ピーターース夫人とコレットは、夜遅くまであれこれと話をしていた。しばらく昔話をしていたのだが、やがて話題は、コレットが沿岸地帯に買うつもりだという家のことに移り、これこれのサイズだとちょうどいい、これこれのサイズは大きすぎる、沿岸のそこそこ大きな家を嵐から護るにはどうすればいいのか、などという話を延々とつづけていた。

そういうわけで、アラベラとわたしは早々と床についた。しばし、わたしが楽しみにしていたことをアラベラがしてくれないのではないかと危惧していたのだが、そんなことはなく、かつてわたしが味わったなかでも最高の——最初のわたしも味わったことがないほどの——すばらしい経験を堪能させてくれた。ことがおわると、汗を流すために、アラベラから先にバスルームを使わせた。たっぷり時間をかけてからだを洗っているようなので、その間に、最後にいたしてからどれくらい時間がたっているかを計算してみた。じつに百三十七年ぶりだった。感覚的には、それよりもっと長い時間がたっている気がしたが。

自分がバスルームを使っているあいだに——使用時間はアラベラよりずっと短かった——ピータース夫人がコレットにおやすみをいい、自室へと引きとって、寝支度をはじめる音が聞こえた。

寝室に帰ってみると、アラベラは寝入っていた。あるいは、わたしにもう一戦交えようとせがまれるのがいやで、狸寝入りしていたのかもしれない。もっとも、わたしの見るところ、アラベラはほんとうに眠っているようだった。家の中がひっそりと静かなので、アラベラの寝息が聞こえたのである。とても規則的で、とてもおだやかな寝息だった。わたしは彼女の頰にできるだけやさしくキスをし、心の中でさよならをいった。

なるべく音を立てずに服を着て、寝室をあとにし、ラウンジへ向かう。コレットはひとりきりで、眠ってもおらず、読書してもおらず、イヤホンをつけて臨場映像を眺めることすらせずに、ただソファにすわって虚空を見つめていた。これはまさに、わたしが期待していたとおりの状況だ。

アームチェアをコレットと向かいあう位置まで引きずっていく。それから、ラウンジ内をいったりきたりしだした。なぜなら、面と向かってすわる勇気がなかったからである。

「わたしはこれで立ち去ります」とコレットにいった。「帰るべき期限がきましたので」

自分の貸出カードを取りだして、コレットに見せる。

「ただし、立ち去る前にひとつ約束していただきたいことがあります。わたしはいい友人であったと思っています。それには賛同していただけますか？」

「ええ、アーン。あなたはとてもいい友人よ」

なにを切りだされるのだろうと、いぶかしげな視線を向けられた。

「では、どうか約束してください、来年もわたしを借り出すことを。そして、以後も毎年、ずっと借り出すことを。今回のように、長期にわたって借りていただく必要はありません。ほんの一日、借りていただくだけでけっこうです。あなたの利用者カードを、リクローンを借り出せる設定に変更していただければ、保証金を預ける必要もなくなりますし。ですので

——約束していただけますね？」

コレットはうなずき、右手を差しだした。

「いいわ、アーン。約束します。わたしの名誉にかけて」

「助かります」わたしはそういいながら、自分の右手を差しだした。「その点さえ約束していただければ、これからあなたにいおうとしていることは、誓って当局に話しません」

ここでいったん叙述を中断し、付言させてもらおう。その後も当局にそれをいったことはないし、今後もいうつもりはない。やがて、あの原子炉は水蒸気爆発を起こし——ニュースにもなった。その話をわたしにしてくれた蔵者仲間のミリー・バウムガートナーは、あれはときどきわたしの話に出るあの場所のことかとたずねた。ともあれ、わたしがずっと待っていた爆発は、ついに起こった。カカシたちよ、エメラルドよ、星々よ、さらば！　かくしてわたしは、いま、この文章を書き記している。これが書きあがったら、この図書館の蔵書をならべた書架のほうにまぎれこませてしまおう。いつの日か、だれかがそれを発見することだろうが、そのころにはもう、わたしたちは死んでいて、この世にいはしない——と思う。だれもリクローンをリクローンしたりはしない。もしコレットがリクローンされたとしても、それがなんだというのか？　父親を殺したのはコレットのオリジナルなのだから。

移動させたアームチェアの位置からは、コレットの顔が正面から見える。一、二分して、わたしは腰をおろした。

「どのように切りだすのがいちばんなのか、なかなかふんぎりがつかなかったのですが……。このさい、前にあなたから聞いた忠告を口にすること、そこからはじめようと思うのです。あなたは以前、女はうそばかりついているとおっしゃった——わたしにうそをつく直前に。そのことばによって、あなたの良心の呵責は確実に軽くなったのでしょうし、わたしをしてあなたに好感をいだかせるにいたりました。いまもあなたには好感を持っています。そしてもちろん、あなたはわたしの利用者でもありました。それゆえ、あなたはつねに、わたしにとって特別な存在でした、コレット。とてもとても特別な人間だったのです」

わたしは待った。コレットはひとことも発しない。

「あの直後、あなたはわたしにうそをつきましたね。あれはほんとうに凝ったうそでした。そう、凝りすぎなほどの。まずあなたのおとうさんが亡くなり、つぎにあなたのおにいさん、コブが亡くなったとする説明――あれはすべての順序を逆にしたものでした。そして、あのうそを信じているかぎり、わたしは真相に近づくことすらできなかったはずです。たしかに、あれは巧妙な欺瞞でした。しかし、あまりにも巧妙にすぎた。わたしのいう意味はおわかりでしょう?」

「あなた、どこまで知っているの、アーン」

「これからお話しします。一連のできごとのきっかけは、あなたのおとうさんが長いあいだ――かなり長期にわたって――行方不明になっていたことでした。具体的な期間についてはわかりませんが、すくなくとも四半期二回ぶんは消息不明だったのでしょう。それゆえに、おそらくあなたは、おとうさんが亡くなったと想定した」

コレットは小さく左右に首をふった。ごくごくささやかな動きだったので、もうすこしで見落とすところだった。

「なるほど、あなたは想定しなかったかもしれません。しかし、コブは想定した。その点はまちがいないところでしょう。おとうさんが亡くなったと思いこんだコブは、おとうさんの実験室を調べた。すると、金庫が見つかったので、錠前師に依頼して、それをあけさせた。おにいさんはほんとうに、金庫の中にはあの本以外になにもなかったといったのですか？そこがどうもはっきりしないのですが」

コレットはうなずいた。顔は完全に無表情だが、夢見るようなあの目には涙が光っていた。

「なるほど。ともあれ、本以外になかったというのはうそです。金庫の中にはエメラルドの原石も入っていたのです。おとうさんのファイルをあさった結果、コブは何枚もの領収書を見つけだした。それによって、コブはおとうさんがエメラルドの原石を売ったこと、売った分量、得た金額、売り先の業者名を知った。そこでコブは、金庫の中から出てきた原石を、いずれかの宝石商の店まで持っていって売却しました。それこそが運命の分かれ目だったのでしょう。彼の弁護のためにいっておくならば、おとうさんがすでに死亡したと思っていたこと、この点を思いだしてやらねばなりますまい。ともあれ、金庫の中には、エメラルドに加えて、あの本もありました。この一点において、あなたの作り話は真実を含んでいます。おにいさんとしては、なぜそんなものが金庫に入れてあったのかわからなかった。そして、あなたならその理由を知っているかもしれないと思った。しかし、あなたも知らないことがわかると、本をあなたに委(ゆだ)ねた。自分が見落としている手がかりを、あなたなら見つけるのではないかと期待したのです。そこへひょっこり、おとうさんが帰ってきた。おそらくは、さらにたくさんのエメラルドと、本の代わりをするカードキーかなにかを携えて。このキーうんぬんは考えなくてもけっこう。しかし、その大量のエメラルドをどこで手に入れたのか、あなたは知っていますか？」

「いいえ。いいえ、知らないわ。それを教えてくれるの？」

「わたしも知りません、とお答えしておきましょう。そうすれば、不愉快な思いと不愉快な議論をせずにすみます。ともあれおとうさんは、それまで長いあいだ滞在していた場所からエメラルドを持ち帰ってきた。もどってきた彼は真っ先に実験室へいったでしょう。金庫に戦利品をしまうためです。ところが、扉をあけてみると、中に入っているはずのあの本も、出発前には売らないで残しておいたいくつかのエメラルドの原石も消えてなくなっていて、金庫はからっぽになっていた。それがコブのしわざだ、とどうやって確信したのかはわかりませんが、結論にいたる過程は想像にかたくありません。察するに、コブが自分の領収書を、おとうさんのファイルにあった領収書といっしょにしていたのでしょうか。そうでなければ、コブの部屋を覗いたところ、当人のしわざであることを物語るなんらかの証拠を見つけたのかもしれません。たとえば、本やエメラルドといっしょに入っていたはずの品物や、コブが雇った錠前師からの請求書などです」

コレットがいった。

「宝石商に問い合わせたのよ。父からそう聞いたわ」

「なるほど、そちらの線でしたか。そのときあなたは、あの屋敷にはいなかった——メイド・ボットにたずねたら、そう教えてくれました。ゆえにコブはスパイス・グローヴへ飛んで、あなたに本を託した。コブが引きあげると、あなたはただちにニュー・デルファイへ飛んだ。なぜそうしたのかはわかりません。その点は認めます。仮説はいくつか立てましたがね」

「父がわたしにスクリーンしてきたのよ。どこにいっていたかは知らなかったけれど、父は長いあいだいた場所から帰ってきて、コブを探していたの。怒っている声だったわ。とても怒っている声だった。ただし、コブは……」

「はい？」

「わたしのこのアパートメントにいたの、父がスクリーンしてきたときに」

コレットは見るもあわれなようすになっていた。

「しかしあなたは、コブがここにいることを、スクリーンしてきたおとうさんに黙っていた。そうですね」

「ええ。どうしてコブのことをそんなに怒っているかわからなかったし、コブがここにいることを知ったら、わたしまで怒りの対象になりそうな気がしたの。父は——父はね、怒ると手がつけられないほど荒れ狂うのよ、アーン。まさしく、荒れ狂うの。それに、ひどく根に持つほうだったし。あなたは父を知らないのよ！」

「おっしゃるとおり、知りません。ともあれ、おとうさんはあなたに、帰ってくるようにといったのでしょう。ニュー・デルファイの、おとうさんがおかあさんのために購入したあの屋敷に」

コレットはかぶりをふった。

「いいえ。帰るようにとわたしにいったのはコブ。屋敷に出向いて、父をなだめてくれ、といったのよ。だから、わたし、そのとおりにしたわ。そして、うまくいったと思った。父のもとへいって説明したの、コブもわたしも父が死んだと思ったことや、なぜそう思ったかを。生きていてくれたとわかって、心からうれしいとも伝えたし、死んだと思ったことを赦してほしいとも懇願したし。父は赦してくれたわ。わたしを抱きしめて、心配しなくていいともいってくれたわ。でもじっさいには、コブが金庫をあけたこと、ファイルをあさったことを怒っていて、わたしにはそれを隠していたのよ。あれはああいう人なの。そしてわたしは、それをわきまえておくべきだった……」

「嵐は過ぎ去った、とおにいさんに伝えたのですね」

「伝えていないわ、アーン！　誓ってほんとうよ。できるだけ早く、コブにスクリーンして、何日かすればことが収まりそうだから、三、四日、アパートメントで待っていてちょうだい、屋敷にきて父と話しあうのはそれからにしてと伝えたの。でもコブは、そうはしなかった！わたしの忠告を聞きいれようとしなかったのよ！　洗濯した服が尽きてしまったし、ニュー・デルファイでしなければならないこともいろいろあるし、父に大金を返さないといけないからといって。お金を返しさえすれば、ことが丸く収まると思っていたみたい」

「そして、屋敷に帰ってきたおにいさんを――おとうさんは絞殺した」

コレットはすすり泣いた。わたしは無言ですわったまま、ジュディかアラベラが起きてはいないだろうか、聞き耳を立ててはいないだろうかと気配を探った。結局、わからなかったので、ようすを見にいった。どちらも起きてはいなかった。わたしはコレットにハンカチを差しだし、彼女が口を開くのを待った。

「それが起きたとき、わたしはその場にいなかったの、アーン。それは信じてちょうだい。いなかったのよ！」

この時点で、そこのところはもうどうでもいいことだったので、わたしはいつものようにうなずいてみせた。

「父はね、コブが玄関に歩いてくるところを見ていたの。玄関扉の横に、コートのたぐいを掛けておく小部屋があってね」

わたしはうなずいた。

「知っています」

「そこのことを、家の者はクロークと呼んでいたんだけれど」コレットはためいきをついた。いまにもまた泣きだしそうなためいきだった。「父はその小部屋で待っていたのよ。隠れていたんじゃないわ。ただそこに立っていただけ。じっと動かずに。じきに、コブが父の前を通りすぎたとき……」

「おとうさんがコブをうしろからつかまえて、絞殺した、と」

「父ならそんな表現は使わなかったでしょうけれど……ええ、あなたのいうとおりよ。絞殺したの」

「あなたはその現場を目撃しましたね、コレット。おとうさんがコブを殺す現場を。コブが死ぬところを見ていたのですね」

「見てない！」

「いいえ、見ていたはずですよ」わたしは声を殺して先をつづけた。口から出てくるのは、ささやきほどの声だ。「コブは玄関に歩み寄った。そこをおとうさんが見ていたかどうかはわかりません。しかし、あなたは見た。コブがくるとわかっていたので、可能ならば和解の場面に立ちあいたいと思っていた。おそらくあなたは、コブがタクシーを降りてくる場面も目のあたりにしたのではありませんか」

コレットはまじまじとわたしを見つめていた。

「コブはタクシーでやってきた——そうですね？」

コレットがこくりとうなずくまで、長い時間がかかった。ようやくうなずいたのち、その口から出てきたのは、こんなことばだった。

「どうしてわかったの」

簡単な推理だったので、わたしは肩をすくめた。

「裕福な人間は、スパイス・グローヴからニュー・デルファイまで、わざわざフリッターを操縦してきたりしないものです——逮捕されまいとして逃亡中の人間でもないかぎり」

「つまり、わたしのように？　わたしがあそこへ操縦していったから？　なぜああしたのか、あなたにはわかっていたのね？」

「そのとおり。あのときあなたは、自分で機を操縦して、あの屋敷までいきました。それに対して、あなたのおにいさんは表玄関から屋敷に入った。この点は警察の報告書が裏づけています。メイド・ボットが遺体を発見したさいの記録からもそれは明らかです。彼が自家用フリッターを飛ばして——キャットかカナリアに乗って——屋敷に帰りついたのであれば、屋敷には勝手口から入ったでしょう。なんといっても、ニュー・デルファイの屋敷は自分の家なのですから、キッチンの勝手口から入るのはすこしも不自然ではありません。しかるに彼は、表玄関から入った——そのことは、彼がタクシーで屋敷に帰りついたことを示唆しています。空港との行き来に自家用地上車を使った線は、まずありません。おにいさんがこのスパイス・グローヴへ出向いてくるさい、ニュー・デルファイの空港まで地上車でいったとすれば——その当時にはもう、コールドブルック家おかかえの運転手はいませんでしたから——自分で運転していって、そこの駐車場にとめたはず。であれば、その地上車に乗って、屋敷に帰らなくてはおかしい。しかるに彼は、表玄関から屋敷に入っていきました。では、地上車はどこに？　自分の地上車なのに、車まわしに駐めたままにした？　それはあまりに不自然ではありませんか。自分の地上車であれば、まずガレージに入れてから、横手のドアなり勝手口なりから屋内に入るほうがずっと自然というものでしょう。といって、あなたも、あなたのおとうさんも、空港まで車を運転しておにいさんを迎えにいってはいない。ならば、おにいさんがタクシーに乗って屋敷に帰ったと見て、ほぼまちがいありません」

「そうね……」

「それに、おにいさんが屋敷の表玄関前に着いてから屋内に入るまでには、若干の時間差があったように思われます。その時間差のあいだに、おとうさんは犯行の態勢をとったのではないでしょうか。タクシー料金を払っていたのだとしたら、その時間差の説明はつきます」

「わたしはたくさんうそをついたわ」

コレットはいまにもまた泣きだしそうになっていた。

わたしはうなずき、やさしい声を出そうと努めた。

「だれもがそうですよ、きっと」

「でも、その場面を見なかったというのはうそじゃない……だって、わたし、目をつむっていたんだもの」

「信じます、コレット」

それがわたしの返答だった。なぜならこれは、そう答えるべき局面であるように思われたからだ。

「このこと、だれかに話すつもり？」

「いいえ。あなたが約束をまもってくださるかぎりは。年に一回、すくなくとも一日、借り出してくださるかぎりは」

「わたし、あなたを買いとるつもりだったのよ、アーン。これはほんとう」

「それはなさらぬように。買取をなさった場合、即座に通報します。残りの人生を、自分が食べるものに注意して過ごしたくはありませんからね」

コレットは両手に顔をうずめた。ややあって、わたしは立ちあがり、コレットのとなりにすわった。

「あなたは正義を行なっただけなのです」

コレットは顔をあげようとしなかった。

「殺人には、とても多様な種類があるものでしてね、コレット。最初の人生、本物の人生において、わたしはミステリ小説を書いていました。殺人のこともいろいろ調べました。そう、いたく真剣に。架空の殺人事件を創造することは、わたしの職業の一部であったのですよ。どこのだれかわからない相手に殺される人間はおおぜいいます。どこのだれかよくわかっている敵に殺される人間はさらにおおぜいいます。友人に殺される人間も少数ながらいますし、ときどきは財産目あての親族に殺される人間もいます。あなたのしたことは、まさにそれであり、だからこそ、あなたにとってはこの状況が危険このうえないのです。あなたが正義を行なっただけであることはまちがいありませんとも。わたしはそれを知っています。しかし、裁判になれば、そのような理屈は通りません。検察はこういうでしょう――こう主張するでしょう――あなたは財産目あてにおとうさんを殺したのだと。それは事実ではありません。しかし、陪審はそう思うはずです。そしてあなたは、以後の人生を、再教育を受けて過ごすはめになるのです」

わたしは待った。コレットはなにもいわない。とうとうわたしは語をついだ。

「ただしそれは、わたしが通報すれば、の話です。通報しないかぎり、そのようなことにはなりえません」

コレットは顔をあげた。

「父は――コブを殺したのよ、アーン。ほんとうに殺したの。わたし――わたし、見たのよ。父がいったんコブをやりすごしたあと、うしろから頸をつかんで、思いきり絞めあげるのを。ああ、あのときのコブの顔――舌が飛びだして、顔が真っ赤に――わたし、目をつむったわ。しばらくして目を開いたとき、コブはもう死んでいて、父はいなくなっていた」

わたしはうなずいた。

「おにいさんは、背が高くて力の強い男によって絞殺された。警察の報告書からも、それは明らかです。殺人のなかで、もっとも稀な種類がなんであるのかは、ごぞんじないでしょうね？」

知らないという意味で、コレットはかぶりをふった。

「父親による息子殺しですよ。そのような殺人は皆無にちかい。だから警察はおとうさんを容疑者に数えなかったのです。コブが殺されたとき、おとうさんは出かけていたとあなたは証言しました。警察がその証言を鵜呑みにしたのもそのためです。以上のふたつに加えて、コブに財産があったことと、コブのスーツケースが荒らされていたことも、第三者の犯行を示唆していました。では……お金はどこに入っていたのでしょうね？」

「あなた――あなた、知っていたの？　恐ろしい人だわ、アーン。ほんとうに恐ろしい人。虫も殺さないような顔をして」

「じっさい、虫も殺さない男ですよ、わたしは。しかし、頭は絞るほうです。おにいさんはあなたに大金を持ち歩いていることを話していた。それはもちろん、彼がエメラルド売却で得た金です。さあ、どこに入っていたのです？」

「スーツケースに隠してあったのよ。ふたに隠しポケットがあってね。あんなにぎっしりと札束が詰まっていなかったら、きっと見つけられなかったでしょう」

「ありがとう。じつはずっと、おにいさんのスーツケースをあさったのは、おとうさんではないかと思っていたのですよ。あの本を探す過程でです。しかし、もしそうなら、あなたが目をあけたとき、おとうさんがスーツケースをあさる場面を目撃していなくてはおかしい。しかしあなたは見ていない。であれば、スーツケースをあさったのは、おとうさんではないことになる。であれば、それはあなたでしかありません。あの本はすでに、あなたが持っていました。であれば、あなたはそのとき、本以外のなにかを求めてスーツケースをあさったことになります。すなわち、お金です」

「あなたの——あなたのいうとおりよ。わたしが——わたしがあさったの。理由をいってもいい？」

「もちろんですとも。話してください」

「コブ殺しを、なんとしても法廷の裁きにかけてやる——、とそう固く心に誓ったからよ。どれだけ費用がかかるかわからなかったけれど、大金が必要になることはわかっていたもの。でも、それなのに——」いったん怒らせたコレットの肩が、がっくりと落ちた。「——父は心臓発作で死んでしまった。わたしがなにに手をつけるひまもないうちに」

「はて、つい先日は、脳溢血(のういっけつ)で亡くなったとおっしゃいませんでしたか？」

コレットは食い入るようにわたしを見つめた。

「とすると、おとうさんは心臓が悪くて、コブを殺したことにより、それがさらに悪化してしまった——と、こういうことなのでしょうかね」

自分を取りもどして、コレットはうなずいた。

「あなたのいうとおりだと思うわ。ほんとうよ、ええ、そのとおりだと思う」

「じつは毒を盛ったのでしょう？」

「あ、あなた——」

コレットはまたも凍りついた。口は半開きになったままだ。

「参考までに、どの毒を使ったか教えていただけますか。職業柄、興味がありましてね」

「ちがうわ！　ちがうの！　そんなこと、してないわ！　わたしは、アーン、父に毒なんて盛ってないのよ」

「おじょうずです。もうすこし練習されたほうがいいと思いますが、それでも、なかなか演技がおじょうずでいらっしゃる。じつに才能豊かな方だ。なぜ毒を盛ったとわかったか、お教えしましょうか？」

ことばもなく、コレットはうなずいた。

「最初にわたしをこのアパートメントへ連れてきた日、あなたはキッチンと寝室には絶対に立ち入らぬよう、強く念を押されました。寝室への立ち入りを拒む理由は明白です。ほかのどの女性も、同じ状況では同じことをいったでしょうね。しかし、キッチンへの立ち入りを拒む理由が、さて、わたしにはとんとわからない。あなたらしくないようにも思われました。ところが、数時間前、アラベラとわたしがこのアパートメントに着いたときには、ご自分の寝室には入るなとおっしゃったのに、キッチンのことはひとことも口になさらなかった——それでピンときたのです。前のときは、万一わたしを殺さねばならなくなった場合の用心に、キッチンに毒を用意しておいたのでしょう？　今夜、わたしも一服盛られるのではないかと、ひやひやしましたよ。しかし、いまはもう、その毒がない。使いきってしまったのでしょうか」

コレットはかぶりをふった。

「排水溝に流してしまったわ。あれを——あれをここに持ちこんだのは、自分が必要とするときにそなえてのことよ。でも、あとになって、もういちどあれを使うのが怖くなってね。あなたに使う気なんてなかったわ。ディンに使う気だったのよ」

わたしはうなずいた。

「その毒をどこで手に入れたかはたずねずにおきましょう。おとうさんの実験室で見た化学物質のなかに、いくつか毒物として使えるものがあることには気がつきましたが、ほかにもいろいろあったのでしょう。そういえば、あの実験室にいたときのあなたは、妙にそわそわしておられた。もしや、あのなかの——ああ、いや、お気になさらず」

わたしは立ちあがった。

「おにいさんとおとうさんが亡くなられたいま、あなたは天涯孤独の身です。おとうさんの遺産は預貯金とあの屋敷しか相続されていません。株や債券などの大半は、三十になるまで相続されないままです。コブの相続分については、彼の殺人事件が解決するまで、あなたが相続なさることはありません。ということは、永遠に手に入らないということです。しかしあなたには、あの本があった。おとうさんの資産の秘密は、あれに隠されていると考えた。ところがあなたには、その秘密を解く手がかりがない。そこで、図書館であの本について調べたところ――これは教師として自然なアプローチです――同じ図書館にあの本の著者のリクローンがいることを知った」

わたしは間を置いたが、コレットは口をきかなかった。

「どこまで知っているの、とあなたはたずねましたね。そしていま、その答えがわかった。真相を通報されないことを望まれるのでしたら、以後、定期的にわたしを借り出されることです。来年に一日だけ、その翌年にも一日だけ、というように。もしもわたしが死んだら、おとうさんの死についてまとめた完全な記録が見つかるようにしておきますので――ああ、もしもわたしが死んだら、ですよ。そこのところはおわかりいただけていますね？」

コレットはうなずいた。

「ええ、アーン――よくわかったわ」そして、いったん、ことばを切った。「わたしたち、まだ友人同士かしら？　そうであったらいいのだけれど」

すでに戸口へ向かいかけていたわたしは、歩みの途中でぴたりと立ちどまった。

「そう願いたいですね。わたしもおおいに、そうであったらいいのにと思っていますよ」

「信用してとはいわないわ。わたしのいうことをすべて信じてともいわない」

出ていく前に、わたしは、こういったかもしれない。

「それでけっこうですとも」

しかしそれは、自分自身につぶやいたことばだったようにも思う。

路上に出て歩きだす。これが長い歩行になることは承知していた。ときおり、タクシーが通りかかった。金はたっぷりと懐に持っていたが、いまは歩きたい気分だった。スパイス・グローヴ公共図書館まで、まだ一キロほどの行程を残した時点で、腕時計が真夜中を告げた。日付が変わって、きょうは七月三十一日。わたしの延滞あつかいは、これで確定したことになる。

この叙述で言及された人物たち

以下の人名一覧では、姓をあいうえお順にならべた（訳注：辞書順ではなく、JIS文字符号順を採ったが、これはたまたま、そのほうが収まりのよい配列になったためである）。姓がない場合は、名や通称で代替した。ディン・ヴァン・ペトンの例でいうなら、いちばん最後の位置。アラベラ・リーはラ行の位置となる。

コールドブルック、コレット・C　語り手を借り出した図書館の利用者

コールドブルック、コンラッド・シニア　コレット・コールドブルックの父

コールドブルック、コンラッド・ジュニア（コブ）　コレット・コールドブルックの兄

コールドブルック、ジョアン・レベッカ・キャロル　コレット・コールドブルックの母

スミス[E]、アーン・A　語り手、蔵者

電気仕掛けのビル　スパイス・グローヴ公共図書館所属のボット

バウムガートナー、ミリー　図書館の蔵者

バンツ、チック　ディン・ヴァン・ペトンに雇われたガンマン

ピータース、ジュディ　コールドブルック家に奉公していた元管理家政婦（ハウスキーパー）

フェーヴル、ジョルジュ　物知りの旅行者。アーン・A・スミスの手助けをする

リー、アラベラ　アーン・A・スミスの元妻。ニュー・デルファイ公共図書館、オーエンブライト公共図書館、および名前の出てこない大学図書館に収蔵される、三人の蔵者。それぞれが別々のコピー

レヴィ、マハーラ　ジョルジュ・フェーヴルの愛人。口がきけない

ログリッチ、K・ジャスティン　天体物理学者

ヴァン・ペトン、デイン　法執行のスペシャリスト。アーン・スミスは彼を徴税吏と呼ぶ

解説

小説研究者
若島　正

本書は、ＳＦ・ファンタジーを代表する作家として、すっかり我が国でも評価が定着した感がある、ジーン・ウルフの最新長篇 *A Borrowed Man*（二〇一五年）の全訳である。出版当時、ジーン・ウルフはなんと八十四歳という高齢だったという事実に、わたしたちはまず驚かずにはいられない。彼が最初の長篇を出したときにはすでに四十歳に近かったという、作家としてどちらかといえば遅いスタートを切ったことを考えると、作家歴としてはそれほど異例ではないのかもしれないが、それでもいまだに想像力と筆力は衰えず、本作品のように、「今までこんな本は読んだことがない」と読者に思わせる小説を生み出しつづけていることに対して、わたしは感動に近い畏敬の念を覚えてしまう。

『書架の探偵』は、いかにもジーン・ウルフらしい小説である。それは何よりもまず、「本についての小説」だからだ。鋭利なＳＦ批評家であり、ジーン・ウルフの最も良き理解者でもあるジョン・クルートとのトーク（https://jonathanstrahan.podbean.com/e/episode-261-

gene-wolfe-john-clute-and-a-borrowed-man/〉で作者自身が語るところによれば、本書の最初の発想は「人間をできるかぎり本に近づけたらどうなるか」ということだったそうだ。そこから、亡くなった作家の記憶を身体に植え付けた、本書の言葉を借りれば「複生体（リクローン）」としての人間＝本というアイデアが生まれた。こうした人間＝本が、現在の書物の代わりに図書館の「書架」に置かれ、来館者のリクエストによって、しばしば「借り出し」される（本書の原題は、「借り出された男」という意味だ）。長期にわたって借り出しがない本は燃やされる運命にある。その廃棄処分が人間＝本にとっての「死」なのである。本をめぐるこうした基本的な設定から、さらにジーン・ウルフは想像を広げ、そのような図書館を持つ未来社会を演繹した。そこは、世界の総人口が十億人にまで減少した、二十二世紀という近未来である。中心的なアイデアを核にして、そのアイデアの容れ物としての小説世界をふくらませるという構築方法は、ジーン・ウルフの代表作である超未来を舞台にした《新しい太陽の書》四部作にも見られたものだ。

思い返せば、そのシリーズ題名にもあるとおり、《新しい太陽の書》四部作も「本についての小説」だった。その超未来世界ウールスで、図書館を管理している、ボルヘスをすぐさま想起させるような盲目の老師ウルタンが、語り手であり主人公のセヴェリアンに対して、薄暗い書棚にある『黄金の書』という見つけにくいが美しい本の話をする。わたしたち読者にとって、《新しい太陽の書》とはそのような『黄金の書』なのだ。《新しい太陽の書》四部作にとどまらず、あまりにも有名な短篇「デス博士の島その他の物語」などなど、本そのもの、そして本を読むという行為が、物語の中心に置かれているようなウルフ作品は、それこそ枚挙にいとまがないし、文字どおりに本と骨がらみになってしまった人々を集めた*Bibliomen*（一九八四年、未訳）という連作短篇集まであるほどだ。それでは、どうしてジーン・ウルフの小説にはそれほど本がしばしば出てくるのか、という疑問は、言うまでもなく愚問である。それは何よりもまず、ジーン・ウルフという一人の傑出した作家を形成した、彼の豊かな読書体験が表出したものとしてとらえられるべきだからだ。さらには、その書物愛が読者にも伝わり、読者の記憶に残るというかたちで、自分の作品がいつまでも生き続けてほしいという、願いのあらわれだからだ。『書架の探偵』は、SF、ファンタジー、さらにハードボイルド・ミステリの要素を自然にミックスした、いわゆるジャンル混交作品だが、そうした形式上の問題も、作者の読書体験が直接に反映したものだと考えることができる。わたしたちウルフ愛読者も、おもしろいものならジャンルにこだわらずにどんな小説でも夢中になって読んできた人間のはずではないか。

『書架の探偵』は、近未来における書物の物語でありながら、ある意味で、過去の書物の物語でもある。ここには、わたしたちにとっては懐かしい、過去の書物の記憶をよびさますものがいっぱい詰まっている。まず、ここにはSFやミステリのふるさととも呼べる、パルプの香りがする。語り手の名前はE・A・スミスで、そこからすぐさま連想されるのは、今ではすっかり忘れられた感のある、《スカイラーク》シリーズのE・E・スミスだ（本書のスミスはSmithではなくSmitheとeを付けた綴りになっているが、それはまるでE・E・スミスのミドルネームにあるEが場所を移したように見えなくもない）。ついでに言えば、SF界にはE・E・スミスの名前を冠した賞（俗に〈スカイラーク〉賞）もあり、ジーン・ウルフが一九八九年度の受賞者であることを思い出しておくのもいいだろう。さらに、本書の最後近くで言及されている「C・A・スミス」とは、もちろんラヴクラフトと並んで〈ウィアード・テイルズ〉誌の人気作家であったクラーク・アシュトン・スミスであり、引用されているのは彼の詩の中でも最も有名な「大麻吸引者」（『魔術師の帝国』に邦訳あり）の書き出しである。超未来の大陸ゾティークを舞台にした彼の連作短篇シリーズは、ジャック・ヴァンスの連作短篇集『終末期の赤い地球』と並んで、地球が消滅しかかっている超未来を描くサブジャンル、いわゆる「滅びゆく地球」物の代表例であり、それはジーン・ウルフの《新しい太陽の書》四部作のモデルの一つになった。もう一度、E・A・スミスという名前のイニシャルに戻れば、そこにE（エドガー）・A（アラン）・ポーというもう一つの名前のエコーを聞き取ってもおかしくはなく、実際に、作家本人のE・A・スミスのかつての妻であり詩人であったアラベラ・リーは、ポーの有名な詩「アナベル・リー」に目配せした名前である。さらにおまけとして、本書の謎を解くはずの、E・A・スミスが書いたSFミステリである『火星の殺人』という題名からは、E（エドガー）・R（ライス）・バローズの火星シリーズがどうしても思い出されてしまう。ポーはともかくとして、本書はそのようないにしえの作家たちの記憶を忘却の淵からふたたび呼び覚ましてくれる。その意味で、『書架の探偵』はそのものじたいが忘れられつつある作家たちの記憶を保持した、いわば「複生体」

なのだ。そういうメタレベルでも、本＝人間という関係が貫徹されていることに注意しておこう。

本に関連して、ジーン・ウルフの小説に頻繁に現れるもう一つのモチーフは、「扉」である。扉を開ければその先には別世界がある。扉の先にまた扉があり、つまりは部屋の中に部屋があって、それが迷宮を成す（ジーン・ウルフによれば、迷宮＝labyrinth とは本来部屋に用いられる言葉であり、それは迷路＝maze と区別されるべきものだという）。誰か登場人物が扉を開けたところで読者は次の章に移る。こういう趣向はジーン・ウルフの読者にはおなじみのものであり、それは *There Are Doors*（一九八八年、未訳）と題する長篇があることからも例証できる。そして本書『書架の探偵』もその例外ではなく、ここではE・A・スミスの『火星の殺人』という書物が謎の扉を開く鍵だというのが、そもそも物語の発端になっている。それでは、なぜ扉のモチーフが本のモチーフにつながるのか。それは、扉を開けることが、本を開けることの比喩になりうるからだ（本にも「扉」がある）。わたしたちは扉を開けることで、それまでいた場所とは別の世界に入っていく。それと同じように、わたしたちはジーン・ウルフの小説の扉を開けることで、それまで読んだこともないような、ジーン・ウルフ独特の虚構世界に入っていくのである。

もしあなたが、まだ本文を読まないで、先にこの解説を読んでしまったとしたら、なにも躊躇することはない。早く『書架の探偵』の扉を開けて、この小説世界の中に参入してみることだ（扉を開けたら何が出てくるかは、読んでみてのお楽しみだから、ここで明かすわけにはいかない）。そして、書物の過去と未来に思いを馳せてみることだ。しかし、なんのためらいもなくこの世界に入ったとしても、あなたが本書を読み終えるとき、つまり本書の扉を閉じるときには、扉を閉じるという行為の重みがきっと実感されるだろう。それだけは保証しておいてもかまわない。

すでに言及した、ジョン・クルートとのトークで、ジーン・ウルフは複生体というアイデアについて、こんな冗談を言っている。「これだと、ディケンズ本人にも会える。ジーン・ウルフにも会えるのさ！」彼は本作の続篇を書く予定で、*Interlibrary Loan*（つまり「図書館間貸し出し」のこと）という仮題も明らかにされていた。そのときには、はたしてジョークが本当になって、本になったジーン・ウルフが登場するのかと、ひそかに期待していたのだが、彼は昨年の四月に八十七歳で亡くなった。もう新作が読めないのかと思うと残念だが、彼が遺した傑作は数多い。これからもジーン・ウルフの邦訳紹介は続くだろうし、わたしたち読者にとっては、これからもジーン・ウルフは生き続けるはずだ。